I0820016

ПОВЕСТИ. РАССКАЗЫ

Лев Николаевич Толстой

Повести. Рассказы

Лев Николаевич Толстой

В сборник вошли повести и рассказы Л.Н.Толстого: «Севастополь в декабре месяце», «Два гусара», «Утро помещика», «Три смерти», «Холстомер», «Отец Сергий», «Хаджи Мурат» и «За что?».

© Издательство Miller, 2025

Сайт издательства: www.miller-books.com

ISBN: 978-1-7638476-5-1

ПОВЕСТИ. РАССКАЗЫ

1828—1910

Севастополь в декабре месяце

Утренняя заря только что начинает окрашивать небосклон над Сапун-горою; темно-синяя поверхность моря сбросила с себя уже сумрак ночи и ждет первого луча, чтобы заиграть веселым блеском; с бухты несет холодом и туманом; снега нет — все черно, но утренний резкий мороз хватает за лицо и трещит под ногами, и далекий неумолкаемый гул моря, изредка прерываемый раскатистыми выстрелами в Севастополе, один нарушает тишину утра. На кораблях глухо бьет восьмая стклянка.

На Северной денная деятельность понемногу начинает заменять спокойствие ночи: где прошла смена часовых, побрякивая ружьями; где доктор уже спешит к госпиталю; где солдатик вылез из землянки, моет оледенелой водой загорелое лицо и, оборотясь на зардевшийся восток, быстро крестясь, молится богу; где высокая тяжелая маджара на верблюдах со скрипом протащилась на кладбище хоронить окровавленных покойников, которыми она чуть не доверху наложена... Вы подходите к пристани — особенный запах каменного угля, навоза, сырости и говядины поражает вас; тысячи разнородных предметов — дрова, мясо, туры, мука, железо и т. п. — кучей лежат около пристани; солдаты разных полков, с мешками и ружьями, без мешков и без ружей, толпятся тут, курят, бранятся, перетаскивают тяжести на пароход, который, дымясь, стоит около помоста; вольные ялики, наполненные всякого рода народом — солдатами, моряками, купцами, женщинами, — причаливают и отчаливают от пристани.

— На Графскую, ваше благородие? Пожалуйте, — предлагают вам свои услуги два или три отставных матроса, вставая из яликов.

Вы выбираете тот, который к вам поближе, шагаете через полусгнивший труп какой-то гнедой лошади, которая тут в грязи лежит около лодки, и проходите к рулю. Вы отчалили от берега. Кругом вас блестящее уже на утреннем солнце море, впереди — старый матрос в верблюжьем пальто и молодой белоголовый мальчик, которые молча усердно работают веслами. Вы смотрите и на полосатые громады кораблей, близко и далеко рассыпанных по бухте, и на черные небольшие точки шлюпок, движущихся по блестящей лазури, и на красивые светлые строения города, окрашенные розовыми лучами утреннего солнца, виднеющиеся на той стороне, и на пенящуюся белую линию бона и затопленных кораблей, от которых кой-где грустно торчат черные концы мачт, и на далекий неприятельский флот, маячащий на хрустальном горизонте моря, и на пенящиеся струи, в которых прыгают соляные пузырики, поднимаемые веслами; вы слушаете равномерные звуки ударов весел, звуки голосов, по воде долетающих до вас, и величественные звуки стрельбы, которая, как вам кажется, усиливается в Севастополе.

Не может быть, чтобы при мысли, что и вы в Севастополе, не проникли в душу вашу чувства какого-то мужества, гордости и чтоб кровь не стала быстрее обращаться в ваших жилах…

— Ваше благородие! прямо под Кистентина[1] держите, — скажет вам старик матрос, оборотясь назад, чтобы поверить направление, которое вы даете лодке, — вправо руля.

— А на нем пушки-то еще все, — заметит беловолосый парень, проходя мимо корабля и разглядывая его.

— А то как же: он новый, на нем Корнилов жил, — заметит старик, тоже взглядывая на корабль.

— Вишь ты, где разорвало! — скажет мальчик после долгого молчания, взглядывая на белое облачко расходящегося дыма, вдруг появившегося высоко над Южной бухтой и сопровождаемого резким звуком разрыва бомбы.

— Это он с новой батареи нынче палит, — прибавит старик, равнодушно поплевывая на руку. — Ну, навались, Мишка, баркас перегоним. — И ваш ялик быстрее подвигается вперед по широкой зыби бухты, действительно перегоняет тяжелый баркас, на котором навалены каки 1000 е-то кули и неровно гребут неловкие солдаты, и пристает между множеством причаленных всякого рода лодок к Графской пристани.

---

[1] Корабль «Константин».

На набережной шумно шевелятся толпы серых солдат, черных матросов и пестрых женщин. Бабы продают булки, русские мужики с самоварами кричат: сбитень горячий, и тут же на первых ступенях валяются заржавевшие ядра, бомбы, картечи и чугунные пушки разных калибров. Немного далее большая площадь, на которой валяются какие-то огромные брусья, пушечные станки, спящие солдаты; стоят лошади, повозки, зеленые орудия и ящики, пехотные козлы; двигаются солдаты, матросы, офицеры, женщины, дети, купцы; ездят телеги с сеном, с кулями и с бочками; кой-где проедут казак и офицер верхом, генерал на дрожках. Направо улица загорожена баррикадой, на которой в амбразурах стоят какие-то маленькие пушки, и около них сидит матрос, покуривая трубочку. Налево красивый дом с римскими цифрами на фронтоне, под которым стоят солдаты и окровавленные носилки, — везде вы видите неприятные следы военного лагеря. Первое впечатление ваше непременно самое неприятное: странное смешение лагерной и городской жизни, красивого города и грязного бивуака не только не красиво, но кажется отвратительным беспорядком; вам даже покажется, что все перепуганы, суетятся, по знают, что делать. Но вглядитесь ближе в лица этих людей, движущихся вокруг вас, и вы поймете совсем другое. Посмотрите хоть на этого фурштатского солдатика, который ведет поить какую-то гнедую тройку и так спокойно мурлыкает себе что-то под нос, что, очевидно, он не заблудится в этой разнородной толпе, которой для него и не существует, но что он исполняет свое дело, какое бы оно ни было — поить лошадей или таскать орудия, — так же спокойно, и самоуверенно, и равнодушно, как бы все это происходило где-нибудь в Туле или в Саранске. То же выражение читаете вы и на лице этого офицера, который в безукоризненно белых перчатках проходит мимо, и в лице матроса, который курит, сидя на баррикаде, и в лице рабочих солдат, с носилками дожидающихся на крыльце бывшего Собрания, и в лице этой девицы, которая, боясь замочить свое розовое платье, по камешкам перепрыгивает чрез улицу.

Да! вам непременно предстоит разочарование, ежели вы в первый раз въезжаете в Севастополь. Напрасно вы будете искать хоть на одном лице следов суетливости, растерянности или даже энтузиазма, готовности к смерти, решимости, — ничего этого нет: вы видите будничных людей, спокойно занятых будничным делом, так что, может быть, вы упрекнете себя в излишней восторженности, усомнитесь немного в справедливости понятия о геройстве защитников Севастополя, которое составилось в вас по рассказам, описаниям и вида и звуков с Северной стороны. Но прежде чем сомневаться, сходите на бастионы, посмотрите защитников Севастополя на самом месте защиты или, лучше, зайдите прямо напротив в этот дом, бывший прежде Севастопольским собранием и на крыльце которого стоят солдаты с носилками, — вы увидите там защитников Севастополя, увидите там ужасные и грустные, великие и забавные, но изумительные, возвышающие душу зрелища.

Вы входите в большую залу Собрания. Только что вы отворили дверь, вид и запах сорока или пятидесяти ампутационных и самых тяжело раненных больных, одних на койках, большей частью на полу, вдруг поражает вас. Не верьте чувству, которое удерживает вас на пороге залы, — это дурное чувство, — идите вперед, не стыдитесь того, что вы как будто пришли смотреть на страдальцев, не стыдитесь подойти и поговорить с ними: несчастные любят видеть человеческое сочувствующее лицо, любят рассказать про свои страдания и услышать слова любви и участия. Вы проходите посредине постелей и ищете лицо менее строгое и страдающее, к которому вы решитесь подойти, чтобы побеседовать.

— Ты куда ранен? — спрашиваете вы нерешительно и робко у одного старого исхудалого солдата, который, сидя на койке, следит за вами добродушным взглядом и как будто приглашает подойти к себе. Я говорю: «робко спрашиваете», потому что страдания, кроме глубокого сочувствия, внушают почему-то страх о 1000 скорбить и высокое уважение к тому, кто перенесет их.

— В ногу, — отвечает солдат; но в это самое время вы сами замечаете по складкам одеяла, что у него ноги нет выше колена. — Слава богу теперь, прибавляет он, — на выписку хочу.

— А давно ты уже ранен?

— Да вот шестая неделя пошла, ваше благородие!

— Что же, болит у тебя теперь?

— Нет, теперь не болит, ничего; только как будто в икре ноет, когда непогода, а то ничего.

— Как же ты это был ранен?

— На пятом баксионе, ваше благородие, как первая бандировка была: навел пушку, стал отходить, этаким манером, к другой амбразуре, как он ударит меня по ноге, ровно как в яму оступился. Глядь, а ноги нет.

— Неужели больно не было в эту первую минуту?

— Ничего; только как горячим чем меня пхнули в ногу.

— Ну, а потом?

— И потом ничего; только как кожу натягивать стали, так саднило как будто. Оно первое дело, ваше благородие, не думать много: как не думаешь, оно тебе и ничего. Все больше оттого, что думает человек.

В это время к вам подходит женщина в сереньком полосатом платье и повязанная черным платком; она вмешивается в ваш разговор с матросом и начинает рассказывать про него, про его страдания, про отчаянное положение, в котором он был четыре недели, про то, как, бывши ранен, остановил носилки, с тем чтобы посмотреть на залп нашей батареи, как великие князья говорили с ним и пожаловали ему двадцать пять рублей, и как он сказал им, что он опять хочет на бастион, с тем чтобы учить молодых, ежели уже сам работать не может. Говоря все это одним духом, женщина эта смотрит то на вас, то на матроса, который, отвернувшись и как будто не слушая ее, щиплет у себя на подушке корпию, и глаза ее блестят каким-то особенным восторгом.

— Это хозяйка моя, ваше благородие! — замечает вам матрос с таким выражением, как будто говорит: «Уж вы ее извините. Известно, бабье дело глупые слова говорит».

Вы начинаете понимать защитников Севастополя; вам становится почему-то совестно за самого себя перед этим человеком. Вам хотелось бы сказать ему слишком много, чтобы выразить ему свое сочувствие и удивление; но вы не находите слов или недовольны теми, которые приходят вам в голову, — и вы молча склоняетесь перед этим молчаливым, бессознательным величием и твердостью духа, этой стыдливостью перед собственным достоинством.

— Ну, дай бог тебе поскорее поправиться, — говорите вы ему и останавливаетесь перед другим больным, который лежит на полу и, как кажется, в нестерпимых страданиях ожидает смерти.

Это белокурый, с пухлым и бледным лицом человек. Он лежит навзничь, закинув назад левую руку, в положении, выражающем жестокое страдание. Сухой открытый рот с трудом выпускает хрипящее дыхание; голубые оловянные глаза закачены кверху, и из-под сбившегося одеяла высунут остаток правой руки, обвернутый бинтами. Тяжелый запах мертвого тела сильнее поражает вас, и пожирающий внутренний жар, проникающий все члены страдальца, проникает как будто и вас.

— Что, он без памяти? — спрашиваете вы у женщины, которая идет за вами и ласково, как на родного, смотрит на нас.

— Нет, еще слышит, да уж очень плох, — прибавляет она шепотом. — Я его нынче чаем поила — что ж, хоть и чужой, все надо жалость иметь, — так уж не пил почти.

— Как ты себя чувствуешь? — спрашиваете вы его. Раненый поворачивает зрачки на ваш голос, но не видит и не понимает вас.

— У сердце гхорить.

Немного далее вы видите старого солдата, который переменяет белье. Лицо и тело его какого-то коричневого цвета и худы, как скелет. Руки у него совсем нет: она вылущена и плече. Он сидит бодро, он поправился; но по мертвому, тусклому взгляду, по ужасной худобе и морщинам лица вы видите, что это существо, уже выстрадавшее лучшую часть своей жизни.

С другой стороны вы увидите на койке страдальческое, бледное и нежное лицо женщины, на котором играет во всю щеку горячечный румянец.

— Это нашу матроску пятого числа в ногу задело бомбой, — скажет вам ваша путеводительница, — она мужу на бастион обедать носила.

— Что ж, отрезали?

— Выше колена отрезали.

Теперь, ежели нервы ваши крепки, пройдите в дверь налево: в той комнате делают перевязки и операции. Вы увидите там докторов с окровавленными по локти руками и бледными угрюмыми физиономиями, занятых около койки, на которой, с открытыми глазами и говоря, как в бреду, бессмысленные, иногда простые и трогательные слова, лежит раненый под влиянием хлороформа. Доктора заняты отвратительным, но благодетельным делом ампутаций. Вы увидите, как острый кривой нож входит в белое здоровое тело; увидите, как с ужасным, раздирающим криком и проклятиями раненый вдруг приходит в чувство; увидите, как фельдшер бросит в угол отрезанную руку; увидите, как на носилках лежит, в той же комнате, другой раненый и, глядя на операцию товарища, корчится и стонет не столько от физической боли, сколько от моральных страданий ожидания, — увидите ужасные, потрясающие душу зрелища; увидите войну не в правильном, красивом и блестящем строе, с музыкой и барабанным боем, с развевающимися знаменами и гарцующими генералами, а увидите войну в настоящем ее выражении — в крови, в страданиях, в смерти…

Выходя из этого дома страданий, вы непременно испытаете отрадное чувство, полнее вдохнете в себя свежий воздух, почувствуете удовольствие в сознании своего здоровья, но вместе с тем в созерцании этих страданий почерпнете сознание своего ничтожества и спокойно, без нерешимости пойдете на бастионы…

«Что значат смерть и страдания такого ничтожного червяка, как я, в сравнении с столькими смертями и столькими страданиями?» Но вид чистого неба, блестящего солнца, красивого города, отворенной церкви и движущегося по разным направлениям военного люда скоро приведет ваш дух в нормальное состояние легкомыслия, маленьких забот и увлечения одним настоящим.

Навстречу попадутся вам, может быть, из церкви похороны какого-нибудь офицера, с розовым гробом и музыкой и развевающимися хоругвями; до слуха вашего долетят, может быть, звуки стрельбы с бастионов, но это не наведет вас на прежние мысли; похороны покажутся вам весьма красивым воинственным зрелищем, звуки — весьма красивыми воинственными звуками, и вы не соедините ни с этим зрелищем, ни с этими звуками мысли ясной, перенесенной на себя, о страданиях и смерти, как вы это сделали на перевязочном пункте.

Пройдя церковь и баррикаду, вы войдете в самую оживленную внутреннею жизнью часть города. С обеих сторон вывески лавок, трактиров. Купцы, женщины в шляпках и платочках, щеголеватые офицеры — все говорит вам о твердости духа, самоуверенности, безопасности жителей.

Зайдите в трактир направо, ежели вы хотите послушать толки моряков и офицеров: там уж, верно, идут рассказы про нынешнюю ночь, про Феньку, про дело двадцать четвертого, про то, как дорого и нехорошо подают котлетки, и про то, как убит тот-то и тот-то товарищ.

— Черт возьми, как нынче у нас плохо! — говорит басом белобрысенький безусый морской офицерик в зеленом вязаном шарфе.

— Где у нас? — спрашивает его другой.

— На четвертом бастионе, — отвечает молоденький офицер, и вы непременно с большим вниманием и даже некоторым уважением посмотрите на белобрысенького офицера при словах: «на четвертом бастионе». Его слишком большая развязность, размахивание руками, громкий смех и голос, казавшиеся вам нахальством, покажутся вам тем особенным бретерским настроением духа, которое приобретают иные очень молодые люди после опасности; но все-таки вы подумаете, что он станет вам рассказывать, как плохо на четвертом бастионе от бомб и пуль: ничуть не бывало! плохо оттого, что грязно. «Пройти на батарею нельзя», скажет он, показыва 1000 я на сапоги, выше икор покрытые грязью. «А у меня нынче лучшего комендора убили, прямо в лоб влепило», — скажет другой. «Кого это? Митюхина?» — «Нет... Да что, дадут ли мне телятины? Вот канальи! прибавит он к трактирному слуге. — Не Митюхина, а Абросимова. Молодец такой — в шести вылазках был».

На другом углу стола, за тарелками котлет с горошком и бутылкой кислого крымского вина, называемого «бордо», сидят два пехотных офицера: один, молодой, с красным воротником и с двумя звездочками на шинели, рассказывает другому, старому, с черным воротником и без звездочек, про альминское дело. Первый уже немного выпил, и по остановкам, которые бывают в его рассказе, по нерешительному взгляду, выражающему сомнение в том, что ему верят, и главное, что слишком велика роль, которую он играл во всем этом, и слишком все страшно, заметно, что он сильно отклоняется от строгого повествования истины. Но вам не до этих рассказов, которые вы долго еще будете слушать во всех углах России: вы хотите скорее идти на бастионы, именно на четвертый, про который вам так много и так различно рассказывали. Когда кто-нибудь говорит, что он был на четвертом бастионе, он говорит это с особенным удовольствием и гордостью; когда кто говорит: «Я иду на четвертый бастион», — непременно заметны в нем маленькое волнение или слишком большое равнодушие; когда хотят подшутить над кем-нибудь, говорят: «Тебя бы поставить на четвертый бастион»; когда встречают носилки и спрашивают: «Откуда?» — большей частью отвечают: «С четвертого бастиона». Вообще же существуют два совершенно различные мнения про этот страшный бастион: тех, которые никогда на нем не были и которые убеждены, что четвертый бастион есть верная могила для каждого, кто пойдет на него, и тех, которые живут на нем, как белобрысенький мичман, и которые, говоря про четвертый бастион, скажут вам, сухо или грязно там, тепло или холодно в землянке и т. д.

В полчаса, которые вы провели в трактире, погода успела перемениться: туман, расстилавшийся по морю, собрался в серые, скучные, сырые тучи и закрыл солнце; какая-то печальная изморось сыплется сверху и мочит крыши, тротуары и солдатские шинели…

Пройдя еще одну баррикаду, вы выходите из дверей направо и поднимаетесь вверх по большой улице. За этой баррикадой дома по обеим сторонам улицы необитаемы, вывесок нет, двери закрыты досками, окна выбиты, где отбит угол стоны, где пробита крыша. Строения кажутся старыми, испытавшими всякое горе и нужду ветеранами и как будто гордо и несколько презрительно смотрят на вас. По дороге спотыкаетесь вы на валяющиеся ядра и в ямы с водой, вырытые в каменном грунте бомбами. По улице встречаете вы и обгоняете команды солдат, пластунов, офицеров; изредка встречаются женщина или ребенок, но женщина уже не в шляпке, а матроска в старой шубейке и в солдатских сапогах. Проходя дальше по улице и опустясь под маленький изволок, вы замечаете вокруг себя уже не дома, а какие-то странные груды развалин-камней, досок, глины, бревен; впереди себя на крутой горе видите какое-то черное, грязное пространство, изрытое канавами, и это-то впереди и есть четвертый бастион… Здесь народу встречается еще меньше, женщин совсем не видно, солдаты идут скоро, по дороге попадаются капли крови, и непременно встретите тут четырех солдат с носилками и на носилках бледно-желтоватое лицо и окровавленную шинель. Ежели вы спросите: «Куда ранен?» — носильщики сердито, не поворачиваясь к вам, скажут: в ногу или в руку, ежели он ранен легко; или сурово промолчат, ежели из-за носилок не видно головы и он уже умер или тяжело ранен.

Недалекий свист ядра или бомбы, в то самое время как вы станете подниматься на гору, неприятно поразит вас. Вы вдруг поймете, и совсем иначе, чем понимали прежде, значение тех звуков выстрелов, которые вы слушали в городе. Какое-нибудь тихо-отрадное воспоминание вдруг блеснет в вашем воображении; собственная ваша личность начнет занимать вас больше, чем наблюдения; у вас станет меньше внимания ко всему окружающему, и какое-то неприятное чувство нерешимос 1000 ти вдруг овладеет вами. Несмотря на этот подленький голос при виде опасности, вдруг заговоривший внутри вас, вы, особенно взглянув на солдата, который, размахивая руками и осклизаясь под гору, по жидкой грязи, рысью, со смехом бежит мимо вас, — вы заставляете молчать этот голос, невольно выпрямляете грудь, поднимаете выше голову и карабкаетесь вверх на скользкую глинистую гору. Только что вы немного взобрались в гору, справа и слева вас начинают жужжать штуцерные пули, и вы, может быть, призадумаетесь, не идти ли вам по траншее, которая ведет параллельно с дорогой; но траншея эта наполнена такой жидкой, желтой, вонючей грязью выше колена, что вы непременно выберете дорогу по горе, тем более, что вы видите, все идут по дороге. Пройдя шагов двести, вы входите в изрытое грязное пространство, окруженное со всех сторон турами, насыпями, погребами, платформами, землянками, на которых стоят большие чугунные орудия и правильными кучами лежат ядра. Все это кажется вам нагороженным без всякой цели, связи и порядка. Где на батарее сидит кучка матросов, где посередине площадки, до половины потонув в грязи, лежит разбитая пушка, где пехотный солдатик, с ружьем переходящий через батареи и с трудом вытаскивающий ноги из липкой грязи. Но везде, со всех сторон и во всех местах, видите черепки, неразорванные бомбы, ядра, следы лагеря, и все это затопленное в жидкой, вязкой грязи. Как вам кажется, недалеко от себя слышите вы удар ядра, со всех сторон, кажется, слышите различные звуки пуль — жужжащие, как пчела, свистящие, быстрые или визжащие, как струна, — слышите ужасный гул выстрела, потрясающий всех нас, и который вам кажется чем-то ужасно страшным.

«Так вот он, четвертый бастион, вот оно, это страшное, действительно ужасное место!» — думаете вы себе, испытывая маленькое чувство гордости и большое чувство подавленного страха. Но разочаруйтесь: это еще не четвертый бастион. Это Язоновский редут — место сравнительно очень безопасное и вовсе не страшное. Чтобы идти на четвертый бастион, возьмите направо, по этой узкой траншее, по которой, нагнувшись, побрел пехотный солдатик. По траншее этой встретите вы, может быть, опять носилки, матроса, солдат с лопатами, увидите проводники мин, землянки в грязи, в которые, согнувшись, могут влезать только два человека и там увидите пластунов черноморских батальонов, которые там переобуваются, едят, курят трубки, живут, и увидите опять везде ту же вонючую грязь, следы лагеря и брошенный чугун во всевозможных видах. Пройдя еще шагов триста, вы снова выходите на батарею — на площадку, изрытую ямами и обставленную турами, насыпанными землей, орудиями на платформах и земляными валами. Здесь увидите вы, может быть, человек пять матросов, играющих в карты под бруствером, и морского офицера, который, заметив в вас Нового человека, любопытного, с удовольствием покажет вам свое хозяйство и все, что для вас может быть интересного. Офицер этот так спокойно свертывает папиросу из желтой бумаги, сидя на орудии, так спокойно прохаживается от одной амбразуры к другой, так спокойно, без малейшей аффектации говорит с вами, что, несмотря на пули, которые чаще, чем прежде, жужжат над вами, вы сами становитесь хладнокровны и внимательно расспрашиваете и слушаете рассказы офицера. Офицер этот расскажет вам, — но только, ежели вы его расспросите, — про бомбардированье пятого числа, расскажет, как на его батарее только одно орудие могло действовать, и из всей прислуги осталось восемь человек, и как все-таки на другое утро, шестого, он палил[1] из всех орудий; расскажет вам, как пятого попала бомба в матросскую землянку и положила одиннадцать человек; покажет вам из амбразуры батареи и траншей неприятельские, которые не дальше здесь как в тридцати-сорока саженях. Одного я боюсь, что под влиянием жужжания пуль, высовываясь из амбразуры, чтобы посмотреть неприятеля, вы ничего не увидите, а ежели увидите, то очень удивитесь, что этот белый каменистый вал, который так близко от вас и на котором вспыхивают белые дымки, этот-то белый вал и сеть неприя 1000 тель — он, как говорят солдаты и матросы.

[1] Моряки все говорят палить, а не стрелять.

Даже очень может быть, что морской офицер, из тщеславия или просто так, чтобы доставить себе удовольствие, захочет при вас пострелять немного. «Послать комендора и прислугу к пушке», — и человек четырнадцать матросов живо, весело, кто засовывая в карман трубку, кто дожевывая сухарь, постукивая подкованными сапогами по платформе, подойдут к пушке и зарядят ее. Вглядитесь в лица, в осанки и в движения этих людей: в каждой морщине этого загорелого скуластого лица, в каждой мышце, в ширине этих плеч, в толщине этих ног, обутых в громадные сапоги, в каждом движении, спокойном, твердом, неторопливом, видны эти главные черты, составляющие силу русского, — простоты и упрямства; но здесь на каждом лицо кажется вам, что опасность, злоба и страдания войны, кроме этих главных признаков, проложили еще следы сознания своего достоинства и высокой мысли и чувства.

Вдруг ужаснейший, потрясающий не одни ушные органы, но все существо ваше, гул поражает вас так, что вы вздрагиваете всем телом. Вслед за тем вы слышите удаляющийся свист снаряда, и густой пороховой дым застилает вас, платформу и черные фигуры движущихся по ней матросов. По случаю этого нашего выстрела вы услышите различные толки матросов и увидите их одушевление и проявление чувства, которого вы не ожидали видеть, может быть, — это чувство злобы, мщения врагу, которое таится в душе каждого. «В самую абразуру попало; кажись, убило двух... вон понесли», — услышите вы радостные восклицания. «А вот он рассерчает: сейчас пустит сюда», — скажет кто-нибудь; и действительно, скоро вслед за этим вы увидите впереди себя молнию, дым; часовой, стоящий на бруствере, крикнет: «Пу-у-шка!» И вслед за этим мимо вас взвизгнет ядро, шлепнется в землю и воронкой взбросит вкруг себя брызги грязи и камни. Батарейный командир рассердится за это ядро, прикажет зарядить другое и третье орудия, неприятель тоже станет отвечать нам, и вы испытаете интересные чувства, услышите и увидите интересные вещи. Часовой опять закричит: «Пушка!» — и вы услышите тот же звук и удар, те же брызги, или закричит:

«Маркела!»[1] — и вы услышите равномерное, довольно приятное и такое, с которым с трудом соединяется мысль об ужасном, посвистывание бомбы, услышите приближающееся к вам и ускоряющееся это посвистывание, потом увидите черный шар, удар о землю, ощутительный, звенящий разрыв бомбы. Со свистом и визгом разлетятся потом осколки, зашуршат в воздухе камни, и забрызгает вас грязью. При этих звуках вы испытаете странное чувство наслаждения и вместе страха. В ту минуту, как снаряд, вы знаете, летит на вас, вам непременно придет в голову, что снаряд этот убьет вас; но чувство самолюбия поддерживает вас, и никто не замечает ножа, который режет вам сердце. Но зато, когда снаряд пролетел, не задев вас, вы оживаете, и какое-то отрадное, невыразимо приятное чувство, но только на мгновение, овладевает вами, так что вы находите какую-то особенную прелесть в опасности, в этой игре жизнью и смертью; вам хочется, чтобы еще и еще поближе упали около вас ядро или бомба. Но вот еще часовой прокричал своим громким, густым голосом: «Маркела!», еще посвистыванье, удар и разрыв бомбы; но вместе с этим звуком вас поражает стон человека. Вы подходите к раненому, который, в крови и грязи, имеет какой-то странный нечеловеческий вид, в одно время с носилками. У матроса вырвана часть груди. В первые минуты на набрызганном грязью лице его видны один испуг и какое-то притворное преждевременное выражение страдания, свойственное человеку в таком положении; но в то время как ему приносят носилки и он сам на здоровый бок ложится на них, вы замечаете, что выражение это сменяется выражением какой-то восторженности и высокой, невысказанной мысли: глаза горят ярче, зубы сжимаются, голова с усилием поднимается выше; и в то время как его поднимают, он останавливает носилки и с трудом, дрожащим голосом говорит товарищам: «Простите, братцы!» — еще хочет сказать что-то, и видно, что хочет сказать что-то трогательное, но повторяет только еще раз: «Простите, братцы!» В это время товарищ-матрос подходит к нему, надевает фуражку на голову, которую подставляет ему раненый, и спокойно,

---

[1] Мортира.

равнодушно, размахивая руками, возвращается к своему орудию. «Это вот каждый день этак человек семь или восемь», — говорит вам морской офицер, отвечая на выражение ужаса, выражающегося на вашем лице, зевая и свертывая папиросу из желтой бумаги...

. . . .

Итак, вы видели защитников Севастополя на самом месте защиты и идете назад, почему-то не обращая никакого внимания на ядра и пули, продолжающие свистать по всей дороге до разрушенного театра, — идете с спокойным, возвысившимся духом. Главное, отрадное убеждение, которое вы вынесли, — это убеждение в невозможности взять Севастополь, и не только взять Севастополь, но поколебать где бы то ни было силу русского народа, — и эту невозможность видели вы не в этом множестве траверсов, брустверов, хитросплетенных траншей, мин и орудий, одних на других, из которых вы ничего не поняли, но видели ее в глазах, речах, приемах, в том, что называется духом защитников Севастополя. То, что они делают, делают они так просто, так малонапряженно и усиленно, что, вы убеждены, они еще могут сделать во сто раз больше... они все могут сделать. Вы понимаете, что чувство, которое заставляет работать их, не есть то чувство мелочности, тщеславия, забывчивости, которое испытывали вы сами, но какое-нибудь другое чувство, более властное, которое сделало из них людей, так же спокойно живущих под ядрами, при ста случайностях смерти вместо одной, которой подвержены все люди, и живущих в этих условиях среди беспрерывного труда, бдения и грязи. Из-за креста, из-за названия, из угрозы не могут принять люди эти ужасные условия: должна быть другая, высокая побудительная причина. И эта причина есть чувство, редко проявляющееся, стыдливое в русском, но лежащее в глубине души каждого, — любовь к родине. Только теперь рассказы о первых временах осады Севастополя, когда в нем не было укреплений, не было войск, не было физической возможности удержать его и все-таки не было ни малейшего сомнения, что он не отдастся неприятелю, — о временах, когда этот герой, достойный древней Греции, — Корнилов, объезжая войска, говорил: «Умрем, ребята, а не отдадим Севастополя», — и наши русские, неспособные к фразерству, отвечали: «Умрем! ура!» — только теперь рассказы про эти времена перестали быть для вас прекрасным историческим преданием, но сделались достоверностью, фактом. Вы ясно поймете, вообразите себе тех людей, которых вы сейчас видели, теми героями, которые в те тяжелые времена не упали, а возвышались духом и с наслаждением готовились к смерти, не за город, а за родину. Надолго оставит в россии великие следы эта эпопея Севастополя, которой героем был народ русский…

Уже вечереет. Солнце перед самым закатом вышло из-за серых туч, покрывающих небо, и вдруг багряным светом осветило лиловые тучи, зеленоватое море, покрытое кораблями и лодками, колыхаемое ровной широкой зыбью, и белые строения города, и народ, движущийся по улицам. По воде разносятся звуки какого-то старинного вальса, который играет полковая музыка на бульваре, и звуки выстрелов с бастионов, которые странно вторят им.

Севастополь. 1855 года, 25 апреля.

Два гусара. Повесть

Посвящается графине М. Н. Толстой

... Жомини да Жомини,
А об водке ни полслова...

Д. Давыдов

В 1800-х годах, в те времена, когда не было еще ни железных, ни шоссейных дорог, ни газового, ни стеаринового света, ни пружинных низких диванов, ни мебели без лаку, ни разочарованных юношей со стеклышками, ни либеральных философов-женщин, ни милых дам-камелий, которых так много развелось в наше время, — в те наивные времена, когда из Москвы, выезжая в Петербург в повозке или карете, брали с собой целую кухню домашнего приготовления, ехали восемь суток по мягкой, пыльной или грязной дороге и верили в пожарские котлеты, в валдайские колокольчики и бублики, — когда в длинные осенние вечера нагорали сальные свечи, освещая семейные кружки из двадцати и тридцати человек, на балах в канделябры вставлялись восковые и спермацетовые свечи, когда мебель ставили симметрично, когда наши отцы были еще молоды не одним отсутствием морщин и седых волос, а стрелялись за женщин и из другого угла комнаты бросались поднимать нечаянно и не нечаянно уроненные платочки, наши матери носили коротенькие талии и огромные рукава и решали семейные дела выниманием билетиков, когда прелестные дамы-камелии прятались от дневного света, — в наивные времена масонских лож, мартинистов, тугендбунда, во времена Милорадовичей, Давыдовых, Пушкиных, в губернском городе К. был съезд помещиков, и кончались дворянские выборы.

I

— Ну, все равно, хоть в залу, — говорил молодой офицер в шубе и гусарской фуражке, только что из дорожных саней, входя в лучшую гостиницу города К.

— Съезд такой, батюшка ваше сиятельство, огромный, — говорил коридорный, успевший уже от денщика узнать, что фамилия гусара была граф Турбин, и поэтому величавший его «ваше сиятельство». — Афремовская помещица с дочерьми обещались к вечеру выехать; так вот и изволите занять, как опростается, одиннадцатый номер, — говорил он, мягко ступая впереди графа по коридору и беспрестанно оглядываясь.

В общей зале перед маленьким столом, подле почерневшего, во весь рост, портрета императора Александра, сидели за шампанским несколько человек — *здешних* дворян, должно быть, и в сторонке какие-то купцы, проезжающие, в синих шубах.

Войдя в комнату и зазвав туда *Блюхера*, огромную серую меделянскую собаку приехавшую с ним, граф сбросил заиндевевшую еще на воротнике шинель, спросил водки и, оставшись в атласном синем архалуке, подсел к столу и вступил в разговор с господами, сидевшими тут, которые, сейчас же расположенные в пользу приезжего его прекрасной и открытой наружностью, предложили ему бокал шампанского. Граф выпил сначала стаканчик водки, а потом тоже спросил бутылку, чтоб угостить новых знакомых. Вошел ямщик просить на водку.

— Сашка, — крикнул граф, — дай ему! Ямщик вышел с Сашкой и снова вернулся, держа в руке деньги.

— Что ж, батюшка васясо, как, кажется, старался твоей милости! полтинник обещал, а они четвертак пожаловали.

— Сашка! дай ему целковый!

Сашка, потупясь, посмотрел на ноги ямщика.

— Будет с него, — сказал он басом, — да у меня и денег нет больше.

Граф достал из бумажника единственные две синенькие, которые были в нем, и дал одну ямщику, который поцеловал его в ручку и вышел.

— Вот пригнал! — сказал граф, — последние пять рублей.

— По-гусарски, граф, — улыбаясь, сказал один из дворян, по усам, голосу и какой-то энергической развязности в ногах, очевидно, отставной кавалерист. — Вы здесь долго намерены пробыть, граф?

— Денег достать нужно; а то бы я не остался. Да и номеров нет. Черт их дери, в этом кабаке проклятом…

— Позвольте, граф, — возразил кавалерист, — да не угодно ли ко мне? я вот здесь, в седьмом номере. Коли не побрезгуете покамест прокочевать. А вы пробудьте у нас денька три. Нынче же бал у предводителя. Как бы он рад был!

— Право, граф, погостите, — подхватил другой из собеседников, красивый молодой человек, — куда вам торопиться! А ведь это в три года раз бывает — выборы. Посмотрели бы хоть на наших барышень, граф?

— Сашка! давай белье: поеду в баню, — сказал граф, вставая. — А оттуда, посмотрим, может, и в самом деле к предводителю дернуть.

Потом он позвал полового, поговорил о чем-то с ним, на что половой, усмехнувшись, ответил, «что все дело рук человеческих», и вышел.

— Так я, батюшка, к вам в номер велю перенести чемодан, — крикнул граф из-за двери.

— Сделайте одолжение, осчастливите, — отвечал кавалерист, подбегая к двери. — Седьмой номер! не забудьте.

Когда шаги его уже перестали быть слышны, кавалерист вернулся на свое место и, подсев ближе к чиновнику и взглянув ему прямо улыбающимися глазами в лицо, сказал:

— А ведь это тот самый.

— Ну?

— Уж я тебе говорю, что тот самый дуэлист-гусар, — ну, Турбин, известный. Он меня узнал, пари держу, что узнал. Как же, мы в

Лебедяни с ним кутили вместе три недели без просыпу, когда я за ремонтом был. Там одна штука была — мы вместе сотворили, — от этого он как будто ничего. А молодчина, а?

— Молодец. И какой он приятный в обращении! ничего так не заметно, — отвечал красивый молодой человек, — как мы скоро сошлись... Что, ему лет двадцать пять, не больше?

— Нет, оно так кажется; только ему больше. Да ведь надо знать, кто это? Мигунову кто увез? — он. Саблина он убил, Матнева он из окошка за ноги спустил, князя Нестерова он обыграл на триста тысяч. Ведь это какая отчаянная башка, надо знать! Картежник, дуэлист, соблазнитель; но гусар — душа, уж истинно душа. Ведь только на нас слава, а коли бы понимал кто-нибудь, что *о* такое значит гусар истинный. Ах, времечко было!

И кавалерист рассказал своему собеседнику такой лебедянский кутеж с графом, которого не только никогда не было, но и не могло быть. Не могло быть, во-первых, потому, что графа он никогда прежде не видывал и вышел в отставку двумя годами раньше, чем граф поступил на службу, а во-вторых, потому, что кавалерист никогда даже не служил в кавалерии, а четыре года служил самым скромным юнкером в Белевском полку и, как только был произведен в прапорщики, вышел в отставку. Но десять лет тому назад, получив наследство, он ездил действительно в Лебедянь, прокутил там с ремонтерами семьсот рублей и сшил себе уже было уланский мундир с оранжевыми отворотами, с тем чтобы поступить в уланы. Желание поступить в кавалерию и три недели, проведенные с ремонтерами в Лебедяни, осталось самым светлым, счастливым периодом в его жизни, так что желание это сначала он перенес в действительность, потом в воспоминание и сам уже стал твердо верить в свое кавалерийское прошедшее, что не мешало ему быть по мягкосердечию и честности истинно достойнейшим человеком.

— Да, кто не служил в кавалерии, тот никогда не поймет нашего брата. — Он сел верхом на стул и, выставив нижнюю челюсть, заговорил басом. — Едешь, бывало, перед эскадроном; под тобой черт, а не лошадь, в ланцадах вся; сидишь, бывало, этак чертом. Подъедет эскадронный командир на смотру. «Поручик, говорит, пожалуйста — без вас ничего не будет — проведите эскадрон церемониалом». Хорошо, мол, а уж тут — есть! Оглянешься, крикнешь, бывало, на усачей своих. Ах, черт возьми, времечко было!

Вернулся граф, весь красный и с мокрыми волосами, из бани и вошел прямо в седьмой нумер, в котором уже сидел кавалерист в халате, с трубкой, с наслаждением и некоторым страхом размышлявший о том счастии, которое ему выпало на долю, — жить в одной комнате с известным Турбиным. «Ну, что, — приходило ему в голову, — как вдруг возьмет да разденет меня, голого вывезет за заставу да посадит в снег, или... дегтем вымажет, или просто... Нет, по-товарищески не сделает...»-утешал он себя.

— Блюхера накормить, Сашка! — крикнул граф. Явился Сашка, с дороги выпивший стакан водки и захмелевший порядочно.

— Ты уж не утерпел, напился, каналья!.. Накормить Блюхера!

— И так не издохнет: вишь, какой гладкий! — отвечал Сашка, поглаживая собаку.

— Ну, не разговаривать! пошел накорми.

— Вам только бы собака сыта была, а человек выпил рюмку, так и попрекаете.

— Эй, прибью! — крикнул граф таким голосом, что стекла задрожали в окнах и кавалеристу даже стало немного страшно.

— Вы бы спросили, ел ли еще нынче Сашка-то что-нибудь. Что ж, бейте, коли вам собака дороже человека, — проговорил Сашка. Но тут же получил такой страшный удар кулаком в лицо, что упал, стукнулся головой о перегородку и, схватясь рукой за нос, выскочил в дверь и повалился на ларе в коридоре.

— Он мне зубы разбил, — ворчал Сашка, вытирая одной рукой окровавленный нос, а другой почесывая спину облизывавшегося Блюхера, — он мне зубы разбил. Блюшка, а все он мой граф, и я за него могу пойти в огонь — вот что! Потому он мой граф, понимаешь, Блюшка? А есть хочешь?

Полежав немного, он встал, накормил собаку и, почти трезвый, пошел прислуживать и предлагать чаю своему графу.

— Вы меня просто обидите, — говорил робко кавалерист, стоя перед графом, который, задрав ноги на перегородку, лежал на его постели, — я ведь тоже старый военный и товарищ, могу сказать. Чем вам у кого-нибудь занимать, я вам с радостию готов служить рублей двести. У меня теперь нет их, а только сто; но я нынче же достану. Вы меня просто обидите, граф!

— Спасибо, батюшка, — сказал граф, сразу угадав тот род отношений, который должен был установиться между ними, трепля по плечу кавалериста, — спасибо. Ну, так и на бал поедем, коли так. А теперь что будем делать? Рассказывай, что у вас в городе есть: хорошенькие кто? кутит кто? в карты кто играет?

Кавалерист объяснил, что хорошеньких пропасть на бале будет; что кутит больше всех исправник Колков, вновь выбранный, только что удали нет в нем настоящей гусарской, а так только — малый добрый; что Илюшкин хор цыган здесь с начала выборов поет, Стешка запевает, и что нынче к ним *все* от предводителя собираются.

— И игра есть порядочная, — рассказывал он. — Лухнов, приезжий, играет с деньгами, и Ильин, что в восьмом нумере стоит, уланский корнет, тоже много проигрывает. У него уже началось. Каждый вечер играют, и какой малый чудесный, я вам скажу, граф, Ильин этот: вот уж нескупой — последнюю рубашку отдаст.

— Так пойдем к нему. Посмотрим, что за народ такой, — сказал граф.

— Пойдемте, пойдемте! Они ужасно рады будут.

II

Уланский корнет Ильин недавно проснулся. Накануне он сел за игру в восемь часов вечера и проиграл пятнадцать часов сряду, до одиннадцати утра. Он проиграл что-то много, но сколько именно, он не знал, потому что у него было тысячи три своих денег и пятнадцать тысяч казенных, которые он давно смешал вместе с своими и боялся считать, чтобы не убедиться в том, что он предчувствовал, — что уже и казенных недоставало сколько-то. Он заснул почти в полдень и спал тем тяжелым сном без сновидений, которым спится только очень молодому человеку и после очень большого проигрыша. Проснувшись в шесть часов вечера, в то самое время, как граф Турбин приехал в гостиницу, и увидав вокруг себя на полу карты, мел и испачканные столы посреди комнаты, он с ужасом вспомнил вчерашнюю игру и последнюю карту — валета, которую ему убили на пятьсот рублей, но, не веря еще хорошенько действительности, достал из-под подушки деньги и стал считать. Он узнал некоторые ассигнации, которые углами и транспортами несколько раз переходили из рук в руки, вспомнил весь ход игры. Своих трех тысяч уже не было, и из казенных недоставало уже двух с половиною тысяч.

Улан играл четыре ночи сряду.

Он ехал из Москвы, где получил казенные деньги. В К. его задержал смотритель под предлогом неимения лошадей, но, в сущности, по уговору, который он сделал давно с содержателем гостиницы, — задерживать на день всех проезжающих. Улан, молоденький, веселый мальчик, только что получивший в Москве от родителей три тысячи на обзаведение в полку, был рад пробыть во время выборов несколько дней в городе К. и надеялся тут на славу повеселиться. Один помещик семейный был ему знаком, и он сбирался поехать к нему, поволочиться за его дочерьми, когда кавалерист явился знакомиться к улану и в тот же вечер, без всякой дурной мысли, свел его с своими знакомыми, Лухновым и другими игроками, в общей зале. С того же вечера улан сел за игру и не только не ездил к знакомому помещику, но не спрашивал больше про лошадей и не выходил четыре дня из комнаты.

Одевшись и напившись чаю, он подошел к окну. Ему захотелось пройтись, чтобы прогнать неотвязчивые игорные воспоминания. Он надел шинель и вышел на улицу. Солнце уже спряталось за белые дома с красными крышами; наступали сумерки. Было тепло. На грязные улицы тихо падал хлопьями влажный снег. Ему вдруг стало невыносимо грустно от мысли, что он проспал весь этот день, который уже кончался.

«Уж этого дня, который прошел, никогда не воротишь», — подумал он.

«Погубил я свою молодость», — сказал он вдруг сам себе, не потому, чтобы он действительно думал, что он погубил свою молодость, — он даже вовсе и не думал об этом, — но так ему пришла в голову эта фраза.

«Что теперь я буду делать? — рассуждал он. — Занять у кого-нибудь и уехать». Какая-то барыня прошла по тротуару. «Вот так глупая барыня, — подумал он отчего-то. — Занять-то не у кого. Погубил я свою молодость». Он подошел к рядам. Купец в лисьей шубе стоял у дверей лавки и зазывал к себе. «Коли бы восьмерку я не снял, я бы отыгрался». Нищая старуха хныкала, следуя за ним. «Занять-то не у кого». Какой-то господин в медвежьей шубе проехал, будочник стоит. «Что бы сделать такое необыкновенное? Выстрелить в них? Нет, скучно! Погубил я свою молодость. Ах, хомуты славные с набором висят. Вот бы на тройку сесть. Эх вы, голубчики! Пойду домой. Лухнов скоро придет, играть станем». Он вернулся домой, еще раз счел деньги. Нет, он не ошибся в первый раз: опять из казенных недоставало две с половиной тысячи рублей. «Поставлю первую двадцать пять, вторую — угол... на семь кушей... на пятнадцать, на тридцать, на шестьдесят... три тысячи. Куплю хомуты и уеду. Не даст, злодей! Погубил я свою молодость». Вот что происходило в голове улана в то время, как Лухнов действительно вошел к нему.

— Что, давно встали, Михаиле Васильич? — спросил Лухнов, медлительно снимая с сухого носа золотые очки и старательно вытирая их красным шелковым платком.

— Нет, сейчас только. Отлично спал.

— Какой-то гусар приехал, остановился у Завальшевского... не слыхали?

— Нет, не слыхал... А что же, еще никого нет?

— Зашли, кажется, к Пряхину. Сейчас придут.

Действительно, скоро вошли в нумер: гарнизонный офицер, всегда сопутствовавший Лухнову; купец какой-то из греков с огромным горбатым носом коричневого цвета и впалыми черными глазами; толстый, пухлый помещик, винокуренный заводчик, игравший по целым ночам, всегда семпелями по полтиннику. Всем хотелось начать игру поскорее; но главные игроки ничего не говорили об этом предмете, особенно Лухнов чрезвычайно спокойно рассказывал о мошенничестве в Москве.

— Надо вообразить, — говорил он, — Москва — первопрестольный град, столица — и по ночам ходят с крюками мошенники, в чертей наряжены, глупую чернь пугают, грабят проезжих — и конец. Что полиция смотрит? Вот что мудрено.

Улан слушал внимательно рассказ о мошенниках, но в конце его встал и велел потихоньку подать карты. Толстый помещик первый высказался:

— Что ж, господа, золотое-то времечко терять! За дело, так за дело!

— Да, вы по полтинничкам натаскали вчера, так вам и нравится, — сказал грек.

— Точно, пора бы, — сказал гарнизонный офицер.

Ильин посмотрел на Лухнова. Лухнов продолжал спокойно, глядя ему в глаза, историю о мошенниках, наряженных в чертей с когтями.

— Будете метать? — спросил улан.

— Не рано ли?

— Белов! — крикнул улан, покраснев отчего-то, — принеси мне обедать... я еще не ел ничего, господа... шампанского принеси и карты подай.

В это время в нумер вошли граф и Завальшевский. Оказалось, что Турбин и Ильин были одной дивизии. Они тотчас же сошлись, чокнувшись выпили шампанского и через пять минут уж были на «ты». Казалось, Ильин очень понравился графу. Граф все улыбался, глядя на него, и подтрунивал над его молодостью.

— Экой молодчина улан! — говорил он. — Усищи-то, усищи-то!

У Ильина и пушок на губе был совершенно белый.

— Что, вы играть собираетесь, кажется? — сказал граф. — Ну, желаю тебе выиграть, Ильин! Ты, я думаю, мастер! — прибавил он, улыбаясь.

— Да вот, собираются, — отвечал Лухнов, раздирая дюжину карт, — а вы, граф, не изволите?

— Нет, нынче не буду. А то б я вас всех вздул. Я как пойду гнуть, так у меня всякий банк затрещит! Не на что. Проигрался под Волочком на станции. Попался мне там пехоташка какой-то, с перстнями, должно быть, шулер, — и облапошил дочиста.

— Разве ты долго сидел там на станции? — спросил Ильин.

— Двадцать два часа просидел. Памятна эта станция, проклятая! ну, да и смотритель не забудет.

— А что?

— Приезжаю, знаешь: выскочил смотритель, мошенницкая рожа, плутовская, — лошадей нет, говорит; а у меня, надо тебе сказать, закон: как лошадей нет, я не снимаю шубы и отправляюсь к смотрителю в комнату, — знаешь, не в казенную, а к смотрителю, и приказываю отворить настежь все двери и форточки: угарно будто бы. Ну, и тут то же. А морозы, помнишь, какие были в прошлом месяце — градусов двадцать было. Смотритель разговаривать было стал, я его в зубы. Тут старуха какая-то, девчонки, бабы писк подняли, похватали горшки и бежать было на деревню... Я к двери; говорю: давай лошадей, так уеду, а то не выпущу, всех заморожу!

— Вот так отличная манера! — сказал пухлый помещик, заливаясь хохотом, — это как тараканов вымораживают!

— Только не укараулил я как-то, вышел, — и удрал от меня смотритель со всеми бабами. Одна старуха осталась у меня под залог, на печке она все чихала и богу молилась. Потом уж мы переговоры вели: смотритель приходил и издалека все уговаривал, чтоб отпустить старуху, а я его Блюхером притравливал, — отлично берет смотрителей Блюхер. Так и не дал мерзавец лошадей до другого утра.

Да тут подъехал этот пехоташка. Я ушел в другую комнату, и стали играть. Вы видели Блюхера?… Блюхер!.. Фю!

Вбежал Блюхер. Игроки снисходительно занялись им, хотя видно было, что им хотелось заниматься совершенно другим делом.

— Однако что же вы, господа, не играете? Пожалуйста, чтоб я вам не мешал. Ведь я болтун, — сказал Турбин, — *любишь не любишь* — дело хорошее.

III

Лухнов придвинул к себе две свечи, достал огромный, наполненный деньгами коричневый бумажник, медлительно, как бы совершая какое-то таинство, открыл его на столе, вынул оттуда две сторублевые бумажки и положил их под карты.

— Так же, как вчера, — банку двести, — сказал он, поправляя очки и распечатывая колоду.

— Хорошо, — сказал, не глядя на него, Ильин между разговором, который он вел с Турбиным.

Игра завязалась. Лухнов метал отчетливо, как машина, изредка останавливаясь и неторопливо записывая или строго взглядывая сверх очков и слабым голосом говоря: «Пришлите». Толстый помещик говорил громче всех, делая сам с собой вслух различные соображения, и мусолил пухлые пальцы, загибая карты. Гарнизонный офицер молча, красиво подписывал под картой и под столом загибал маленькие уголки. Грек сидел сбоку банкомета и внимательно следил своими впалыми черными глазами за игрой, выжидая чего-то. Завалыневский, стоя у стола, вдруг весь приходил в движение, доставал из кармана штанов красненькую или синенькую, клал сверх нее карту, прихлопывал по ней ладонью, приговаривал: «Вывези, семерочка!», закусывал усы, переминался с ноги на ногу, краснел и приходил весь в движение, продолжавшееся до тех пор, пока не выходила карта. Ильин ел телятину с огурцами, поставленную подле него на волосяном диване, и, быстро обтирая руки о сюртук, ставил одну карту за другой. Турбин, сидевший сначала на диване, тотчас же заметил, в чем дело. Лухнов не глядел вовсе на улана и ничего не говорил ему: только изредка его очки на мгновение направлялись на руки улана, но большая часть его карт проигрывала.

— Вот бы мне эту карточку убить, — приговаривал Лухнов про карту толстого помещика, игравшего по полтине.

— Вы бейте у Ильина, а мне-то что, — замечал помещик.

И действительно, Ильина карты бились чаще других. Он нервически раздирал под столом проигравшую карту и дрожащими руками выбирал другую. Турбин встал с дивана и попросил грека пустить его сесть подле банкомета. Грек пересел на другое место, а граф, сев на его стул, не спуская глаз, пристально начал смотреть на руки Лухнова.

— Ильин! — сказал он вдруг своим обыкновенным голосом, который, совершенно невольно для него, заглушал все другие, — зачем рутерок держишься? Ты не умеешь играть!

— Уж как ни играй, все равно.

— Так ты наверно проиграешь. Дай я за тебя попонтирую.

— Нет, извини, пожалуйста: уж я всегда сам. Играй за себя, ежели хочешь.

— За себя, я сказал, что не буду играть; я за тебя хочу. Мне досадно, что ты проигрываешься.

— Уж, видно, судьба!

Граф замолчал и, облокотясь, опять так же пристально стал смотреть на руки банкомета.

— Скверно! — вдруг проговорил он громко и протяжно.

Лухнов оглянулся на него.

— Скверно, скверно! — проговорил он еще громче, глядя прямо в глаза Лухнову. Игра продолжалась.

— Не-хо-ро-шо! — опять сказал Турбин, только что Лухнов убил большую карту Ильина.

— Что это вам не нравится, граф? — учтиво и равнодушно спросил банкомет.

— А то, что вы Ильину семпеля даете, а углы бьете. Вот что скверно.

Лухнов сделал плечами и бровями легкое движение, выражавшее совет во всем предаваться судьбе, и продолжал играть.

— Блюхер, фю! — крикнул граф, вставая, — узи его! — прибавил он быстро.

Блюхер, стукнувшись спиной об диван и чуть не сбив с ног гарнизонного офицера, выскочил оттуда, подбежал к своему хозяину и зарычал, оглядываясь на всех и махая хвостом, как будто спрашивая: «Кто тут грубит? а?»

Лухнов положил карты и со стулом отодвинулся в сторону.

— Этак нельзя играть, — сказал он, — я ужасно собак не люблю. Что ж за игра, когда целую псарню приведут!

— Особенно эти собаки: они пиявки называются, кажется, — поддакнул гарнизонный офицер.

— Что ж, будем играть, Михайло Васильич, или нет? — сказал Лухнов хозяину.

— Не мешай нам, пожалуйста, граф! — обратился Ильин к Турбину.

— Поди сюда на минутку, — сказал Турбин, взяв Ильина за руку, и вышел с ним за перегородку.

Оттуда были совершенно ясно слышны слова графа, говорившего своим обыкновенным голосом. А голос у него был такой, что его всегда слышно было за три комнаты.

— Что ты, ошалел, что ли? Разве не видишь, что этот господин в очках — шулер первой руки.

— Э, полно! что ты говоришь!

— Не полно, а брось, я тебе говорю. Мне бы все равно. В другой раз я бы сам тебя обыграл; да так, мне что-то жалко, что ты продуешься. Еще нет ли у тебя казенных денег?

— Нет; да и с чего ты выдумал?

— Я, брат, сам по этой дорожке бегал, так все шулерские приемы знаю; я тебе говорю, что в очках — это шулер. Брось, пожалуйста. Я тебя прошу, как товарища.

— Ну, вот я только одну талию, и кончу. — Знаю, как одну; ну, да посмотрим.

Вернулись. В одну талию Ильин поставил столько карт и столько их ему убили, что он проиграл много.

Турбин положил руки на середину стола.

— Ну, баста! Поедем.

— Нет, уж я не могу; оставь меня, пожалуйста, — сказал с досадой Ильин, тасуя гнутые карты и не глядя на Турбина.

— Ну, черт с тобой! проигрывай наверняка, коли тебе нравится, а мне пора! Завальшевский! поедем к предводителю.

И они вышли. Все молчали, и Лухнов не метал до тех пор, пока стук их шагов и когтей Блюхера не замер по коридору.

— Эка башка! — сказал помещик, смеясь.

— Ну, теперь не будет мешать, — прибавил торопливо и еще шепотом гарнизонный офицер. И игра продолжалась.

IV

Музыканты, дворовые люди предводителя, стоя в буфете, очищенном на случай бала, уже заворотив рукава сюртуков, по данному знаку заиграли старинный польский «Александр, Елисавета» и при ярком и мягком освещении восковых свеч по большой паркетной зале начинали плавно проходить: екатерининский генерал-губернатор со звездой, под руку с худощавой предводительшей, предводитель под руку с губернаторшей и т. д. — губернские власти в различных сочетаниях и перемещениях, когда Завальшевский, в синем фраке с огромным воротником и буфами на плечах, в чулках и башмаках, распространяя вокруг себя запах жасминных духов, которыми были обильно спрыснуты его усы, лацкана и платок, вместе с красавцем гусаром в голубых обтянутых рейтузах и шитом золотом красном ментике, на котором висели владимирский крест и медаль двенадцатого года, вошли в залу. Граф был невысок ростом, но отлично, красиво сложен. Ясно-голубые и чрезвычайно блестящие глаза и довольно большие, вьющиеся густыми кольцами, темно-русые волосы придавали его красоте замечательный характер. Приезд графа на бал был ожидаем: красивый молодой человек, видевший его в гостинице, уже повестил о том предводителя. Впечатление, произведенное этим известием, было различно, но вообще не совсем приятно. «Еще на смех подымет этот мальчишка» — было мнение старух и мужчин. «Что, если он меня похитит?» — было более или менее мнение молодых женщин и барышень.

Как только польский кончился и пары взаимно раскланивались, снова отделяясь женщины к женщинам, мужчины к мужчинам, Завальшевский, счастливый и гордый, подвел графа к хозяйке. Предводительша, испытывая некоторый внутренний трепет, чтобы гусар этот не сделал с ней при всех какого-нибудь скандала, гордо и презрительно отворотясь, сказала: «Очень рада-с! надеюсь, будете танцевать?»-и недоверчиво взглянула на него с выражением, говорившим: «Уж ежели ты женщину обидишь, то ты совершенный подлец после этого». Граф, однако, скоро победил это предубеждение своею любезностью, внимательностью и прекрасной веселой наружностью, так что чрез пять минут выражение лица предводительши уже говорило всем окружающим: «Я знаю, как вести этих господ: он сейчас понял, с кем говорит; вот и будет со мной весь вечер любезничать». Однако тут же подошел к графу губернатор, знавший его отца, и весьма благосклонно отвел его в сторону и поговорил с ним, что еще больше успокоило губернскую публику и возвысило в ее мнении графа. Потом Завальшевский подвел его знакомить к своей сестре — молодой полненькой вдовушке, с самого приезда графа впившейся в него своими большими черными глазами. Граф позвал вдовушку танцевать вальс, который заиграли в это время музыканты, и уже окончательно своим искусством танцевать победил общее предубеждение.

— А мастер танцевать! — сказала толстая помещица, следя за ногами в синих рейтузах, мелькавшими по зале, и мысленно считая: раз, два, три; раз, два, три… — мастер!

— Так и строчит, так и строчит, — сказала другая приезжая, считавшаяся дурного тона в губернском обществе, — как он шпорами не заденет! Удивительно, очень ловок!

Граф затмил своим искусством танцевать трех лучших танцоров в губернии: и высокого белобрысого адъютанта губернаторского, отличавшегося своею быстротой в танцах и тем, что он держал даму очень близко, и кавалериста, отличавшегося грациозным раскачиванием во время вальса и частым, но легким притоптыванием каблучка; и еще другого, штатского, про которого все говорили, что он хотя и недалек по уму, но танцор превосходный и душа всех балов. Действительно, этот штатский с начала бала и до конца приглашал всех дам по порядку, как они сидели, не переставал танцевать ни на минуту и только изредка останавливался, чтоб обтереть сделавшимся совершенно мокрым батистовым платочком изнуренное, но веселое лицо. Граф затмил всех их и танцевал с тремя главными дамами: с большой — богатой, красивой и глупой, с средней — худощавой, не слишком красивой, но прекрасно одевающейся, и с маленькой — некрасивой, но очень умной дамой. Он танцевал и с другими, со всеми хорошенькими, а хорошеньких было много. Но вдовушка, сестра Завальшевского, больше всех понравилась графу: с ней он танцевал и кадриль, и экосес, и мазурку. Он начал с того, когда они уселись в кадрили, что наговорил ей много комплиментов, сравнивая ее с Венерой, и с Дианой, и с розаном, и еще с каким-то цветком. На все эти любезности вдовушка только сгибала белую шейку, опускала глазки, глядя на свое белое кисейное платьице или из одной руки в другую перекладывая опахало. Когда же она говорила: «Полноте, граф, вы шутите», — и т. п., голос ее, немного горловой, звучал таким наивным простодушием и смешною глупостью, что, глядя на нее, действительно приходило в голову, что это не женщина, а цветок, и не розан, а какой-то дикий бело-розовый пышный цветок без запаха, выросший один из девственного снежного сугроба в какой-нибудь очень далекой земле.

Такое странное впечатление производило на графа это соединение наивности и отсутствия всего условного с свежей красотой, что несколько раз в промежутки разговора, когда он молча смотрел ей в глаза или на прекрасные линии рук и шеи, ему приходило в голову с такой силой желание вдруг схватить ее на руки и расцеловать, что он серьезно должен был удерживаться. Вдовушка с удовольствием замечала впечатление, которое она производила; но что-то ее начинало тревожить и пугать в обращении графа, несмотря на то, что молодой гусар был вместе с заискивающею любезностью почтителен, по теперешним понятиям, до приторности. Он бегал ей за оршадом, подымал платок, вырвал стул из рук какого-то золотушного молодого помещика, который хотел тоже прислужить ей, чтобы подать его скорее, и т. д.

Заметив, что светская тогдашнего времени любезность мало действовала на его даму, он попробовал смешить ее, рассказывая ей забавные анекдоты; уверял, что он, если она прикажет, готов сейчас стать на голову, закричать петухом, выскочить в окно или броситься в прорубь. Это совершенно удалось: вдовушка развеселилась и как-то переливами смеялась, показывая чудные белые зубки, и была совершенно довольна своим кавалером. Графу же она с каждой минутой все более и более нравилась, так что под конец кадрили он был искренно влюблен в нее.

Когда после кадрили к вдовушке подошел ее давнишний восемнадцатилетний обожатель, неслужащий сын самого богатого помещика, золотушный молодой человек, тот самый, у которого вырвал стул Турбин, она приняла его чрезвычайно холодно, и в ней не было заметно и десятой доли того смущения, которое она испытывала с графом.

— Хороши вы, — сказала она ему, глядя в это время на спину Турбина и бессознательно соображая, сколько аршин золотого шнурка пошло на всю куртку, — хороши вы: обещали за мной заехать кататься и конфет мне привезти.

— Да я ведь приезжал, Анна Федоровна, а вас уже не было, и конфеты самые лучшие оставил, — сказал молодой человек, несмотря на высокий рост, очень тоненьким голоском.

— Вы найдете всегда отговорки! не нужно мне ваших конфет. Пожалуйста, не думайте...

— Я уж вижу, Анна Федоровна, как вы ко мне переменились, и знаю отчего. Только это нехорошо, — прибавил он, но, видимо, не докончив своей речи от какого-то внутреннего сильного волнения, заставившего весьма быстро и странно дрожать его губы.

Анна Федоровна не слушала его и продолжала следить глазами за Турбиным.

Предводитель, хозяин дома, величаво-толстый беззубый старик, подошел к графу и, взяв его под руку, пригласил в кабинет покурить и выпить, ежели угодно. Как только Турбин вышел, Анна Федоровна почувствовала, что в зале совершенно нечего делать, и, взяв под руку старую, сухую барышню, свою приятельницу, вышла с ней в уборную.

— Ну, что? мил? — спросила барышня.

— Только ужасно как пристает, — отвечала Анна Федоровна, подходя к зеркалу и глядясь в него.

Лицо ее просияло, глаза засмеялись, она покраснела даже и вдруг, подражая балетным танцовщицам, которых видела на этих выборах, перевернулась на одной ножке, потом засмеялась своим горловым, но милым смехом и припрыгнула даже, поджав колени.

— Каков? он у меня сувенир просил, — сказала она приятельнице, — только ничего ему не бу-у-у-дет, — пропела она последнее слово и подняла один палец в лайковой, до локтя высокой перчатке...

В кабинете, куда привел предводитель Турбина, стояли разных сортов водки, наливки, закуски и шампанское. В табачном дыму сидели и ходили дворяне, разговаривая о выборах.

— Когда все благородное дворянство нашего уезда почтило его выбором, — говорил вновь выбранный исправник, уже значительно выпивший, — то он не должен был манкировать перед всем обществом, никогда не должен был...

Приход графа прервал разговор. Все стали с ним знакомиться, и особенно исправник обеими руками долго жал его руку и несколько раз просил, чтобы он не отказался ехать с ними в компании после бала в новый трактир, где он угащивает дворян и где цыгане петь будут. Граф обещал непременно быть и выпил с ним несколько бокалов шампанского.

— Что ж вы не танцуете, господа? — спросил он перед тем, как выходить из комнаты.

— Мы не танцоры, — отвечал исправник, смеясь, — мы больше насчет вина, граф... А впрочем, ведь это при мне повыросло, все эти барышни, граф! Я этак иногда тоже в экосесе пройдусь, граф... могу, граф...

— А пойдем теперь пройдемся, — сказал Турбин, — разгуляемся перед цыганами.

— Что ж, пойдемте, господа! потешим хозяина.

И человека три дворян, с самого начала бала пившие в кабинете, с красными лицами, надели кто черные, кто шелковые вязаные перчатки и вместе с графом уже собрались идти в залу, когда их задержал золотушный молодой человек, весь бледный и едва удерживая слезы, подошедший к Турбину.

— Вы думаете, что вы граф, так можете толкаться, как на базаре, — говорил он, с трудом переводя дыхание, — оттого, что это неучтиво...

Снова против его воли запрыгавшие губы остановили поток его речи.

— Что? — крикнул Турбин, вдруг нахмурившись. — Что? Мальчишка! — крикнул он, схватив его за руки и сжав так, что у молодого человека кровь в голову бросилась, не столько от досады, сколько от страха, — что, вы стреляться хотите? Так я к вашим услугам.

Едва Турбин выпустил руки, которые он сжал так крепко, как уже двое дворян подхватили под руки молодого человека и потащили к задней двери.

— Что, вы с ума сошли? Вы напились, верно. Вот папеньке сказать. Что с вами? — говорили они ему.

— Нет, не напился, а он толкается и не извиняется. Он свинья! вот что! — пищал молодой человек, уже совершенно расплакавшись.

Однако его не послушали и увезли домой.

— Полноте, граф! — увещевали с своей стороны Турбина исправник и Завальшевский, — ведь ребенок, его секут еще, ему ведь шестнадцать лет. И что с ним сделалось, нельзя понять. Какая его муха укусила? И отец его почтенный такой человек, кандидат наш.

— Ну, черт с ним, коли не хочет...

И граф вернулся в залу и, так же как и прежде, весело танцевал экосес с хорошенькой вдовушкой и от всей души хохотал, глядя на па, которые выделывали господа, вышедшие с ним из кабинета, и залился звонким хохотом на всю залу, когда исправник поскользнулся и во весь рост шлепнулся посередине танцующих.

V

Анна Федоровна, в то время как граф ходил в кабинет, подошла к брату и, почему-то сообразив, что нужно притвориться весьма мало интересующеюся графом, стала расспрашивать: «Что это за гусар такой, что со мной танцевал? скажите, братец». Кавалерист объяснит сколько мог сестрице, какой был великий человек этот гусар, и при этом рассказал, что граф здесь остался потому только, что у него деньги дорогой украли и что он сам дал ему сто рублей взаймы, но этого мало, так не может ли сестрица ссудить ему еще рублей двести; но Завальшевский просил про это никому, и особенно графу, отнюдь ничего не говорить. Анна Федоровна обещала прислать нынче же и держать дело в секрете, но почему-то во время экосеса ей ужасно захотелось предложить самой графу сколько он хочет денег. Она долго сбиралась, краснела и наконец, сделав над собою усилие, таким образом приступила к делу.

— Мне братец говорил, что у вас, граф, на дороге несчастие было и денег теперь нет. А если нужны вам, не хотите ли у меня взять? Я бы ужасно рада была.

Но, выговорив это, Анна Федоровна вдруг чего-то испугалась и покраснела. Вся веселость мгновенно исчезла с лица графа.

— Ваш братец дурак! — сказал он резко. — Вы знаете, что когда мужчина оскорбляет мужчину, тогда стреляются; а когда женщина оскорбляет мужчину, тогда что делают, знаете ли вы?

У бедной Анны Федоровны покраснели шея и уши от смущения. Она потупилась и не отвечала.

— Женщину целуют при всех, — тихо сказал граф, нагнувшись, ей на ухо. — Мне позвольте хоть вашу ручку поцеловать, — потихоньку прибавил он после долгого молчания, сжалившись над смущением своей дамы.

— Ах, только не сейчас, — проговорила Анна Федоровна, тяжело вздыхая.

— Так когда же? Я завтра рано еду... А уж вы мне это должны.

— Ну, так, стало быть, нельзя, — сказала Анна Федоровна, улыбаясь.

— Вы только позвольте мне найти случай видеть вас нынче, чтоб поцеловать вашу руку. Я уж найду его.

— Да как же вы найдете?

— Это не ваше дело. Чтоб видеть вас, для меня все возможно... Так хорошо?

— Хорошо.

Экосес кончился; протанцевали еще мазурку, в которой граф делал чудеса, ловя платки, становясь на одно колено и прихлопывая шпорами как-то особенно, по-варшавски, так что все старики вышли из-за бостона смотреть в залу, и кавалерист, лучший танцор, сознал себя превзойденным. Поужинали, протанцевали еще гросфатер и стали разъезжаться. Граф во все время не спускал глаз с вдовушки. Он не притворялся, говоря, что для нее готов был броситься в прорубь. Прихоть ли, любовь ли, упорство ли, но в этот вечер все его душевные силы были сосредоточены на одном желании — видеть и любить ее. Только что он заметил, что Анна Федоровна стала прощаться с хозяйкой, он выбежал в лакейскую, а оттуда, без шубы, на двор, к тому месту, где стояли экипажи.

— Анны Федоровны Зайцевой экипаж! — закричал он. Высокая четвероместная карета с фонарями сдвинулась с места и поехала к крыльцу. — Стой! — закричал он кучеру, по колено в снегу подбегая к карете.

— Чего надо? — отозвался кучер.

— В карету надо сесть, — отвечал граф, на ходу отворяя дверцы и стараясь влезть. — Стой же, черт! Дурень!

— Васька! стой! — крикнул кучер на форейтора и остановил лошадей. — Что ж в чужую карету лезете? это барыни Анны Федоровны карета, а не вашей милости карета.

— Ну, молчи ж, болван! На тебе целковый да слезь закрой дверцы, — говорил граф. Но так как кучер не шевелился, то он сам подобрал ступеньки и, открыв окно, кое-как захлопнул дверцы. В карете, как и во всех старых каретах, в особенности обитых желтым басоном, пахло какой-то гнилью и горелой щетиной. Ноги графа были по колено в талом снегу и сильно зябли в тонких сапогах и рейтузах, да и все тело прохватывал зимний холод. Кучер ворчал на козлах и, кажется, сбирался слезть. Но граф ничего не слыхал и не чувствовал. Лицо его горело, сердце его сильно стучало. Он напряженно схватился за желтый ремень, высунулся в боковое окно, и вся жизнь его сосредоточилась в одном ожидании. Ожидание это продолжалось недолго. На крыльце закричали: «Зайцевой карету!», кучер зашевелил вожжами, кузов заколыхался на высоких рессорах, освещенные окна дома побежали одно за другим мимо окна кареты.

— Смотри, ежели ты, шельма, скажешь лакею, что я здесь, — сказал граф, высовываясь в переднее окошко к кучеру, — я тебя вздую, а не скажешь — еще десять рублей.

Едва он успел опустить окно, как кузов уж снова сильнее закачался, и карета остановилась. Он прижался к углу, перестал дышать, даже зажмурился: так ему страшно было, что почему-нибудь не сбудется его страстное ожидание. Дверцы отворились, одна за другой с шумом попадали ступеньки, зашумело женское платье, в затхлую карету ворвался запах жасминных духов, быстрые ножки взбежали по ступенькам, и Анна Федоровна, задев полой распахнувшегося салона по ноге графа, молча, но тяжело дыша, опустилась на сиденье подле него.

Видела ли она его или нет, этого никто бы не мог решить, даже сама Анна Федоровна; но когда он взял ее за руку и сказал: «Ну, уж теперь поцелую-таки вашу ручку», — она очень мало изъявила испуга, ничего не отвечала, но отдала ему руку, которую он покрыл поцелуями гораздо выше перчатки. Карета тронулась.

— Скажи ж что-нибудь. Ты не сердишься? — говорил он ей.

Она молча прижалась в свой угол, но вдруг отчего-то заплакала и сама упала головой к его груди.

VI

Вновь выбранный исправник с своей компанией, кавалерист и другие дворяне уже давно слушали цыган и пили в новом трактире, когда граф в медвежьей, крытой синим сукном шубе, принадлежавшей покойному мужу Анны Федоровны, присоединился к их компании.

— Батюшка ваше сиятельство! ждали не дождались! — говорил косой черный цыган, показывая свои блестящие зубы, встретив его еще в сенях и бросаясь снимать шубу. — С Лебедяни не видали... Стеша зачахла совсем по вас...

Стеша, стройная молоденькая цыганочка с кирпично-красным румянцем на коричневом лице, с блестящими, глубокими черными глазами, осененными длинными ресницами, выбежала тоже навстречу.

— А! графчик! голубчик! золотой! вот радость-то! — заговорила она сквозь зубы с веселой улыбкой.

Сам Илюшка выбежал навстречу, притворяясь, что очень радуется. Старухи, бабы, девки повскакали с мест и окружили гостя. Кто считался кумовством, кто крестовым братством.

Молодых цыганок Турбин всех расцеловал в губы; старухи и мужчины целовали его в плечико и в ручку. Дворяне тоже были очень обрадованы приездом гостя, тем более что гульба, дойдя до своего апогея, теперь уже остывала. Каждый начинал испытывать пресыщение; вино, потеряв возбудительное действие на нервы, только тяготило желудок. Каждый уже выпустил весь свой заряд ухарства и пригляделся один к другому; все песни были пропеты и перемешались в голове каждого, оставляя какое-то шумное, распущенное впечатление. Что бы кто ни сделал странного и лихого, всем начинало приходить в голову, что ничего тут нет любезного и смешного. Исправник, лежа в безобразном виде на полу у ног какой-то старухи, заболтал ногами и закричал:

— Шампанского!., граф приехал!., шампанского!., приехал!., ну, шампанского!., ванну сделаю из шампанского и буду купаться...

Господа дворяне! люблю благородное дворянское общество... Стешка! пой «Дорожку».

Кавалерист был тоже навеселе, но в другом виде. Он сидел на диване в уголке, очень близко рядом с высокой красивой цыганкой Любашей и, чувствуя, как хмель туманил его глаза, хлопал ими, помахивал головою и, повторяя одни и те же слова, шепотом уговаривал цыганку бежать с ним куда-то. Любаша, улыбаясь, слушала его так, как будто то, что он ей говорил, было очень весело и вместе с тем несколько печально, бросала изредка взгляды на своего мужа, косого Сашку, стоявшего за стулом против нее, и в ответ на признание в любви кавалериста нагибалась ему на ухо и просила купить ей потихоньку, чтоб другие не видали, душков и ленту.

— Ура! — закричал кавалерист, когда вошел граф.

Красивый молодой человек, с озабоченным видом, старательно, твердыми шагами ходил взад и вперед по комнате и напевал мотивы из «Восстания в серале».

Старый отец семейства, увлеченный к цыганкам неотвязными просьбами господ дворян, которые говорили, что без него все расстроится и лучше не ехать, лежал на диване, куда он повалился тотчас, как приехал, и никто на него не обращал внимания. Какой-то чиновник, бывший тут же, сняв фрак, с ногами сидел на столе, ерошил свои волосы и тем сам доказывал, что он очень кутит. Как только вошел граф, он расстегнул ворот рубашки и подсел еще выше на стол. Вообще с приездом графа кутеж оживился.

Цыганки, разбредшиеся было по комнате, опять сели кружком. Граф посадил Стешку, запевалу, себе на колени и велел еще подать шампанского.

Илюшка с гитарой стал перед запевалой, и началась *пляска*, то есть цыганские песни: «Хожу ль я по улице», «Эй вы, гусары...», «Слышишь, разумеешь...» и т. д., в известном порядке. Стешка славно пела. Ее гибкий, звучный, из самой груди выливавшийся контральто, ее улыбки во время пенья, смеющиеся страстные глазки и ножка, шевелившаяся невольно в такт песни, ее отчаянное вскрикиванье при начале хора — все это задевало за какую-то звонкую, но редко задеваемую струну. Видно было, что она вся жила только в той песне, которую пела. Илюшка, улыбкой, спиной, ногами, всем существом изображая сочувствие песне, аккомпанировал ей на гитаре и, впившись в нее глазами, как будто в первый раз слушая песню, внимательно, озабоченно, в такт, песни наклонял и поднимал голову. Потом он вдруг выпрямлялся при последней певучей ноте и, как будто чувствуя себя выше всех в мире, гордо, решительно вскидывал ногой гитару, перевертывал ее, притопывал, встряхивал волосами и, нахмурившись, оглядывался на хор. Все его тело от шеи и до пяток начинало плясать каждой жилкой… И двадцать энергических, сильных голосов, каждый из всех сил стараясь страннее и необыкновеннее вторить один другому, переливались в воздухе. Старухи подпрыгивали на стульях, помахивая платочками и оскаливая зубы, вскрикивали, в лад и в такт, одна громче другой. Басы, склонив головы набок и напружив шеи, гудели, стоя за стульями.

Когда Стеша выводила тонкие ноты, Илюшка подносил к ней ближе гитару, как будто желая помочь ей, а красивый молодой человек в восторге вскрикивал, что теперь бемоли пошли.

Когда заиграли плясовую и, дрожа плечами и грудью, прошлась Дуняша и, развернувшись перед графом, поплыла дальше, Турбин вскочил с места, скинул мундир и, оставшись в одной красной рубахе, лихо прошелся с нею в самый раз и такт, выделывая ногами такие штуки, что цыгане, одобрительно улыбаясь, переглядывались друг с другом.

Исправник сел по-турецки, хлопнул себя кулаком по груди и закричал: «Виват!», а потом, ухватив графа за ногу, стал рассказывать, что у него было две тысячи рублей, а теперь всего пятьсот осталось, и что он может сделать все, что захочет, ежели только граф позволит. Старый отец семейства проснулся и хотел уехать, но его не пустили. Красивый молодой человек упрашивал цыганку протанцевать с ним вальс. Кавалерист, желая похвастаться своей дружбой с графом, встал из своего угла и обнял Турбина.

— Ах ты, мой голубчик! — сказал он, — зачем ты только от нас уехал? А? — Граф молчал, видимо, думая о другом. — Куда ездил? Ах ты, плут, граф, уж я знаю, куда ездил.

Турбину отчего-то не понравилось это панибратство. Он, не улыбаясь, молча посмотрел в лицо кавалериста и вдруг пустил в упор на него такое страшное, грубое ругательство, что кавалерист огорчился и долго не знал, как ему принять такую обиду: в шутку или не в шутку. Наконец он решил, что в шутку, улыбнулся и пошел опять к своей цыганке, уверял ее, что он на ней непременно женится после святой. Запели другую песню, третью, еще раз поплясали, провеличали, и всем продолжало казаться весело. Шампанское не кончалось. Граф пил много. Глаза его как бы покрылись влагою, но он не шатался, плясал еще лучше, говорил твердо и даже сам славно подпевал в хоре и вторил Стеше, когда она пела «Дружбы нежное волненье». В середине пляски купец, содержатель трактира, пришел просить гостей ехать по домам, потому что уже был третий час утра.

Граф схватил купца за шиворот и велел ему плясать вприсядку. Купец отказывался. Граф схватил бутылку шампанского и, перевернув купца ногами кверху, велел его держать так и, к общему хохоту, медлительно вылил на него всю бутылку.

Уже рассветало. Все были бледны и изнурены, исключая графа.

— Однако мне пора в Москву, — сказал он вдруг, вставая. — Пойдем все ко мне, ребята. Проводите меня..., и чаю напьемся.

Все согласились, исключая заснувшего помещика, который тут и остался, набились битком в трое саней, стоявших у подъезда, и поехали в гостиницу.

VII

— Закладывать! — крикнул граф, входя в общую залу гостиницы со всеми гостями и цыганами. — Сашка! не цыган Сашка, а мой, скажи смотрителю, что прибью, коли лошади плохи будут. Да чаю давай нам!

Завальшевский! распоряжайся чаем, а я пройду к Ильину, посмотрю, что он, — прибавил Турбин и, выйдя в коридор, направился в нумер улана.

Ильин только что кончил игру и, проиграв все деньги до копейки, вниз лицом лежал на диване из разорванной волосяной материи, один за одним выдергивая волосы, кладя их в рот, перекусывая и выплевывая. Две сальные свечи, из которых одна уже догорела до бумажки, стоя на ломберном, заваленном картами столе, слабо боролись с светом утра, проникавшим в окна. Мыслей в голове улана никаких не было: какой-то густой туман игорной страсти застилал все его душевные способности; даже раскаяния не было. Он попробовал раз подумать о том, что ему теперь делать, как выехать без копейки денег, как заплатить пятнадцать тысяч проигранных казенных денег, что скажет полковой командир, что скажет его мать, что скажут товарищи, — и на него нашел такой страх и такое отвращение к самому себе, что он, желая забыться чем-нибудь, встал, стал ходить по комнате, стараясь ступать только на щели половиц, и снова начал припоминать себе все мельчайшие обстоятельства происходившей игры; он живо воображал, что уже отыгрывается и снимает девятку, кладет короля пик на две тысячи рублей, направо ложится дама, налево туз, направо король бубен, — и все пропало; а ежели бы направо шестерка, а налево король бубен, тогда совсем бы отыгрался, поставил бы еще всё на пе и выиграл бы тысяч пятнадцать чистых, купил бы себе тогда иноходца у полкового командира, еще пару лошадей, фаэтон купил бы. Ну, что же еще потом? да ну и славная, славная бы штука была!

Он опять лег на диван и стал грызть волосы.

«Зачем это поют песни в седьмом нумере? — подумал он. — Это, верно, у Турбина веселятся. Пойти нешто туда да выпить хорошенько». В это время вошел граф.

— Ну что, продулся, брат, а? — крикнул он.

«Притворюсь, что сплю, — подумал Ильин, — а то надо с ним говорить, а мне уж спать хочется».

Однако Турбин подошел к нему и погладил его по голове.

— Ну что, дружок любезный, продулся? проигрался? говори.

Ильин не отвечал.

Граф дернул его за руку.

— Проиграл. Ну что тебе? — пробормотал Ильин сонным, равнодушно недовольным голосом, не переменяя положения.

— Все?

— Ну да. Что ж за беда. Все. Тебе что?

— Послушай, говори правду, как товарищу, — сказал граф, под влиянием выпитого вина расположенный к нежности, продолжая гладить его по волосам. — Право, я тебя полюбил. Говори правду: ежели проиграл казенные, я тебя выручу; а то поздно будет... Казенные деньги были?

Ильин вскочил с дивана.

— Уж ежели ты хочешь, чтоб я говорил, так не говори со мной, оттого что... и, пожалуйста, не говори со мной... пулю в лоб — вот что мне осталось одно! — проговорил он с истинным отчаянием, упав головой на руки и заливаясь слезами, несмотря на то, что за минуту перед этим преспокойно думал об иноходцах.

— Эх ты, красная девушка! Ну, с кем этого не бывало! Не беда: еще авось поправим. Подожди-ка меня тут. Граф вышел из комнаты.

— Где стоит Лухнов, помещик? — спросил он у коридорного.

Коридорный вызвался проводить графа. Граф, несмотря на замечание лакея, что барин сейчас только пожаловали и раздеваться изволят, вошел в комнату. Лухнов в халате сидел перед столом, считая несколько кип ассигнаций, лежавших перед ним. На столе стояла бутылка рейнвейна, который он очень любил. С выигрыша он позволил себе это удовольствие. Лухнов холодно, строго, через очки, как бы не узнавая, поглядел на графа.

— Вы, кажется, меня не узнаете? — сказал граф, решительными шагами подходя к столу. Лухнов узнал графа и спросил:

— Что вам угодно?

— Мне хочется поиграть с вами, — сказал Турбин, садясь на диван.

— Теперь?

— Да.

— В другой раз с моим удовольствием, граф! а теперь я устал и соснуть сбираюсь. Не угодно ли винца? доброе винцо.

— А я теперь хочу поиграть немножко.

— Не располагаю нынче больше играть. Может, кто из господ станет, а я не буду, граф! Вы уж, пожалуйста, меня извините.

— Так не будете?

Лухнов сделал плечами жест, выражающий сожаление о невозможности исполнить желание графа.

— Ни за что не будете? Опять тот же жест.

— А я вас очень прошу… Что ж, будете играть?… Молчание.

— Будете играть? — второй раз спросил граф. — Смотрите!

То же молчание и быстрый взгляд сверх очков на начинавшее хмуриться лицо графа.

— Будете играть? — громким голосом крикнул граф, стукнув рукой по столу так, что бутылка рейнвейна упала и разлилась. — Ведь вы нечисто выиграли? Будете играть? третий раз спрашиваю.

— Я сказал, что нет. Это, право, странно, граф! и вовсе неприлично прийти с ножом к горлу к человеку, — заметил Лухнов, не поднимая глаз.

Последовало непродолжительное молчание, во время которого лицо графа бледнело больше и больше. Вдруг страшный удар в голову ошеломил Лухнова. Он упал на диван, стараясь захватить деньги, — и закричал таким пронзительно-отчаянным голосом, которого никак нельзя было ожидать от его всегда спокойной и всегда представительной фигуры. Турбин собрал лежащие на столе остальные деньги, оттолкнул слугу, который вбежал было на помощь барину, и скорыми шагами вышел из комнаты.

— Ежели вы хотите удовлетворения, то я к вашим услугам, в своем нумере еще пробуду полчаса, — прибавил граф, вернувшись к двери Лухнова.

— Мошенник! грабитель!.. — послышалось оттуда. — Под уголовный подведу!

Ильин все так же, не обратив никакого внимания на обещания графа выручить его, лежал у себя в нумере на диване, и слезы отчаяния давили его. Сознание действительности, которое сквозь странную путаницу чувств, мыслей и воспоминаний, наполнявших его душу, вызвала ласка участия графа, не покидало его. Богатая надеждами молодость, честь, общественное уважение, мечты любви и дружбы — все было навеки потеряно. Источник слез начинал высыхать, слишком спокойное чувство безнадежности овладевало им больше и больше, и мысль о самоубийстве, уже не возбуждая отвращения и ужаса, чаще и чаще останавливала его внимание. В это время послышались твердые шаги графа.

На лице Турбина еще были видны следы гнева, руки его несколько дрожали, но в глазах сияла добрая веселость и самодовольство.

— На! отыграл! — сказал он, бросая на стол несколько кип ассигнаций. — Сочти, все ли? Да приходи скорей в общую залу, я сейчас еду, — прибавил он, как будто не замечая страшного волнения радости и благодарности, выразившегося на лице улана, и, насвистывая какую-то цыганскую песню, вышел из комнаты.

VIII

Сашка, перетянувшись кушаком, доложил, что лошади готовы, но требовал, чтоб сходить прежде взять графскую шинель, которая будто бы триста рублей с воротником стоит, и отдать поганую синюю шубу тому мерзавцу, который ее переменил на шинель у предводителя; но Турбин сказал, что искать шинель не нужно, и пошел в свой нумер переодеваться.

Кавалерист беспрестанно икал, сидя молча подле своей цыганки. Исправник, потребовав водки, приглашал всех господ ехать сейчас к нему завтракать, обещая, что его жена сама непременно пойдет плясать с цыганками. Красивый молодой человек глубокомысленно растолковывал Илюшке, что на фортепьянах души больше, а на гитаре бемолей нельзя брать. Чиновник грустно пил чай в уголку и, казалось, при дневном свете стыдился своего разврата. Цыгане спорили между собой по-цыгански и настаивали на том, чтоб повеличать еще господ, чему Стеша противилась, говоря, что *барорай* (по-цыгански: граф или князь, или, точнее, большой барин) прогневается. Вообще, уже догорала во всех последняя искра разгула.

— Ну, на прощанье еще песню и марш по домам, — сказал граф, свежий, веселый, красивый более чем когда-нибудь, входя в залу в дорожном платье.

Цыгане снова расположились кружком и только было собрались запеть, как вошел Ильин с пачкой ассигнаций в руке и отозвал в сторону графа.

— У меня всего было пятнадцать тысяч казенных, а ты мне дал шестнадцать тысяч триста, — сказал он, — эти твои, стало быть.

— Хорошее дело! давай!

Ильин отдал деньги, робко глядя на графа, открыл было рот, желая сказать что-то, но только покраснел так, что даже слезы выступили на глаза, потом схватил руку графа и начал жать ее.

— Убирайся! Илюшка!.. слушай меня... на вот тебе деньги; только провожать меня с песнями до заставы. — И он бросил ему на гитару тысячу триста рублей, которые принес Ильин. Но кавалеристу граф так и забыл отдать сто рублей, которые занял у него вчера.

Уже было десять часов утра. Солнышко поднялось выше крыш, народ сновал по улицам, купцы давно отворили лавки, дворяне и чиновники ездили по улицам, барыни ходили по гостиному двору, когда ватага цыган, исправник, кавалерист, красивый молодой человек, Ильин и граф в синей медвежьей шубе вышли на крыльцо гостиницы. Был солнечный день и оттепель. Три ямские тройки с коротко подвязанными хвостами, шлепая ногами по жидкой грязи, подъехали к крыльцу, и вся веселая компания начала рассаживаться. Граф, Ильин, Стешка, Илюшка и Сашка-денщик сели в первые сани.

Блюхер выходил из себя и, махая хвостом, лаял на коренную. В другие сани уселись другие господа, тоже с цыганками и цыганами. От самой гостиницы сани выровнялись, и цыгане затянули хоровую песню.

Тройки с песнями и колокольчиками, сбивая на самые тротуары всех встречавшихся проезжающих, проехали весь город до заставы.

Немало дивились купцы и прохожие, незнакомые и особенно знакомые, видя благородных дворян, едущих среди белого дня по улицам с песнями, цыганками и пьяными цыганами.

Когда выехали за заставу, тройки остановились, и все стали прощаться с графом.

Ильин, выпивший довольно много на прощанье и все время правивший сам лошадьми, вдруг сделался печален, стал уговаривать графа остаться еще на денек, но когда убедился, что это было невозможно, совершенно неожиданно, со слезами, бросился целовать своего нового друга и обещал, что, как приедет, будет просить о переводе в гусары в тот самый полк, в котором служил Турбин. Граф был особенно весел, кавалериста, который утром уже окончательно говорил ему «ты», толкнул в сугроб, исправника травил Блюхером, Стешку подхватил на руки и хотел увезти с собой в Москву и наконец вскочил в сани, усадил рядом с собой Блюхера, который все хотел стоять на середине, Сашка, попросив еще раз кавалериста отобрать-таки у *них* графскую шинель и прислать ее, тоже вскочил на козлы. Граф крикнул: «Пошел!», сняв фуражку, замахал ею над головой и по-ямски засвистал на лошадей. Тройки разъехались.

Далеко впереди виднелась однообразная снежная равнина, по которой извивалась желтовато-грязная полоса дороги. Яркое солнце, играя, блестело на талом, прозрачной корой обледеневшем снегу и приятно пригревало лицо и спину. От потных лошадей валил пар. Колокольчик побрякивал. Какой-то мужичок с возом на раскатывающихся санишках, подергивая веревочными вожжами, торопливо сторонился, бегом шлепая промокнувшими лаптишками по оттаявшей дороге; толстая, красная крестьянская баба с ребенком за овчинной пазухой сидела на другом возу, погоняя концами вожжей белую телохвостую клячонку. Графу вдруг вспомнилась Анна Федоровна.

— Назад! — крикнул он.

Ямщик не понял вдруг.

— Поворачивай назад! пошел в город! живо!

Тройка опять проехала заставу и бойко подкатила к дощатому крыльцу дома госпожи Зайцевой. Граф быстро взбежал на лестницу, прошел переднюю, гостиную и, застав вдовушку еще спящею, взял ее на руки, приподнял с постели, поцеловал в заспанные глазки и живо выбежал назад. Анна Федоровна спросонков только облизывалась и спрашивала: «Что случилось?» Граф вскочил в сани, крикнул на ямщика и, уже не останавливаясь и даже не вспоминая ни о Лухнове, ни о вдовушке, ни о Стешке, а только думая о том, что его ожидало в Москве, выехал навсегда из города К.

IX

Прошло лет двадцать. Много воды утекло с тех пор, много людей умерло, много родилось, много выросло и состарелось, еще больше родилось и умерло мыслей; много прекрасного и много дурного старого погибло, много прекрасного молодого выросло и еще больше недоросшего, уродливого молодого появилось на свет божий.

Граф Федор Турбин уже давно был убит на дуэли с каким-то иностранцем, которого он высек арапником на улице; сын, две капли воды похожий на него, был уже двадцатитрехлетний прелестный юноша и служил в кавалергардах. Молодой граф Турбин морально вовсе не был похож на отца. Даже и тени в нем не было тех буйных, страстных и, говоря правду, развратных наклонностей прошлого века. Вместе с умом, образованием и наследственной даровитостью натуры любовь к приличию и удобствам жизни, практический взгляд на людей и обстоятельства, благоразумие и предусмотрительность были его отличительными качествами. По службе молодой граф шел славно: двадцати трех лет уже был поручиком... При открытии военных действий он решил, что выгоднее для производства перейти в действующую армию, и перешел в гусарский полк ротмистром, где и получил скоро эскадрон.

В мае месяце 1848 года С. гусарский полк проходил походом К. губернию, и тот самый эскадрон, которым командовал молодой граф Турбин, должен был ночевать в Морозовке, деревне Анны Федоровны. Анна Федоровна была жива, но уже так немолода, что сама не считала себя больше молодою, что много значит для женщины. Она очень растолстела, что, говорят, молодит женщину; но и на этой белой толщине были заметны крупные, мягкие морщины. Она уж не ездила никогда в город, с трудом даже влезала в экипаж, но так же была добродушна и все так же глупенька, — можно теперь сказать правду, когда она уже не подкупает своей красотой. С ней вместе жили ее дочь Лиза, двадцатитрехлетняя русская деревенская красавица, и братец, нам знакомый кавалерист, промотавший по добродушию все свое именьице и стариком приютившийся у Анны Федоровны. Волоса на голове его были седые совершенно; верхняя губа упала, но над нею усы тщательно были вычернены. Морщины покрывали не только его лоб и щеки, но даже нос и шею, спина согнулась; а все-таки в слабых кривых ногах видны были приемы старого кавалериста.

В небольшой гостиной старого домика, с открытыми балконной дверью и окнами на старинный звездообразный липовый сад, сидело все семейство и домашние Анны Федоровны. Анна Федоровна, с седой головой, в лиловой кацавейке, на диване перед круглым столом красного дерева раскладывала карты. Старый братец, расположившись у окна, в чистеньких белых панталончиках и синем сюртучке, вязал на рогульке снурочек из белой бумаги — занятие, которому его научила племянница и которое он очень полюбил, так как делать он уж ничего не мог и для чтения газеты, любимого его занятия, глаза уже были слабы. Пимочка, воспитанница Анны Федоровны, подле него твердила урок под руководством Лизы, вязавшей вместе с тем на деревянных спицах чулки из козьего пуха для дяди. Последние лучи заходящего солнца, как и всегда в эту пору, бросали сквозь липовую аллею раздробленные косые лучи на крайнее окно и этажерку, стоявшую около него. В саду и в комнате было так тихо, что слышалось, как за окном быстро прошумит крыльями ласточка, или в комнате тихо вздохнет Анна Федоровна, или покряхтит старичок, перекладывая ногу на ногу.

— Как это кладется? Лизанька, покажи-ка. Я все забываю, — сказала Анна Федоровна, остановясь в раскладывании пасьянса.

Лиза, не переставая работать, подошла к матери и взглянула на карты.

— Ах, вы перепутали, голубушка мамаша! — сказала она, перекладывая карты, — вот так надо было. Все-таки сбудется, что вы загадали, — прибавила она, незаметно снимая одну карту.

— Ну, уж ты всегда меня обманываешь: говоришь, что вышло.

— Нет, право, значит удастся. Вышло.

— Ну, хорошо, хорошо, баловница! Да не пора ли чаю?

— Я уж велела разогревать самовар. Сейчас пойду. Вам сюда принести?... Ну, кончай, Пимочка, скорей урок и пойдем бегать.

И Лиза вышла из двери.

— Лизочка! Лизанька! — заговорил дядя, пристально вглядываясь в свою рогульку, — опять, кажется, спустил петлю. Подними, голубчик!

— Сейчас, сейчас! только сахар отдам наколоть. И действительно, она через три минуты вбежала в комнату, подошла к дяде и взяла его за ухо.

— Вот вам, чтобы не спускали петлей, — сказала она, смеясь, — урок и не довязали.

— Ну, полно, полно; поправь же, какой-то узелочек было видно.

Лиза взяла рогульку, вынула булавку у себя из косыночки, которую при этом распахнуло немного ветром из окна, и как-то булавочкой добыла петлю, протянула раза два и передала рогульку дяде.

— Ну, поцелуйте же меня за это, — сказала она, подставив ему румяную щечку и закалывая косынку, — вам с ромом нынче чаю? Нынче ведь пятница.

И она опять ушла в чайную.

— Дяденька, идите смотреть: гусары идут к нам! — послышался оттуда звучный голосок.

Анна Федоровна вместе с братцем вошли в чайную комнату, из которой окна были на деревню, посмотреть гусаров. Из окна очень мало было видно, заметно было только сквозь пыль, что какая-то толпа двигается.

— А жаль, сестрица, — заметил дядя Анне Федоровне, — жаль, что так тесно и флигель не отстроен еще: попросить бы к нам офицеров. Гусарские офицеры — ведь это все такая молодежь славная, веселая; посмотрел бы хоть на них.

— Что ж, я бы душой рада; да ведь вы сами знаете, братец, что негде: моя спальня, Лизина горница, гостиная да вот эта ваша комната — вот и всё. Где же их тут поместить, сами посудите. Им Старостину избу очистил Михаиле Матвеев; говорит — чисто тоже.

— А мы бы тебе, Лизочка, из них жениха приискали, славного гусара! — сказал дядя.

— Нет, я не хочу гусара; я хочу улана: ведь вы в уланах служили, дядя?... А я этих знать не хочу. Они все отчаянные, говорят.

И Лиза покраснела немного, но снова засмеялась своим звучным смехом.

— Вот и Устюшка бежит; надо спросить ее, что видела, — сказала она.

Анна Федоровна велела позвать Устюшку.

— Нет того, чтоб посидеть за работой; какая надобность бегать на солдат смотреть, — сказала Анна Федоровна. — Ну, что, где поместились офицеры?

— У Еремкиных, сударыня. Два их, красавцы такие! Один граф, сказывают.

— А фамилия как?

— Назаров ли, Турбипов ли; не запомнила, вино-вата-с.

— Вот дура, ничего и рассказать не умеет. Хоть бы узнала, как фамилия.

— Что ж, я сбегаю.

— Да уж я знаю, что ты на это мастерица, — нет, пускай Данило сходит; скажите ему, братец, чтоб он сходил да спросил, не нужно ли чего-нибудь офицерам-то; все учтивость надо сделать, что барыня, мол, спросить велела.

Старики снова уселись в чайную, а Лиза пошла в девичью положить в ящик наколотый сахар. Устюша рассказывала там про гусаров.

— Барышня, голубушка, вот красавчик этот граф-то, — говорила она, — просто херувимчик чернобровый. Вот бы вам такого женишка, так уж точно бы парочка была.

Другие горничные одобрительно улыбнулись; старая няня, сидевшая у окна с чулком, вздохнула и прочитала даже, втягивая в себя дух, какую-то молитву.

— Так вот как тебе понравились гусары, — сказала Лиза, — да ведь ты мастерица рассказывать. Принеси, пожалуйста, морсу, Устюша, — кисленьким гусаров поить.

И Лиза, смеясь, с сахарницей вышла из комнаты.

«А хотелось бы посмотреть, что это за гусар такой, — думала она, — брюнет или блондин? И он ведь рад бы был, я думаю, познакомиться с нами. А пройдет, так и не узнает, что я тут была и об нем думала. И сколько уж этаких прошло мимо меня. Никто меня не видит, кроме дяденьки да Устюши. Как бы я ни зачесалась, какие бы рукава ни надела, никто и не полюбуется, — подумала она, вздохнув, глядя на свою белую, полную руку. — Он должен быть высок ростом, большие глаза, верно, маленькие черные усики. Нет, вот уж двадцать два года минуло, а никто в меня не влюбился, кроме Ивана Ипатыча рябого; а четыре года тому назад я еще лучше была; и так, никому не на радость, прошла моя девичья молодость. Ах, я несчастная, несчастная деревенская барышня».

Голос матери, звавший ее разливать чай, вызвал деревенскую барышню из этой минутной задумчивости. Она встряхнула головкой и вошла в чайную.

Лучшие вещи всегда выходят нечаянно: а чем больше стараешься, тем выходит хуже. В деревнях редко стараются давать воспитание и потому нечаянно большею частию дают прекрасное. Так и случилось, в особенности с Лизой. Анна Федоровна по ограниченности ума и беззаботности нрава, не давала никакого воспитания Лизе: не учила ее ни музыке, ни столь полезному французскому языку, а нечаянно родила от покойного мужа здоровенькое, хорошенькое дитя — дочку, отдала ее кормилице и няньке, кормила ее, одевала в ситцевые платьица и козловые башмачки, посылала гулять и сбирать грибы и ягоды, учила ее грамоте и арифметике посредством нанятого семинариста — и нечаянно через шестнадцать лет увидела в Лизе подругу и всегда веселую, добродушную и деятельную хозяйку в доме.

У Анны Федоровны, по добродушию ее, всегда бывали воспитанницы или из крепостных, или из подкидышей. Лиза с десяти лет уже стала заниматься ими: учить, одевать, водить в церковь и останавливать, когда они уже слишком шалили. Потом явился дряхлый, добродушный дядя, за которым надо было ходить, как за ребенком. Потом дворовые и мужики, обращавшиеся к молодой барышне с просьбами и с недугами, которые она лечила бузиной, мятой и камфарным спиртом. Потом домашнее хозяйство, перешедшее нечаянно все в ее руки. Потом неудовлетворенная потребность любви, находившая выражение в одной природе и религии. И из Лизы нечаянно вышла деятельная, добродушно-веселая, самостоятельная, чистая и глубоко религиозная женщина. Правда, были маленькие тщеславные страдания при виде соседок в модных шляпках, привезенных из К., стоящих рядом с ней в церкви; были досады до слез на старую, ворчливую мать за ее капризы; были и любовные мечты в самых нелепых и иногда грубых формах, — но полезная и сделавшаяся необходимостью деятельность разгоняла их, и в двадцать два года ни одного пятна, ни одного угрызения не запало в светлую, спокойную душу полной физической и моральной красоты развившейся девушки. Лиза была среднего роста, скорее полная, чем худая; глаза у ней были карие, небольшие, с легким темным оттенком на нижнем веке; длинная и русая коса. Походка у ней была широкая, с развальцем — уточкой, как говорится. Выражение лица ее, когда она была занята делом и ничто особенно не волновало ее, так и говорило всем, кто вглядывался в него: хорошо и весело жить тому на свете, у кого есть кого любить и совесть чиста. Даже в минуты досады, смущения, тревоги или печали сквозь слезу, нахмуренную левую бровку, сжатые губки так и светилось, как назло ее желанию, на ямках щек, на краях губ и в блестящих глазках, привыкших улыбаться и радоваться жизнью, — так и светилось не испорченное умом, доброе, прямое сердце.

X

Было еще жарко в воздухе, хотя солнце уже спускалось, когда эскадрон вступал в Морозовку. Впереди, по пыльной улице деревни, рысцой, оглядываясь и с мычаньем изредка останавливаясь, бежала отбившаяся от стада пестрая корова, никак не догадываясь, что надо было просто своротить в сторону. Крестьянские старики, бабы, дети и дворовые жадно смотрели на гусар, толпясь по обеим сторонам улицы. В густом облаке пыли, на вороных, замундштученных, изредка пофыркивающих конях, топая, двигались гусары. С правой стороны эскадрона, распущенно сидя на красивых вороных лошадях, ехали два офицера. Один был командир, граф Турбин, другой — очень молодой человек, недавно произведенный из юнкеров, Полозов.

Из лучшей избы вышел гусар в белом кителе и, сняв фуражку, подошел к офицерам.

— Где квартира для нас отведена? — спросил его граф.

— Для вашего сиятельства? — отвечал квартирьер, вздрогнув всем телом, — здесь, у старосты, избу очистил. Требовал на барском дворе, так говорят: нетути. Помещица такая злющая.

— Ну, хорошо, — сказал граф, слезая и расправляя ноги у Старостиной избы, — а что, коляска моя приехала?

— Изволила прибыть, ваше сиятельство! — отвечал квартирьер, указывая фуражкой на кожаный кузов коляски, видневшийся в воротах, и бросаясь вперед в сени избы, набитой крестьянским семейством, собравшимся посмотреть на офицеров. Одну старушку он даже столкнул с ног, бойко отворяя дверь в очищенную избу и сторонясь перед графом.

Изба была довольно большая и просторная, но не совсем чистая. Немец-камердинер, одетый как барин, стоял в избе и, уставив железную кровать и постлав ее, разбирал белье из чемодана.

— Фу, мерзость какая квартира! — сказал граф с досадой. — Дяденко! разве нельзя было лучше отвести, у помещика где-нибудь?

— Коли ваше сиятельство прикажете, я пойду выгоню кого на барский двор, — отвечал Дяденко, — да домишко-то некорыстный, не лучше избы показывает.

— Теперь уж не надо. Ступай.

И граф лег на постель, закинув за голову руки.

— Иоган! — крикнул он на камердинера, — опять бугор посередине сделал! Как ты не умеешь постелить хорошенько.

Иоган хотел поправить.

— Нет, уж не надо теперь... А халат где? — продолжал он недовольным голосом. Слуга подал халат. Граф, прежде чем надевать его, посмотрел полу.

— Так и есть: не вывел пятна. То есть можно ли хуже тебя служить! — прибавил он, вырывая у него из рук халат и надевая его, — ты, скажи, это нарочно делаешь?... Чай готов?...

— Я не мог успевать, — отвечал Иоган.

— Дурак!

После этого граф взял приготовленный французский роман и довольно долго молча читал его; а Иоган вышел в сени раздувать самовар. Видно было, что граф был в дурном расположении духа, — должно быть, под влиянием усталости, пыльного лица, узкого платья и голодного желудка.

— Иоган! — крикнул он снова, — подай счет десяти рублей. Что ты купил в городе?

Граф посмотрел поданный счет и сделал недовольные замечания насчет дороговизны покупок.

— К чаю рому подай.

— Рому не покупал, — сказал Иоган.

— Отлично! сколько раз я тебе говорил, чтоб был ром!

— Денег недоставало.

— Отчего же Полозов не купил? Ты бы у его человека взял.

— Корнет Полозов? не знаю. Они купили чаю и сахару.

— Скотина!.. Ступай!.. Только ты один умеешь меня выводить из терпения… знаешь, что я всегда пью чай в походе с ромом.

— Вот два письма из штаба к вам, — сказал камердинер.

Граф лежа распечатал письма и начал читать. Вошел с веселым лицом корнет, отводивший эскадрон.

— Ну что, Турбин? Тут, кажется, хорошо. А устал-таки я, признаюсь. Жарко было.

— Очень хорошо! Поганая вонючая изба и рому нет по твоей милости: твой болван не купил, и этот тоже. Ты бы хоть сказал.

И он продолжал читать. Дочитав до конца письмо, он смял его и бросил на пол.

— Отчего же ты не купил рому? — спрашивал в это время в сенях корнет шепотом у своего денщика, — ведь у тебя деньги были?

— Да что ж мы одни все покупать будем! И так все я расход держу; а ихний немец только трубку курит, да и все.

Второе письмо было, видно, не неприятно, потому что граф, улыбаясь, читал его.

— От кого это? — спросил Полозов, возвратись в комнату и устраивая себе ночлег на досках подле печки.

— От Мины, — весело отвечал граф, подавая ему письмо. — Хочешь прочесть? Что это за прелесть женщина!.. Ну, право, лучше наших барышень… Посмотри, сколько тут чувства и ума, в этом письме!.. Одно нехорошо — денег просит.

— Да, это нехорошо, — заметил корнет.

— Я ей, правда, обещал; да тут поход, да и… впрочем, ежели прокомандую еще месяца три эскадроном, я ей пошлю. Не жалко, право! что за прелесть!.. а? — говорил он, улыбаясь, следя глазами за выражением лица Полозова, который читал письмо.

— Безграмотно ужасно, но мило, и кажется, что она точно тебя любит, — отвечал корнет.

— Гм! еще бы! Только эти женщины и любят истинно, когда уж любят.

— А то письмо от кого? — спросил корнет, передавая то, которое он читал.

— Так… это там есть господин один, дрянной очень, которому я должен по картам, и он уже третий раз напоминает… не могу я отдать теперь… глупое письмо! — отвечал граф, видимо огорченный этим воспоминанием.

Довольно долго после этого разговора оба офицера молчали. Корнет, видимо находившийся под влиянием графа, молча пил чай, изредка поглядывая на красивую отуманившуюся наружность Турбина, пристально глядевшего в окно, и не решался начать разговора.

— А что, ведь может отлично выйти, — вдруг, обернувшись к Полозову и весело тряхнув головой, сказал граф, — если у нас по линии будет в нынешнем году производство, да еще в дело попадем, я могу своих ротмистров гвардии перегнать.

Разговор и за вторым стаканом чаю продолжался на эту тему, когда вошел старый Данило и передал приказание Анны Федоровны.

— Да еще приказали спросить, не сынок ли изволите быть графа Федора Иваныча Турбина? — добавил от себя Данило, узнавший фамилию офицера и помнивший еще приезд покойного графа с город К. — Наша барыня, Анна Федоронна, очень с ними знакомы были.

— Это мой отец был; да доложи барыне, что очень благодарен, ничего не нужно, только, мол, приказали просить, ежели бы можно, комнатку почище где-нибудь, в доме или где-нибудь.

— Ну зачем ты это? — сказал Полозов, когда Данило вышел, — разве не все равно? одна ночь здесь разве не все равно; а они будут стесняться.

— Вот еще! Кажется, довольно мы пошлялись по курным избам!.. Сейчас видно, что ты непрактический человек… Отчего же не воспользоваться, когда можно хоть на одну ночь поместиться как людям? А они, напротив, ужасно довольны будут. Одно только противно: ежели эта барыня точно знала отца, — продолжал граф, открывая улыбкой свои белые, блестящие зубы, — как-то всегда совестно за папашу покойного: всегда какая-нибудь история скандальная или долг какой-нибудь. От этого я терпеть не могу встречать этих отцовских знакомых. Впрочем, тогда век такой был, — добавил он уже серьезно.

— А я тебе не рассказывал, — сказал Полозов, — я как-то встретил уланской бригады командира Ильина. Он тебя очень хотел видеть и без памяти любит твоего отца.

— Он, кажется, ужасная дрянь, этот Ильин. А главное, что все эти господа, которые уверяют, что знали моего отца, чтоб подделаться ко мне, и, как будто очень милые вещи, рассказывают про отца такие штуки, что слушать совестно. Оно правда, я не увлекаюсь и беспристрастно смотрю на вещи, — он был слишком пылкий человек, иногда и не совсем хорошие штуки делал. Впрочем, все дело времени. В наш век он, может быть, вышел бы и очень дельный человек, потому что способности-то у него были огромные, надо отдать справедливость.

Через четверть часа вернулся слуга и передал просьбу помещицы пожаловать ночевать в доме.

XI

Узнав, что гусарский офицер был сын графа Федора Турбина, Анна Федоровна захлопоталась.

— А, батюшки мои! голубчик он мой!.. Данило! скорей беги, скажи: барыня к себе просит, — заговорила она, вскакивая и скорыми шагами направляясь в девичью. — Лизанька! Устюшка! приготовить надо твою комнату, Лиза. Ты перейди к дяде; а вы, братец... братец! вы в гостиной уж ночуйте. Одну ночь ничего.

— Ничего, сестрица! я на полу лягу.

— Красавчик, я чай, коли на отца похож. Хоть погляжу на него, на голубчика... Вот ты посмотри, Лиза! А отец красавец был... Куда несешь стол? оставь тут, — суетилась Анна Федоровна, — да две кровати принеси — одну у приказчика возьми; да на этажерке подсвечник хрустальный возьми, что мне братец в именины подарил, и калетовскую свечу поставь.

Наконец все было готово. Лиза, несмотря на вмешательство матери, устроила по-своему свою комнатку для двух офицеров. Она достала чистое, надушенное резедой постельное белье и приготовила постели; велела поставить графин воды и свечи подле на столике; накурила бумажкой в девичьей и сама перебралась с своею постелькой в комнату дяди. Анна Федоровна успокоилась немного, уселась опять на свое место, взяла было даже в руки карты, но, не раскладывая их, оперлась на пухлый локоть и задумалась. «Времечко-то, времечко как летит! — шепотом про себя твердила она. — Давно ли, кажется? как теперь гляжу на него. Ах, шалун был! — И у нее слезы выступили на глаза. — Теперь Лизанька... но все она не то, что я была в ее года-то... хороша девочка, но нет, не то...»

— Лизанька, ты бы платьице муслин-де-леневое надела к вечеру.

— Да разве вы их будете звать, мамаша? Лучше не надо, — отвечала Лиза, испытывая непреодолимое волнение при мысли видеть офицеров, — лучше не надо, мамаша!

Действительно, она не столько желала их видеть, сколько боялась какого-то волнующего счастия, которое, как ей казалось, ожидало ее.

— Может быть, сами захотят познакомиться, Лизочка! — сказала Анна Федоровна, гладя ее по волосам и вместе с тем думая: «Нет, не те волоса, какие у меня были в ее годы... Нет, Лизочка, как бы я желала тебе...» И она точно чего-то очень желала для своей дочери; но женитьбы с графом она не могла предполагать, тех отношений, которые были с отцом его, она не могла желать, — но чего-то такого она очень-очень желала для своей дочери. Ей хотелось, может быть, пожить еще раз в душе дочери той же жизнью, которою она жила с покойником.

Старичок кавалерист тоже был несколько взволнован приездом графа. Он вышел в свою комнату и заперся в ней. Через четверть часа он явился оттуда в венгерке и голубых панталонах и с смущеннодовольным выражением лица, с которым девушка в первый раз надевает Сальное платье, пошел в назначенную для гостей комнату.

— Посмотрю на нынешних гусаров, сестрица! Покойник граф точно истинный гусар был. Посмотрю, посмотрю...

Офицеры пришли уже с заднего крыльца в назначенную для них комнату.

— Ну, вот видишь ли, — сказал граф, как был, в пыльных сапогах, ложась на приготовленную постель, — разве тут не лучше, чем в избе с тараканами!

— Лучше-то лучше, да как-то обязываться хозяевам...

— Вот вздор! Надо во всем быть практическим человеком. Они ужасно довольны, наверно... Человек! — крикнул он, — спроси чего-нибудь завесить это окошко, а то ночью дуть будет.

В это время вошел старичок знакомиться с офицерами. Он, хотя и краснея несколько, разумеется не преминул рассказать о том, что был товарищем покойного графа, что пользовался его расположением, и даже сказал, что он не раз был облагодетельствован покойником. Разумел ли он под благодеяниями покойного то, что тот так и не отдал ему занятых, ста рублей, или то, что бросил его в сугроб, или что ругал его, — старичок не объяснил нисколько. Граф был весьма учтив с старичком кавалеристом и благодарил за помещение.

— Уж извините, что не роскошно, граф (он чуть было не сказал: ваше сиятельство, — так уж отвык от обращения с важными людьми), домик сестрицы маленький. А вот это сейчас завесим чем-нибудь, и будет хорошо, — прибавил старичок и, под предлогом занавески, но главное, чтоб рассказать поскорее про офицеров, шаркая, вышел из комнаты.

Хорошенькая Устюша с барыниной шалью пришла завесить окно. Кроме того, барыня приказала ей спросить, не угодно ли господам чаю.

Хорошее помещение, по-видимому, благоприятно подействовало на расположение духа графа: он, весело улыбаясь, пошутил с Устюшей, так что Устюша назвала его даже шалуном, расспросил ее, хороша ли их барышня, и на вопрос ее, не угодно ли чаю, отвечал, что чаю, пожалуй, пусть принесут, а главное, что свой ужин еще не готов, так нельзя ли теперь водки, закусить чего-нибудь и хересу, ежели есть.

Дядюшка был в восторге от учтивости молодого графа и превозносил до небес молодое поколение офицеров, говоря, что нынешние люди не в пример авантажнее прежних.

Анна Федоровна не соглашалась — лучше графа Федора Иваныча никто не был, — и наконец уже серьезно рассердилась, сухо замечала только, что «для вас, братец, кто последний вас обласкал, тот и лучше. Известно, теперь, конечно, люди умнее стали, а что все-таки граф Федор Иваныч так танцевал экосес и так любезен был, что тогда все, можно сказать, без ума от него были; только он ни с кем, кроме меня, не занимался. Стало быть, и в старину были хорошие люди».

В это время пришло известие о требовании водки, закуски и хереса.

— Ну вот, как же вы, братец! Вы всегда не то сделаете. Надо было заказать ужинать, — заговорила Анна Федоровна. — Лиза! распорядись, дружок!

Лиза побежала в кладовую за грибками и свежим сливочным маслом, повару заказали битки.

— Только хересу у вас осталось, братец?

— Нету, сестрица! у меня и не было.

— Как же нету! а вы что-то пьете такое с чаем?

— Это ром, Анна Федоровна.

— Разве не все равно? Вы дайте этого, все равно — ром. Да уж не попросить ли их лучше сюда, братец? Вы всё знаете. Они, кажется, не обидятся?

Кавалерист объявил, что он ручается за то, что граф по доброте своей не откажется и что он приведет их непременно. Анна Федоровна пошла надеть для чего-то платье гро-гро и новый чепец; а Лиза так была занята, что и не успела снять розового холстинкового платья с широкими рукавами, которое было на ней. Притом она была ужасно взволнована: ей казалось, что ждет ее что-то поразительное, точно низкая черная туча нависла над ее душой. Этот граф-гусар, красавец, казался ей каким-то совершенно новым для нее, непонятным, но прекрасным существом. Его нрав, его привычки, его речи — все должно было быть такое необыкновенное, какого она никогда не встречала. Все, что он думает и говорит, должно быть умно и правда; все, что он делает, должно быть честно; вся его наружность должна быть прекрасна. Она не сомневалась в этом. Ежели бы он не только потребовал закуски и хересу, но ванну из шалфея с духами, она бы не удивилась, не обвиняла бы его и была бы твердо уверена, что это так нужно и должно.

Граф тотчас же согласился, когда кавалерист выразил ему желание сестрицы, причесал волосы, надел шинель и взял сигарочницу.

— Пойдем же, — сказал он Полозову.

— Право, лучше не ходить, — отвечал корнет, — ils feront des frais pour nous recevoir.[1]

— Вздор! это их осчастливит. Да я уж и навел справки: там дочка хорошенькая есть… Пойдем, — сказал граф по-французски.

— Je vous en prie, messieurs![2] — сказал кавалерист только для того, чтобы дать почувствовать, что и он знает по-французски и понял то, что сказали офицеры.

XII

Лиза покраснела и, потупясь, будто бы занялась доливанием чайника, боясь взглянуть на офицеров, когда они вошли в комнату. Анна Федоровна, напротив, торопливо вскочила, поклонилась и, не отрывая глаз от лица графа, начала говорить ему, то находя необыкновенное сходство с отцом, то рекомендуя свою дочь, то предлагая чаю, варенья или пастилы деревенской. На корнета, по его

---

[1] они израсходуются для того, чтобы принять нас (франц.).
[2] Прошу вас, господа! (франц.).

скромному виду, никто не обращал внимания, чему он был очень рад, потому что, сколько возможно было прилично, всматривался и до подробностей разбирал красоту Лизы, которая, как видно, неожиданно поразила его. Дядя, слушая разговор сестры с графом, с готовой речью на устах выжидал случая порассказать свои кавалерийские воспоминания. Граф за чаем, закурив свою крепкую сигару, от которой с трудом сдерживала кашель Лиза, был очень разговорчив, любезен, сначала, в промежутки непрерывных речей Анны Федоровны, вставляя свои рассказы, а под конец один овладев разговором. Одно немного странно поражало его слушателей: в рассказах своих он часто говорил слова, которые, не считаясь предосудительными в его обществе, здесь были несколько смелы, причем Анна Федоровна пугалась немного, а Лиза до ушей краснела; но граф не замечал этого и был все так же спокойно прост и любезен. Лиза молча наливала стаканы, не подавая в руки гостям, ставила их поближе к ним и, еще не оправясь от волнения, жадно вслушивалась в речи графа. Его незамысловатые рассказы, запинки в разговоре понемногу успокоивали ее. Она не слышала от него предполагаемых ею очень умных вещей, не видела той изящности во всем, которую она смутно ожидала найти в нем. Даже при третьем стакане чаю, после того как робкие глаза ее встретились раз с его глазами и он не опустил их, а как-то слишком спокойно продолжал, чуть-чуть улыбаясь, глядеть на нее, она почувствовала себя даже несколько враждебно расположенной к нему и скоро нашла, что не только ничего не было в нем особенного, но он нисколько не отличался от всех тех, кого она видела, что не стоило бояться его, — только ногти» — чистые, длинные, а даже и красоты особенной нет в нем. Лиза вдруг, не без некоторой внутренней тоски расставшись с своей мечтой, успокоилась, и только взгляд молчаливого корнета, который она чувствовала устремленным на себя, беспокоил ее. «Может быть, это не он, а он!» — думала она.

XIII

После чаю старушка пригласила гостей в другую комнату и снова уселась на свое место.

— Да вы отдохнуть не хотите ли, граф? — спрашивала она. — Так чем бы вас занять, дорогих гостей? — продолжала она после отрицательного ответа. — Вы играете, в карты, граф? Вот бы вы, братец, заняли, партию бы составили во что-нибудь…

— Да ведь вы сами играете в преферанс, — отвечал кавалерист, — так уж вместе давайте. Будете, граф? И вы будете?

Офицеры изъявили согласие делать все то, что угодно будет любезным хозяевам.

Лиза принесла из своей комнаты свои старые карты, в которые она гадала о том, скоро ли пройдет флюс у Анны Федоровны, вернется ли нынче дядя из города, когда он уезжал, приедет ли сегодня соседка и т. д. Карты эти, хотя служили уже месяца два, были почище тех, в которые гадала Анна Федоровна.

— Только вы не станете по маленькой играть, может быть? — спросил дядя. — Мы играем с Анной Федоровной по полкопейки… И то она нас всех обыгрывает.

— Ах, по чем прикажете, я очень рад, — отвечал граф.

— Ну, так по копейке ассигнациями! уж для дорогих гостей идет: пускай они меня обыграют, старуху, — сказала Анна Федоровна, широко усаживаясь в своем кресле и расправляя свою мантилию.

«А может, и выиграю у них целковый», — подумала Анна Федоровна, получившая под старость маленькую страсть к картам.

— Хотите, я вас выучу с табелькой играть, — сказал граф, — и с мизерами! Это очень весело.

Всем очень понравилась новая петербургская манера. Дядя уверял даже, что он ее знал, и это то же, что и бостон было, но забыл только немного. Анна же Федоровна ничего не поняла и так долго не понимала, что нашлась вынужденной, улыбаясь и одобрительно кивая головой, утверждать, что теперь она поймет и все для нее ясно. Немало было смеху в середине игры, когда Анна Федоровна с тузом и королем бланк говорила мизер и оставалась с шестью. Она даже начинала теряться, робко улыбаться и торопливо уверять, что не совсем ещё привыкла по-новому. Однако на нее записывали, и много, тем более, что граф, по привычке играть большую коммерческую игру, играл сдержанно, подводил очень хорошо и никак не понимал толчков под столом ногой корнета и грубых его ошибок в вистованье.

Лиза принесла еще пастилы, трех сортов варенья и сохранившиеся особенного моченья опортовые яблоки и остановилась за спиной матери, вглядываясь в игру и изредка поглядывая на офицеров и в особенности на белые с тонкими розовыми отделанными ногтями руки графа, которые так опытно, уверенно и красиво бросали карты и брали взятки.

Опять Анна Федоровна, с некоторым азартом перебивая у других, докупившись до семи, обремизилась без трех и, по требованию братца уродливо изобразив какую-то цифру, совершенно растерялась и заторопилась.

— Ничего, мамаша, еще отыграетесь!.. — улыбаясь, сказала Лиза, желая вывести мать из смешного положения. — Вы дяденьку обремизите раз: тогда он попадется.

— Хоть бы ты мне помогла, Лизочка! — сказала Анна Федоровна, испуганно глядя на дочь. — Я не знаю, как это…

— Да и я не знаю по этому играть, — отвечала Лиза, мысленно считая ремизы матери. — А вы этак много проиграете, мамаша! и Пимочке на платье не останется, — прибавила она шутя.

— Да, этак легко можно рублей десять серебром проиграть, — сказал корнет, глядя на Лизу и желая вступить с ней в разговор.

— Разве мы не ассигнациями играем? — оглядываясь на всех, спросила Анна Федоровна.

— Я не знаю как, только я не умею считать ассигнациями, — сказал граф. — Как это? то есть что это ассигнации?

— Да теперь уж никто ассигнациями не считает, — подхватил дядюшка, который играл кремешком и был в выигрыше.

Старушка велела подать шипучки, выпила сама два бокала, раскраснелась и, казалось, на все махнула рукой. Даже одна прядь седых волос выбилась у ней из-под чепца, и она не поправляла ее. Ей, верно, казалось, что она проиграла миллионы и что она совсем пропала. Корнет все чаще и чаще толкал ногой графа. Граф списывал ремизы старушки. Наконец партия кончилась. Как ни старалась Анна Федоровна, кривя душою, прибавлять свои записи и притворяться, что она ошибается в счете и не может счесть, как ни приходила в ужас от величины своего проигрыша, в конце расчета оказалось, что она проиграла девятьсот двадцать призов. «Это ассигнациями выходит девять рублей?» — несколько раз спрашивала Анна Федоровна, и до тех пор не поняла всей громадности своего проигрыша, пока братец, к ужасу ее, не объяснил, что она проиграла тридцать два рубля с полтиной ассигнациями и что их нужно заплатить непременно. Граф даже не считал своего выигрыша, а тотчас по окончании игры встал и подошел к окну, у которого Лиза устанавливала закуску и выкладывала на тарелку грибки из банки к ужину, и совершенно спокойно и просто сделал то, чего весь вечер так желал и не мог сделать корнет, — вступил с ней в разговор о погоде.

Корнет же в это время находился в весьма неприятном положении. Анна Федоровна с уходом графа и особенно Лизы, поддерживавшей ее в веселом расположении духа, откровенно рассердилась.

— Однако как досадно, что мы вас так обыграли, — сказал Полозов, чтоб сказать что-нибудь. — Это просто бессовестно.

— Да еще бы, выдумали какие-то табели да мизеры! Я в них не умею; как же ассигнациями-то, сколько же выходит всего? — спрашивала она.

— Тридцать два рубля, тридцать два с полтинкой, — твердил кавалерист, находясь под влиянием выигрыша в игривом расположении духа, — давайте-ка денежки, сестрица... давайте-ка.

— И дам вам все; только уж больше не поймаете, нет! Это я и в жизнь не отыграюсь.

И Анна Федоровна ушла к себе, быстро раскачиваясь, вернулась назад и принесла девять рублей ассигнациями. Только по настоятельному требованию старичка она заплатила все.

На Полозова нашел некоторый страх, чтобы Анна Федоровна не выбранила его, ежели он заговорит с ней. Он молча потихоньку отошел от нее и присоединился к графу и Лизе, которые разговаривали у открытого окна.

В комнате на накрытом для ужина столе стояли две сальные свечи. Свет их изредка колыхался от свежего, теплого дуновения майской ночи. В окне, открытом в сад, было тоже светло, но совершенно иначе, чем в комнате.

Почти полный месяц, уже теряя золотистый оттенок, всплывал над верхушками высоких лип и больше и больше освещал белые тонкие тучки, изредка застилавшие его. На пруде, которого поверхность, в одном месте посеребренная месяцем, виднелась сквозь аллеи, заливались лягушки. В сиреневом душистом кусте под самым окном, изредка медленно качавшем влажными цветами, чуть-чуть перепрыгивали и встряхивались какие-то птички.

— Какая чудная погода! — сказал граф, подходя к Лизе и садясь на низкое окно, — вы, я думаю, много гуляете?

— Да, — отвечала Лиза, не чувствуя почему-то уже ни малейшего смущения в беседе с графом, — я по утрам, часов в семь, по хозяйству хожу, так и гуляю немножко с Пимочкой — маменькиной воспитанницей.

— Приятно в деревне жить! — сказал граф, вставив в глаз стеклышко, глядя то на сад, то на Лизу, — а по ночам, при лунном свете, вы не ходите гулять?

— Нет. А вот в третьем годе мы с дяденькой каждую ночь гуляли, когда луна была. На него странная какая-то болезнь — бессонница находила. Как полная луна, так он заснуть не мог. Комнатка же его, вот эта, прямо на сад, и окошко низенькое: луна прямо к нему ударяла.

— Странно, — заметил граф, — да ведь это ваша комнатка, кажется?

— Нет, я только нынче тут ночую. Мою комнатку вы занимаете.

— Неужели?... Ах, боже мой!.. Век себе не прощу этого беспокойства, — сказал граф, в знак искренности чувства выбрасывая стеклышко из глаза, — ежели бы я знал, что я вас потревожу...

— Что за беспокойство! Напротив, я очень рада: дяденькина комнатка такая чудесная, веселенькая, окошечко низенькое; я буду там себе сидеть, пока не засну, или в сад перелезу, погуляю еще на ночь.

«Экая славная девочка! — подумал граф, снова вставив стеклышко, глядя на нее и, как будто усаживаясь на окне, стараясь ногой тронуть ее ножку. — И как она хитро дала мне почувствовать, что я могу увидеть ее в саду у окна, коли захочу». Лиза даже потеряла в его глазах большую часть прелести: так легка ему показалась победа над нею.

— А какое, должно быть, наслаждение, — сказал он, задумчиво вглядываясь в темные аллеи, — провести такую ночь в саду с существом, которое любишь.

Лиза смутилась несколько этими словами и повторенным, как будто нечаянным, прикосновением ноги. Она, прежде чем подумала, сказала что-то для того только, чтобы смущение ее не было заметно. Она сказала: «Да, славно в лунные ночи гулять». Ей становилось что-то неприятно. Она увязала банку, из которой выкладывала грибки, и собиралась уйти от окна, когда к ним подошел корнет, и ей захотелось узнать, что это за человек такой.

— Какая прелестная ночь! — сказал он. «Однако только про погоду и разговаривают», — подумала Лиза.

— Какой вид чудесный! — продолжал корнет, — только вам, я думаю, уж надоело, — прибавил он, по странной, свойственной ему склонности говорить вещи немного неприятные людям, которые ему очень нравились.

— Отчего ж вы так думаете? кушанье одно и то же, платье — надоест, а сад хороший не надоест, когда любишь гулять, особенно когда месяц еще повыше поднимется. Из дяденькиной комнаты весь пруд виден. Вот я нынче буду смотреть.

— А соловьев у вас нет, кажется? — спросил граф, весьма недовольный тем, что пришел Полозов и помешал ему узнать положительные условия свиданья.

— Нет, у нас всегда были; только в прошлом году охотники одного поймали, и нынче на прошлой неделе славно запел было, да становой приехал с колокольчиком и спугнул. Мы, бывало, в третьем году, сядем с дяденькой в крытой аллее и часа два слушаем.

— Что эта болтушка вам рассказывает? — сказал дядя, подходя к разговаривающим, — закусить не угодно ли?

После ужина, во время которого граф похваливанием кушаний и аппетитом успел как-то рассеять несколько дурное расположение духа хозяйки, офицеры распрощались и пошли в свою комнату. Граф пожал руку дяде, к удивлению Анны Федоровны, и ее руку, не целуя, пожал только, пожал даже и руку Лизы, причем взглянул ей прямо в глаза и слегка улыбнулся своею приятной улыбкой. Этот взгляд снова смутил девушку.

«А очень хорош, — подумала она, — только уж слишком занимается собой».

XIV

— Ну, как тебе не стыдно? — сказал Полозов, когда офицеры вернулись в свою комнату, — я старался нарочно проиграть, толкал тебя под столом. Ну, как тебе не совестно? Ведь старушка совсем огорчилась.

Граф ужасно расхохотался.

— Уморительная госпожа! как она обиделась!

И он опять принялся хохотать так весело, что даже Иоган, стоявший перед ним, потупился и слегка улыбнулся в сторону.

— Вот те и сын друга семейства!.. ха, ха, ха! — продолжал смеяться граф.

— Нет, право, это нехорошо. Мне ее жалко даже стало, — сказал корнет.

— Вот вздор! Как ты еще молод! Что ж, ты хотел, чтоб я проиграл? Зачем же я бы проиграл? И я проигрывал, когда не умел. Десять рублей, братец, пригодятся. Надо смотреть практически на жизнь, а то всегда в дураках будешь.

Полозов замолчал: притом ему хотелось одному думать о Лизе, которая казалась ему необыкновенно чистым, прекрасным созданием. Он разделся и лег в мягкую и чистую постель, приготовленную для него.

«Что за вздор эти почести и слава военная! — думал он, глядя на завешенное шалью окно, сквозь которое прокрадывались бледные лучи месяца. — Вот счастье — жить в тихом уголке, с милой, умной, простой женою! Вот это прочное, истинное счастье!»

Но почему-то он не сообщал этих мечтаний своему другу и даже не упоминал о деревенской девушке, несмотря на то, что был уверен, что и граф о ней думал.

— Что ж ты не раздеваешься? — спросил он графа, который ходил по комнате.

— Не хочется еще спать что-то. Туши свечу, коли хочешь; я так лягу.

И он продолжал ходить взад и вперед.

— Не хочется еще спать что-то, — повторил Полозов, чувствуя себя после нынешнего вечера больше чем когда-нибудь недовольным влиянием графа и расположенным взбунтоваться против него. «Я воображаю, — рассуждал он, мысленно обращаясь к Турбину, — какие в твоей причесанной голове теперь мысли ходят! я видел, как тебе она понравилась. Но ты не в состоянии понять это простое, честное существо; тебе Мину надобно, полковничьи эполеты. Право, спрошу его, как она ему понравилась».

И Полозов было обернулся к нему, но раздумал: он чувствовал, что не только не в состоянии будет спорить с ним, если взгляд графа на Лизу тот, который он предполагал, но что даже не в силах будет не согласиться с ним, — так уж он привык подчиняться влиянию, которое становилось для него с каждым днем тяжелее и несправедливее.

— Куда ты? — спросил он, когда граф надел фуражку и подошел к двери.

— Пойду на конюшню, посмотрю: все ли в порядке.

«Странно!» — подумал корнет, но потушил свечу и, стараясь разогнать нелепо-ревнивые и враждебные к прежнему своему другу мысли, лезшие ему в голову, перевернулся на другой бок.

Анна Федоровна этим временем, перекрестив и расцеловав, по обыкновению, нежно брата, дочь и воспитанницу, тоже удалилась в свою комнату. Давно уж в один день не испытывала старушка столько сильных впечатлений, так что и молиться она не могла спокойно: все грустно-живое воспоминание о покойном графе и о молодом франтике, который так безбожно обыграл ее, но выходило у нее из головы. Однако же, по обыкновению, раздевшись, выпив полстакана квасу, приготовленного у постели на столике, она легла в постель. Любимая ее кошка тихо вползла в комнату. Анна Федоровна подозвала ее и стала гладить, вслушиваясь в ее мурлыканье, и все не засыпала.

«Это кошка мешает», — подумала она и прогнала ее. Кошка мягко упала на пол, медленно поворачивая пушистым хвостом, вскочила на лежанку; но тут девка, спавшая на полу в комнате, принесла стлать свой войлок, тушить свечку и зажигать лампадку. Наконец и девка захрапела; но сон все еще не приходил к Анне Федоровне и не успокаивал ее расстроенного воображения. Лицо гусара так и представлялось ей, когда она закрывала глаза, и, казалось, являлось в различных странных видах в комнате, когда она с открытыми глазами при слабом свете лампадки смотрела на комод, на столик, на висевшее белое платье. То ей казалось жарко в перине, то несносно били часы на столике и невыносимо носом храпела девка. Она разбудила ее и велела перестать храпеть. Опять мысли о дочери, о старом и молодом графе, преферансе странно перемешивались в ее голове. То она видела себя в вальсе с старым графом, видела свои полные белые плечи, чувствовала на них чьи-то поцелуи и потом видела свою дочь в объятиях молодого графа. Опять храпеть начала Устюшка...

«Нет, что-то не то теперь, люди не те. Тот в огонь за меня готов был. Да и было за что. А этот небось спит себе дурак дураком, рад, что выиграл; нет того, чтоб поволочиться. Как тот, бывало, говорит на коленях: «Что ты хочешь, чтоб я сделал: убил бы себя сейчас, и что хочешь?» — и убил бы, коли б я сказала».

Вдруг чьи-то босые шаги раздались по коридору, и Лиза в одном накинутом плате, вся бледная и дрожащая, вбежала в комнату и почти упала к матери на постель...

Простясь с матерью, Лиза одна пошла в бывшую дядину комнату. Надев белую кофточку и спрятав в плаюк свою густую длинную косу, она потушила свечу, подняла окно и с ногами села на стул, устремив задумчивые глаза на пруд, теперь уже весь блестевший серебряным сияньем.

Все ее привычные занятия и интересы вдруг явились перед ней совершенно в новом свете: старая капризная мать, несудящая любовь к которой сделалась частью ее души, дряхлый, но любезный дядя, дворовые, мужики, обожающие барышню, дойные коровы и телки; вся эта, все та же столько раз умиравшая и обновлявшаяся природа, среди которой с любовью к другим и от других она выросла, все, что давало ей такой легкий, приятный душевный отдых, — все это вдруг показалось не то, все это показалось скучно, ненужно. Как будто кто-нибудь сказал ей: «Дурочка, дурочка! двадцать лет делала вздор, служила кому-то, зачем-то и не знала, что такое жизнь и счастье!» Она это думала теперь, вглядываясь в глубину светлого, неподвижного сада, сильнее, гораздо сильнее, чем прежде ей случалось это думать. И что навело ее на эти мысли? нисколько не внезапная любовь к графу, как бы это можно было предположить. Напротив, он ей не нравился.

Корнет мог бы скорее занимать ее но он дурен, бедный, и молчалив как-то. Она невольно забывала его и с злобой и с досадой вызывала в воображении образ графа. «Нет, не то», — говорила она сама себе. Идеал ее был так прелестен! Это был идеал, который среди этой ночи, этой природы, не нарушая ее красоты, мог бы быть любимым, — идеал, ни разу не обрезанный для того, чтобы слить его с какою-нибудь грубою действительностью.

Сначала уединение и отсутствие людей, которые бы могли обратить ее внимание, сделали то, что вся сила любви, которую в душу каждого из нас одинаково вложило провидение, была еще цела и невозмутима в ее сердце; теперь же уже слишком долго она жила грустным счастием чувствовать в себе присутствие этого чего-то и, изредка открывая таинственный сердечный сосуд, наслаждаться созерцанием его богатств, чтобы необдуманно излить на кого-нибудь все то, что там было. Дай бог, чтобы она до гроба наслаждалась этим скупым счастием. Кто знает, не лучше ли и не сильнее ли оно? и не одно ли оно истинно и возможно?

«Господи боже мой! — думала она, — неужели я даром потеряла счастие и молодость, и уж не будет... никогда не будет? неужели это правда?» — и она вглядывалась в высокое, светлое около месяца небо, покрытое белыми волнистыми тучами, которые, застилая звездочки, подвигались к месяцу. «Если захватит месяц это верхнее белое облачко, значит правда», — подумала она. Туманная дымчатая полоса пробежала по нижней половине светлого круга, и понемногу свет стал слабеть на траве, на верхушках лип, на пруде; черные тени деревьев стали менее заметны. И, как будто вторя мрачной тени, осенившей природу, легкий ветерок пронесся по листьям и донес до окна росистый запах листьев, влажной земли и цветущей сирени.

«Нет, это неправда, — утешала она себя, — а вот если соловей запоет нынче ночью, то, значит, вздор все, что я думаю, и не надо отчаиваться», — подумала она. И долго еще сидела молча, дожидаясь кого-то, несмотря на то, что снова все осветилось и ожило и снова несколько раз набегали на месяц тучки и все померкло. Она уже засыпала так, сидя у окна, когда соловей разбудил ее частой трелью, раздававшейся звонко низом по пруду. Деревенская барышня открыла глаза. Опять с новым наслаждением вся душа ее обновилась этим таинственным соединением с природой, которая так спокойно и светло раскинулась перед ней. Она облокотилась на обе руки. Какое-то томительно сладкое чувство грусти сдавило ей грудь, и слезы чистой широкой любви, жаждущей удовлетворения, хорошие, утешительные слезы налились в глаза ее. Она сложила руки на подоконник и на них положила голову. Любимая ее молитва как-то сама пришла ей в душу, и она так и задремала с мокрыми глазами.

Прикосновенье чьей-то руки разбудило ее. Она проснулась. Но прикосновение это было легко и приятно. Рука сжимала крепче ее руку. Вдруг она вспомнила действительность, вскрикнула, вскочила и, сама себя уверяя, что не узнала графа, который стоял под окном, весь облитый лунным светом, выбежала из комнаты…

XV

Действительно, это был граф. Услышав крик девушки и кряхтенье сторожа за забором, отозвавшегося на этот крик, он опрометью, с чувством пойманного вора, бросился бежать по мокрой, росистой траве в глубину сада. «Ах я дурак! — твердил он бессознательно. — Я ее испугал. Надо было тише, словами разбудить. Ах, я скотина неловкая!» Он остановился и прислушался: сторож через калитку прошел в сад, волоча палку по песчаной дорожке. Надо было спрятаться. Он спустился к пруду. Лягушки торопливо, заставляя его вздрагивать, побултыхали из-под его ног в воду. Здесь, несмотря на промоченные ноги, он сел на корточки и стал припоминать все, что он делал: как он перелез через забор, искал ее окно и наконец увидал белую тень; как несколько раз, прислушиваясь к малейшему шороху, он подходил и отходил от окна; как то ему казалось несомненно, что она с досадой на его медлительность ожидает его, то казалось, что это невозможно, чтобы она так легко решилась на свидание; как, наконец, предполагая, что она только от конфузливости уездной барышни притворяется, что спит, он решительно подошел и увидал ясно ее положение, но тут вдруг почему-то убежал опрометью назад и, только сильно устыдив трусостью самого себя, подошел к ней смело и тронул ее за руку. Сторож снова крякнул и, скрипнув калиткой, вышел из саду. Окно барышниной комнаты захлопнулось и заставилось ставешком изнутри. Графу это было ужасно досадно видеть. Он бы дорого дал, чтобы только можно было начать опять все сначала: уж теперь бы он не поступил так глупо... «А чудесная барышня! свеженькая какая! просто прелесть! и так прозевал. Глупая скотина я!» Притом спать уже ему не хотелось, и он решительными шагами раздосадованного человека пошел наудачу вперед по дорожке крытой липовой аллеи.

И тут и для него эта ночь приносила свои миротворные дары какой-то успокоительной грусти и потребности любви. Глинистая, кое-где с пробивающейся травкой или сухой веткой, дорожка освещалась кружками, сквозь густую листву лип, прямыми бледными лучами месяца. Какой-нибудь загнутый сук, как обросший белым мхом, освещался сбоку. Листья, серебрясь, шептались изредка. В доме потухли огни, замолкли все звуки; только соловей наполнял собой, казалось, все необъятное молчаливое и светлое пространство. «Боже, какая ночь! какая чудная ночь! — думал граф, вдыхая в себя пахучую свежесть сада. — Чего-то жалко. Как будто недоволен и собой, и другими, и всей жизнью недоволен. А славная, милая девочка. Может быть, она точно огорчилась...» Тут мечты его перемешались, он воображал себя в этом саду вместе с уездной барышней в различных, самых странных положениях; потом роль барышни заняла его любезная Мина. «Экой я дурак! Надо было просто ее схватить за талию и поцеловать». И с этим раскаянием граф вернулся в комнату.

Корнет не спал еще. Он тотчас повернулся на постели лицом к графу.

— Ты не спишь? — спросил граф.

— Нет.

— Рассказать тебе, что было?

— Ну?

— Нет, лучше не рассказывать… или расскажу. Подожми ноги.

И граф, махнув уже мысленно рукой на прозеванную им интрижку, с оживленною улыбкой подсел на постель товарища.

— Можешь себе представить, что ведь барышня эта мне назначила rendezvous![1]

— Что ты говоришь? — вскрикнул Полозов, вскакивая с постели.

— Ну, слушай.

— Да как же? Когда же? Не может быть!

— А вот, пока вы считали преферанс, она мне сказала, что будет ночью сидеть у окна и что в окно можно влезть. Вот что значит практический человек! Покуда вы там с старухой считали, я это дельце обделал. Да ведь ты слышал, она при тебе даже сказала, что она будет сидеть нынче у окна, на пруд смотреть.

— Да это она так сказала.

— Вот то-то я и не знаю, нечаянно или нет она это сказала. Может быть, и точно она еще не хотела сразу, только было похоже на то. Вышла-то странная штука. Я дураком совсем поступил! — прибавил он, презрительно улыбаясь на себя.

— Да что же? Где ты был?

Граф, исключая своих нерешительных неоднократных подступов, рассказал все, как было.

— Я сам испортил: надо было смелее. Закричала и убежала от окошка.

— Так она закричала и убежала, — сказал корнет с неловкой улыбкой, отвечая на улыбку графа, имевшую на него такое долгое и сильное влияние.

— Да. Ну, теперь спать пора.

Корнет повернулся опять спиной к двери и молча полежал минут десять. Бог знает, что делалось у него в душе; но когда он повернулся снова, лицо его выражало страдание и решительность.

— Граф Турбин! — сказал он прерывистым голосом.

---

[1] свиданье! (франц.).

— Что ты, бредишь или нет? — спокойно отозвался граф. — Что, корнет Полозов?

— Граф Турбин! вы подлец! — крикнул Полозов и вскочил с постели.

XVI

На другой день эскадрон выступил. Офицеры не видали хозяев и не простились с ними. Между собой они тоже не говорили. По приходе на первую дневку предположено было драться. Но ротмистр Шульц, добрый товарищ, отличнейший ездок, любимый всеми в полку и выбранный графом в секунданты, так успел уладить это дело, что не только не дрались, но никто в полку не знал об этом обстоятельстве, и даже Турбин и Полозов хотя не в прежних дружеских отношениях, но остались на «ты» и встречались за обедами и за партиями.

11 апреля 1856

Утро помещика

I

Князю Нехлюдову было девятнадцать лет, когда он из 3-го курса университета приехал на летние вакanции в свою деревню и один пробыл в ней все лето. Осенью он неустановившейся ребяческой рукой написал к своей тетке, графине Белорецкой, которая, по его понятиям, была его лучший друг и самая гениальная женщина в мире, следующее переведенное здесь французское письмо:

«Милая тетушка.

Я принял решение, от которого должна зависеть участь всей моей жизни. Я выхожу из университета, чтоб посвятить себя жизни в деревне, потому что чувствую, что рожден для нее. Ради бога, милая тетушка, не смейтесь надо мной. Вы скажете, что я молод; может быть, точно я еще ребенок, но это не мешает мне чувствовать мое призвание, желать делать добро и любить его.

Как я вам писал уже, я нашел дела в неописанном расстройстве. Желая их привести в порядок и вникнув в них, я открыл, что главное зло заключается в самом жалком, бедственном положении мужиков, и зло такое, которое можно исправить только трудом и терпением. Если б вы только могли видеть двух моих мужиков, Давыда и Ивана, и жизнь, которую они ведут с своими семействами, я уверен, что один вид этих двух несчастных убедил бы вас больше, чем все то, что я могу сказать вам, чтоб объяснить мое намерение. Не моя ли священная и прямая обязанность заботиться о счастии этих семисот человек, за которых я должен буду отвечать богу? Не грех ли покидать их на произвол грубых старост и управляющих из-за планов наслаждения или честолюбия? И зачем искать в другой сфере случаев быть полезным и делать добро, когда мне открывается такая благородная, блестящая и ближайшая обязанность? Я чувствую себя способным быть хорошим хозяином; а для того чтоб быть им, как я разумею это слово, не нужно ни кандидатского диплома, ни чинов, которые вы так желаете для меня. Милая тетушка, не делайте за меня честолюбивых планов, привыкните к мысли, что я пошел по совершенно особенной дороге, но которая хороша, и, я чувствую, приведет меня к счастию. Я много и много передумал о своей будущей обязанности, написал себе правила действий, и, если только бог даст мне жизни и сил, я успею в своем предприятии.

Не показывайте письма этого брату Васе: я боюсь его насмешек; он привык первенствовать надо мной, а я привык подчиняться ему. Ваня если и не одобрит мое намерение, то поймет его».

Графиня отвечала ему следующим письмом, тоже переведенным здесь с французского:

«Твое письмо, милый Дмитрий, ничего мне не доказало, кроме того, что у тебя прекрасное сердце, в чем я никогда не сомневалась. Но, милый друг, наши добрые качества больше вредят нам в жизни, чем дурные. Не стану говорить тебе, что ты делаешь глупость, что поведение твое огорчает меня, но постараюсь подействовать на тебя одним убеждением. Будем рассуждать, мой друг. Ты говоришь, что чувствуешь призвание к деревенской жизни, что хочешь сделать счастие своих крестьян и что надеешься быть добрым хозяином. 1) Я должна сказать тебе, что мы чувствуем свое призвание только тогда, когда уж раз ошибемся в нем; 2) что легче сделать собственное счастие, чем счастие других, и 3) что для того, чтоб быть добрым хозяином, нужно быть холодным и строгим человеком, чем ты едва ли когда-нибудь будешь, хотя и стараешься притворяться таким.

Ты считаешь свои рассуждения непреложными и даже принимаешь их за правила в жизни; но в мои лета, мой друг, не верят в рассуждения и в правила, а верят только в опыт; а опыт говорит мне, что твои планы — ребячество. Мне уже под пятьдесят лет, и я много знавала достойных людей, но никогда не слыхивала, чтоб молодой человек с именем и способностями, под предлогом делать добро, зарылся в деревне. Ты всегда хотел казаться оригиналом, а твоя оригинальность не что иное, как излишнее самолюбие. И, мой друг! выбирай лучше торные дорожки: они ближе ведут к успеху, а успех, если уж не нужен для тебя как успех, то необходим для того, чтоб иметь возможность делать добро, которое ты любишь.

Нищета нескольких крестьян — зло необходимое, или такое зло, которому можно помочь, не забывая всех своих обязанностей к обществу, к своим родным и к самому себе. С твоим умом, с твоим сердцем и любовью к добродетели нет карьеры, в которой бы ты не имел успеха; но выбирай по крайней мере такую, которая бы тебя стоила и сделала бы тебе честь.

Я верю в твою искренность, когда ты говоришь, что у тебя нет честолюбия; но ты сам обманываешь себя. Честолюбие — добродетель в твои лета и с твоими средствами; но она делается недостатком и пошлостью, когда человек уже не в состоянии удовлетворить этой страсти. И ты испытаешь это, если не изменишь своему намерению. Прощай, милый Митя. Мне кажется, что я тебя люблю еще больше за твой нелепый, но благородный и великодушный план. Делай, как знаешь, но, признаюсь, не могу согласиться с тобой».

Молодой человек, получив это письмо, долго думал над ним и наконец, решив, что и гениальная женщина может ошибаться, подал прошение об увольнении из университета и навсегда остался в деревне.

II

У молодого помещика, как он писал своей тетке, были составлены правила действий по своему хозяйству, и вся жизнь и занятия его были распределены по часам, дням и месяцам. Воскресенье было назначено для приема просителей, дворовых, и мужиков, для обхода хозяйства бедных крестьян и для подания им помощи с согласия мира, который собирался вечером каждое воскресенье и должен был решать, кому и какую помощь нужно было оказывать. В таких занятиях прошло более года, и молодой человек был уже не совсем новичок ни в практическом, ни в теоретическом знании хозяйства.

Было ясное июньское воскресенье, когда Нехлюдов, напившись кофею и пробежав главу «Maison rustique»[1], с записной книжкой и пачкой ассигнаций в кармане своего легонького пальто, вышел из большого с колоннадами и террасами деревенского дома, в котором занимал внизу одну маленькую комнатку, и по нечищеным, заросшим дорожкам старого английского сада направился к селу, расположенному по обеим сторонам большой дороги. Нехлюдов был высокий, стройный молодой человек с большими, густыми, вьющимися темно-русыми волосами, с светлым блеском в черных глазах, свежими щеками и румяными губами, над которыми только показывался первый пушок юности. Во всех движеньях его и походке заметны были сила, энергия и добродушное самодовольство молодости. Крестьянский народ пестрыми толпами возвращался из церкви; старики, девки, дети, бабы с грудными младенцами, в праздничных одеждах, расходились по своим избам, низко кланяясь барину и обходя его. Войдя в улицу, Нехлюдов остановился, вынул из кармана записную книжку и на последней, исписанной детским почерком странице прочел несколько крестьянских имен с отмотками. «Иван Чурисенок — просил сошек», — прочел он и, пойдя в улицу, подошел к воротам второй избы справа.

Жилище Чурисенка составляли: полусгнивший, подопрелый с углов сруб, погнувшийся набок и вросший в землю так, что над самой навозной завалиной виднелись одно разбитое красное волоковое оконце с полуоторванным ставнем, и другое, волчье, заткнутое хлопком. Рубленые сени, с грязным порогом и низкой дверью, другой маленький срубец, еще древнее и еще ниже сеней, ворота и плетеная клеть лепились около главной избы. Все это было когда-то покрыто под одну неровную крышу; теперь же только на застрехе густо нависла черная, гниющая солома; наверху же местами видны были решетник и стропила. Перед двором был колодезь с развалившимся срубиком, остатком столба и колеса и с грязной, истоптанное

[1] «Ферма» (франц.).

скотиною лужей, в которой полоскались утки. Около колодца стояли две старые, треснувшие и надломленные ракиты с редкими бледно-зелеными ветвями. Под одной из этих ракит, свидетельствовавших о том, что кто-то и когда-то заботился об украшении этого места, сидела восьмилетняя белокурая девочка и заставляла ползать вокруг себя другую, двухлетнюю девчонку. Дворной щенок, вилявший около них, увидав барина, опрометью бросился под ворота и залился оттуда испуганным, дребезжащим лаем.

— Дома ли Иван? — спросил Нехлюдов. Старшая девочка как будто остолбенела при этом вопросе и начала все более и более открывать глаза, ничего не отвечая; меньшая же открыла рот и собиралась плакать. Небольшая старушонка, в изорванной клетчатой паневе, низко подпоясанной стареньким красноватым кушаком, выглядывала из-за двери и тоже ничего не отвечала. Нехлюдов подошел к сеням и повторил вопрос.

— Дома, кормилец, — проговорила дребезжащим голосом старушонка, низко кланяясь и вся приходя в какое-то испуганное волнение.

Когда Нехлюдов, поздоровавшись с ней, прошел через сени на тесный двор, старуха подперлась ладонью, подошла к двери и, не спуская глаз с барина, тихо стала покачивать головой. На дворе бедно; кое-где лежал старый, невоженый, почерневший навоз; на навозе беспорядочно валялись прелая колода, вилы и две бороны. Навесы вокруг двора, под которыми, с одной стороны стояли соха, телега без колеса и лежала куча сваленных друг на друга пустых, негодных пчелиных колодок, были почти все раскрыты, и одна сторона их обрушилась, так что спереди перемёты лежали уже не на сохах, а на навозе. Чурисенок топором и обухом выламывал плетень, который придавила крыша. Иван Чурис был мужик лет пятидесяти, ниже обыкновенного роста. Черты его загорелого продолговатого лица, окруженного темно-русой с проседью бородою и такими же густыми волосами, были красивы и выразительны. Его темно-голубые полузакрытые глаза глядели умно и добродушно-беззаботно. Небольшой правильный рот, резко обозначавшийся из-под русых редких усов, когда он улыбался, выражал спокойную уверенность в себе и несколько насмешливое равнодушие ко всему окружающему. По грубости кожи, глубоким морщинам, резко обозначенным жилам на шее, лице и руках, по неестественной сутуловатости и кривому, дугообразному положению ног видно было, что вся жизнь его прошла в непосильной, слишком тяжелой работе. Одежда его состояла из белых посконных порток, с синими заплатками на коленях, и такой же грязной, расползавшейся на спине и руках рубахи. Рубаха низко подпоясывалась тесемкой с висевшим на ней медным ключиком.

— Бог помощь! — сказал барин, входя во двор.

Чурисенок оглянулся и снова принялся за свое дело. Сделав энергическое усилие, он выпростал плетень из-под навеса и тогда только воткнул топор в колоду и, оправляя поясок, вышел на средину двора.

— С праздником, ваше сиятельство! — сказал он, низко кланяясь и встряхивая волосами.

— Спасибо, любезный. Вот пришел твое хозяйство проведать, — с детским дружелюбием и застенчивостью сказал Нехлюдов, оглядывая одежду мужика. — Покажи-ка мне, на что тебе сохи, которые ты просил у меня на сходке.

— Сошки-то? Известно, на что сошки, батюшка ваше сиятельство. Хоть мало-мальски подпереть хотелось, сами изволите видеть; вот анадысь угол завалился; еще помиловал бог, что скотины в ту пору не было. Все-то еле-еле висит, — говорил Чурис, презрительно осматривая свои раскрытые кривые и обрушенные сараи. — Теперь и стропила, и откосы, и перемёты только тронь — глядишь, дерева дельного не выйдет. А лесу где нынче возьмешь? сами изволите знать.

— Так на что ж тебе пять сошек, когда один сарай уже завалился, а другие скоро завалятся? Тебе нужны не сошки, а стропила, перемёты, столбы, — все новое нужно, — сказал барин, видимо щеголяя своим знанием дела.

Чурисенок молчал.

— Тебе, стало быть, нужно лесу, а не сошек; так и говорить надо было.

— Вестимо нужно, да взять-то негде: не все же на барский двор ходить! Коли нашему брату повадку дать к вашему сиятельству за всяким добром на барский двор кланяться, какие мы крестьяне будем? А коли милость ваша на то будет, насчет дубовых макушек, что на господском гумне так, без дела лежат, — сказал он, кланяясь и переминаясь с ноги на ногу, — так, може, я которые подменю, которые поурежу и из старого как-нибудь сооруду́ю.

— Как же из старого? Ведь ты сам говоришь, что все у тебя старо и гнило; нынче этот угол обвалился, завтра тот, послезавтра третий; так уж ежели делать, так делать все заново, чтоб недаром работа пропадала. Ты скажи мне, как ты думаешь, может твой двор простоять нынче зиму или нет?

— А кто е знает!

— Нет, ты как думаешь? завалится он — или нет?

Чурис на минуту задумался.

— Должен весь завалиться, — сказал он вдруг.

— Ну, вот видишь ли, ты бы лучше так и на сходке говорил, что тебе надо весь двор пристроить, а не одних сошек. Ведь я рад помочь тебе...

— Много довольны вашей милостью, — недоверчиво и не глядя на барина отвечал Чурисенок. — Мне хоть бы бревна четыре да сошек пожаловали, так я, может, сам управлюсь, а который негодный лес выберется, так в избу на подпорки пойдет.

— А разве у тебя и изба плоха?

— Того и ждем с бабой, что вот-вот раздавит кого-нибудь, — равнодушно сказал Чурис. — Намедни и то накатина с потолка мою бабу убила!

— Как убила?

— Да так, убила, ваше сиятельство: по спине как полыхнет ее, так она до ночи замертво пролежала.

— Что ж, прошло?

— Прошло-то прошло, да все хворает. Она точно и отроду хворая.

— Что ты, больна? — спросил Нехлюдов у бабы, продолжавшей стоять в дверях и тотчас же начавшей охать, как только муж стал говорить про нее.

— Все вот тут не пущает меня, да и шабаш, — отвечала она, указывая на свою грязную тощую грудь.

— Опять! — с досадой сказал молодой барин, пожимая плечами, — отчего же ты больна, а не приходила сказаться в больницу? Ведь для этого и больница заведена. Разве вам не повещали?

— Повещали, кормилец, да недосуг все: и на барщину, и дома, и ребятишки — все одна! Дело наше одинокое…

III

Нехлюдов вошел в избу. Неровные закопченные стены в черном углу были увешаны разным тряпьем и платьем, а в красном буквально покрыты красноватыми тараканами, собравшимися около образо̀в и лавки. В середине этой черной, смрадной шестиаршинной избенки, в потолке, была большая щель, и, несмотря на то, что в двух местах стояли подпорки, потолок так погнулся, что, казалось, с минуты на минуту угрожал разрушением.

— Да, изба очень плоха, — сказал барин, всматриваясь в лицо Чурисенка, который, казалось, не хотел начинать говорить об этом предмете.

— Задавит нас, и ребятишек задавит, — начала слезливым голосом приговаривать баба, прислонившись к печи под полатями.

— Ты не говори! — строго сказал Чурис и с тонкой, чуть заметной улыбкой, обозначившейся под его пошевелившимися усами, обратился к барину: — И ума не приложу, что с ней делать, ваше сиятельство, с избой-то; и подпорки и подкладки клал — ничего нельзя исделать!

— Как тут зиму зимовать? Ох-ох-о! — сказала баба.

— Оно, коли еще подпорки поставить, новый накатник настлать, — перебил ее муж с спокойным, деловым выраженьем, — да кой-где перемёты переменить, так, может, как-нибудь пробьемся зиму-то. Прожить можно, только избу всю подпорками загородишь — вот что; а тронь ее, так щепки живой не будет; только поколи стоит, держится, — заключил он, видимо, весьма довольный тем, что он сообразил это обстоятельство.

Нехлюдову было досадно и больно, что Чурис довел себя до такого положения и не обратился прежде к нему, тогда как он с самого своего приезда ни разу не отказывал мужикам и только того добивался, чтоб все прямо приходили к нему за своими нуждами. Он почувствовал даже некоторую злобу на мужика, сердито пожал плечами и нахмурился; но вид нищеты, окружавшей его, и среди этой нищеты спокойная и самодовольная наружность Чуриса превратили его досаду в какое-то грустное, безнадежное чувство.

— Ну, как же ты, Иван, прежде не сказал мне? — с упреком заметил он, садясь на грязную, кривую лавку.

— Не посмел, ваше сиятельство, — отвечал Чурис с той же чуть заметной улыбкой, переминаясь своими черными босыми ногами по неровному земляному полу; но он сказал это так смело и спокойно, что трудно было верить, чтоб он не посмел прийти к барину.

— Наше дело мужицкое: как мы смеем!.. — начала было, всхлипывая, баба.

— Ну, гуторь, — снова обратился к ней Чурис.

— В этой избе тебе жить нельзя; это вздор! — сказал Нехлюдов, помолчав несколько времени. — А вот что мы сделаем, братец…

— Слушаю-с, — отозвался Чурис.

— Видел ты каменные герардовские избы, что я построил на новом хуторе, что с пустыми стенами?

— Как не видать-с, — отвечал Чурис, открывая улыбкой свои еще целые, белые зубы, — еще немало дивились, как клали-то их, — мудреные избы! Ребята смеялись, что не магазеи ли будут, от крыс в стены засыпать. Избы важные! — заключил он, с выраженьем насмешливого недоумения, покачав головой, — остроги словно.

— Да, избы славные, сухие и теплые, и от пожара не так опасны, — возразил барин, нахмурив свое молодое лицо, видимо недовольный насмешкой мужика.

— Неспорно, ваше сиятельство, избы важные.

— Ну, так вот, одна изба уж совсем готова. Она десятиаршинная, с сенями, с клетью и совсем уж готова. Я ее, пожалуй, тебе отдам в долг за свою цену; ты когда-нибудь отдашь, — сказал барин с самодовольной улыбкой, которую он не мог удержать при мысли о том, что делает благодеяние. — Ты свою старую сломаешь, — продолжал он, — она на амбар пойдет; двор тоже перенесем. Вода там славная, огороды вырежу из новины, земли твои во всех трех клинах тоже там, под боком, вырежу. Отлично заживешь! Что ж, разве это тебе не нравится? — спросил Нехлюдов, заметив, что, как только он заговорил о переселении, Чурис погрузился в совершенную неподвижность и, уже не улыбаясь, смотрел в землю.

— Воля вашего сиятельства, — отвечал он, не поднимая глаз.

Старушка выдвинулась вперед, как будто задетая заживо, и готовилась сказать что-то, но муж предупредил ее.

— Воля вашего сиятельства, — повторил он решительно и вместе с тем покорно, взглядывая на барина и встряхивая волосами, — а на новом хуторе нам жить не приходится.

— Отчего?

— Нет, ваше сиятельство, коли нас туда переселите, мы и здесь-то плохи, а там вам навек мужиками не будем.

Какие мы там мужики будем? Да там и жить-то нельзя, воля ваша!

— Да отчего ж?

— Из последнего разоримся, ваше сиятельство.

— Отчего ж там жить нельзя?

— Какая же там жизнь? Ты посуди: место нежилое, вода неизвестная, выгона нетути. Конопляники у нас здесь искони навозные, а там что? Да и что там? голь! Ни плетней, ни овинов, ни сараев, ничего нетути. Разоримся мы, ваше сиятельство, коли нас туда погонишь, вконец разоримся! Место новое, неизвестное… — повторил он задумчиво, но решительно покачивая головой.

Нехлюдов стал было доказывать мужику, что переселение, напротив, очень выгодно для него, что плетни и сараи там построят, что вода там хорошая, и т. д., но тупое молчание Чуриса смущало его, и он почему-то чувствовал, что говорит не так, как бы следовало. Чурисенок не возражал ему; но когда барин замолчал, он, слегка улыбнувшись, заметил, что лучше бы всего было поселить на этом хуторе стариков дворовых и Алешу-дурачка, чтоб они там хлеб караулили.

— Вот бы важно-то было! — заметил он и снова усмехнулся. — Пустое это дело, ваше сиятельство!

— Да что ж, что место нежилое? — терпеливо настаивал Нехлюдов, — ведь и здесь когда-то место было пожилое, а вот живут же люди; и там, вот, ты только первый поселись с легкой руки… Ты непременно поселись…

— И, батюшка ваше сиятельство, как можно сличить! — с живостью отвечал Чурис, как будто испугавшись, чтоб барин не принял окончательного решения, — здесь на миру место, место веселое, обычное: и дорога, и пруд тебе, белье, что ли, бабе стирать, скотину ли поить, и все наше заведение мужицкое, тут искони заведенное, и гумно, и огородишка, и ветлы — вот, что мои родители садили; и дед и батюшка наши здесь богу душу отдали, и мне только бы век тут свой кончить, ваше сиятельство, больше ничего не прошу. Буде милость твоя избу поправить — много довольны вашей милостью останемся; а нет, так и в старенькой своей век как-нибудь доживем. Заставь век бога молить, — продолжал он, низко кланяясь, — не сгоняй ты нас с гнезда нашего, батюшка!..

В то время как Чурис говорил, под полатями, в том месте, где стояла его жена, слышны были все усиливавшиеся и усиливавшиеся всхлипывания, и когда муж сказал «батюшка», жена его неожиданно выскочила вперед и, в слезах, ударилась в ноги барину.

— Не погуби, кормилец! Ты наш отец, ты наша мать! Куда нам селиться? Мы люди старые, одинокие. Как бог, так и ты... — завопила она.

Нехлюдов вскочил с лавки и хотел поднять старуху, но она с каким-то сладострастьем отчаяния билась головой о земляной пол и отталкивала руку барина.

— Что ты! встань, пожалуйста! Коли не хотите, так не надо; я принуждать не стану, — говорил он, махая руками и отступая к двери.

Когда Нехлюдов сел опять на лавку и в избе водворилось молчание, прерываемое только хныканьем бабы, снова удалившейся под полати и утиравшей там слезы рукавом рубахи, молодой помещик понял, что значила для Чуриса и его жены разваливающаяся избенка, обвалившийся колодезь с грязной лужей, гниющие хлевушки, сарайчики и треснувшие ветлы, видневшиеся перед кривым оконцем, — и ему стало что-то тяжело, грустно и чего-то совестно.

— Как же ты, Иван, не сказал при мире прошлое воскресенье, что тебе нужна изба? Я теперь не знаю, как помочь тебе. Я говорил вам всем на первой сходке, что я поселился в деревне и посвятил свою жизнь для вас; что я готов сам лишить себя всего, лишь бы вы были довольны и счастливы, — и я перед богом клянусь, что сдержу свое слово, — говорил юный помещик, не зная того, что такого рода излияния не способны возбуждать доверия ни в каком, и в особенности в русском человеке, любящем не слова, а дело, и не охотнике до выражения чувств, каких бы то ни было прекрасных.

Но простодушный молодой человек был так счастлив тем чувством, которое испытывал, что не мог не излить его.

Чурис погнул голову на сторону и, медленно моргая, с принужденным вниманием слушал своего барина, как человека, которого нельзя не слушать, хотя он и говорит вещи не совсем хорошие и совершенно до нас не касающиеся.

— Но ведь я не могу всем давать все, что у меня просят. Если б я никому не отказывал, кто у меня просит леса, у меня самого скоро бы ничего не осталось, и я не мог бы дать тому, кто истинно нуждается. Затем-то я и отделил заказ, определил его для исправления крестьянского строения и совсем отдал миру. Лес этот теперь уж не мой, а ваш, крестьянский, и уже я им не могу распоряжаться, а распоряжается мир, как знает. Ты приходи нынче на сходку; я миру поговорю о твоей просьбе; коли он присудит тебе избу дать, так хорошо, а у меня уж теперь лесу нет. Я от всей души желаю тебе помочь; но коли ты не хочешь переселиться, то дело уже не мое, а мирское. Ты понимаешь меня?

— Много довольны вашей милостью, — отвечал смущенный Чурис. — Коли на двор леску ублаготворите, так мы и так поправимся. — Что мир? Дело известное…

— Нет, ты приходи.

— Слушаю. Я приду. Отчего не прийти? Только уж я у мира просить не стану.

IV

Молодому помещику, видно, хотелось еще спросить что-то у хозяев; он не вставал с лавки и нерешительно поглядывал то на Чуриса, то в пустую, истопленную печь.

— Что, вы уж обедали? — наконец спросил он. Но усам Чуриса обозначилась насмешливая улыбка, как будто ему смешно было, что барин делает такие глупые вопросы; он ничего не ответил.

— Какой обед, кормилец? — тяжело вздыхая, проговорила баба. — Хлебушка поснедали — вот и обед наш. За сныткой нынче ходить неколи было, так и щец, сварить не из чего, а что квасу было, так ребятам дала.

— Нынче пост голодный, ваше сиятельство, — вмешался Чурис, поясняя слова бабы, — хлеб да лук — вот и пища наша мужицкая. Еще слава ти господи, хлебушка-то у меня, по милости вашей, по сю пору хватило, а то сплошь у наших мужиков и хлеба-то нет. Луку нынче везде незарод. У Михаила-огородника, анадысь посылали, за пучок по грошу берут, а покупать нашему брату неоткуда. С пасхи почитай что и в церкву божью не ходим, и свечку Миколе купить не на что.

Нехлюдов уж давно знал, не по слухам, не на веру к словам других, а на деле, всю ту крайнюю степень бедности, в которой находились его крестьяне; но вся действительность эта была так несообразна со всем воспитанием его, складом ума и образом жизни, что он против воли забывал истину, и всякий раз, когда ему, как теперь, живо, осязательно напоминали ее, у него на сердце становилось невыносимо тяжело и грустно, как будто воспоминание о каком-то свершенном, неискупленном преступлении мучило его.

— Отчего вы так бедны? — сказал он, невольно высказывая свою мысль.

— Да каким же нам и быть, батюшка ваше сиятельство, как не бедным? Земля наша какая — вы сами изволите знать: глина, бугры, да и то, видно, прогневили мы бога, вот уж с холеры, почитай, хлеба не родит. Лугов и угодьев опять меньше стало: которые позаказали в экономию, которые тоже в барские поля поприрдрали. Дело мое одинокое, старое... где и рад бы похлопотал — сил моих нету. Старуха моя больная, что ни год, то девчонок рожает: ведь всех кормить надо. Вот один маюсь, а семь душ дома. Грешен господу богу, часто думаю себе: хоть бы прибрал которых бог поскорее, — и мне бы легче было, да и им-то лучше, чем здесь горе мыкать...

— О-ох! — громко вздохнула баба, как бы в подтверждение слов мужа.

— Вот моя подмога вся тут, — продолжал Чурис, указывая на белоголового шершавого мальчика лет семи, с огромным животом, который в это время робко, тихо скрипнув дверью, вошел в избу и, уставив исподлобья удивленные глаза на барина, обеими ручонками держался за рубаху Чуриса. — Вот и подсобка моя вся тут, — продолжал звучным голосом Чурис, проводя своей шершавой рукой по белым волосам ребенка, — когда его дождешься? а мне уж работа невмочь. Старость бы еще ничего, да грыжа меня одолела. В ненастье хоть криком кричи, а ведь уж мне давно с тягла, в старики пора. Вон Ермилов, Демкин, Зябрев — все моложе меня, а уж давно земли посложили. Ну, мне сложить не на кого, — вот беда моя. Кормиться надо: вот и бьюсь, ваше сиятельство.

— Я бы рад тебя облегчить, точно. Как же быть? — сказал молодой барин, с участием глядя на крестьянина.

— Да как облегчить? Известное дело, коли землей впадать, то и барщину править надо, — уж порядки известные. Как-нибудь малого дождусь. Только будет милость ваша насчет училища его увольте: а то намедни земский приходил, тоже, говорит, и его ваше сиятельство требует в училищу. Уж его-то увольте: ведь какой у него разум, ваше сиятельство? Он еще млад, ничего не смыслит.

— Нет, уж это, брат, как хочешь, — сказал барин, — мальчик твой уж может понимать, ему учиться пора. Ведь я для твоего же добра говорю. Ты сам посуди, как он у тебя подрастет, хозяином станет, да будет грамоте знать и читать будет уметь, и в церкви читать-ведь все у тебя дома с божьей помощью лучше пойдет, — говорил Нехлюдов, стараясь выражаться как можно понятнее и вместе с тем почему-то краснея и заминаясь.

— Неспорно, ваше сиятельство, — вы нам худа не желаете, да дома-то побыть некому: мы с бабой на барщине — ну, а он, хоть и маленек, а все подсобляет, и скотину загнать и лошадей напоить. Какой ни есть, а все мужик, — и Чурисенок с улыбкой взял своими толстыми пальцами за нос мальчика и высморкал его.

— Все-таки ты присылай его, когда сам дома и когда ему время, — слышишь? непременно.

Чурисенок тяжело вздохнул и ничего не ответил.

V

— Да я еще хотел сказать тебе, — сказал Нехлюдов, — отчего у тебя навоз не вывезен?

— Какой у меня навоз, батюшка ваше сиятельство! И возить-то нечего. Скотина моя какая? кобыленка одна да жеребенок, а телушку осенью из телят дворнику отдал — вот и скотина моя вся.

— Так как же у тебя скотины мало, а ты еще телку из телят отдал? — с удивлением спросил барин.

— А чем кормить станешь?

— Разве у тебя соломы-то недостанет, чтоб корову прокормить? У других достает же.

— У других земли навозные, а моя земля — глина одна, ничего не сделаешь.

— Так вот и навозь ее, чтоб не было глины; а земля хлеб родит, и будет чем скотину кормить.

— Да и скотины-то нету, так какой навоз будет? «Это странный cercle vicieux», [1] — подумал Нехлюдов, но решительно не мог придумать, что посоветовать мужику.

— Опять и то сказать, ваше сиятельство, не навоз хлеб родит, а все бог, — продолжал Чурис. — Вот у меня летось на пресном осьминнике шесть копен стало, а с навозкой и крестца не собрали. Никто как бог! — прибавил он со вздохом. — Да и скотина ко двору нейдет к нашему. Вот шестой год не живет. Летось одна телка издохла, другую продал: кормиться нечем было; а в запрошлый год важная корова пала; пригнали из стада, ничего не было, вдруг зашаталась, зашаталась, и пар вон. Все мое несчастье!

— Ну, братец, чтоб ты не говорил, что у тебя скотины нет оттого, что корму нет, а корму нет оттого, что скотины нет, вот тебе на корову, — сказал Нехлюдов, краснея и доставая из кармана шаровар скомканную пачку ассигнаций и разбирая ее, — купи себе на мое счастье корову, а корм бери с гумна, — я прикажу. Смотри же, чтоб к будущему воскресенью у тебя была корова: я зайду.

Чурис так долго, с улыбкой переминаясь, не подвигал руку за деньгами, что Нехлюдов положил их на конец стола и покраснел еще больше.

---

[1] порочный круг (франц.).

— Много довольны вашей милостью, — сказал Чурис с своей обыкновенной, немного насмешливой улыбкой.

Старуха нескольио раз тяжело вздохнула под полатями и как будто читала молитву.

Молодому барину стало неловко; он торопливо встал с лавки, вышел в сени и позвал за собой Чуриса. Вид человека, которому он сделал добро, был так приятен, что ему не хотелось скоро расстаться с ним.

— Я рад тебе помогать, — сказал он, останавливаясь у колодца, — тебе помогать можно, потому что, я знаю, ты не ленишься. Будешь трудиться — и я буду помогать; с божиею помощью и поправишься.

— Уж не то, что поправиться, а только бы не совсем разориться, ваше сиятельство, — сказал Чурис, принимая вдруг серьезное, даже строгое выражение лица, как будто весьма недовольный предположением барина, что он может поправиться. — Жили при бачке с братьями, ни в чем нужды не видали; а вот как помер он да как разошлись, так все хуже да хуже пошло. Все одиночество!

— Зачем же вы разошлись?

— Все из-за баб вышло, ваше сиятельство. Тогда уже дедушки вашего не было, а то при нем бы не посмели: тогда настоящие порядки были. Он, так же как и вы, до всего сам доходил, — и думать бы не смели расходиться. Не любил покойник мужикам повадку давать; а нами после вашего дедушки заведовал Андрей Ильич — не тем будь помянут — человек был пьяный, необстоятельный. Пришли к ному проситься раз, другой — нет, мол, житья от баб, позволь разойтись; ну, подрал, подрал, а наконец, тому дело вышло, все-таки поставили бабы на своем, врозь стали жить; а уж одинокий мужик известно какой! Ну да и порядков-то никаких не было: орудовал нами Андрей Ильич как хотел. «Чтоб было у тебя все», — а из чего мужику взять, того не спрашивал. Тут подушные прибавили, столовый запас тоже сбирать больше стали, а земель меньше стало, и хлеб рожать перестал. Ну, а как межовка пришла, да как он у нас наши навозные земли в господский клин отрезал, злодей, и порешил нас совсем, хоть помирай! Батюшка ваш — царство небесное — барин добрый был, да мы его и не видали, почитай: все в Москве жил; ну, известно, и подводы туда чаще гонять стали. Другой раз распутица, кормов нет, а вези. Нельзя ж и барину без того. Мы этим обижаться не смеем; да порядков не было. Как теперь ваша милость до своего лица всякого мужичка допускаете, так и мы другие стали, и приказчик-то другой человек стал. Мы теперь знаем хоша, что у нас барин есть. И уж и сказать нельзя, как мужички твоей милости благодарны. А то в опеку настоящего барина не было: всякий барин был: и опекун барин, и Ильич барин, и жена его барыня, и писарь из стану тот же барин. Тут-то много-ух! много горя приняли мужички!

Опять Нехлюдов испытал чувство, похожее на стыд или угрызение совести. Он приподнял шляпу и пошел дальше.

VI

«Юхванка Мудреный хочет лошадь продать», — прочел Нехлюдов в записной книжечке и перешел чрез улицу, ко двору Юхванки Мудреного. Юхванкина изба была тщательно покрыта соломой с барского гумна и срублена из свежего светло-серого осинового леса (тоже из барского заказа), с двумя выкрашенными красными ставнями у окон и крылечком с навесом и с затейливыми, вырезанными из тесин перильцами. Сенцы и холодная изба были тоже исправные; но общий вид довольства и достатка, который имела эта связь, нарушался несколько пригороженной к воротищам клетью с недоплетенным забором и раскрытым навесом, видневшимся из-за нее. В то самое время, как Нехлюдов подходил с одной стороны к крыльцу, с другой подходили две крестьянские женщины с полным ушатом. Одна из них была жена, другая мать Юхванки Мудреного. Первая была плотная, румяная баба, с необыкновенно развитой грудью и широкими, мясистыми скулами. На ней была чистая, шитая на рукавах и воротнике рубаха, такая же занавеска, новая панева, коты, бусы и вышитая красной бумагой и блестками четвероугольная щегольская кичка.

Конец водоноса не покачивался, а плотно лежал на ее широком и твердом плече. Легкое напряжение, заметное в красном лице ее, в изгибе спины и мерном движении рук и ног, выказывали в ней необыкновенное здоровье и мужскую силу. Юхванкина мать, несшая другой конец водоноса, была, напротив, одна из тех старух, которые кажутся дошедшими до последнего предела старости и разрушения в живом человеке. Костлявый остов ее, на котором надета была черная изорванная рубаха и бесцветная панева, был согнут так, что водонос лежал больше на спине, чем на плече ее. Обе руки ее, с искривленными пальцами, которыми она, как будто ухватившись, держалась за водонос, были какого-то темно-бурого цвета и, казалось, не могли уж разгибаться; понурая голова, обвязанная каким-то тряпьем, носила на себе самые уродливые следы нищеты и глубокой старости. Из-под узкого лба, изрытого по всем направлениям глубокими морщинами, тускло смотрели в землю два красные глаза, лишенные ресниц. Один желтый зуб выказывался из-под верхней впалой губы и, беспрестанно шевелясь, сходился иногда с острым подбородком. Морщины на нижней части лица и горла похожи были на какие-то мешки, качавшиеся при каждом движении. Она тяжело и хрипло дышала; но босые искривленные ноги, хотя, казалось, чрез силу волочась по земле, мерно двигались одна за другою.

VII

Почти столкнувшись с барином, молодая баба бойко составила ушат, потупилась, поклонилась, потом блестящими глазами исподлобья взглянула на барина и, стараясь рукавом вышитой рубашки скрыть легкую улыбку, постукивая котами, взбежала на сходцы.

— Ты, матушка, водонос-то тетке Настасье отнеси, — сказала она, останавливаясь в двери и обращаясь к старухе.

Скромный молодой помещик строго, но внимательно посмотрел на румяную бабу, нахмурился и обратился к старухе, которая, выпростав корявыми пальцами водонос, взвалила его на плечи и покорно направилась было к соседней избе.

— Дома сын твой? — спросил барии.

Старуха, согнув еще более свой согнутый стан, поклонилась и хотела сказать что-то, но, приложив руки ко рту, так закашлялась, что Нехлюдов, не дождавшись, вошел в избу. Юхванка, сидевший в красном углу на лавке, увидев барина, бросился к печи, как будто хотел спрятаться от него, поспешно сунул на полати какую-то вещь и, подергивая ртом и глазами, прижался около стены, как будто давая дорогу барину. Юхванка был русый парень лет тридцати, худощавый, стройный, с молодой остренькой бородкой, довольно красивый, если б не бегающие карие глазки, неприятно выглядывавшие из-под сморщенных бровей, и не недостаток двух передних зубов, который тотчас бросался в глаза, потому что губы его были коротки и беспрестанно шевелились. На нем была праздничная рубаха с ярко-красными ластовиками, полосатые набойчатые портки и тяжелые сапоги с сморщенными голенищами. Внутренность избы Юхванки не была так тесна и мрачна, как внутренность избы Чуриса, хотя в ней так же было душно, пахло дымом и тулупом и также беспорядочно было раскинуто мужицкое платье и утварь. Две вещи здесь как-то странно останавливали внимание: небольшой погнутый самовар, стоявший на полке, и черная рамка с остатком грязного стекла и портретом какого-то генерала в красном мундире, висевшая около икон. Нехлюдов, недружелюбно посмотрев на самовар, на портрет генерала и на полати, на которых торчал из-под какой-то ветошки конец трубки в медной оправе, обратился к мужику.

— Здравствуй, Епифан, — сказал он, глядя ему в глаза.

Епифан поклонился, пробормотал: «Здравия желаем, васясо», — особенно нежно выговаривая последнее слово, и глаза его мгновенно обежали всю фигуру барина, избу, пол и потолок, не останавливаясь ни на чем; потом он торопливо подошел к полатям, стащил оттуда зипун и стал надевать его.

— Зачем ты одеваешься? — сказал Нехлюдов, садясь на лавку и, видимо, стараясь как можно строже смотреть на Епифана.

— Как же, помилуйте, васясо, разве можно? Мы, кажется, можем понимать...

— Я зашел к тебе узнать, зачем тебе нужно продать лошадь, и много ли у тебя лошадей, и какую ты лошадь продать хочешь? — сухо сказал барин, видимо, повторяя приготовленные вопросы.

— Мы много довольны вашему сясу, что не побрезгали зайти ко мне, к мужику, — отвечал Юхванка, бросая быстрые взгляды на портрет генерала, на печку, на сапоги барина и на все предметы, исключая лица Нехлюдова, — мы всегда за вашего сяса богу молим...

— Зачем тебе лошадь продать? — повторил Нехлюдов, возвышая голос и прокашливаясь.

Юхванка вздохнул, встряхнул волосами (взгляд его опять обежал избу) и, заметив кошку, которая спокойно мурлыкала, лежа на лавке, крикнул на нее: «Брысь, подлая», — и торопливо оборотился к барину:

— Лошадь, которая, васясо, негодная... Коли бы животина добрая была, я бы продавать не стал, васясо.

— А сколько у тебя всех лошадей?

Три лошади, васясо.

А жеребят нет?

Как можно-с, васясо! И жеребенок есть.

VIII

— Пойдем, покажи мне своих лошадей; они у тебя на дворе?

— Так точно-с, васясо; как мне приказано, так и сделано, васясо. Разве мы можем ослушаться вашего сяса? Мне приказал Яков Ильич, что, мол, лошадей завтра в поле не пущать: князь смотреть будут; мы и не пущали. Уж мы не смеем ослушаться вашего сяса.

Покуда Нехлюдов выходил в двери, Юхванка достал трубку с полатей и закинул ее за печку; губы его все так же беспокойно передергивались и в то время, как барин не смотрел на него.

Худая сивая кобыленка перебирала под навесом прелую солому; двухмесячный длинноногий жеребенок какого-то неопределенного цвета, с голубоватыми ногами и мордой, не отходил от ее тощего, засоренного репьями хвоста. Посередине двора, зажмурившись и задумчиво опустив голову, стоял утробистый гнедой меренок, с виду хорошая мужицкая лошадка.

— Так тут все твои лошади?

— Никак нет-с, васясо; вот еще кобылка, да вот жеребеночек, — отвечал Юхванка, указывая на лошадей, которых барин не мог не видеть.

— Я вижу. Так какую же ты хочешь продать?

— А вот евту-с, васясо, — отвечал он, махая полой зипуна на задремавшего меренка и беспрестанно мигая и передергивая губами. Меренок открыл глаза и лениво повернулся к нему хвостом.

— Он не старый на вид и собой лошадка плотная, — сказал Нехлюдов. — Поймай-ка его да покажи мне зубы. Я узнаю, стара ли она.

— Никак не можно поймать-с одному, васясо. Вся скотина гроша не стоит, а норовистая — и зубом и передом, васясо, — отвечал Юхванка, улыбаясь очень весело и пуская глаза в разные стороны.

— Что за вздор! Поймай, тебе говорят.

Юхванка долго улыбался, переминался, и только тогда, когда Нехлюдов сердито крикнул: «Ну! что же ты?» — бросился под навес, принес оброть и стал гоняться за лошадью, пугая ее и подходя сзади, а не спереди.

Молодому барину, видимо, надоело смотреть на это, да и хотелось, может быть, показать свою ловкость.

— Дай сюда оброть! — сказал он.

— Помилуйте! как можно васясу? не извольте... Но Нехлюдов прямо с головы подошел к лошади и, вдруг ухватив ее за уши, пригнул к земле с такой силой, что меренок, который, как оказывалось, была очень смирная мужицкая лошадка, зашатался и захрипел, стараясь вырваться. Когда Нехлюдов заметил, что совершенно напрасно было употреблять такие усилия, и взглянул на Юхванку, который не переставал улыбаться, ему пришла в голову самая обидная в его лета мысль, что Юхванка смеется над ним и мысленно считает его ребенком. Он покраснел, выпустил уши лошади и, без помощи оброти открыл ей рот, посмотрел в зубы: клыки были целы, чашки полные, что все уже успел выучить молодой хозяин, — стало быть, лошадь молодая.

Юхванка в это время отошел к навесу и, заметив, что борона лежала не на месте, поднял ее и, прислонив к плетню, поставил стоймя.

— Поди сюда! — крикнул барин с детски раздосадованным выражением в лице и чуть не с слезами досады и злобы в голосе. — Что, эта лошадь старая?

— Помилуйте, васясо, очень стара, годов двадцать будет... которая лошадь...

— Молчать! Ты лгун и негодяй, потому что честный мужик не станет лгать: ему незачем! — сказал Нехлюдов, задыхаясь от гневных слез, которые подступали ему к горлу. Он замолчал, чтоб не осрамиться, расплакавшись при мужике. Юхванка тоже молчал и с видом человека, который сейчас заплачет, посапывал носом и слегка подергивал головой. — Ну, на чем же ты выедешь пахать, когда продашь эту лошадь? — продолжал Нехлюдов, успокоившись достаточно, чтоб говорить обыкновенным голосом: — Тебя нарочно посылают на пешие работы, чтоб ты поправлялся лошадьми к пахоте, а ты последнюю хочешь продать? а главное, зачем ты лжешь?

Как только барин успокоился, и Юхванка успокоился. Он стоял прямо и, все так же передергивая губами, перебегал глазами от одного предмета к другому.

— Мы вышему сясу, — отвечал он, — не хуже других на работу выедем.

— Да на чем же ты выедешь?

— Уж будьте покойны, вашего сяса работу справим, — отвечал он, нукая на мерина и отгоняя его. — Коли бы не нужны деньги, то стал бы разве продавать?

— Зачем же тебе нужны деньги?

— Хлеба нетути ничего, васясо, да и долги отдать мужичкам надоти, васясо.

— Как хлеба нету? Отчего же у других, у семейных, еще есть, а у тебя, бессемейного, нету? Куда ж он девался?

— Ели, вашего сияса, а теперь ни крохи нет. Лошадь я к осени куплю, васясо.

— Лошади продавать и думать не смей!

— Что ж, васясо, коли так, то какая же наша жизнь будет? и хлеба нету, и продать ничего не смей, — отвечал он совсем на сторону, передергивая губы и кидая вдруг дерзкий взгляд прямо на лицо барина: — Значит, с голоду помирать надо.

— Смотри, брат! — закричал Нехлюдов, бледнея и испытывая злобное чувство личности против мужика, — таких мужиков, как ты, я держать не стану. Тебе дурно будет.

— На то воля вашего сясо, — отвечал он, закрывая глаза с притворно-покорным выраженьем, — коли я вам не заслужил. А кажется, за мной никакого пороку не замечено. Известно, уж коли я вашему сиясу не полюбился, то все в воле вашей состоит; только не знаю, за что я страдать должен.

— А вот за что: за то, что у тебя двор раскрыт, навоз не запахан, плетни поломаны, а ты сидишь дома да трубку куришь, а не работаешь; за то, что ты своей матери, которая тебе все хозяйство отдала, куска хлеба не даешь, позволяешь ее своей жене бить и доводишь до того, что она ко мне жаловаться приходила.

— Помилуйте, ваше сиясо, я и не знаю, какие эти трубки бывают, — смущенно отвечал Юхванка, которого, видно, преимущественно оскорбило обвинение в курении трубки. — Про человека все сказать можно.

— Вот ты опять лжешь! Я сам видел...

— Как я смею лгать вашему сиясу!

Нехлюдов замолчал и, кусая губу, стал ходить взад и вперед по двору. Юхванка, стоя на одном месте, не поднимая глаз, следил за ногами барина.

— Послушай, Епифан, — сказал Нехлюдов детски-кротким голосом, останавливаясь перед мужиком и стараясь скрыть свое волнение, — этак жить нельзя, и ты себя погубишь. Подумай хорошенько. Если ты мужиком хорошим хочешь быть, так ты свою жизнь перемени, оставь свои привычки дурные, не лги, не пьянствуй, уважай свою мать. Ведь я про тебя все знаю. Занимайся хозяйством, а не тем, чтоб казенный лес воровать да в кабак ходить. Подумай, что тут хорошего! Коли тебе в чем-нибудь нужда, то приди ко мне, попроси прямо, что нужно и зачем, и не лги, а всю правду скажи, и тогда я тебе не откажу ни в чем, что только могу сделать.

— Помилуйте, васясо, мы, кажется, можем понимать вашего сяса! — отвечал Юхванка, улыбаясь, как будто вполне понимая всю прелесть шутки барина.

Эта улыбка и ответ совершенно разочаровали Нехлюдова в надежде тронуть мужика и увещаниями обратить на путь истинный. Притом ему все казалось, что неприлично ему, имеющему власть, усовещивать своего мужика и что все, что он говорит, совсем не то, что следует говорить. Он грустно опустил голову и вышел в сени. На пороге сидела старуха и громко стонала, — как казалось, в знак сочувствия словам барина, которые она слышала.

— Вот вам на хлеб, — сказал ей на ухо Нехлюдов, кладя в руку ассигнацию, — только сама покупай, а не давай Юхванке, а то он пропьет.

Старуха костлявой рукой ухватилась за притолоку, чтоб встать, и собралась благодарить барина; голова ее закачалась, но Нехлюдов уже был на другом конце улицы, когда она встала.

IX

«Давыдка Белый просил хлеба и кольев», — значилось в записной книжке после Юхвана.

Пройдя несколько дворов, Нехлюдов при повороте в переулок встретился с своим приказчиком, Яковом Алпатычем, который, издалека увидев барина, снял клеенчатую фуражку и, достав фуляровый платок, стал обтирать толстое, красное лицо.

— Надень, Яков! Яков, надень же, я тебе говорю...

— Где изволили быть, ваше сиятельство? — спросил Яков, защищаясь фуражкою от солнца, но не надевая ее.

— Был у Мудреного. Скажи, пожалуйста, отчего он такой сделался? — сказал барин, продолжая идти вперед по улице.

— А что, ваше сиятельство? — отозвался управляющий, который в почтительном расстоянии следовал за барином и, надев фуражку, расправлял усы.

— Как что? он совершенный негодяй, лентяй, вор, лгун, мать свою мучит и, как видно, такой закоренелый негодяй, что никогда не исправится.

— Не знаю, ваше сиятельство, что он вам так не показался...

— И жена его, — перебил барин управляющего, — кажется, прегадкая женщина. Старуха хуже всякой нищей одета; есть нечего, а она разряженная, и он тоже. Что с ним делать — я решительно не знаю.

Яков заметно смутился, когда Нехлюдов заговорил про жену Юхванки.

— Что ж, коли он так себя попустил, ваше сиятельство, — начал он, — то надо меры изыскать. Он точно в бедности, как и все одинокие мужики, но он все-таки себя сколько-нибудь наблюдает, не так, как другие. Он мужик умный, грамотный и ничего, честный, кажется, мужик. При сборе подушных он всегда ходит. И старостой при моем уж управлении три года ходил, тоже ничем не замечен. В третьем годе опекуну угодно было его ссадить, так он и на тягле исправен был. Нешто как в городу на почте живал, то хмелем немного позашибется, так надо меры изыскать. Бывало, зашалит, постращаешь — он опять в свой разум приходит: и ему хорошо, и в семействе лад; а как вам не угодно, значит, эти меры употреблять, то уж я и не знаю, что с ним будем делать. Он точно себя очень попустил. В солдаты опять не годится, потому, как изволили заметить, двух зубов нет. Да и не он один, осмелюсь вам доложить, что совершенно страху не имеют...

— Уж это оставь, Яков, — отвечал Нехлюдов, слегка улыбаясь, — про это мы с тобой говорили и переговорили. Ты знаешь, как я об атом думаю; и что ты мне ни говори, я все так же буду думать.

— Конечно, ваши сиятельство, вам это все известно, — сказал Яков, пожимая плечами и глядя сзади на барина так, как будто то, что он видел, не обещало ничего хорошего. — А что насчет старухи вы изволите беспокоиться, то это напрасно, — продолжал он, — оно, конечно, что она сирот воспитала, вскормила и женила Юхвана, и все такое; по ведь это вообще в крестьянстве, когда мать или отец сыну хозяйство передали, то уж хозяин сын и сноха, а старуха уж должна свой хлеб зарабатывать по силе по мочи. Они, конечно, тех чувств нежных не имеют, но уж в крестьянстве вообще так ведется. То и осмелюсь вам доложить, что напрасно старуха вас трудила. Она старуха умная и хозяйка; да что ж господина из-за всего беспокоить? Ну, поссорилась с снохой, та, может быть, ее и толкнула — бабье дело! и помирились бы опять, чем вас беспокоить. Уж вы и так слишком все изволите к сердцу принимать, — говорил управляющий, с некоторой нежностью и снисходительностью глядя на барина, который молча, большими шагами шел перед ним вверх по улице. — Домой изволите? — спросил он.

— Нет, к Давыдке Белому, или Козлу... как он прозывается?

— Вот тоже ляд-то, доложу вам. Уж эта вся порода Козлов такая. Чего чего с ним не делал — ничто не берет. Вчера по полю крестьянскому проехал, а у него и гречиха не посеяна; что прикажете делать с таким народцем? Хоть бы старик-то сына учил, а то такой же ляд: ни на себя, ни на барщину, все как через пень колоду валит. Уж что-что с ним ни делали и опекун и я: и в стан посылали, и дома наказывали — вот что вы не изволите любить…

— Кого? не-уже-ли старика?

— Старика-с. Опекун сколько раз, и при всей сходке, наказывал; так верите ли, ваше сиятельство? хоть бы те что: встряхнется, пойдет, и все то же. И ведь Давыдка, доложу вам, мужик смирный, и неглупый мужик, и не курит-не пьет то есть, — объяснил Яков, — а вот хуже пьяного другого. Одно, что в солдаты коли выйдет или на поселенье, больше делать нечего. Эта вся уж порода Козлов такая: и Матрюшка, что в черной живет, тоже ихней семьи, такая же ляд проклятый. Так я вам не нужен, ваше сиятельство? — прибавил управляющий, замечая, что барин не слушает его.

— Нет, ступай, — рассеянно отвечал Нехлюдов в направился к Давыдке Белому.

Давыдкина изба криво и одиноко стояла на краю деревни. Около нее не было ни двора, ни овина, ни амбара; только какие-то грязные хлевушки для скотины лепились с одной стороны; с другой стороны кучею навалены были приготовленные для двора хворост и бревна. Высокий зеленый бурьян рос на том месте, где когда-то был двор. Никого, кроме свиньи, которая, лежа в грязи, визжала у порога, не было около избы.

Нехлюдов постучал в разбитое окно: но так как никто не отозвался ему, он подошел к сеням и крикнул: «Хозяева!» И на это никто не откликнулся. Он прошел сени, заглянул в пустые хлевушки и вошел в отворенную избу. Старый красный петух и две курицы, подергивая ожерельями и постукивая ногтями, расхаживали по полу и лавкам. Увидев человека, они с отчаянным кудахтаньем, распустив крылья, забились по стенам, и одна из них вскочила на печку. Шестиаршинную избенку всю занимали печь с разломанной трубой, ткацкий стан, который, несмотря на летнее время, не был вынесен, и почерневший стол с выгнутою, треснувшею доскою.

Хотя на дворе было сухо, однако у порога стояла грязная лужа, образовавшаяся в прежний дождь от течи в потолке и крыше. Полатей не было. Трудно было подумать, чтоб место это было жилое, — такой решительный вид запустения и беспорядка носила на себе как наружность, так и внутренность избы; однако в этой избе жил Давыдка Белый со всем своим семейством. В настоящую минуту, несмотря на жар июньского дня, Давыдка, свернувшись с головой в полушубок, крепко спал, забившись в угол печи. Испуганная курица, вскочившая на печь и еще не успокоившаяся от волнения, расхаживая по спине Давыдки, не разбудила его.

Не видя никого в избе, Нехлюдов хотел уже выйти, как протяжный, влажный вздох изобличил хозяина.

— Эй! кто тут? — крикнул барин.

С печки послышался другой протяжный вздох.

— Кто там? Поди сюда!

Еще вздох, мычанье и громкий зевок отозвались на крик барина.

— Ну, что ж ты?

На печи медленно зашевелилось, показалась пола истертого тулупа; спустилась одна большая нога в изорванном лапте, потом другая, и наконец показалась вся фигура Давыдки Белого, сидевшего на печи и лениво и недовольно большим кулаком протиравшего глаза. Медленно нагнув голову, он, зевая, взглянул в избу и, увидев барина, стал поворачиваться немного скорее, чем прежде, но все еще так тихо, что Нехлюдов успел раза три пройти от лужи к ткацкому стану и обратно, а Давыдка все еще слезал с печи. Давыдка Белый был действительно белый: и волоса, и тело, и лицо его — все было чрезвычайно бело. Он был высок ростом и очень толст, но толст, как бывают мужики, — то есть не животом, а телом. Толщина его, однако, была какая-то мягкая, нездоровая. Довольно красивое лицо его, с светло-голубыми спокойными глазами и с широкой окладистой бородой, носило на себе отпечаток болезненности. На нем не было заметно ни загара, ни румянца; оно все было какого-то бледного, желтоватого цвета, с легким лиловым оттенком около глаз и как будто все заплыло жиром или распухло. Руки его были пухлы, желтоваты, как руки людей, больных водяною, и покрыты тонкими белыми волосами. Он так разоспался, что никак не мог совсем открыть глаз и стоять не пошатываясь и не зевая.

— Ну, как же тебе не совестно, — начал Нехлюдов, — середь белого дня спать, когда тебе двор строить надо, когда у тебя хлеба нет?..

Как только Давыдка опомнился от сна и стал понимать, что перед ним стоит барин, он сложил руки под живот, опустил голову, склонив ее немного набок, и не двигался ни одним членом. Он молчал: но выражение лица его и положение всего тела говорило: «Знаю, знаю; уж мне не первый раз это слышать. Ну бейте же; коли так надо — я снесу». Он, казалось, желал, чтоб барин перестал говорить, а поскорее прибил его, даже больно прибил по пухлым щекам, но оставил поскорее в покое. Замечая, что Давыдка не понимает его, Нехлюдов разными вопросами старался вывести мужика из его покорно терпеливого молчания.

— Для чего же ты просил у меня лесу, когда он у тебя вот уже целый месяц лежит, и самое свободное время так лежит — а?

Давыдка упорно молчал и не двигался.

— Ну, отвечай же!

Давыдка промычал что-то и моргнул своими белыми ресницами.

— Ведь надо работать, братец: без работы что же будет? Вот теперь у тебя хлеба уж нет, а все это отчего? Оттого, что у тебя земля дурно вспахана, да не передвоена, да не вовремя засеяна, — все от лени. Ты просишь у меня хлеба; ну, положим, я тебе дам, потому что нельзя тебе с голоду умирать, да ведь этак делать не годится. Чей хлеб я тебе дам? как ты думаешь, чей? Ты отвечай: чей хлеб я тебе дам? — упорно допрашивал Нехлюдов.

— Господский, — пробормотал Давыдка, робко и вопросительно поднимая глаза.

— А господский-то откуда? рассуди-ка сам, кто под него вспахал? заскородил? кто его посеял, убрал? мужички? так? Так вот видишь ли:

уж если раздавать хлеб господский мужикам, так надо раздавать тем больше, которые больше за ним работали, а ты меньше всех, — на тебя и на барщине жалуются, — меньше всех работал, а больше всех господского хлеба просишь. За что же тебе давать, а другим нет? Ведь коли бы все, как ты, на боку лежали, так мы давно все бы на свете с голоду умерли. Надо, братец, трудиться, а это дурно — слышишь, Давыд?

— Слушаю-с, — медленно пропустил он сквозь зубы.

X

В это время мимо окна мелькнула голова крестьянской женщины, несшей полотна на коромысле, и чрез минуту в избу вошла Давыдкина мать, высокая женщина лет пятидесяти, весьма свежая и живая. Изрытое рябинами и морщинами лицо ее было некрасиво, но прямой твердый нос, сжатые тонкие губы и быстрые серые глаза выражали ум и энергию. Угловатость плеч, плоскость груди, сухость рук и развитие мышц на черных босых ногах ее свидетельствовали о том, что она уже давно перестала быть женщиной и была только работником. Она бойко вошла в избу, притворила дверь, обдернула напеву и сердито взглянула на сына. Нехлюдов что-то хотел сказать ей, но она отвернулась от него и начала креститься на выглядывавшую из-за ткацкого стана черную деревянную икону. Окончив это дело, она оправила грязный клетчатый платок, которым была повязана голова ее, и низко поклонилась барину.

— С праздником Христовым, ваше сиятельство, — сказала она, — спаси тебя бог, отец ты наш...

Увидав мать, Давыдка заметно смутился, согнул несколько спину и еще ниже опустил шею.

— Спасибо, Арина, — отвечал Нехлюдов. — Вот я сейчас с твоим сыном говорил о вашем хозяйстве.

Арина, или, как ее прозвали мужики еще в девках, Аришка Бурлак, подперла подбородок кулаком правой руки, которая опиралась на ладонь левой, и, не дослушав барина, начала говорить так резко и звонко, что вся изба наполнилась звуком ее голоса и со двора могло показаться, что вдруг говорят несколько бабьих голосов:

— Чего, отец ты мой, чего с ним говорить! Ведь он говорить-то не может как человек. Вот он стоит, олух, — продолжала она, презрительно указывая головой на жалкую, массивную фигуру Давыдки. — Какое *мое* хозяйство, батюшка ваше сиятельство? Мы голь; хуже нас во всей слободе у тебя нет: ни на себя, ни на барщину — срам! А все он довел. Родили, кормили, поили, не чаяли дождаться парня. Вот и дождались: хлеб лопает, а работы от него, как от прелой вон той колоды. Только знает на печи лежать, либо вот стоит, башку свою дурацкую скребет, — сказала она, передразнивая его. — Хоть бы ты его, отец, постращал бы, что ли. Уж я сама прошу: накажи ты его ради господа бога, в солдаты ли — один конец! Мочи моей с ним не стало — вот что.

— Ну, как тебе не грешно, Давыдка, доводить до этого свою мать? — сказал Нехлюдов, с укоризной обращаясь к мужику.

Давыдка не двигался.

— Ведь добро бы мужик хворый был, — с тою же живостью и теми же жестами продолжала Арина, — а то ведь только смотреть на него, ведь словно боров с мельницы раздулся. Есть, кажись, чему бы работать, гладух какой! Нет, вот пропадает на печи лодырем. Возьмется за что, так не глядели бы мои глаза: коли поднимется, коли передвинется, коли что, — говорила она, растягивая слова и неуклюже поворачивая с боку на бок своими угловатыми плечами. — Ведь вот нынче старик сам за хворостом в лес уехал, а ему наказал ямы копать; так нет вот, и лопаты в руки не брал... (На минуту она замолчала...) Загубил он меня, сироту! — взвизгнула она вдруг, размахнув руками и с угрожающим жестом подходя к сыну. — Гладкая твоя морда лядащая, прости господи! (Она презрительно и вместе отчаянно отвернулась от него, плюнула и снова обратилась к барину с тем же одушевлением и с слезами на глазах, продолжая размахивать руками.) Ведь все одна, кормилец. Старик-от мой хворый, старый, да и тоже проку в нем нет, а я все одна да одна. Камень, и тот треснет. Хоть бы помереть, так легче было б: один конец. Заморил он меня, подлец! Отец ты наш! мо́чи моей уж нет! Невестка с работы извелась — и мне то же будет.

XI

— Как извелась? — недоверчиво спросил Нехлюдов.

— С натуги, кормилец, как бог свят, извелась. Взяли мы ее запрошлый год из Бабурина, — продолжала она, вдруг переменяя свое озлобленное выражение на слезливое и печальное, — ну, баба была молодая, свежая, смирная, родной. Дома-то у отца, за золовками, в холе жила, нужды не видала, и как к нам поступила, как нашу работу узнала — и на барщину, и дома, и везде. Она да я — только и было. Мне что? я баба привычная, она же в тяжести была, отец ты мой, да горе стала терпеть: а все через силу работала — ну, и надорвалась, сердечная. Летось, петровками, еще на беду мальчишку родила, а хлебушка не было, кой-что, кой-что ели, отец ты мой, работа же спешная подошла — у ней груди и пересохни. Детенок первенький был, коровенки нетути, да и дело наше мужицкое: где уж рожком выкормишь! Ну известно, бабья глупость, — она этим пуще убиваться стала. А как детенок помер, уж она с той кручины выла-выла, голосила-голосила, да нужда, да работа, все хуже да хуже: так извелась в лето, сердечная, что к покрову и сама кончилась. Он ее порешил, бестия! — снова с отчаянной злобой обратилась она к сыну... — Что я тебя просить хотела, ваше сиятельство, — продолжала она после небольшого молчания, понижая голос и кланяясь.

— Что? — рассеянно спросил Нехлюдов, еще взволнованный ее рассказом.

— Ведь он мужик еще молодой. От меня уж канон работы ждать: нынче жива, а завтра помру. Как ему без жены быть? Ведь он тебе не мужик будет. Обдумай ты нас как-нибудь, отец ты наш.

— То есть ты женить его хочешь? Что ж? это дело!

— Сделай божескую милость; вы наши отцы-матери. И, сделав знак своему сыну, она с ним вместе грохнулась в ноги барину.

— Зачем ты в землю кланяешься? — говорил Нехлюдов, с досадой поднимая ее за плечи. — Разве нельзя так сказать? Ты знаешь, что я этого не люблю. Жени сына, пожалуйста; я очень рад, коли у тебя есть невеста на примете.

Старуха поднялась и стала рукавом утирать сухие глаза. Давыдка последовал ее примеру и, потерев глаза пухлым кулаком, в том же терпеливо-покорном положении продолжал стоять и слушать, что говорила Арина.

— Невесты-то есть, как не быть! Вот Васютка Михейкина, девка ничего, да ведь без твоей воли не пойдет.

— Разве она не согласна?

— Нет, кормилец, коли по согласию пойдет!

— Ну так что ж делать? Я принуждать не могу; поищите другую: не у себя, так у чужих; я выкуплю, только бы шла по своей охоте, а насильно выдать замуж нельзя. И закона такого нет, да и грех это большой.

— Э-э-эх, кормилец! да статочное ли дело, глядя на нашу жизнь да на нашу нищету, чтоб охотой пошла? Солдатка самая и та такой нужды на себя принять не захочет. Какой мужик девку к нам во двор отдаст? Отчаянный не отдаст. Ведь мы голь, нищета. Одну, скажут, почитай что с голоду заморили, так и моей то же будет. Кто отдаст, — прибавила она, недоверчиво качая головой, — рассуди, ваше сиятельство. — Так что ж я могу сделать?

— Обдумай ты нас как-нибудь, родимый, — повторила убедительно Арина, — что ж нам делать?

— Да что ж я могу обдумать? Я тоже ничего не могу сделать для вас в этом случае.

— Кто ж нас обдумает, коли не ты? — сказала Арина, опустив голову и с выражением печального недоумения разводя руками.

— Вот хлеба вы просили, так я прикажу вам отпустить, — сказал барин после небольшого молчания, во время которого Арина вздыхала и Давыдка вторил ей. — А больше я ничего не могу сделать.

Нехлюдов вышел в сени. Мать и сын, кланяясь, вышли за барином.

XII

— О-ох, сиротство мое! — сказала Арина, тяжело вздыхая.

Она остановилась и сердито взглянула на сына. Давыдка тотчас повернулся и, тяжко перевалив через порог свою толстую ногу в огромном грязном лапте, скрылся в противоположной двери.

— Что я с ним буду делать, отец? — продолжала Арина, обращаясь к барину. — Ведь сам видишь, какой он! Он ведь мужик не плохой, не пьяный и смирный мужик, ребенка малого не обидит — грех напрасно сказать: худого за ним ничего нету, а уж и бог знает, что такое с ним попритчилось, что он сам себе злодей стал. Ведь он и сам тому не рад. Веришь ли, батюшка, сердце кровью обливается на него глядя, какую он муку принимает. Ведь какой ни ость, а моя утроба носила; жалею его, уж как жалею!.. Ведь он не то, чтоб супротив меня, али отца, али начальства что б делал, он мужик боязливый, сказать, что дитя малое. Как ему вдовцом быть? Обдумай ты нас, кормилец, — повторила она, видимо, желая изгладить дурное впечатление, которое ее брань могла произвести на барина... — Я, батюшка ваше сиятельство, — продолжала она доверчивым шепотом, — и так клала, и этак прикидывала: ума не приложу, отчего он такой. Не иначе, как испортили его злые люди. (Она помолчала немного.) Коли найти человека, его излечить можно.

— Какой вздор ты говоришь, Арина! как можно испортить?

— И, отец ты мой, так испортят, что и навек нечеловеком сделают! Мало ли дурных людей на свете! По злобе вынет горсть земли из-под следу… или что там… и навек нечеловеком сделает; долго ли до греха? Я так себе думаю, не сходить ли мне к Дундуку, старику, что в Воробьевке живет: он знает всякие слова, и травы знает, и порчу снимает, и с креста воду спущает; так не пособит ли он? — говорила баба, — може, он его излечит.

«Вот она, нищета-то и невежество! — думал молодой барин, грустно наклонив голову и шагая большими шагами вниз по деревне. — Что мне делать с ним? Оставить его в этом положении невозможно и для себя, и для примера других, и для него самого, невозможно, — говорил он себе, вычитывая на пальцах эти причины. — Я не могу видеть его в этом положении, а чем вывести его? Он уничтожает все мои лучшие планы в хозяйстве. Если останутся такие мужики, мечты мои никогда не сбудутся, — подумал он, испытывая досаду и злобу на мужика за разрушение его планов. — Сослать на поселенье, как говорит Яков, коли он сам не хочет, чтоб ему было хорошо, или в солдаты? точно: по крайней мере, и от него избавлюсь, и еще заменю хорошего мужика», — рассуждал он.

Он думал об этом с удовольствием: но вместе с том какое-то неясное сознание говорило ему, что он думает только одной стороной ума, и что-то нехорошо. Он остановился. «Постой, о чем я думаю, — сказал он сам себе, — да, в солдаты, на поселенье. За что? Он хороший человек, лучше многих, да и почем я знаю… Отпустить на волю? — подумал он, рассматривая вопрос не одной стороной ума, как прежде, — несправедливо, да и невозможно». Но вдруг ему пришла мысль, которая очень обрадовала его; он улыбнулся с выражением человека, разрешившего себе трудную задачу. «Взять во двор, — сказал он сам себе, — самому наблюдать за ним, и кротостью, и увещаниями, выбором занятий приучать к работе и исправлять его».

XIII

«Так и сделаю», — с радостным самодовольством сказал сам себе Нехлюдов, и, вспомнив, что ему надо было еще зайти к богатому мужику Дутлову, он направился к высокой и просторной связи с двумя трубами, стоявшей посредине деревни. Подходя к ней, он столкнулся у соседней избы с высокой, ненарядной бабой лет сорока, шедшей ему навстречу.

— С праздником, батюшка, — сказала ему, нисколько не робея, баба, останавливаясь подле него и радушно улыбаясь и кланяясь.

— Здравствуй, кормилица, — отвечал он, — как поживаешь? Вот иду к твоему соседу.

— Так-с, батюшка ваше сиятельство, хорошее дело. А что, к нам не пожалуете? Уж как бы мой старик рад был!

— Что ж, зайду, потолкуем с тобой, кормилица. Эта твоя изба?

— Эта самая, батюшка.

И кормилица побежала вперед. Войдя вслед за нею в сени, Нехлюдов сел на кадушку, достал и закурил папиросу.

— Там жарко; лучше здесь посидим, потолкуем, — отвечал он на приглашение кормилицы войти в избу. Кормилица была еще свежая и красивая женщина. В чертах лица ее и особенно в больших черных глазах было большое сходство с лицом барина. Она сложила руки под занавеской и, смело глядя на барина и беспрестанно виляя головой, начала говорить с ним:

— Что ж это, батюшка, зачем изволите к Дутлову жаловать?

— Да хочу, чтобы он у меня землю нанял, десятин тридцать, и свое бы хозяйство завел, да еще чтоб лес он купил со мной вместе. Ведь деньги у него есть, так что ж им так, даром лежать? Как ты об этом думаешь, кормилица?

— Да что ж? Известно, батюшка, Дутловы люди сильные; во всей вотчине, почитай, первый мужик, — отвечала кормилица, поматывая головой. — Летось другую связь из своего леса поставил, господ не трудили. Лошадей у них, окромя жеребят да подростков, троек шесть соберется, а скотины, коров да овец как с поля гонят да бабы выйдут на улицу загонять, так в воротах их то сопрется, что беда; да и пчелто колодок сотни две, не то больше живет. Мужик оченно сильный, и деньги должны быть.

— А как ты думаешь, много у него денег? — спросил барин.

— Люди говорят, известно — по злобе, может, что у старика деньги немалые; ну да про то он сказывать не станет и сыновьям не открывает, а должны быть. Отчего ему рощей не заняться? Нешто побоится славу про деньги пустить. Он тоже, годов пять тому, лугами был с Шкаликом-дворником в доле, по малости стал займаться, да обманул, что ли, его Шкалик-то, так рублев триста пропало у старика; с тех пор и бросил. Да как им исправным не быть, батюшка ваше сиятельство, — продолжала кормилица, — при трех землях живут, семья большая, все работники, да и старик-от — что же худо говорить — сказать, что хозяин настоящий. Во всем-то ему задача, что дивится народ даже; и на хлеб, и на лошадей, и на скотину, и на пчел, и на ребят-то счастье. Теперь всех поженил. То у своих девок брал, а теперь Илюшку на вольной женил, сам откупил. И тоже баба хорошая вышла.

— Что ж они, ладно живут? — спросил барин.

— Как в дому настоящая голова есть, то и лад будет. Хоть бы Дутловы — известно, бабье дело; невестки за печкой полаются, полаются, а все под стариком-то и сыновья ладно живут.

Кормилица помолчала немного.

— Теперь старик большего сына, Карпа, слыхать, хочет хозяином в дому поставить. Стар, мол, уж стал, мое дело около пчел. Ну Карп-то и хороший мужик, мужик аккуратный, а все далеко против старика хозяином не выйдет. Уж того разума нету!

— Так вот Карп захочет, может быть, заняться и землей и рощами, — как ты думаешь? — сказал барин, желавший от кормилицы выпытать все, что она знала про своих соседей.

— Вряд ли, батюшка, — продолжала кормилица, — старик сыну денег не открывал. Пока сам жив да деньги у него в доме, значит, все стариков разум орудует; да и они больше извозом займаются.

— А старик не согласится?

— Побоится.

— Чего ж он побоится?

— Да как же можно, батюшка, мужику господскому свои деньги объявить? Неравен случай, и всех денег решится! Вот с дворником в дела вошел, да и ошибся. Где же ему с ним судиться! Так и пропали деньги; а с помещиком-то уж и вовсе квит как раз будет.

— Да, от этого... — сказал Нехлюдов, краснея. — Прощай, кормилица.

— Прощайте, батюшка ваше сиятельство. Покорно благодарим.

XIV

«Нейти ли домой?» — подумал Нехлюдов, подходя к воротам Дутловых и чувствуя какую-то неопределенную грусть и моральную усталость.

Но в это время новые тесовые ворота со скрипом отворились перед ним, и красивый, румяный белокурый парень лет восемнадцати, в ямской одежде, показался в воротах, ведя за собой тройку крепконогих, еще потных, косматых лошадей, и, бойко встряхнув белыми волосами, поклонился барину.

— Что, отец дома, Илья? — спросил Нехлюдов.

— На осике, за двором, — отвечал парень, проводя, одну за другою лошадей в полуотворенные ворота.

«Нет, выдержу характер, предложу ему, сделаю, что от меня зависит», — подумал Нехлюдов и, пропустив лошадей, вошел на просторный двор Дутлова. Видно было, что со двора недавно был вывезен навоз: земля была еще черная, потная, и местами, особенно в воротищах, валялись красные волокнистые клочья. На дворе и под высокими навесами в порядке стояло много телег, сох, саней, колодок, кадок и всякого крестьянского добра; голуби перепархивали и ворковали в тени под широкими, прочными стропилами; пахло навозом и дегтем. В одном углу Карп и Игнат прилаживали новую подушку под большую троечную окованную телегу. Все три сына Дутловы были почти на одно лицо. Меньшой, Илья, встретившийся Нехлюдову в воротах, был без бороды, поменьше ростом, румянее и наряднее старших; второй, Игнат, был повыше ростом, почернее, имел бородку клином и, хотя был тоже в сапогах, ямской рубахе и поярковой шляпе, не имел того праздничного, беззаботного вида, как меньшой брат. Старший, Карп, был еще выше ростом, носил лапти, серый кафтан и рубаху без ластовиков, имел окладистую рыжую бороду и вид не только серьезный, но почти мрачный.

— Прикажете батюшку послать, ваше сиятельство? — сказал он, подходя к барину и слегка и неловко кланяясь.

— Нет, я сам пройду к нему на осик, посмотрю его устройство там; а мне с тобой поговорить нужно, — сказал Нехлюдов, отходя в другую сторону двора, с тем чтоб Игнат не мог слышать того, что он намерен был говорить с Карпом.

Самоуверенность и некоторая гордость, заметная во всех приемах этих двух мужиков, и то, что сказала ему кормилица, так смущали молодого барина, что ему трудно было решиться говорить с ними о предполагаемом деле. Он чувствовал себя как будто виноватым, и ему казалось легче говорить с одним братом так, чтоб другой не слышал. Карп как будто удивился, зачем барин отводит его в сторону, но последовал за ним.

— Вот что, — начал Нехлюдов, заминаясь, — я хотел тебя спросить: много у вас лошадей?

— Троек пять наберется, жеребятки есть тоже, — развязно отвечал Карп, почесывая спину.

— Что, братья твои на почте ездят?

— Гоняем почту на трех тройках, а то Илюшка в извоз ходил; вот только вернулся.

— Что ж, это вам выгодно? Сколько вы этим зарабатываете?

— Да какая выгода, ваше сиятельство? По крайности кормимся с лошадьми — и то слава богу.

— Так зачем же вы другим чем-нибудь не займетесь? Ведь можно бы вам леса покупать или землю нанимать.

— Оно, конечно, ваше сиятельство, землю нанять можно, когда б где сподручная была.

— Я вот что хочу вам предложить: чем вам извозом заниматься, чтоб только кормиться, наймите вы лучше землю десятин тридцать у меня. Весь клин, что за Саповым, я вам отдам, да заведите свое хозяйство большое.

И Нехлюдов, увлеченный своим планом о крестьянской ферме, который он не раз сам с собою повторял и передумывал, уже не запинаясь стал объяснять мужику свое предположенье о мужицкой ферме.

Карп слушал очень внимательно слова барина.

— Мы много довольны вашей милостью, — сказал он, когда Нехлюдов, замолчав, посмотрел на него, ожидая ответа. — Известно, тут худого ничего нет. Землей заниматься мужику лучше, чем с кнутиком ездить. По чужим людям ходит, всякого народа видит, балуется наш брат. Самое хорошее дело, что землей мужику заниматься.

— Так как ты думаешь?

— Поколи батюшка жив, так я что ж думать могу, ваше сиятельство? На то воля его.

— Проведи-ка меня на осик; я поговорю с ним.

— Сюда пожалуйте, — сказал Карп, медленно направляясь к заднему сараю. Он отворил низенькую калитку, ведущую на осик, и, пропустив в нее барина и затворив ее, подошел к Игнату и молча принялся за прерванную работу.

XV

Нехлюдов, нагнувшись, прошел через низенькую калитку, из-под тенистого навеса, на находившийся за двором осик. Небольшое пространство, окруженное покрытыми соломой и просвечивающими плетнями, в котором симметрично стояли покрытые обрезками досок улья с шумно вьющеюся около них золотистою пчелою, было все залито горячими, блестящими лучами июньского солнца. От калитки протоптанная тропинка вела на середину к деревянному голубцу с стоявшим на нем фольговым образком, ярко блестевшим на солнце. Несколько молодых лип, стройно подымавших выше соломенной крыши соседнего двора свои кудрявые макушки, вместе с звуком жужжания пчел, чуть слышно колыхались своей темно-зеленой свежей листвой. Все тени, от крытого забора, от лип и от ульев, покрытых досками, черно и коротко падали на мелкую курчавую траву, пробивавшуюся между ульями. Согнутая небольшая фигурка старика с блестящей на солнце, открытой седой головой и плешью виднелась около двери рубленого, крытого свежей соломой мшеника, стоявшего между липами. Услышав скрип калитки, старик оглянулся и, отирая полой рубахи свое потное, загорелое лицо и кротко-радостно улыбаясь, пошел навстречу барину.

В пчельнике было так уютно, радостно, тихо, прозрачно; фигура седого старичка с лучеобразными частыми морщинками около глаз, в каких-то широких башмаках, надетых на босую ногу, который, переваливаясь и добродушно, самодовольно улыбаясь, приветствовал барина в своих исключительных владениях, была так простодушно-ласкова, что Нехлюдов мгновенно забыл тяжелые впечатления нынешнего утра, и его любимая мечта живо представилась ему. Он видел уже всех своих крестьян такими же богатыми, добродушными, как старик Дутлов, и все ласково и радостно улыбались ему, потому что ему одному были обязаны своим богатством и счастием.

— Не прикажете ли сетку, ваше сиятельство? Теперь пчела злая, кусает, — сказал старик, снимая с забора пахнущий медом грязный холстинный мешок, пришитый к лубку, и предлагая его барину. — Меня пчела знает, не кусает, — прибавил он с кроткой улыбкой, которая почти не сходила с его красивого загорелого лица.

— Так и мне не нужно. Что, роится уж? — спросил Нехлюдов, сам не зная чему, тоже улыбаясь.

— Коли роиться, батюшка Митрий Миколаич, — отвечал старик, выражая какую-то особенную ласку в этом названии барина по имени и отчеству, — вот только, только что брать зачала как след. Нынче весна холодная была, изволите знать.

— А вот я читал в книжке, — начал Нехлюдов, отмахиваясь от пчелы, которая, забившись ему в волоса, жужжала под самым ухом, — что коли вощина прямо стоит, по жердочкам, то пчела раньше роится. Для этого делают такие улья из досок... с перекладин...

— Вы не извольте махать, она хуже, — сказал старичок, — а то сетку не прикажете ли подать?

Нехлюдову было больно: но по какому-то детскому самолюбию ему не хотелось признаться в этом, и он, еще раз отказавшись от сетки, продолжал рассказывать старичку о том устройстве ульев, про которое он читал в «Maison rustique» и при котором, по его мнению, должно было в два раза больше роиться; но пчела ужалила его в шею, и он сбился и замялся в средине рассуждения.

— Оно точно, батюшка Митрий Миколаич, — сказал старик с отеческим покровительством, глядя на барина, — точно в книжке пишут. Да, может, это так, дурно писано, — что вот, мол, он сделает, как мы пишем, а мы посмеемся потом. И это бывает! Как можно пчелу учить, куда ей вощину крепить? Она сама по колодке норовят, другой раз поперек, а то прямо. Вот извольте посмотреть, — прибавил он, оттыкая одну из ближайших колодок и заглядывая в отверстие, покрытое шумящей и ползающей пчелой по кривым вощинам, — вот эта молодая; она, видать, в голове у ней матка сидит, а вощину она и прямо и вбок ведет, как ей по колодке лучше, — говорил старик, видимо, увлекаясь своим любимым предметом и не замечая положения барина. — Вот нынче она с калошкой идет; нынче день теплый, все видать, — прибавил он, затыкая опять улей и прижимая тряпкой ползающую пчелу и потом огребая грубой ладонью несколько пчел с морщинистого затылка. Пчелы не кусали его; но зато Нехлюдов уж едва мог удерживаться от желания выбежать из пчельника; пчелы местах в трех ужалили его и жужжали со всех сторон около его головы и шеи.

— А много у тебя колодок? — спросил он, отступая к калитке.

— Что бог дал, — отвечал Дутлов, посмеиваясь, — считать не надо, батюшка: пчела не любит. Вот, ваше сиятельство, я просить вашу милость хотел, — продолжал он, указывая на тоненькие колодки, стоящие у забора, — об Осипе, кормилицыном муже; хоть бы вы ему заказали: в своей деревне так дурно делать по соседству, нехорошо.

— Как дурно делать?.. Ах, однако, они кусают! — отвечал барин, уже взявшись за ручку калитки.

— Да вот, что ни год, свою пчелу на моих молодых напущает. Им бы поправляться, а чужая пчела у них вощину повытаскает да и подсекает, — говорил старик, не замечая ужимок барина.

— Хорошо, после, сейчас... — проговорил Нехлюдов и, не в силах уже более терпеть, отмахиваясь обеими руками, рысью выбежал в калитку.

— Землей потереть: оно ничего, — сказал старик, выходя на двор вслед за барином. Барин потер землею то место, где был ужален, краснея, быстро оглянулся на Карпа и Игната, которые не смотрели на него, и сердито нахмурился.

XVI

— Что я насчет ребят хотел просить, ваше сиятельство, — сказал старик, как будто, или действительно, не замечая грозного вида барина.

— Что?

— Да вот лошадками, слава те господи, мы исправны, и батрак есть, так барщина за нами не постоит.

— Так что ж?

— Коли бы милость ваша была, ребят на оброк отпустить, так Илюшка с Игнатом в извоз бы на трех тройках пошли на все лето: може, что бы и заработали.

— Куда ж они пойдут?

— Да как придется, — вмешался Илюшка, который в это время, привязав лошадей под навес, подошел к отцу. — Кадминские ребята на восьми тройках в Ромен ездили, так, говорят, прокормились да десятка по три на тройку домой привезли; а то и в Одест, говорят, кормы дешевые.

— Вот об этом-то я и хотел поговорить с тобой, — сказал барин, обращаясь к старику и желая половчее навести его на разговор о ферме. — Скажи, пожалуйста, разве выгоднее ездить в извоз, чем дома хлебопашеством заниматься?

— Когда не выгоднее, ваше сиятельство! — опять вмешался Илья, бойко встряхивая волосами, — дома-то лошадей кормить нечем.

— Ну, а сколько ты в лето выработаешь?

— Да вот с весны, на что корма дорогие были, мы в Киев с товаром ездили, в Курском опять до Москвы крупу наложили, так и сами прокормились, и лошади сыты были, да и пятнадцать рублев денег привез.

— Оно не беда заниматься честным промыслом, каким бы то ни было, — сказал барин, снова обращаясь к старику, — но мне кажется, что можно бы другое занятие найти; да и работа эта такая, что ездит молодой малый везде, всякий народ видит, избаловаться может, — прибавил он, повторяя слова Карпа.

— Чем же нашему брату, мужику, заниматься, как не извозом? — возразил старик с своей кроткой улыбкой. — Съездишь хорошо — и сам сыт, и лошади сыты; а что насчет баловства, так они у меня, слава ти господи, не первый год ездят, да и сам я езжал, и дурного ни от кого не видал, окроме доброго.

— Мало ли чем другим вы бы могли заняться дома: и землей и лугами…

— Как можно, ваше сиятельство! — подхватил Илюшка с одушевлением, — уж мы с этим родились, все эти порядки нам известные, способное для нас дело, самое любезное дело, ваше сиятельство, как нашему брату с рядой ездить!

— А что, ваше сиятельство, просим чести, в избу не пожалуете ли? На новоселье еще не изволили быть, — сказал старик, низко кланяясь и мигая сыну. Илюшка рысью побежал в избу, а вслед за ним, вместе с стариком, вошел и Нехлюдов.

XVII

Войдя в избу, старик еще раз поклонился, смахнул полой зипуна с лавки переднего угла и, улыбаясь, спросил:

— Чем вас просить, ваше сиятельство?

Изба была белая (с трубой), просторная, с полатями и нарами. Свежие осиновые бревна, между которыми виднелся недавно завядший мох, еще не почернели; новые лавки и полати не сгладились, и пол еще не убился. Одна молодая, худощавая, с продолговатым задумчивым лицом крестьянская женщина, жена Ильи, сидела на нарах и качала ногой зыбку, на длинном шесте привешенную к потолку. В зыбке, чуть заметно дыша и закрыв глазенки, раскинувшись, дремал грудной ребенок; другая, плотная, краснощекая баба, хозяйка Карпа, засучив выше локтя сильные, загорелые выше кисти руки, перед печью крошила лук в деревянной чашке. Рябая беременная баба, закрываясь рукавом, стояла около печи. В избе, кроме солнечного жара, было жарко от печи и сильно пахло только что испеченным хлебом. С полатей с любопытством поглядывали вниз, на барина, белокурые головки двух парнишек и девочки, забравшихся туда в ожидании обеда.

Нехлюдову было радостно видеть это довольство и вместе с тем было почему-то совестно перед бабами и детьми, которые все смотрели на него. Он, краснея, сел на лавку.

— Дай мне горячего хлеба кусочек, я его люблю, — сказал он и покраснел еще больше.

Карпова хозяйка отрезала большой кусок хлеба и на тарелке подала его барину. Нехлюдов молчал, не зная, что сказать; бабы тоже молчали; старик кротко улыбался.

«Однако чего ж я стыжусь? точно я виноват в чем-нибудь, — подумал Нехлюдов, — отчего ж мне не сделать предложение о ферме? Какая глупость!» Однако он все молчал.

— Что ж, батюшка Митрий Миколаич, как насчет ребят-то прикажете? — сказал старик.

— Да я бы тебе советовал вовсе не отпускать их, а найти здесь им работу, — вдруг, собравшись с духом, выговорил Нехлюдов. — Я, знаешь, что тебе придумал: купи ты со мной пополам рощу в казенном лесу да еще землю…

Кроткая улыбка вдруг исчезла на лице старика.

— Как же, ваше сиятельство, на какие же деньги покупать будем? — перебил он барина.

— Да ведь небольшую рощу, рублей в двести, — заметил Нехлюдов.

Старик сердито усмехнулся.

— Хорошо, кабы были, отчего бы не купить, — сказал он.

— Разве у тебя уж этих денег нет? — с упреком сказал барин.

— Ох, батюшка ваше сиятельство! — отвечал с грустью в голосе старик, оглядываясь к двери, — только бы семью прокормить, а уж нам не рощи покупать.

— Да ведь есть у тебя деньги, что ж им так лежать? — настаивал Нехлюдов.

Старик вдруг пришел в сильное волнение; глаза его засверкали, плечи стало подергивать.

— Може, злые люди про меня сказали, — заговорил он дрожащим голосом, — так, верите богу, — говорил он, одушевляясь все более и более и обращая глаза к иконе, — что вот лопни мои глаза, провались я на сем месте, коли у меня что есть, окроме пятнадцати целковых, что Илюшка привез, и то подушные платить надо, — вы сами изволите знать: избу поставили.

— Ну, хорошо, хорошо! — сказал барин, вставая с лавки. — Прощайте, хозяева.

XVIII

«Боже мой! боже мой! — думал Нехлюдов, большими шагами направляясь к дому по тенистым аллеям заросшего сада и рассеянно обрывая листья и ветви, попадавшиеся ему на дороге, — неужели вздор были все мои мечты о цели и обязанностях моей жизни? Отчего мне тяжело, грустно, как будто я недоволен собой; тогда как я воображал, что, раз найдя эту дорогу, я постоянно буду испытывать ту полноту нравственно-удовлетворенного чувства, которую испытал в то время, когда мне в первый раз пришли эти мысли?» И он с необыкновенной живостью и ясностью перенесся воображением за год тому назад, к этой счастливой минуте.

Рано-рано утром он встал прежде всех в доме и, мучительно-волнуемый какими-то затаенными, невыраженными порывами юности, без цели вышел в сад, оттуда в лес, и среди майской, сильной, сочной, но спокойной природы долго бродил один, без всяких мыслей, страдая избытком какого-то чувства и не находя выражения ему. То со всею прелестью неизвестного юное воображение его представляло ему сладострастный образ женщины, и ему казалось, что вот оно, невыраженное желание. Но какое-то другое, высшее чувство говорило *не то* и заставляло его искать чего-то другого. То неопытный, пылкий ум его, возносясь все выше и выше, в сферу отвлечения, открывал, как казалось ему, законы бытия, и он с гордым наслаждением останавливался на этих мыслях. Но снова высшее чувство говорило *не то* и снова заставляло его искать и волноваться. Без мыслей и желаний, как это всегда бывает после усиленной деятельности, он лег на спину под деревом и стал смотреть на прозрачные утренние облака, пробегавшие над ним по глубокому, бесконечному небу. Вдруг, без всякой причины, на глаза его навернулись слезы, и, бог знает каким путем, ему пришла ясная мысль, наполнившая всю его душу, за которую он ухватился с наслаждением, — мысль, что любовь и добро есть истина и счастие, и одна истина и одно возможное счастие в мире. Высшее чувство не говорило *не то;* он приподнялся и стал поверять эту мысль. «Оно, оно, так! — говорил он себе с восторгом, меряя все прежние убеждения, все явления жизни на вновь открытую, ему казалось, совершенно новую истину. — Какая глупость все то, что я знал, чему верил и что любил, — говорил он сам себе. — Любовь, самоотвержение — вот одно истинное, независимое от случая счастие!» — твердил он, улыбаясь и размахивая руками. Со всех сторон прикладывая эту мысль к жизни и находя ей подтверждение и в жизни и в том внутреннем голосе, говорившем ему, что это *то,* он испытывал новое для него чувство радостного волнения и восторга. «Итак, я должен делать добро, чтоб быть счастливым», — думал он, и вся будущность его уже не отвлеченно, а в о̀бразах, в форме помещичьей жизни живо рисовалась пред ним.

Он видел перед собой огромное поприще для целой жизни, которую он посвятит на добро и в которой, следовательно, будет счастлив. Ему не надо искать сферы деятельности: она готова; у него есть прямая обязанность — у него есть крестьяне... И какой отрадный и благодарный труд представляется ему — «действовать на этот простой, восприимчивый, неиспорченный класс народа, избавить его от бедности, дать довольство, передать им образование, которым, по счастью, я пользуюсь, исправить их пороки, порожденные невежеством и суеверием, развить их нравственность, заставить полюбить добро... Какая блестящая, счастливая будущность! И за все это я, который буду делать это для собственного счастия, я буду наслаждаться благодарностью их, буду видеть, как с каждым днем я дальше и дальше иду к предположенной цели. Чудная будущность! Как мог я прежде не видеть этого?»

«И кроме этого, — в то же время думал он, — кто мне мешает самому быть счастливым в любви к женщине, в счастии семейной жизни?» И юное воображение рисовало ему еще более обворожительную будущность: «Я и жена, которую я люблю так, как никто никогда никого не любил на свете, мы всегда живем среди этой спокойной, поэтической деревенской природы, с детьми, может быть, с старухой теткой; у нас есть наша взаимная любовь, любовь к детям, и мы оба знаем, что наше назначение — добро. Мы помогаем друг другу идти к этой цели. Я делаю общие распоряжения, даю общие, справедливые пособия, завожу фермы, сберегательные кассы, мастерские; а она, с своей хорошенькой головкой, в простом белом платье, поднимая его над стройной ножкой, идет по грязи в крестьянскую школу, в лазарет, к несчастному мужику, по справедливости не заслуживающему помощи, и везде утешает, помогает… Дети, старики, бабы обожают ее и смотрят на нее, как на какого-то ангела, как на провидение. Потом она возвращается и скрывает от меня, что ходила к несчастному мужику и дала ему денег, но я все знаю, и крепко обнимаю ее, и крепко и нежно целую ее прелестные глаза, стыдливо краснеющие щеки и улыбающиеся румяные губы»……………………………………..

…………………………………………………………………………………………
………….

XIX

«Где эти мечты? — думал теперь гоноша, после своих посещений подходя к дому. — Вот уже больше года, что я ищу счастия на этой дороге, и что ж я нашел? Правда, иногда я чувствую, что могу быть довольным собою; но это какое-то сухое, разумное довольство. Да и нет, я просто недоволен собой! Я недоволен, потому что я здесь не знаю счастия, а желаю, страстно желаю счастия. Я не испытал наслаждений, а уже отрезал от себя все, что дает их. Зачем? за что? Кому от этого стало легче? Правду писала тетка, что легче самому найти счастие, чем дать его другим. Разве богаче стали мои мужики? образовались или развились они нравственно? Нисколько. Им стало не лучше, а мне с каждым днем становится тяжело и тяжело. Если б я видел успех в своем предприятии, если б я видел благодарность… но нет, я вижу ложную рутину, порок, недоверие, беспомощность. Я даром трачу лучшие годы жизни», — подумал он, и ему почему-то вспоминалось, что соседи, как он слышал от няни, называли его недорослем; что денег у него в конторе ничего уже не оставалось; что выдуманная им новая молотильная машина, к общему смеху мужиков, только свистела, а ничего не молотила, когда ее в первый раз, при многочисленной публике, пустили в ход в молотильном сарае; что со дня на день надо было ожидать приезда земского суда для описи имения, которое он просрочил, увлекшись различными новыми хозяйственными предприятиями. И вдруг так же живо, как прежде представлялась ему деревенская прогулка по лесу и мечта о помещичьей жизни, так же живо представилась ему его московская студенческая комнатка, в которой он поздно ночью сидит, при одной свечке, с своим товарищем и обожаемым шестнадцатилетним другом. Они часов пять сряду читали и повторяли какие-то скучные записки гражданского права и, окончив их, послали за ужином, сложились на бутылку шампанского и разговорились о будущности, которая ожидает их. Как совсем иначе представлялась будущность молодому студенту! Тогда будущность была полна наслаждений, разнообразной деятельности, блеска, успехов и несомненно вела их обоих к лучшему, как тогда казалось, благу в мире — к славе.

«Он уж идет и быстро идет по этой дороге, — подумал Нехлюдов про своего друга, — а я...»

Но в это время он уже подходил к крыльцу дома, около которого стояло человек десять мужиков и дворовых, с различными просьбами дожидавшихся барина, и от мечтаний он должен был обратиться к действительности.

Тут была и оборванная, растрепанная и окровавленная крестьянская женщина, которая с плачем жаловалась на свекора, будто бы хотевшего убить ее; тут были два брата, уж второй год делившие между собой свое крестьянское хозяйство и с отчаянной злобой смотревшие друг на друга; тут был и небритый седой дворовый с дрожащими от пьянства руками, которого сын его, садовник, привел к барину, жалуясь на его беспутное поведение; тут был мужик, выгнавший свою бабу из дома за то, что она целую весну не работала; тут была и эта больная баба, его жена, которая, всхлипывая и ничего не говоря, сидела на траве у крыльца и выказывала свою воспаленную, небрежно обвязанную каким-то грязным тряпьем, распухшую ногу...

Нехлюдов выслушал все просьбы и жалобы и, посоветовав одним, разобрав других и обещав третьим, испытывая какое-то смешанное чувство усталости, стыда, бессилия и раскаяния, прошел в свою комнату.

XX

В небольшой комнате, которую занимал Нехлюдов, стоял старый кожаный диван, обитый медными гвоздиками; несколько таких же кресел; раскинутый старинный бостонный стол с инкрустациями, углублениями и медной оправой, на котором лежали бумаги, и старинный желтенький, открытый английский рояль с истертыми, погнувшимися узенькими клавишами. Между окнами висело большое зеркало в старой позолоченной резной раме. На полу, около стола, лежали кипы бумаг, книг и счетов. Вообще вся комната имела бесхарактерный и беспорядочный вид; и этот живой беспорядок составлял резкую противоположность с чопорным старинно-барским убранством других комнат большого дома. Войдя в комнату, Нехлюдов сердито бросил шляпу на стол и сел на стул, стоявший пред роялем, положив ногу на ногу и опустив голову.

— Что, завтракать будете, ваше сиятельство? — сказала вошедшая в это время высокая, худая, сморщенная старуха, в чепце, большом платке и ситцевом платье.

Нехлюдов оглянулся на нее и помолчал немного, как будто опоминаясь.

— Нет, не хочется, няня, — сказал он и снова задумался.

Няня сердито покачала на него головой и вздохнула:

— Эх, батюшка Дмитрий Николаич, что скучаете? И не такое горе бывает, все пройдет — ей-богу…

— Да я и не скучаю. С чего ты взяла, матушка Маланья Финогеновна? — отвечал Нехлюдов, стараясь улыбнуться.

— Да как не скучать, разве я не вижу? — с жаром начала говорить няня, — день-деньской один-одинешенек. И все-то вы к сердцу принимаете, до всего сами доходите; уж и кушать почти ничего не стали. Разве это резон? Хоть бы в город поехали или к соседям; а то виданное ли дело? Ваши года молодые, так обо всем сокрушаться! Ты меня извини, батюшка, я сяду, — продолжала няня, садясь около двери, — ведь такую повадку дали, что уж никто не боится. Разве так господа делают? Ничего тут хорошего нет: только себя губишь, да и народ-то балуется. Ведь наш народ какой: он этого не чувствует, право. Хоть бы к тетеньке поехал: она правду писала… — усовещивала его няня.

Нехлюдову все становилось грустнее и грустнее. Правая рука его, опиравшаяся на колено, вяло дотронулась до клавишей. Вышел какой-то аккорд, другой, третий… Нехлюдов подвинулся ближе, вынул из кармана другую руку и стал играть. Аккорды, которые он брал, были иногда неподготовленны, даже не совсем правильны, часто были обыкновенны до пошлости и не показывали в нем никакого музыкального таланта, но ему доставляло это занятие какое-то неопределенное, грустное наслаждение. При всяком изменении гармонии он с замиранием сердца ожидал, что из него выйдет, и когда выходило что-то, он смутно дополнял воображением то, чего недоставало. Ему казалось, что он слышит сотни мелодий: и хор и оркестр, сообразный с его гармонией. Главное же наслаждение доставляла ему усиленная деятельность воображения, бессвязно и отрывисто, но с поразительною ясностью представлявшего ему в это время самые разнообразные, перемешанные и нелепые образы и картины из прошедшего и будущего. То представляется ему пухлая фигура Давыдки Белого, испуганно мигающего белыми ресницами при виде черного жилистого кулака своей матери, его круглая спина и огромные руки, покрытые белыми волосами, одним терпением и преданностью судьбе отвечающие на истязания и лишения. То он видит бойкую, осмелившуюся на дворне кормилицу и почему-то воображает, как она ходит по деревням и проповедует мужикам, что от помещиков деньги прятать нужно, и он бессознательно повторяет сам себе: «Да, от помещиков деньги прятать нужно». То вдруг ему представляется русая головка его будущей жены, почему-то в слезах и в глубоком горе склоняющаяся к нему на плечо; то он видит добрые голубые глаза Чуриса, с нежностью глядящие на единственного пузатого сынишку. Да, он в нем, кроме сына, видит помощника и спасителя. «Вот это любовь!» — шепчет он. Потом вспоминает он о матери Юхванки, вспоминает о выражении терпения и всепрощения, которое, несмотря на торчащий зуб и уродливые черты, он заметил на старческом лице ее. «Должно быть, в семьдесят лет ее жизни я первый заметил это», — думает он и шепчет: «Странно!» — продолжая бессознательно перебирать клавиши и вслушиваться в звуки. Потом он живо вспоминает свое бегство с пчельника и выражение лиц Игната и Карпа, которым, видимо, хочется смеяться, но которые как будто не смотрят на него. Он краснеет и невольно оглядывается на няню, которая продолжает сидеть около двери и молча, пристально глядеть на него, изредка покачивая седой головой. Вот вдруг ему представляется тройка потных лошадей и красивая, сильная фигура Илюшки с светлыми кудрями, весело блестящими узкими голубыми глазами, свежим румянцем и светлым пухом, только что начинающим покрывать его губу и подбородок. Он вспоминает, как боялся Илюшка, чтоб его не пустили в извоз, и как горячо заступался за это любезное для него дело; и он видит серое, раннее туманное утро, подсклизлую шоссейную дорогу и длинный ряд высоко нагруженных и покрытых рогожами троечных возов с большими черными буквами. Толстоногие сытые кони, погрохивая бубенчиками, выгибая спину и натягивая постромки, дружно тянут в гору, напряженно цепляя длинными шипами за склизкую дорогу. Навстречу обоза, под гору, шибко бежит почта, звеня колоколами, которые отзываются далеко по крупному лесу, тянущемуся с обеих сторон дороги.

— А-а-ай! — громко ребяческим голосом кричит передовой ямщик с бляхой на поярковой шляпе, подымая кнут над головой.

У переднего колеса первого воза тяжело шагает в огромных сапогах Карп, с своей рыжей бородой и угрюмым взглядом. На втором возу высовывается красивая голова Илюшки, который, под рогожей передка, славно пригрелся на зорьке. Три тройки, нагруженные чемоданами, с грохотом колес, звоном колокольчиков и криком пронеслись мимо; Илюшка снова прячет свою красивую голову под рогожу и засыпает. Вот и ясный теплый вечер. Перед усталыми, столпившимися у постоялого двора тройками скрипят тесовые ворота, и один за другим, подпрыгивая по доске, лежащей в воротах, скрываются высокие рогожные возы под просторными навесами. Илюшка весело здоровается с белолицей, широкогрудой хозяйкой, которая спрашивает: «Издалече ли? и много ли ужинать будут?», с удовольствием поглядывая на красивого парня своими блестящими сладкими глазами. Вот он, убрав коней, идет в жаркую, набитую народом избу, крестится, садится за полную деревянную чашку, ведя веселую речь с хозяйкой и товарищами. А вот и ночлег его под открытым звездным небом, виднеющимся из-под навеса, на пахучем сене, около лошадей, которые, переминаясь и похрапывая, перебирают корм в деревянных яслях. Он подошел к сену, повернулся на восток и, раз тридцать сряду перекрестив свою широкую, сильную грудь и встряхнув светлыми кудрями, прочел «Отче» и раз двадцать «Господи помилуй» и, увернувшись с головой в армяк, засыпает здоровым, беззаботным сном сильного, свежего человека. И вот видит он во сне города: Киев с угодниками и толпами богомольцев, Ромен с купцами и товарами, видит Одест и далекое синее море с белыми парусами, и город Царьград с золотыми домами и белогрудыми, чернобровыми турчанками, куда он летит, поднявшись на каких-то невидимых крыльях. Он свободно и легко летит все дальше и дальше — и видит внизу золотые города, облитые ярким сияньем, и синее небо с частыми звездами, и синее море с белыми парусами, — и ему сладко и весело лететь все дальше и дальше…

«Славно!» — шепчет себе Нехлюдов; и мысль: зачем он не Илюшка — тоже приходит ему.

1856

Три смерти. Рассказ

I

Была осень. По большой дороге скорой рысью ехали два экипажа. В передней карете сидели две женщины. Одна была госпожа, худая и бледная. Другая горничная, глянцовито-румяная и полная. Короткие сухие волоса выбивались из-под полинявшей шляпки, красная рука в прорванной перчатке порывисто поправляла их. Высокая грудь, покрытая ковровым платком, дышала здоровьем, быстрые черные глаза то следили через окно за убегающими полями, то робко взглядывали на госпожу, то беспокойно окидывали углы кареты. Перед носом горничной качалась привешенная к сетке барынина шляпка, на коленях ее лежал щенок, ноги ее поднимались от шкатулок, стоявших на полу, и чуть слышно подбарабанивали по ним под звук тряски рессор и побрякиванья стекол.

Сложив руки на коленях и закрыв глаза, госпожа слабо покачивалась на подушках, заложенных ей за спину, и, слегка наморщившись, внутрено покашливала. На голове ее был белый ночной чепчик и голубая косыночка, завязанная на нежной, бледной шее. Прямой ряд, уходя под чепчик, разделял русые, чрезвычайно плоские напомаженные волосы, и было что-то сухое, мертвенное в белизне кожи этого просторного ряда. Вялая, несколько желтоватая кожа неплотно обтягивала тонкие и красивые очертания лица и краснелась на щеках и скулах. Губы были сухи и неспокойны, редкие ресницы не курчавились, и дорожный суконный капот делал прямые складки на впалой груди. Несмотря на то, что глаза были закрыты, лицо госпожи выражало усталость, раздраженье и привычное страданье.

Лакей, облокотившись на свое кресло, дремал на козлах, почтовый ямщик, покрикивая бойко, гнал крупную потную четверку, изредка оглядываясь на другого ямщика, покрикивавшего сзади в коляске. Параллельные широкие следы шин ровно и шибко стлались по известковой грязи дороги. Небо было серо и холодно, сырая мгла сыпалась на поля и дорогу. В карете было душно и пахло одеколоном и пылью. Больная потянула назад голову и медленно открыла глаза. Большие глаза были блестящи и прекрасного темного цвета.

— Опять, — сказала она, нервически отталкивая красивой худощавой рукой конец салопа горничной, чуть-чуть прикасавшийся к ее ноге; и рот ее болезненно изогнулся. Матреша подобрала обеими руками салоп, приподнялась на сильных ногах и села дальше. Свежее лицо ее покрылось ярким румянцем. Прекрасные темные глаза больной жадно следили за движениями горничной. Госпожа уперлась обеими руками о сиденье и также хотела приподняться, чтоб подсесть выше; но силы отказали ей. Рот ее изогнулся, и все лицо ее исказилось выражением бессильной, злой иронии. — Хоть бы ты помогла мне!.. Ах! не нужно! Я сама могу, только не клади за меня свои какие-то мешки, сделай милость!.. Да уж не трогай лучше, коли ты не умеешь! — Госпожа закрыла глаза и, снова быстро подняв веки, взглянула на горничную. Матреша, глядя на нее, кусала нижнюю красную губу. Тяжелый вздох поднялся из груди больной, но вздох, не кончившись, превратился в кашель. Она отвернулась, сморщилась и обеими руками схватилась за грудь. Когда кашель прошел, она снова закрыла глаза и продолжала сидеть неподвижно. Карета и коляска въехали в деревню. Матреша высунула толстую руку из-под платка и перекрестилась.

— Что это? — спросила госпожа.

— Станция, сударыня.

— Что ж ты крестишься, я спрашиваю?

— Церковь, сударыня.

Больная повернулась к окну и стала медленно креститься, глядя во все большие глаза на большую деревенскую церковь, которую объезжала карета больной.

Карета и коляска вместе остановились у станции. Из коляски вышли муж больной женщины и доктор и подошли к карете.

— Как вы себя чувствуете? — спросил доктор, щупая пульс.

— Ну, как ты, мой друг, не устала? — спросил муж по-французски. — Не хочешь ли выйти?

Матреша, подобрав узелки, жалась в угол, чтобы не мешать разговаривать.

— Ничего, то же самое, — отвечала больная. — Я не выйду.

Муж, постояв немного, вошел в станционный дом. Матреша, выскочив из кареты, на цыпочках побежала по грязи в ворота.

— Коли мне плохо, это не резон, чтобы вам не завтракать, — слегка улыбаясь, сказала больная доктору, который стоял у окна.

«Никому им до меня дела нет, — прибавила она про себя, как только доктор, тихим шагом отойдя от нее, рысью взбежал на ступени станции. — Им хорошо, так и все равно. О! Боже мой!»

— Ну что, Эдуард Иванович, — сказал муж, встречая доктора и с веселой улыбкой потирая руки, — я велел погребец принести, вы как думаете насчет этого?

— Можно, — отвечал доктор.

— Ну, что она? — со вздохом спросил муж, понижая голос и поднимая брови.

— Я говорил: она не может доехать не только до Италии, — до Москвы дай бог. Особенно по этой дороге.

— Так что ж делать? Ах, боже мой! боже мой! — Муж закрыл глаза рукою. Подай сюда, — прибавил он человеку, вносившему погребец.

— Оставаться надо было, — пожав плечами, отвечал доктор.

— Да скажите, что же я мог сделать? — возразил муж. — Ведь я употребил все, чтобы удержать ее; я говорил и о средствах, и о детях, которых мы должны оставить, и о моих делах, — она ничего слышать не хочет. Она делает планы о жизни за границей, как бы здоровая. А сказать ей о ее положении — ведь это значило бы убить ее.

— Да она уже убита, вам надо знать это, Василий Дмитрич. Человек не может жить, когда у него нет легких, и легкие опять вырасти не могут. Грустно, тяжело, но что ж делать? Наше и ваше дело только в том, чтобы конец ее был сколь возможно спокоен. Тут духовник нужен.

— Ах, боже мой! да вы поймите мое положение, напоминая ей о последней воле. Пусть будет, что будет, а я не скажу ей этого. Ведь вы знаете, как она добра…

— Все-таки попробуйте уговорить ее остаться до зимнего пути, — сказал доктор, значительно покачивая головой, — а то дорогой может быть худо…

— Аксюша, а Аксюша! — визжала смотрительская дочь, накинув на голову кацавейку и топчась на грязном заднем крыльце. — Пойдем ширкинскую барыню посмотрим; говорят, от грудной болезни за границу везут. Я никогда еще не видала, какие в чахотке бывают.

Аксюша выскочила на порог, и обе, схватившись за руки, побежали за ворота. Уменьшив шаг, они прошли мимо кареты и заглянули в опущенное окно. Больная повернула к ним голову, но, заметив их любопытство, нахмурилась и отвернулась.

— Мм-а-тушки! — сказала смотрительская дочь, быстро оборачивая голову. Какая была красавица чудная, нынче что стало? Страшно даже. Видела, видела, Аксюша?

— Да, какая худая! — поддакивала Аксюша. — Пойдем еще посмотрим, будто к колодцу. Вишь, отвернулась, а я еще видела. Как жалко, Маша.

— Да и грязь же какая! — отвечала Маша; и обе побежали назад в ворота.

«Видно, я страшна стала, — думала больная. — Только бы поскорей, поскорей за границу, там я скоро поправлюсь».

— Что, как ты, мой друг? — сказал муж, подходя к карете и прожевывая кусок.

«Все один и тот же вопрос, — подумала больная, — а сам ест!»

— Ничего, — пропустила она сквозь зубы.

— Знаешь ли, мой друг, я боюсь, тебе хуже будет от дороги в эту погоду, и Эдуард Иваныч то же говорит. Не вернуться ли нам?

Она сердито молчала.

— Погода поправится, может быть, путь установится, и тебе бы лучше стало; мы бы и поехали все вместе.

— Извини меня. Ежели бы я давно тебя не слушала, я бы была теперь в Берлине и была бы совсем здорова.

— Что ж делать, мой ангел, невозможно было, ты знаешь. А теперь ежели бы ты осталась на месяц, ты бы славно поправилась; я бы кончил дела, и детей бы мы взяли…

— Дети здоровы, а я нет.

— Да ведь пойми, мой друг, что с этой погодой, ежели тебе сделается хуже дорогой… тогда по крайней мере дома.

— Что ж, что дома?.. Умереть дома? — вспыльчиво отвечала больная. Но слово умереть, видимо, испугало ее, она умоляюще и вопросительно посмотрела на мужа. Он опустил глаза и молчал. Рот больной вдруг детски изогнулся, и слезы полились из ее глаз. Муж закрыл лицо платком и молча отошел от кареты.

— Нет, я поеду, — сказала больная, подняла глаза к небу, сложила руки и стала шептать несвязные слова. — Боже мой! за что же? — говорила она, и слезы лились сильнее. Она долго и горячо молилась, но в груди так же было больно и тесно, в небе, в полях и по дороге было так же серо и пасмурно, и та же осенняя мгла, ни чаще, ни реже, а все так же сыпалась на грязь дороги, на крыши, на карету и на тулупы ямщиков, которые, переговариваясь сильными, веселыми голосами, мазали и закладывали карету…

……………………………………………………………

II

Карета была заложена; но ямщик мешкал. Он зашел в ямскую избу. В избе было жарко, душно, темно и тяжело, пахло жильем, печеным хлебом, капустой и овчиной. Несколько человек ямщиков было в горнице, кухарка возилась у печи, на печи в овчинах лежал больной.

— Дядя Хведор! а дядя Хведор, — сказал молодой парень, ямщик в тулупе и с кнутом за поясом, входя в комнату и обращаясь к больному.

— Ты чаво, шабала, Федьку спрашиваешь? — отозвался один из ямщиков. Вишь, тебя в карету ждут.

— Хочу сапог попросить; свои избил, — отвечал парень, вскидывая волосами и оправляя рукавицы за поясом. — Аль спит? А дядя Хведор? — повторил он, подходя к печи.

— Чаво? — послышался слабый голос, и рыжее худое лицо нагнулось с печи. Широкая, исхудалая и побледневшая рука, покрытая волосами, натягивала армяк на острое плечо в грязной рубахе. — Дай испить, брат; ты чаво?

Парень подал ковшик с водой.

— Да что, Федя, — сказал он, переминаясь, — тебе, чай, сапог новых не надо теперь; отдай мне, ходить, чай, не будешь.

Больной, припав усталой головой к глянцевитому ковшу и макая редкие отвисшие усы в темной воде, слабо и жадно пил. Спутанная борода его была нечиста, впалые, тусклые глаза с трудом поднялись на лицо парня. Отстав от воды, он хотел поднять руку, чтобы отереть мокрые губы, но не мог и отерся о рукав армяка. Молча и тяжело дыша носом, он смотрел прямо в глаза парню, сбираясь с силами.

— Може, ты кому пообещал уже, — сказал парень, — так даром. Главное дело, мокреть на дворе, а мне с работой ехать; я и подумал себе: дай у Федьки сапог попрошу, ему, чай, не надо. Може, тебе самому надобны, ты скажи…

В груди больного что-то стало переливаться и бурчать; он перегнулся и стал давиться горловым, неразрешавшимся кашлем.

— Уж где надобны, — неожиданно сердито на всю избу затрещала кухарка, второй месяц с печи не слезает. Вишь, надрывается, даже у самой внутренность болит, как слышишь только.

Где ему сапоги надобны? В новых сапогах хоронить не станут. А уж давно пора, прости господи согрешенье. Вишь, надрывается. Либо перевесть его, что ль, в избу в другую, или куда. Такие больницы, слышь, в городу есть; а то разве дело — занял весь угол, да и шабаш. Нет тебе простору никакого. А тоже, чистоту спрашивают.

— Эй, Серега! иди садись, господа ждут, — крикнул в дверь почтовый староста.

Серега хотел уйти, не дождавшись ответа, но больной глазами, во время кашля, давал ему знать, что хочет ответить.

— Ты сапоги возьми, Серега, — сказал он, подавив кашель и отдохнув немного. — Только, слышь, камень купи, как помру, — хрипя прибавил он.

— Спасибо, дядя, так я возьму, а камень, ей-ей, куплю.

— Вот, ребята, слышали, — мог выговорить еще больной и снова перегнулся вниз и стал давиться.

— Ладно, слышали, — сказал один из ямщиков. — Иди, Серега, садись, а то вон опять староста бежит. Барыня, вишь, ширкинская больная.

Серега живо скинул свои прорванные, несоразмерно большие сапоги и швырнул под лавку. Новые сапоги дяди Федора пришлись как раз по ногам, и Серега, поглядывая на них, вышел к карете.

— Эк сапоги важные! дай помажу, — сказал ямщик с помазкою в руке, в то время как Серега, влезая на козлы, подбирал вожжи. — Даром отдал?

— Аль завидно, — отвечал Серега, приподнимаясь и повертывая около ног полы армяка. — Пущай! Эх вы, любезные! — крикнул он на лошадей, взмахнув кнутиком; и карета и коляска с своими седоками, чемоданами и важами, скрываясь в сером осеннем тумане, шибко покатились по мокрой дороге.

Больной ямщик остался в душной избе на печи и, не выкашлявшись, через силу перевернулся на другой бок и затих.

В избе до вечера приходили, уходили, обедали, — больного было не слышно. Перед ночью кухарка влезла на печь и через его ноги достала тулуп.

— Ты на меня не серчай, Настасья, — проговорил больной, — скоро опростаю угол-то твой.

— Ладно, ладно, что ж, ничаво, — пробормотала Настасья. — Да что у тебя болит-то, дядя? Ты скажи.

— Нутро все изныло. Бог его знает что.

— Небось, и глотка болит, как кашляешь?

— Везде больно. Смерть моя пришла — вот что. Ох, ох, ох! — простонал больной.

— Ты ноги-то укрой вот так, — сказала Настасья, по дороге натягивая на него армяк и слезая с печи.

Ночью в избе слабо светил ночник. Настасья и человек десять ямщиков с громким храпом спали на полу и по лавкам. Один больной слабо кряхтел, кашлял и ворочался на печи. К утру он затих совершенно.

— Чудно что-то я нынче во сне видела, — говорила кухарка, в полусвете потягиваясь на другое утро. — Вижу я, будто дядя Хведор с печи слез и пошел дрова рубить. Дай, говорит, Настя, я тебе подсоблю; а я ему говорю: куда уж тебе дрова рубить; а он как схватит топор да и почнет рубить, так шибко, шибко, только щепки летят. Что ж, я говорю, ты ведь болен был. Нет, говорит, я здоров, да как замахнется, на меня страх и нашел. Как я закричу, и проснулась. Уж не помер ли? Дядя Хведор! а дядя!

Федор не откликался.

— И то, не помер ли? Пойти посмотреть, — сказал один из проснувшихся ямщиков.

Свисшая с печи худая рука, покрытая рыжеватыми волосами, была холодна и бледна.

— Пойти смотрителю сказать, кажись, помер, — сказал ямщик.

Родных у Федора не было — он был дальний. На другой день его похоронили на новом кладбище, за рощей, и Настасья несколько дней рассказывала всем про сон, который она видела, и про то, что она первая хватилась дяди Федора.

III

Пришла весна. По мокрым улицам города, между навозными льдинками, журчали торопливые ручьи; цвета одежд и звуки говора движущегося народа были ярки. В садиках за заборами пухнули почки дерев, и ветви их чуть слышно покачивались от свежего ветра. Везде лились и капали прозрачные капли... Воробьи нескладно подпискивали и подпархивали на своих маленьких крыльях. На солнечной стороне, на заборах, домах и деревьях, все двигалось и блестело. Радостно, молодо было и на небе, и на земле, и в сердце человека.

На одной из главных улиц, перед большим барским домом, была постелена свежая солома; в доме была та самая умирающая больная, которая спешила за границу.

У затворенных дверей комнаты стояли муж больной и пожилая женщина. На диване сидел священник, опустив глаза и держа что-то завернутым в эпитрахили. В углу, в вольтеровском кресле, лежала старушка — мать больной — и горько плакала. Подле нее горничная держала на руке чистый носовой платок, дожидаясь, чтобы старушка спросила его; другая чем-то терла виски старушки и дула ей под чепчик в седую голову.

— Ну, Христос с вами, мой друг, — говорил муж пожилой женщине, стоявшей с ним у двери, — она такое имеет доверие к вам, вы так умеете говорить с ней, уговорите ее хорошенько, голубушка, идите же. — Он хотел уже отворить ей дверь; но кузина удержала его, приложила несколько раз платок к глазам и встряхнула головой.

— Вот теперь, кажется, я не заплакана, — сказала она и, сама отворив дверь, прошла в нее.

Муж был в сильном волнении и казался совершенно растерян. Он направился было к старушке; но, не дойдя несколько шагов, повернулся, прошел по комнате и подошел к священнику. Священник посмотрел на него, поднял брови к небу и вздохнул. Густая с проседью бородка тоже поднялась кверху и опустилась.

— Боже мой! Боже мой! — сказал муж.

— Что делать? — вздыхая, сказал священник, и снова брови и бородка его поднялись кверху и опустились.

— И матушка тут! — почти с отчаяньем сказал муж. — Она не вынесет этого. Ведь так любить, так любить ее, как она… я не знаю. Хоть бы вы, батюшка, попытались успокоить ее и уговорить уйти отсюда.

Священник встал и подошел к старушке.

— Точно-с, материнское сердце никто оценить не может, — сказал он, однако бог милосерд.

Лицо старушки вдруг стало все подергиваться, и с ней сделалась истерическая икота.

— Бог милосерд, — продолжал священник, когда она успокоилась немного. — Я вам доложу, в моем приходе был один больной, много хуже Марьи Дмитриевны, и что же, простой мещанин травами вылечил в короткое время. И даже мещанин этот самый теперь в Москве. Я говорил Василью Дмитревичу — можно бы испытать. По крайности утешенье для больной бы было. Для бога все возможно.

— Нет, уже ей не жить, — проговорила старушка, — чем бы меня, а ее бог берет. — И истерическая икота усилилась так, что чувства оставили ее.

Муж больной закрыл лицо руками и выбежал из комнаты.

В коридоре первое лицо, встретившее его, был шестилетний мальчик, во весь дух догонявший младшую девочку.

— Что ж детей-то, не прикажете к мамаше сводить? — спросила няня.

— Нет, она не хочет их видеть. Это расстроит ее.

Мальчик остановился на минуту, пристально всматриваясь в лицо отца, и вдруг подбрыкнул ногой и с веселым криком побежал дальше.

— Это она будто бы вороная, папаша! — прокричал мальчик, указывая на сестру.

Между тем в другой комнате кузина сидела подле больной и искусно веденным разговором старалась приготовить ее к мысли о смерти. Доктор у другого окна мешал питье.

Больная, в белом капоте, вся обложенная подушками, сидела на постели и молча смотрела на кузину.

— Ах, мой друг, — сказала она, неожиданно перебивая ее, — не приготавливайте меня. Не считайте меня за дитя. Я христианка. Я все знаю. Я знаю, что мне жить недолго, я знаю, что ежели бы муж мой раньше послушал меня, я бы была в Италии и, может быть, — даже наверно, — была бы здорова. Это все ему говорили. Но что ж делать, видно богу было так угодно. На всех нас много грехов, я знаю это; но надеюсь на милость бога; всем простится, должно быть, всем простится. Я стараюсь понять себя. И на мне было много грехов, мой друг. Но зато сколько я выстрадала. Я старалась сносить с терпением свои страданья…

— Так позвать батюшку, мой друг? вам будет еще легче, причастившись, сказала кузина.

Больная нагнула голову в знак согласья.

— Боже! прости меня грешную, — прошептала она.

Кузина вышла и мигнула батюшке.

— Это ангел! — сказала она мужу с слезами на глазах. Муж заплакал, священник прошел в дверь, старушка все еще была без памяти, и в первой комнате стало совершенно тихо. Через пять минут священник вышел из двери и, сняв эпитрахиль, оправил волосы.

— Слава богу, оне спокойнее теперь, — сказал он, — желают вас видеть.

Кузина и муж вышли. Больная тихо плакала, глядя на образ.

— Поздравляю тебя, мой друг, — сказал муж.

— Благодарствуй! Как мне теперь хорошо стало, какую непонятную сладость я испытываю, — говорила больная, и легкая улыбка играла на ее тонких губах. Как бог милостив! Не правда ли, он милостив и всемогущ? — И она снова с жадной мольбой смотрела полными слез глазами на образ.

Потом вдруг как будто что-то вспомнилось ей. Она знаками подозвала к себе мужа.

— Ты никогда не хочешь сделать, что я прошу, — сказала она слабым и недовольным голосом.

Муж, вытянув шею, покорно слушал ее.

— Что, мой друг?

— Сколько раз я говорила, что эти доктора ничего не знают; есть простые лекарки, они вылечивают… Вот батюшка говорил… мещанин… Пошли.

— За кем, мой друг?

— Боже мой! ничего не хочет понимать!.. — И больная сморщилась и закрыла глаза.

Доктор, подойдя к ней, взял ее за руку. Пульс заметно бился слабее и слабее. Он мигнул мужу. Больная заметила этот жест и испуганно оглянулась. Кузина отвернулась и заплакала.

— Не плачь, не мучь себя и меня, — говорила больная, — это отнимает у меня последнее спокойствие.

— Ты ангел! — сказала кузина, целуя ее руку.

— Нет, сюда поцелуй, только мертвых целуют в руку. Боже мой! Боже мой!

В тот же вечер больная уже была тело, и тело в гробу стояло в зале большого дома. В большой комнате с затворенными дверями сидел один дьячок и в нос, мерным голосом, читал песни Давида. Яркий восковой свет с высоких серебряных подсвечников падал на бледный лоб усопшей, на тяжелые восковые руки и окаменелые складки покрова, страшно поднимающегося на коленах и пальцах ног. Дьячок, не понимая своих слов, мерно читал, и в тихой комнате странно звучали и замирали слова. Изредка из дальней комнаты долетали звуки детских голосов и их топота.

«Сокроешь лицо твое — смущаются, — гласил псалтырь, — возьмешь от них дух — умирают и в прах свой возвращаются. Пошлешь дух твой — созидаются и обновляют лицо земли. Да будет господу слава вовеки».

Лицо усопшей было строго, спокойно и величаво. Ни в чистом холодном лбе, ни в твердо сложенных устах ничто не двигалось. Она вся была внимание. Но понимала ли она хоть теперь великие слова эти?

IV

Через месяц над могилой усопшей воздвиглась каменная часовня. Над могилой ямщика все еще не было камня, и только светло-зеленая трава пробивала над бугорком, служившим единственным признаком прошедшего существования человека.

— А грех тебе будет, Серега, — говорила раз кухарка на станции, — коли ты Хведору камня не купишь. То говорил: зима, зима, а нынче что ж слова не держишь? Ведь при мне было. Он уж приходил к тебе раз просить: не купишь, еще раз придет, душить станет.

— Да что, я разве отрекаюсь, — отвечал Серега, — я камень куплю, как сказал, куплю, в полтора целковых куплю. Я не забыл, да ведь привезть надо. Как случай в город будет, так и куплю.

— Ты бы хошь крест поставил, вот что, — отозвался старый ямщик, — а то впрямь дурно. Сапоги-то носишь.

— Где его возьмешь крест-то? из полена не вытешешь?

— Что говоришь-то? Из полена не вытешешь, возьми топор да в рощу пораньше сходи, вот и вытешешь. Ясенку ли, что ли, срубишь. Вот и голубец будет. А то, поди, еще объездчика пой водкой. За всякой дрянью поить не наготовишься. Вон я намедни вагу сломал, новую вырубил важную, никто слова не сказал.

Ранним утром, чуть зорька, Серега взял топор и пошел в рощу.

На всем лежал холодный матовый покров еще падавшей, не освещенной солнцем росы. Восток незаметно яснел, отражая свой слабый свет на подернутом тонкими тучами своде неба. Ни одна травка внизу, ни один лист на верхней ветви дерева не шевелились. Только изредка слышавшиеся звуки крыльев в чаще дерева или шелеста по земле нарушали тишину леса. Вдруг странный, чуждый природе звук разнесся и замер на опушке леса. Но снова послышался звук и равномерно стал повторяться внизу около ствола одного из неподвижных деревьев. Одна из макуш необычайно затрепетала, сочные листья ее зашептали что-то, и малиновка, сидевшая на одной из ветвей ее, со свистом перепорхнула два раза и, подергивая хвостиком, села на другое дерево.

Топор низом звучал глуше и глуше, сочные белые щепки летели на росистую траву, и легкий треск послышался из-за ударов. Дерево вздрогнуло всем телом, погнулось и быстро выпрямилось, испуганно колебаясь на своем корне. На мгновенье все затихло, но снова погнулось дерево, снова послышался треск в его стволе, и, ломая сучья и спустив ветви, оно рухнулось макушей на сырую землю. Звуки топора и шагов затихли. Малиновка свистнула и вспорхнула выше. Ветка, которую она зацепила своими крыльями, покачалась несколько времени и замерла, как и другие, со всеми своими листьями. Деревья еще радостнее красовались на новом просторе своими неподвижными ветвями.

Первые лучи солнца, пробив сквозившую тучу, блеснули в небе и пробежали по земле и небу. Туман волнами стал переливаться в лощинах, роса, блестя, заиграла на зелени, прозрачные побелевшие тучки спеша разбегались по синевшему своду. Птицы гомозились в чаще и, как потерянные, щебетали что-то счастливое; сочные листья радостно и спокойно шептались в вершинах, и ветви живых дерев медленно, величаво зашевелились над мертвым, поникшим деревом.

1858

Холстомер. История лошади

[1]

Посвящается памяти М. А. Стаховича

Глава I

Все выше и выше поднималось небо, шире расплывалась заря, белее становилось матовое серебро росы, безжизненнее становился серп месяца, звучнее — лес, люди начинали подниматься, и на барском конном дворе чаще и чаще слышалось фырканье, возня по соломе и даже сердитое визгливое ржанье столпившихся и повздоривших за что-то лошадей.

— Но-о! успеешь! проголодались! — сказал старый табунщик, отворяя скрипящие ворота. — Куда? — крикнул он, замахиваясь на кобылку, которая сунулась было в ворота.

Табунщик Нестер был одет в казакин, подпоясанный ремнем с набором, кнут у него был захлестнут через плечо, и хлеб в полотенце был за поясом. В руках он нес седло и уздечку.

Лошади нисколько не испугались и не оскорбились насмешливым топом табунщика, они сделали вид, что им все равно, и неторопливо отошли от ворот, только одна старая караковая гривастая кобыла приложила ухо и быстро повернулась задом. При этом случае молодая кобылка, стоявшая сзади и до которой это вовсе не касалось, взвизгнула и поддала задом первой попавшейся лошади.

— Но-о! — еще громче и грознее закричал табунщик и направился в угол двора.

Из всех лошадей, находившихся на варке (их было около сотни), меньше всех нетерпения показывал пегий мерин, стоявший одиноко в углу под навесом и, прищурив глаза, лизавший дубовую соху сарая. Неизвестно, какой вкус находил в этом пегий мерин, но выражение его было серьезно и задумчиво, когда он это делал.

---

[1] Сюжет этот был задуман М. А. Стаховичем, автором «Ночного» и «Наездники», и передан автору А. А. Стаховичем.

— Балуй! — опять тем же тоном обратился к нему табунщик, подходя к нему и кладя на навоз подле него седло и залоснившийся потник.

Пегий мерин перестал лизать и, не шевелясь, долго смотрел на Нестера. Он не засмеялся, не рассердился, не нахмурился, а понес только всем животом и тяжело, тяжело вздохнул и отвернулся. Табунщик обнял его шею и надел уздечку.

— Что вздыхаешь? — сказал Нестер.

Мерин взмахнул хвостом, как будто говоря: «Так, ничего, Нестер». Нестер положил на него потник и седло, причем мерин приложил уши, выражая, должно быть, свое неудовольствие, но его только выбранили за это дрянью и стали стягивать подпруги. При этом мерин надулся, но ему всунули палец в рот и ударили коленом в живот, так что он должен был выпустить дух. Несмотря на то, когда зубом подтягивали трок, он еще раз приложил уши и даже оглянулся. Хотя он знал, что это не поможет, он все-таки считал нужным выразить, что ему это неприятно и всегда будет показывать это. Когда он был оседлан, он отставил оплывшую правую ногу и стал жевать удила, тоже по каким-то особенным соображениям, потому что пора ему было знать, что в удилах не может быть никакого вкуса.

Нестер по короткому стремени влез на мерина, размотал кнут, выпростал из-под колена казакин, уселся на седле особенной, кучерской, охотничьей, табунщичьей посадкой и дернул за поводья. Мерин поднял голову, изъявляя готовность идти, куда прикажут, но не тронулся с места. Он знал, что, прежде чем ехать, многое еще будут кричать, сидя на нем, приказывать другому табунщику Ваське и лошадям. Действительно, Нестер стал кричать: «Васька! а Васька! Маток выпустил, что ль? Куда ты, лешой! Но! Аль спишь. Отворяй, пущай наперед матки пройдут» — и т. д.

Ворота заскрипели, Васька, сердитый и заспанный, держа лошадь в поводу, стоял у вереи и пропускал лошадей. Лошади одна за одной, осторожно ступая по соломе и обнюхивая ее, стали проходить: молодые кобылки, стригуны, сосунчики и тяжелые матки, осторожно, по одной, и воротах пронося свои утробы. Молодые кобылки теснились иногда по двое, по трое, кладя друг другу головы через спины, и торопились ногами в воротах, за что всякий раз получали бранные слова от табунщиков. Сосунчики бросались к ногам иногда чужих маток и звонко ржали, отзываясь на короткое гоготанье маток.

Молодая кобылка-шалунья, как только выбралась за ворота, загнула вниз и набок голову, взнесла задом и взвизгнула; но все-таки не посмела забежать вперед серой старой, осыпанной гречкой Жулдыбы, которая тихим, тяжелым шагом, с боку на бок переваливая брюхо, степенно шла, как всегда, впереди всех лошадей.

За несколько минут столь оживленный полный варок печально опустел; грустно торчали столбы под пустыми навесами, и виднелась одна измятая, унавоженная солома. Как ни привычна была эта картина опустения пегому мерину, она, должно быть, грустно подействовала на него. Он медленно, как бы кланяясь, опустил и поднял голову, вздохнул, насколько ему позволял стянутый трок, и, ковыляя своими погнутыми нерасходившимися ногами, побрел за табуном, унося на своей костлявой спине старого Нестера.

«Знаю: теперь, как выедем на дорогу, он станет высекать огонь и закурит свою деревянную трубочку в медной оправе и с цепочкой, — думал мерин. — Я рад этому, потому что рано поутру, с росой, мне приятен этот запах и напоминает много приятного; досадно только, что с трубочкой в зубах старик всегда раскуражится, что-то вообразит о себе и сядет боком, непременно боком; а мне больно с этой стороны. Впрочем, бог с ним, мне не в новости страдать для удовольствия других. Я даже стал уже находить какое-то лошадиное удовольствие в этом. Пускай его хорохорится, бедняк. Ведь только и храбриться ему одному, пока его никто не видит, пускай сидит боком», — рассуждал мерин и, осторожно ступая покоробленными ногами, шел посередине дороги.

Глава II

Пригнав табун к реке, около которой должны были пастись лошади, Нестер слез и расседлал. Табун между тем уже медленно стал разбираться по не сбитому еще лугу, покрытому росой и паром, поднимавшимся одинаково от луга и от реки, огибавшей его.

Сняв уздечку с пегого мерина, Нестер почесал его под шеей, в ответ на что мерин, в знак благодарности и удовольствия, закрыл глаза. «Любит, старый пес!» — проговорил Нестер. Мерин же нисколько не любил этого чесанья и только из деликатности притворялся, что оно ему приятно, он помотал головой в знак согласия. Но вдруг, совершенно неожиданно и без всякой причины, Нестер, предполагая, может быть, что слишком большая фамильярность может дать ложные о своем значении мысли пегому мерину, Нестер без всякого приготовления оттолкнул от себя голову мерина и, замахнувшись уздой, очень больно ударил пряжкой узды мерина по сухой ноге и, ничего не говоря, пошел на бугорок к пню, около которого он сиживал обыкновенно.

Поступок этот хотя и огорчил пегого мерина, он не показал никакого вида и, медленно помахивая вылезшим хвостом и принюхиваясь к чему-то и только для рассеянья пощипывая траву, пошел к реке. Не обращая никакого вниманья на то, что выделывали вокруг него обрадованные утром молодые кобылки, стригунки и сосунчики, и зная, что здоровее всего, особенно в его лета, прежде напиться хорошенько натощак, а потом уже есть, он выбрал где поотложее и просторнее берег и, моча копыты и щетку ног, всунул храп в воду и стал сосать воду сквозь свои прорванные губы, поводить наполнявшимися боками и от удовольствия помахивать своим жидким пегим хвостом с оголенной репицею.

Бурая кобылка, забияка, всегда дразнившая старика и делавшая ему всякие неприятности, и тут по воде подошла к нему, как будто по своей надобности, но только с тем, чтобы намутить ему воду перед носом. Но пегий уж напился и, как будто не замечая умысла бурой кобылки, спокойно вытащил одну за другой свои увязшие ноги, отряхнул голову и, отойдя в сторонку от молодежи, принялся есть. На различные манеры отставляя ноги и не топча лишней травы, он, почти не разгибаясь, ел ровно три часа. Наевшись так, что брюхо у него повисло, как мешок на худых крутых ребрах, он установился ровно на всех четырех больных ногах так, чтобы было как можно менее больно, особенно правой передней ноге, которая была слабее всех, и заснул.

Бывает старость величественная, бывает гадкая, бывает жалкая старость. Бывает и гадкая и величественная вместе. Старость пегого мерина была именно такого рода.

Мерин был роста большого — не менее двух аршин трех вершков. Мастью он было вороно-пегий. Таким он был, но теперь вороные пятна стали грязно-бурого цвета. Пежина его составлялась из трех пятен: одно на голове с кривой, сбоку носа, лысиной и до половины шеи. Длинная и засоренная репьями грива была где белая, где буроватая. Другое пятно шло вдоль правого бока и до половины живота; третье пятно на крупе, захватывая верхнюю часть хвоста и до половины ляжек. Остаток хвоста был белесоватый, пестрый. Большая костлявая голова с глубокими впадинами над глазами и отвисшей, разорванной когда-то черной губой тяжело и низко висела на выгнутой от худобы, как будто деревянной шее. Из-за отвисшей губы виден был прикушенный на сторону черноватый язык и желтые остатки съеденных нижних зубов. Уши, из которых одно было разрезано, опускались низко по бокам и изредка только лениво поводились, чтобы спугивать липших мух. Один клок еще длинный от челки висел сзади за ухом, открытый лоб был углублен и шершав, на просторных салазках мешками висела кожа. На шее и голове жилы связались узлами, вздрагивавшими и дрожавшими при каждом прикосновении мухи. Выражение лица было строго-терпеливое, глубокомысленное и страдальческое. Передние ноги его были дугой согнуты в коленях, на обоих копытах были наплывы, и на одной, на которой пежина доходила до половины ноги, около колена была в кулак большая шишка. Задние ноги были свежее; но стерты на ляжках, видимо, давно, и шерсть уже не зарастала на этих местах. Все ноги казались несоразмерно длинны по худобе стана. Ребра, хотя и крутые, были так открыты и обтянуты, что шкура, казалось, присохла к лощинкам между ними. Холка и спина были испещрены старыми побоями, и сзади была еще свежая опухшая и гноящаяся болячка; черная репица хвоста с обозначавшимися на ней позвонками торчала длинная и почти голая. На буром крупе, около хвоста, была заросшая белыми волосами в ладонь рана, вроде укуса, другая рана-рубец видна была в передней лопатке. Задние коленки и хвост были нечисты от постоянного расстройства желудка. Шерсть по всему телу, хотя и короткая, стояла торчком. Но, несмотря на отвратительную старость этой лошади, невольно задумывался, взглянув на нее, а знаток сразу бы сказал, что это была в свое время замечательно хорошая лошадь.

Знаток сказал бы даже, что была только одна порода в России, которая могла дать такую широкую кость, такие громадные мослаки, такие копыты, такую тонкость кости ноги, такой постанов шеи, главное, такую кость головы, глаз — большой, черный и светлый, и такие породистые комки жил около головы и шеи, тонкую шкуру и волос. Действительно, было что-то величественное в фигуре этой лошади и в страшном соединении в ней отталкивающих признаков дряхлости, усиленной пестротой шерсти, и приемов и выражения самоуверенности и спокойствия сознательной красоты и силы.

Как живая развалина, он стоял одиноко посереди росистого луга, а недалеко от него слышались топот, фырканье, молодое ржанье, взвизгиванье рассыпавшегося табуна.

Глава III

Солнце уже выбралось выше леса и ярко блестело на траве и извивах реки. Роса обсыхала и собиралась каплями, кое-где, около болотца и над лесом, как дымок, расходился последний утренний пар. Тучки кудрявились, но ветру еще не было. За рекой щетинкой стояла зеленая, свертывавшаяся в трубку рожь, и пахло свежей зеленью и цветом. Кукушка куковала с прихрипываньем из леса, и Нестер, развалившись на спину, считал, сколько лет ему еще жить. Жаворонки поднимались над рожью и лугом. Запоздалый заяц попался между табуна и, выскочив на простор, сел у куста и прислушивался. Васька задремал, уткнув голову в траву, кобылки еще просторнее, обойдя его, рассыпались понизу. Старые, пофыркивая, прокладывали по росе светлый следок и все выбирали такое место, где бы никто не мешал им, но уж не ели, а только закусывали вкусными травками. Весь табун незаметно подвигался в одном направлении. И опять старая Жулдыба, степенно выступая впереди других, показывала возможность идти дальше. Молодая, в первый раз ожеребившаяся, вороная Мушка беспрестанно гоготала и, подняв хвост, фыркала на своего лиловенького сосунчика, который, дрожа коленами, ковылял около ней. Караковая холостая Ласточка, как атласная, гладкая и блестящая шерстью, опустив голову так, что черная шелковистая челка закрывала ей лоб и глаза, играла с травою, — щипнет и бросит и стукнет мокрой от росы ногой с пушистой щеткой. Один из старших сосунчиков, должно быть воображая себе какую-нибудь игру, уже двадцать шесть раз подняв панашем коротенький кудрявый хвостик, обскакал кругом своей матки, которая спокойно щипала траву, успев уже привыкнуть к характеру своего сына, и только изредка косилась на него большим черным глазом. Один из самых маленьких сосунов, черный, головастый, с удивленно торчащей между ушами челкой и хвостиком, свернутым еще на ту сторону, на которую он был загнут в брюхе матери, уставив уши и тупые глаза, не двигаясь с места, пристально смотрел на сосуна, который скакал и пятился, неизвестно, завидуя или осуждая, зачем он это делает. Которые сосут, подталкивая носом, которые, неизвестно почему, несмотря на зовы матерей, бегут маленькой, неловкой рысцой прямо в противуположную сторону, как будто отыскивая что-то, и потом, неизвестно для чего, останавливаются и ржут отчаянно-пронзительным голосом; которые лежат боком вповалку, которые учатся есть траву, которые чешутся задней ногой за ухом. Две еще жеребые кобылы ходят отдельно и, медленно передвигая ноги, все еще едят. Видно, что их положение уважаемо другими, и никто из молодежи не решается подходить и мешать. Ежели и вздумает какая-нибудь шалунья подойти близко к ним, то одного движенья уха и хвоста достаточно, чтобы показать им всю неприличность их поведенья.

Стригунки, годовалые кобылки притворяются уж большими и степенными и редко подпрыгивают и сходятся с веселыми компаниями. Они чинно едят траву, выгибая свои лебединые стриженые шейки, и, как будто у них тоже есть хвосты, помахивают своими веничками. Так же, как большие, некоторые ложатся, катаются или чешут друг друга. Самая веселая компания составляется из двухлеток-трехлеток и холостых кобыл. Они ходят почти все вместе и отдельно веселой девичьей гурьбой. Между ними слышится топот, взвизгиванье, ржанье, брыканье. Они сходятся, кладут головы друг другу через плечи, обнюхиваются, прыгают и иногда, всхрапнув и подняв трубой хвост, полурысью, полутропотой гордо и кокетливо пробегают перед товарками. Первой красавицей и затейщицей между всей этой молодежью была шалунья бурая кобылка. Что она затевала, то делали и другие; куда она шла, туда за ней шла и вся гурьба красавиц. Шалунья была в особенно игривом расположенье в это утро. Веселый стих нашел на нее так, как он находит и на людей. Еще на водопое, подшутив над стариком, она побежала вдоль по воде, притворилась, что испугалась чего-то, храпнула и во все ноги понеслась в поле, так что Васька должен был скакать за ней и за другими, увязавшимися за ней. Потом, поев немного, она начала валяться, потом дразнить старух тем, что заходила вперед их, потом отбила одного сосунка и начала бегать за ним, как будто желая укусить его. Мать испугалась и бросила есть, сосунчик кричал жалким голосом, но шалунья ничем даже не тронула его, а только попугала его и доставила зрелище товаркам, которые с сочувствием смотрели на ее проделки. Потом она затеяла вскружить голову чалой лошадке, на которой далеко за рекой по ржам проезжал мужичок с сохою. Она остановилась, гордо, несколько набок, подняла голову, встряхнулась и заржала сладким, нежным и протяжным голосом. И шалость, и чувство, и некоторая грусть выражались в этом ржанье. В нем было и желанье, и обещанье любви, и грусть по ней.

Вон дергач, в густом тростнике, перебегая с места на место, страстно зовет к себе свою подругу, вон и кукушка и перепел поют любовь, и цветы по ветру пересылают свою душистую пыль друг другу.

«И я и молода, и хороша, и сильна, — говорило ржанье шалуньи, — а мне не дано было до сей поры испытать сладость этого чувства, не только не дано испытать, но ни один любовник, ни один еще не видал меня».

И многозначащее ржанье грустно и молодо отозвалось низом и полем и издалека донеслось до чалой лошадки. Она подняла уши и остановилась. Мужик ударил ее лаптем, но чалая лошадка была очарована серебряным звуком далекого ржанья и заржала тоже. Мужик рассердился, дернул ее вожжами и ударил так лаптем по брюху, что она не успела докончить своего ржанья и пошла дальше. Но чалой лошадке стало сладко и грустно, и из далеких ржей долго еще долетали до табуна звуки начатого страстного ржанья и сердитого голоса мужика.

Ежели от одного звука этого голоса чалая лошадка могла ошалеть так, что забыла свою должность, что бы было с ней, ежели бы она видела всю красавицу шалунью, как она, насторожив уши, растопырив ноздри, втягивая в себя воздух и куда-то порываясь и дрожа всем своим молодым и красивым телом, звала ее.

Но шалунья долго не задумывалась над своими впечатленьями. Когда голос чалого замолк, она насмешливо поржала еще и, опустив голову, стала копать ногой землю, а потом пошла будить и дразнить пегого мерина. Пегий мерин был всегдашним мучеником и шутом этой счастливой молодежи. Он страдал от этой молодежи больше, чем от людей. Ни тем, ни другим он не делал зла. Людям он был нужен, но за что же мучали его молодые лошади?

Глава IV

Он был стар, они были молоды; он был худ, они были сыты; он был скучен, они были веселы. Стало быть, он был совсем чужой, посторонний, совсем другое существо, и нельзя было жалеть его. Лошади жалеют только самих себя и изредка только тех, в шкуре кого они себя легко могут представить. Но ведь не виноват же был пегий мерин в том, что он был стар и тощ и уродлив?.. Казалось бы, что нет. Но по-лошадиному он был виноват, и правы были всегда только те, которые были сильны, молоды и счастливы, те, у которых было все впереди, те, у которых от ненужного напряженья дрожал каждый мускул и колом поднимался хвост кверху. Может быть, что и сам пегий мерин понимал это и в спокойные минуты соглашался, что он виноват тем, что прожил уже жизнь, что ему надо платить за эту жизнь; но он все-таки был лошадь и не мог удерживаться часто от чувств оскорбленья, грусти и негодованья, глядя на всю эту молодежь, казнившую его за то самое, чему все они будут подлежать в конце жизни. Причиной безжалостности лошадей было тоже и аристократическое чувство. Каждая из них вела свою родословную по отцу или по матери от знаменитого Сметанки, пегий же был неизвестно какого рода; пегий был пришлец, купленный три года тому назад за восемьдесят рублей ассигнациями на ярманке.

Бурая кобылка, как будто прогуливаясь, подошла к самому носу пегого мерина и толкнула его. Он уж знал, что это такое, и, не открывая глаз, приложил уши и оскалился. Кобылка повернулась задом и сделала вид, что хочет ударить его. Он открыл глаза и отошел в другую сторону. Спать ему уже не хотелось, и он начал есть. Снова шалунья, сопутствуемая своими подругами, подошла к мерину. Двухлетняя лысая кобылка, очень глупая, всегда подражавшая и во всем следовавшая за бурой, подошла с ней вместе и, как всегда поступают подражатели, начала пересаливать то самое, что делала зачинщица. Бурая кобылка обыкновенно подходила как будто по своему делу и проходила мимо самого носа мерина, не глядя на него, так что он решительно не знал, сердиться или нет, и это было действительно смешно. Она сделала это и теперь, но лысая, шедшая за ней и особенно развеселившаяся, уже прямо грудью ударила мерина. Он снова оскалил зубы, взвизгнул и с прытью, которую нельзя бы было ожидать от него, бросился за ней и укусил ее в ляжку. Лысенькая ударила всем задом и тяжело ударила старика по худым голым ребрам. Старик захрипел даже, хотел броситься еще, но потом раздумал и, тяжело вздохнув, отошел в сторону. Должно быть, вся молодежь табуна приняла за личное оскорбление дерзость, которую позволил себе пегий мерин в отношении лысой кобылки, и весь остальной день ему решительно не давали кормиться и ни на минуту не давали покоя, так что табунщик несколько раз унимал их и не мог понять, что с ними сделалось. Мерин так был обижен, что сам подошел к Нестеру, когда старик собрался гнать назад табун, и почувствовал себя счастливее и покойнее, когда его оседлали и сели на него.

Бог знает, о чем думал старик мерин, унося на своей спине старика Нестера. С горечью ли думал он о неотвязчивой и жестокой молодежи, или, с свойственной старикам презрительной и молчаливой гордостью, прощал своих обидчиков, только он ничем не проявил своих размышлений до самого дома.

В этот вечер к Нестеру приехали кумовья, и, прогоняя табун мимо дворовых изб, он заметил телегу с лошадью, привязанную к его крыльцу. Загнав табун, он так поторопился, что, не сняв седла, пустил на двор мерина и, крикнув Ваське, чтоб он расседлал табунного, запер ворота и пошел к кумовьям. Вследствие ли оскорбления, нанесенного лысой кобылке, Сметанкиной правнучке, «коростовой дрянью», купленной на конной и не знающей отца и матери, и оскорбленного поэтому аристократического чувства всего варка, или вследствие того, что мерин в высоком седле без седока представлял странно фантастическое для лошадей зрелище, только на варке произошло в эту ночь что-то необыкновенное. Все лошади, молодые и старые, с оскаленными зубами бегали за мерином, гоняя его по двору, раздавались звуки копыт об его худые бока и тяжелое кряхтение. Мерин не мог более переносить этого, не мог более избегать ударов. Он остановился посередине двора, на лице его выразилось отвратительное слабое озлобление бессильной старости, потом отчаяние; он приложил уши, и вдруг что-то такое сделал, отчего все лошади вдруг затихли. Подошла самая старая кобыла Вязопуриха, понюхала мерина и вздохнула. Вздохнул и мерин.

....

Глава V

Посередине освещенного луной двора стояла высокая худая фигура мерина с высоким седлом, с торчащей шишкой луки. Лошади неподвижно и в глубоком молчании стояли вокруг него, как будто они что-то новое, необыкновенное узнали от него. И точно, новое и неожиданное они узнали от него.

Вот что они узнали от него.

....

Ночь 1-я

— Да, я сын Любезного первого и Бабы. Имя мое по родословной Мужик первый. Я Мужик первый по родословной, я Холстомер по-уличному, прозванный так толпою за длинный и размашистый ход, равного которому не было в России. По происхождению нет в мире лошади выше меня по крови. Я никогда бы не сказал вам этого. К чему? Вы бы никогда не узнали меня. Как не узнавала меня Вязопуриха, бывшая со мной вместе в Хреновом и теперь только признавшая меня. Вы бы и теперь не поверили мне, ежели бы не было свидетельства этой Вязопурихи. Я бы никогда не сказал вам этого. Мне не нужно лошадиное сожаление. Но вы хотели этого. Да, я тот Холстомер, которого отыскивают и не находят охотники, тот Холстомер, которого знал сам граф и сбыл с завода за то, что я обежал его любимца Лебедя.

....

....

Когда я родился, я не знал, что такое значит *пегий, я* думал, что я лошадь. Первое замечание о моей шерсти, помню, глубоко поразило меня и мою мать. Я родился, должно быть, ночью, к утру я, уже облизанный матерью, стоял на ногах. Помню, что мне все чего-то хотелось и все мне казалось чрезвычайно удивительно и вместе чрезвычайно просто. Денники у нас были в длинном теплом коридоре, с решетчатыми дверьми, сквозь которые все видно было. Мать подставляла мне соски, а я был так еще невинен, что тыкал носом то ей под передние ноги, то под комягу. Вдруг мать оглянулась на решетчатую дверь и, перенесши через меня ногу, посторонилась. Дневальный конюх смотрел к нам в денник через решетку.

— Ишь ты, Баба-то ожеребилась, — сказал он и стал отворять задвижку; он взошел по свежей постилке и обнял меня руками. — Глянь-ка, Тарас, — крикнул он, — пегой какой, ровно сорока.

Я рванулся от него и спотыкнулся на колени.

— Вишь, чертенок, — проговорил он.

Мать обеспокоилась, но не стала защищать меня и, только тяжело-тяжело вздохнув, отошла немного в сторону. Пришли конюха и стали смотреть меня. Один побежал объявить конюшему. Все смеялись, глядя на мои пежины, и давали мне разные странные названия. Не только я, но и мать не понимала значения этих слов. До сих пор между нами и всеми моими родными не было ни одного пегого. Мы не думали, чтоб в этом было что-нибудь дурное. Сложение же и силу мою и тогда все хвалили.

— Вишь, какой шустрый, — говорил конюх, — не удержишь.

Через несколько времени пришел конюший и стал удивляться на мой цвет, он даже казался огорченным.

— И в кого такая уродина, — сказал он, — генерал его теперь не оставит в заводе. Эх, Баба, посадила ты меня, — обратился он к моей матери. — Хоть бы лысого ожеребила, а то вовсе пегого!

Мать моя ничего не отвечала и, как всегда в подобных случаях, опять вздохнула.

— И в какого черта он уродился, точно мужик, — продолжал он, — в заводе нельзя оставить, срам, а хорош, очень хорош, — говорил и он, говорили и все, глядя на меня. Через несколько дней пришел и сам генерал посмотреть на меня, и опять все чему-то ужасались и бранили меня и мою мать за цвет моей шерсти. «А хорош, очень хорош», — повторял всякий, кто только меня видел.

До весны мы жили в маточной все порознь, каждый при своей матери, только изредка, когда снег на крышах варков стал уже таять от солнца, нас с матерями стали выпускать на широкий двор, устланный свежей соломой. Тут в первый раз я узнал всех своих родных, близких и дальних. Тут из разных дверей я видел, как выходили с своими сосунками все знаменитые кобылы того времени. Тут была старая Голанка, Мушка — Сметанкина дочь, Краснуха, верховая Доброхотиха, все знаменитости того времени, все собирались тут с своими сосунками, похаживали по солнышку, катались по свежей соломе и обнюхивали друг Друга, как и простые лошади. Вид этого варка, наполненного красавицами того времени, я не могу забыть до сих пор. Вам странно думать и верить, что и я был молод и резов, но это так было. Тут была эта самая Вязопуриха, тогда еще годовалым стригунчиком — милой, веселой и резвой лошадкой; но, не в обиду будь ей сказано, несмотря на то, что она редкостью по крови теперь считается между вами, тогда она была из худших лошадей того приплода. Она сама вам подтвердит это.

Пестрота моя, так не нравившаяся людям, чрезвычайно понравилась всем лошадям; все окружили меня, любовались и заигрывали со мною. Я начал уже забывать слова людей о моей пестроте и чувствовал себя счастливым. Но скоро я узнал первое горе в моей жизни, и причиной его была мать. Когда уже начало таять, воробьи чирикали под навесом и в воздухе сильнее начала чувствоваться весна, мать моя стала переменяться в обращении со мною. Весь нрав ее изменился; то она вдруг без всякой причины начинала играть, бегая по двору, что совершенно не шло к ее почтенному возрасту; то задумывалась и начинала ржать; то кусала и брыкала в своих сестер-кобыл; то начинала обнюхивать меня и недовольно фыркать; то, выходя на солнце, клала свою голову чрез плечо своей двоюродной сестре Купчихе и долго задумчиво чесала ей спину и отталкивала меня от сосков. Один раз пришел конюший, велел надеть на нее недоуздок, — и ее повели из денника. Она заржала, я откликнулся ей и бросился за нею; но она и не оглянулась на меня. Конюх Тарас схватил меня в охапку, в то время как затворяли дверь за выведенной матерью. Я рванулся, сбил конюха в солому, — но дверь была заперта, и я только слышал все удалявшееся ржание матери. И в ржании этом я уже не слышал призыва, а слышал другое выражение. На ее голос далеко отозвался могущественный голос, как я после узнал, Доброго первого, который с двумя конюхами по сторонам шел на свидание с моею матерью. Я не помню, как вышел Тарас из моего денника: мне было слишком грустно. Я чувствовал, что навсегда потерял любовь своей матери. И все оттого, что я пегий, думал я, вспоминая слова людей о своей шерсти, и такое зло меня взяло, что я стал биться об стены денника головой и коленами — и бился до тех пор, пока не вспотел и не остановился в изнеможении.

Через несколько времени мать вернулась ко мне. Я слышал, как она рысцой и непривычным ходом подбегала к нашему деннику, по коридору. Ей отворили дверь, я не узнал ее, как она помолодела и похорошела. Она обнюхала меня, фыркнула и начала гоготать. По всему выражению ее я видел, что она меня не любила. Она рассказывала мне про красоту Доброго и про свою любовь к нему. Свидания эти продолжались, и между мною и матерью отношения становились холоднее и холоднее.

Скоро нас выпустили на траву. С этой поры я узнал новые радости, которые мне заменили потерю любви моей матери. У меня были подруги и товарищи, мы вместе учились есть траву, ржать так же, как и большие, и, подняв хвосты, скакать кругами вокруг своих матерей. Это было счастливое время. Мне все прощалось, все меня любили, любовались мною и снисходительно смотрели на все, что бы я ни сделал. Это продолжалось недолго. Тут скоро случилось со мной ужасное. — Мерин вздохнул тяжело-тяжело и пошел прочь от лошадей.

Заря уже давно занялась. Заскрипели ворота, вошел Нестор. Лошади разошлись. Табунщик оправил седло на мерине и выгнал табун.

Глава VI

Ночь 2-я

Как только лошади были загнаны, они опять столпились вокруг пегого.

— В августе месяце нас разлучили с матерью, — продолжал пегий, — и я не чувствовал особенного горя. Я видел, что мать моя носила уже меньшого моего брата, знаменитого Усана, и я уже не был тем, чем был прежде. Я не ревновал, но я чувствовал, что становился холодней к ней. Кроме того, я знал, что, оставив мать, я поступлю в общее отделение жеребят, где мы стояли по двое и по трое, — и каждый день всей гурьбой молодежи выходили на воздух. Я стоял в одном деннике с Милым. Милый был верховый, и впоследствии на нем ездил император, и его изображали на картинках и в статуях. Тогда он еще был простой сосунок, с глянцевитой нежной шерстью, лебединой шейкой и, как струнки, ровными и тонкими ногами. Он был всегда весел, добродушен и любезен; всегда был готов играть, лизаться и подшутить над лошадью или человеком. Мы с ним невольно подружились, живя вместе, и дружба эта продолжалась во все время нашей молодости. Он был весел и легкомыслен. Он тогда уже начинал любить, заигрывал с кобылками и смеялся над моей невинностью. И, на мое несчастье, я из самолюбия стал подражать ему; и очень скоро увлекся любовью. И эта ранняя склонность моя была причиной величайшей перемены моей судьбы. Случилось так, что я увлекся.

Вязопуриха была старше меня одним годом, мы с нею были особенно дружны; но под конец осени я заметил, что она начала дичиться меня... ...Но я не стану рассказывать всей этой несчастной истории моей первой любви, она сама помнит мое безумное увлечение, окончившееся для меня самой важной переменой в моей жизни. Табунщики бросились гонять ее и бить меня. Вечером меня загнали в особый денник; я ржал целую ночь, как будто предчувствуя события завтрашнего дня.

Наутро пришли в коридор моего денника генерал, конюший, конюха и табунщики, и начался страшный крик. Генерал кричал на конюшего, конюший оправдывался, что он не велел меня пускать, а что это самовольно сделали конюха. Генерал сказал, что он всех перепорет, а жеребчиков нельзя держать. Конюший обещался, что все исполнит. Они затихли и ушли, Я ничего не понимал, но я видел, что что-то такое замышлялось обо мне.

....

....

На другой день после этого я уже навеки перестал ржать, я стал тем, что я теперь. Весь свет изменился в моих глазах. Ничто мне не стало мило, я углубился в себя и стал размышлять. Сначала мне все было постыло, Я перестал даже пить, есть и ходить, а уж об игре и думать нечего. Иногда мне приходило в голову взбрыкнуть, поскакать, поржать; но сейчас же представлялся страшный вопрос: зачем? к чему? И последние силы пропадали.

Один раз меня проваживали вечером, в то время как табун гнали с поля. Я издалека еще увидал облако пыли с неясными знакомыми очертаниями всех наших маток. Я услыхал веселое гоготанье и топот. Я остановился, несмотря на то, что веревка недоуздка, за который меня тянул конюх, резала мне затылок, и стал смотреть на приближающийся табун, как смотрят на всегда потерянное и невозвратимое счастие. Они приближались, и я различал по одной — все мне знакомые, красивые, величавые, здоровые и сытые фигуры. Кое-кто из них тоже оглянулся на меня. Я не чувствовал боль от дерганья недоуздка конюха. Я забылся и невольно, по старой памяти, заржал и побежал рысью; но ржание мое отозвалось грустно, смешно и нелепо. В табуне не засмеялись, — но я заметил, как многие из них из приличия отвернулись от меня. Им, видимо, и гадко, и жалко, и совестно, а главное — смешно было на меня. Им смешно было на мою топкую невыразительную шею, большую голову (я похудел в это время), на мои длинные, неуклюжие ноги и на глупый аллюр рысцой, который я, по старой привычке, предпринял вокруг конюха. Никто не отозвался на мое ржание, все отвернулись от меня. Я вдруг все понял, понял, насколько я навсегда стал далек от всех их, и не помню, как пришел домой за конюхом.

Я уже и прежде показывал склонность к серьезности и глубокомыслию, теперь же во мне сделался решительный переворот. Моя пежина, возбуждавшая такое странное презрение в людях, мое странное неожиданное несчастье и еще какое-то особенное положение мое на заводе, которое я чувствовал, но никак еще не мог объяснить себе, заставили меня углубиться в себя. Я задумывался над несправедливостью людей, осуждавших меня за то, что я пегий, я задумывался о непостоянстве материнской и вообще женской любви и зависимости ее от физических условий, и главное, я задумывался над свойствами той странной породы животных, с которыми мы так тесно связаны и которых мы называем людьми, — теми свойствами, из которых вытекала особенность моего положения на заводе, которую я чувствовал, но не мог понять. Значение этой особенности и свойств людских, на которых она была основана, открылось мне по следующему случаю.

Это было зимою во время праздников. Целый день мне не давали корму и не поили меня. Как я после узнал, это происходило потому, что конюх был пьян. В этот же день конюший взошел ко мне, посмотрел, что нет корму, и начал ругать самыми дурными словами конюха, которого здесь не было, потом ушел. На другой день конюх с другим товарищем взошел в наш денник задавать нам сена, и заметил, что он особенно был бледен и печален; в особенности в выражении длинной спины его было что-то значительное и вызывающее сострадание. Он сердито бросил сено за решетку; я сунулся было головой чрез его плечо; но он кулаком так больно ударил меня по храпу, что я отскочил. Он еще ударил меня сапогом по животу.

— Кабы не этот коростовый, — сказал он, — ничего бы не было.

— А что? — спросил другой конюх.

— Небось графских не ходит проведывать, а *своего* жеребенка по два раза в день наведывает.

— Разве отдали ему пегого-то? — спросил другой.

— Продали, подарили ли, пес их ведает. Графских хоть всех голодом помори — ничего, а вот как смел *его* жеребенку корму не дать. Ложись, — говорит, — и ну бузовать. Христианства нет. Скотину жалчей человека, креста, видно, на нем нет, сам считал, варвар. Генерал так не парывал, всю спину исполосовал, видно, христианской души нет.

То, что они говорили о сечении и о христианстве, я хорошо понял, — по для меня совершенно было темно тогда, что такое значили слова: *своего, его* жеребенка, из которых я видел, что люди предполагали какую-то связь между мною и конюшим. В чем состояла эта связь, я никак не мог понять тогда. Только гораздо уже после, когда меня отделили от других лошадей, я понял, что это значило. Тогда же я никак не мог понять, что такое значило то, что *меня* называли собственностью человека. Слова: моя лошадь, относимые ко мне, живой лошади, казались мне так же странны, как слова: моя земля, мой воздух, моя вода.

Но слова эти имели на меня огромное влияние. Я не переставая думал об этом и только долго после самых разнообразных отношений с людьми понял, наконец, значение, которое приписывается людьми этим странным словам. Значение их такое: люди руководятся в жизни по делами, а словами. Они любят не столько возможность делать или не делать что-нибудь, сколько возможность говорить о разных предметах условленные между ними слова. Таковые слова, считающиеся очень важными между ними, суть слова: мой, моя, мое, которые они говорят про различные вещи, существа и предметы, даже про землю, про людей и про лошадей. Про одну и ту же вещь они условливаются, чтобы только один говорил — *мое.* И тот, кто про наибольшее число вещей по этой условленной между ними игре говорит *мое,* тот считается у них счастливейшим. Для чего это так, я не знаю; но это так. Я долго прежде старался объяснить себе это какою-нибудь прямою выгодою; но это оказалось несправедливым.

Многие из тех людей, которые меня, например, называли своей лошадью, не ездили на мне, но ездили на мне совершенно другие. Кормили меня тоже не они, а совершенно другие. Делали мне добро опять-таки не они — те, которые называли меня своей лошадью, а кучера, коновалы и вообще сторонние люди. Впоследствии, расширив круг своих наблюдений, я убедился, что не только относительно нас, лошадей, понятие *мое* не имеет никакого другого основания, как низкий и животный людской инстинкт, называемый ими чувством или правом собственности. Человек говорит: «дом мой», и никогда не живет в нем, а только заботится о постройке и поддержании дома. Купец говорит: «моя лавка». «Моя лавка сукон», например, — и не имеет одежды из лучшего сукна, которое есть у него в лавке. Есть люди, которые землю называют своею, а никогда не видали этой земли и никогда по ней не проходили. Есть люди, которые других людей называют своими, а никогда не видали этих людей; и все отношение их к этим людям состоит в том, что они делают им зло. Есть люди, которые женщин называют своими женщинами или женами, а женщины эти живут с другими мужчинами. И люди стремятся в жизни не к тому, чтобы делать то, что они считают хорошим, а к тому, чтобы называть как можно больше вещей *своими.* Я убежден теперь, что в этом-то и состоит существенное различие людей от нас. И потому, не говоря уже о других наших преимуществах перед людьми, мы уже по одному этому смело можем сказать, что стоим в лестнице живых существ выше, чем люди: деятельность людей — по крайней мере, тех, с которыми я был в сношениях, руководима словами, наша же — делом. И вот это право говорить обо мне *моя* лошадь получил конюший и от этого высек конюха. Это открытие сильно поразило меня и вместо с теми мыслями и суждениями, которые вызывала в людях моя пегая масть, и с задумчивостью, вызванною во мне изменою моей матери, заставило меня сделаться тем серьезным и глубокомысленным мерином, которым я есмь.

Я был трижды несчастлив: я был пегий, я был мерин, и люди вообразили себе обо мне, что я принадлежал не богу и себе, как это свойственно всему живому, а что я принадлежал конюшему.

Последствий того, что они вообразили себе это обо мне, было много. Первое из них уж было то, что меня держали отдельно, кормили лучше, чаще гоняли на корде и раньше запрягли. Меня запрягли в первый раз по третьему году. Я помню, как в первый раз сам конюший, который воображал, что я ему принадлежу, с толпою конюхов стали запрягать меня, ожидая от меня буйства или противодействия. Они скрянчили мне губу. Они обвили меня веревками, заводя в оглобли; они надели мне на спину широкий ременный крест и привязали его к оглоблям, чтоб я не бил задом; а я ожидал только случая показать свою охоту и любовь к труду.

Они удивлялись, что я пошел, как старая лошадь. Меня стали проезжать, и я стал упражняться в беганье рысью. С каждым днем я делал большие и большие *успеха,* так что чрез три месяца сам генерал и многие другие хвалили мой ход. Но странное дело, — именно потому, что они воображали себе, что я не свой, а конюшего, ход мой получал для них совсем другое значение.

Жеребцов, моих братьев, проезжали на бегу, вымеряли их пронос, выходили смотреть на них, ездили в золоченых дрожках, накидывали на них дорогие попоны. Я ездил в простых дрожках конюшего по его делам в Чесменку и другие хутора. Все это происходило оттого, что я был пегий, а главное потому, что я был, по их мнению, не графский, а собственность конюшего.

Завтра, если будем живы, я расскажу вам, какое главное последствие имело для меня это право собственности, которое воображал себе конюший.

Весь этот день лошади почтительно обращались с Холстомером. Но обращение Нестера было так же грубо. Чалый жеребеночек мужика, уже подходя к табуну, заржал, и бурая кобылка опять кокетничала.

Глава VII

Ночь 3-я

Народился месяц, и узенький серп его освещал фигуру Холстомера, стоявшего посередине двора. Лошади толпились около него.

— Главное удивительное последствие для меня того, что я был не графский, не божий, а конюшего, — продолжал пегий, — было то, что то, что составляет главную заслугу нашу, — резвый ход, сделалось причиной моего изгнания. Проезжали на кругу Лебедя, а конюший из Чесменки подъехал на мне и стал у круга. Лебедь прошел мимо нас. Он хорошо ехал, но он все-таки щеголял, не было в нем той спорости, которую я выработал в себе, того, чтобы мгновенно при прикосновении одной ноги отделялась другая и не тратилось бы ни малейшего усилия праздно, а всякое усилие двигало бы вперед. Лебедь прошел мимо нас. Я потянулся в круг, конюший не задержал меня. «А что, померить моего Пегаша?» — крикнул он, и когда Лебедь поравнялся другой раз, он пустил меня. У того уж была набрана скорость, и потому я отстал на первом заезде, но во второй я стал набирать на него, стал близиться к дрожкам, стал равняться, обходить и обошел. Попытали другой раз — то же самое. Я был резвее, И это привело всех в ужас. Решили, чтобы скорее продать меня подальше, чтобы и слуху не было. «А то узнает граф — и беда!» Так говорили они. И меня продали барышнику в Коренной. У барышника я пробыл недолго. Меня купил гусар, приезжавший за ремонтом. Все это было так несправедливо, так жестоко, что я был рад, когда меня вывели из Хреновой и навсегда разлучили со всем, что мне было родно и мило. Мне было слишком тяжело между ними. Им предстояли любовь, почести, свобода, мне — труд, унижения, унижения, труд, и до конца моей жизни! За что? За то, что я был пегий и что от этого я должен был сделаться чьею-то лошадью.

Дальше в этот вечер Холстомер не мог рассказывать. На варке случилось событие, переполошившее всех лошадей. Купчиха, жеребая запоздавшая кобыла, слушавшая сначала рассказ, вдруг повернулась и медленно отошла под сарай и там начала кряхтеть так громко, что все лошади обратили на нее внимание, потом она легла, потом опять встала, опять легла. Старые матки поняли, что с ней, но молодежь пришла в волненье и, оставив мерина, окружила больную. К утру был новый жеребенок, качавшийся на ножках. Нестер кликнул конюшего, и кобылу с жеребенком отвели в денник, а лошадей погнали без нее.

Глава VIII

Ночь 4-я

Вечером, когда ворота затворили и все затихло, пегий продолжал так:

— Много наблюдений над людьми и лошадьми успел я сделать во время всех моих переходов из рук в руки. Дольше всего я был у двух хозяев: у князя, гусарского офицера, потом у старушки, жившей у Николы Явленного.

У гусарского офицера я провел лучшее время моей жизни.

Хотя он был причиной моей погибели, хотя он ничего и никого никогда не любил, я любил его и люблю его именно за это. Мне нравилось в нем именно то, что он был красив, счастлив, богат и потому никого не любил. Вы понимаете это наше высокое лошадиное чувство. Его холодность, его жестокость, моя зависимость от него придавали особенную силу моей любви к нему. Убей, загони меня, думал я, бывало, в наши хорошие времена, я тем буду счастливее.

Он купил меня у барышника, которому за восемьсот рублей продал меня конюший. Он купил меня за то, что ни у кого не было пегих лошадей. Это было мое лучшее время. У него была любовница. Я знал это потому, что каждый день возил его к ней и ее, и иногда возил их вместе. Любовница его была красавица, и он был красавец, и кучер у него был красавец. И я всех их любил за это. И мне было хорошо жить. Жизнь моя проходила так: с утра приходил конюх чистить меня, не сам кучер, а конюх. Конюх был молодой молодчик, взятый из мужиков. Он отворял дверь, выпускал пар лошадиный, выкидывал навоз, снимал попоны и начинал ерзать щеткой по телу и скребницей класть беловатые ряды плоти на избитый шинами накатник пола. Я шутливо покусывал его за рукав, я постукивал ногой. Потом подводили одного за другим к чану холодной воды, и малый любовался на гладкие своего труда пежины, на ногу, прямую, как стрела, с широким копытом, и на лоснящийся круп и спину, хоть спать ложись. За высокие решетки закладывали сено, всыпали овес в дубовые ясли. Приходил Феофан, старший кучер.

Хозяин и кучер были похожи. И тот и другой ничего не боялись и никого не любили, кроме себя, и за это все любили их. Феофан ходил в красной рубахе и плисовых штанах и поддевке. Я любил, когда он, бывало, в праздник, напомаженный, в поддевке, зайдет в конюшню и крикнет: «Ну, животина, забыла!» — и толканет рукояткой вилок меня по ляжке, но никогда не больно, а только для шутки. Я тотчас же понимал шутку и, прикладывая ухо, щелкал зубами.

Был у нас вороной жеребец из пары. Меня по ночам запрягали и с ним. Полкан этот не понимал шуток, а был просто зол, как черт. Я с ним рядом стоял, через стойло, и, бывало, серьезно грызся. Феофан не боялся его. Бывало, подойдет прямо, крикнет, кажется, убьет, — нет, мимо, и Феофан наденет оброть. Раз мы с ним в паре понесли вниз по Кузнецкому. Ни хозяин, ни кучер не испугались, оба смеялись, кричали на народ и сдерживали и поворачивали, так никого и не задавили.

В их службе я потерял лучшие свои качества и половину жизни. Тут меня и опоили и разбили на ноги. Но несмотря на то, это было лучшее время моей жизни. В двенадцать приходили, впрягали, мазали копыты, смачивали челку и гриву и вводили в оглобли.

Сани были камышовые плетеные, бархатные, сбруя с маленькими серебряными пряжечками, вожжи шелковые и одно время — филе. Запряжка была такая, что, когда все поводки, ремешки были прилажены и застегнуты, нельзя было разобрать, где кончается запряжка и начинается лошадь. Запрягут в сарае на развязке. Выйдет Феофан с задом шире плеч, в красном кушаке под мышки, оглядит запряжку, сядет, заправит кафтан, выставит ногу и стремя, пошутит что-нибудь всегда, привесит кнут, которым почти никогда не стегнет меня, только для порядка, и скажет: «Пущай!» И, играя каждым шагом, я трогаю из ворот, и кухарка, вышедшая выплеснуть помои, останавливается на пороге, и мужики, привезшие на двор дрова, таращат глаза. Выедет, проедет и станет. Выйдут лакеи, подъедут кучера, и пойдут разговоры. Всё ждут, часа три иногда стоим у подъезда, изредка проезжаем, заворачиваем и опять становимся.

Наконец зашумят в дверях, выбежит во фраке седой Тихон с брюшком: «Подавай!» Тогда не было этой глупой манеры говорить: «вперед», как будто я не знаю, что ездят не назад, а вперед. Чмокнет Феофан. Подъедет, и выходит торопливо-небрежно, как будто ничего удивительного нет ни в этих санях, ни в лошади, ни в Феофане, который изогнет спину и вытянет руки так, как их, кажется, держать долго нельзя, выйдет князь в кивере и шинели с бобровым седым воротником, закрывающим румяное, чернобровое красивое лицо, которое бы никогда закрывать не надо, выйдет, побрякивая саблей, шпорами и медными задниками калош, ступая по ковру, как будто торопясь и не обращая внимания на меня и на Феофана, то, на что смотрят и чем любуются все, кроме его. Чмокнет Феофан, я влягу в поводья, и честно, шагом подъедем, станем; я покошусь на князя, взмахну кровной головой и тонкой челкой. Князь в духе, иногда пошутит с Феофаном, Феофан ответит, чуть оборачивая красивую голову, и, не спуская рук, делает чуть заметное, понятное для меня движение вожжами, и раз-раз-раз, все шире и шире, содрогаясь каждым мускулом и кидая снег с грязью под передок, я еду. Тогда тоже не было нынешней глупой манеры кричать: «О!» — как будто у кучера болит что-нибудь, а непонятное: «Пади берегись!» — «Пади берегись!» — покрикивает Феофан, и народ сторонится, и останавливается, и шею кривит, оглядываясь на красавца мерина, красавца кучера и красавца барина.

Любил я перегнать рысака. Когда, бывало, мы издалека завидим с Феофаном упряжь, достойную нашего усилия, и мы, летя, как вихрь, медленно начинаем наплывать ближе и ближе, уж я кидаю грязь в спинку саней, равняюсь с седоком и над головой фыркаю ему, равняюсь с седелкой, с дугой, уж не вижу его и слышу только сзади себя все удаляющиеся его звуки. А князь, и Феофан, и я — мы все молчим и делаем вид, что мы просто едем по своему делу, что мы и не замечаем тех, которые попадаются нам на пути на плохих лошадях. Любил я перегнать, но любил я также встретиться с хорошим рысаком; один миг, звук, взгляд, и мы уж разъехались и опять одиноко летим, каждый в свою сторону.

Заскрипели ворота, и послышались голоса Нестера и Васьки.

Ночь 5-я

Погода начала изменяться. Было пасмурно, с утра и росы не было, но тепло, и комары липли. Как только табун загнали, лошади собрались вокруг пегого, и он так кончил свою историю:

— Счастливая жизнь моя кончилась скоро. Я прожил так только два года. В конце второй зимы случилось самое радостное для меня событие и вслед за ним самое большое мое несчастие. Это было на масленице, я повез князя на бег. На бегу ехали Атласный и Бычок. Не знаю, что он делал там в беседке, но знаю, что он вышел и велел Феофану въехать в круг. Помню, меня ввели в круг, поставили, и поставили Атласного. Атласный ехал с поддужным, я, как был, в городских санках. В завороте я его кинул; и хохот и рев восторга приветствовали меня.

Когда меня проваживали, за мной ходила толпа. И человек пять предлагали князю тысячи. Он только смеялся, показывая свои белые зубы.

— Нет, — говорил он, — то не лошадь, а друг, горы золота не возьму. До свиданья, господа, — расстегнул полость, сел.

— На Стожинку! — Это была квартира его любовницы. И мы полетели. Это был наш последний счастливый день.

Мы приехали к ней. Он называл ее своею. А она полюбила другого и уехала с ним. Он узнал это у нее на квартире. Было пять часов, и он, не отпрягая меня, поехал за ней. Чего никогда не было: меня стегали кнутом и пускали скакать. В первый раз я сделал сбой, и мне совестно стало, и я хотел поправиться; но вдруг я услыхал, князь кричал не своим голосом: «Валяй!» И свистнул кнут и резнул меня, и я поскакал, ударяя ногой в железо передка. Мы догнали ее за двадцать пять верст. Я довез его, но дрожал всю ночь и не мог ничего есть. Наутро мне дали воды. Я выпил и навек перестал быть той лошадью, какою я был. Я болел, меня мучали и калечили — лечили, как это называют люди. Сошли копыты, сделались наливы, и ноги согнулись, груди не стало и появилась вялость и слабость во всем. Меня продали барышнику. Он меня кормил морковью и еще чем-то и сделал из меня что-то совсем непохожее на меня, но такое, что могло обмануть незнающего. Ни силы, ни езды во мне уже не было. Кроме того, барышник мучал меня тем, что, как только приходили покупатели, он входил в мой денник и начинал больным кнутом стегать и пугать меня, так что доводил до бешенства. Потом затирал рубцы от кнута и выводил. У барышника купила меня старушка. Ездила она все к Николе Явленному и секла кучера. Кучер плакал в моем стойле. И тут я узнал, что слезы имеют приятный соленый вкус. Потом старушка умерла. Приказчик ее взял меня в деревню и продал краснорядцу, потом я объелся пшеницы и еще хуже заболел. Меня продали мужику. Там я пахал, почти ничего не ел, и мне подрезали ногу сошниками. Я опять болел. Цыган выменял меня. Он мучал меня ужасно и, наконец, продал здешнему приказчику. И вот я здесь.

Все молчали. Стал накрапывать дождь.

Глава IX

Возвращаясь домой в следующий вечер, табун наткнулся на хозяина с гостем. Жулдыба, подходя к дому, покосилась на две мужские фигуры: один был молодой хозяин в соломенной шляпе, другой высокий, толстый, обрюзгший военный. Старуха покосилась на людей и, прижав, прошла подле него; остальные — молодежь — переполошились, замялись, особенно когда хозяин с гостем нарочно вошли в середину лошадей, что-то показывая друг другу и разговаривая.

— Вот эту я у Воейкова купил — серую в яблоках, — говорил хозяин.

— А эта молодая вороная белоножка чья? — хороша, — говорил гость. Они перебрали много лошадей, забегая и останавливая. Заметили и бурую кобылку.

— Это от верховых хреновских осталась у меня порода, — сказал хозяин.

Они не могли рассмотреть всех лошадей на ходу. Хозяин закричал Нестера, и старик, торопливо постукивая каблуками бока пегого, рысцой выбежал вперед. Пегий ковылял, припадая на одну ногу, но бежал так, что видно было, он ни в каком случае не стал бы роптать, даже ежели бы ему велели бежать так, насколько хватит силы, на край света. Он даже готов был бежать навскачь и даже покушался на это с правой ноги.

— Вот лучше этой кобылы — я смело могу сказать — нет лошади в России, — сказал хозяин, указывая на одну из кобыл. Гость похвалил. Хозяин взволнованно заходил, забегал, показывал и рассказывал историю и породу каждой лошади. Гостю, очевидно, было скучно слушать хозяина, и он придумывал вопросы, чтобы было похоже, что и он интересуется этим.

— Да, да, — говорил он рассеянно.

— Ты взгляни, — говорил хозяин, не отвечая, — ноги взгляни... Дорого досталась, да уж у меня третьяк от нее и едет.

— Хорошо едет? — сказал гость.

Так перебрали почти всех лошадей, и показывать больше нечего было. И они замолчали.

— Ну что ж, пойдем?

— Пойдем. — Они пошли в ворота. Гость рад был, что кончилось показыванье и что пойдут домой, где можно поесть, попить, покурить, и видимо повеселел. Проходя мимо Нестера, который, сидя на пегом, ожидал еще приказаний, гость хлопнул большой жирной рукой по крупу пегого.

— Вот расписной-то! — сказал он. — Такой-то у меня был пегий, помнишь, я тебе рассказывал.

Хозяин услыхал, что говорят не об его лошадях, и не слушал, а, оглядываясь, продолжал смотреть на табун.

Вдруг над самым ухом его послышалось глупое, слабое, старческое ржание. Это заржал пегий, не кончил и, как будто сконфузился, оборвал. Ни гость, ни хозяин не обратили внимания на это ржанье и прошли домой. Холстомер узнал в обрюзгшем старике своего любимого хозяина, бывшего блестящего богача-красавца Серпуховского.

Глава X

....

....

Дождь продолжал моросить. На варке было пасмурно, а в барском доме было совсем другое. У хозяина был накрыт роскошный вечерний чай в роскошной гостиной. За чаем сидели хозяин, хозяйка и приезжий гость.

Хозяйка беременная, что очень заметно было по ее поднявшемуся животу, прямой, выгнутой позе, по полноте и в особенности по глазам, внутрь кротко и важно смотревшим большим глазам, сидела за самоваром.

Хозяин держал в руках ящик особенных десятилетних сигар, каких ни у кого не было, по его словам, и сбирался похвастать, ими перед гостем. Хозяин был красавец лет двадцати пяти, свежий, холеный, расчесанный. Он дома был одет в свежую широкую, толстую пару, сделанную в Лондоне. На цепочке у него были крупные дорогие брелоки. Запонки рубашки были большие, тоже массивные, золотые, с бирюзой. Борода была à la Наполеон III, и мышиные хвостики были напомажены и торчали так, как только могли это произвести в Париже. На хозяйке было платье шелковой кисеи с большими пестрыми букетами, на голове большие золотые, какие-то особенные шпильки в густых русых, хоть и не вполне своих, но прекрасных волосах. На руках было много браслетов и колец, и всё дорогие. Самовар был серебряный, сервиз тоненький. Лакей, великолепный в своем фраке и белом жилете и галстуке, как статуя, стоял у двери, ожидая приказаний. Мебель была гнутая, изогнутая и яркая; обои темные, большими цветами. Около стола звенела серебряным ошейником левретка, необычайно тонкая, которую звали необычайно трудным аглицким именем, плохо выговариваемым обоими, не знавшими по-аглицки. В углу, в Цветах, стояло фортепьяно incrusté.[1] От всего веяло новизной, роскошью и редкостностью. Все было очень хорошо, но на всем был особенный отпечаток излишка, богатства и отсутствия умственных интересов.

Хозяин был рысистый охотник, крепыш-сангвиник, один из тех, которые никогда не переводятся, ездят в собольих шубах, бросают дорогие букеты актрисам, пьют вино самое дорогое, с самой новой маркой, в самой дорогой гостинице, дают призы своего имени и содержат самую дорогую.

Приезжий, Никита Серпуховской, был человек лет за сорок, высокий, толстый, плешивый, с большими усами и бакенбардами. Он

[1] с инкрустацией (франц.).

должен был быть очень красив. Теперь он опустился, видимо, физически, и морально, и денежно.

На нем было столько долгов, что он должен был служить, чтобы его не посадили в яму. Он теперь ехал в губернский город начальником коннозаводства. Ему выхлопотали это его важные родные. Он был одет в военный китель и синие штаны. Китель и штаны были такие, каких бы никто себе не сделал, кроме богача, белье тоже, часы были тоже английские. Сапоги были на каких-то чудных, в палец толщины, подошвах.

Никита Серпуховской промотал в жизни состояние в два мильона и остался еще должен сто двадцать тысяч. От такого куска всегда остается размах жизни, дающий кредит и возможность почти роскошно прожить еще лет десять. Лет десять уж проходили, и размах кончался, и Никите становилось грустно жить. Он начинал уже попивать, то есть хмелеть от вина, чего прежде с ним не бывало. Пить же, собственно, он никогда не начинал и не кончал. Более же всего заметно было его падение в беспокойстве взглядов (глаза его начинали бегать) и нетвердости интонаций и движений. Это беспокойство поражало тем, что оно, очевидно, недавно пришло к нему, потому что видно было, что он долго привык всю жизнь никого и ничего не бояться и что теперь, недавно только, он дошел тяжелыми страданиями до этого страха, столь несвойственного его натуре. Хозяин и хозяйка замечали это, переглядывались так, что, видимо, понимая друг друга, откладывали только до постели подробное обсуждение этого предмета и переносили бедного Никиту и даже ухаживали за ним. Вид счастья молодого хозяина унижал Никиту и заставлял его, вспоминая свое безвозвратное прошедшее, болезненно завидовать.

— Что, вам ничего сигары, Мари? — сказал он, обращаясь к даме тем особенным, неуловимым и приобретаемым только опытностью тоном — вежливым, приятельским, но не вполне уважительным, которым говорят люди, знающие свет, с содержанками, в отличие от жен. Не то чтобы он хотел оскорбить ее, напротив, теперь он, скорее, хотел подделаться к ней и ее хозяину, хотя ни за что сам себе не признался бы в этом. Но он уж привык говорить так с такими женщинами. Он знал, что она сама бы удивилась, даже оскорбилась бы, ежели бы он с ней обходился, как с дамой. Притом надо было удержать за собой известный оттенок почтительного тона для настоящей жены своего равного. Он обращался с такими дамами всегда уважительно, но не потому, чтобы он разделял так называемые убеждения, которые проповедуются в журналах (он никогда не читал этой дряни) о уважении к личности каждого человека, о ничтожности брака и т. д., а потому, что так поступают все порядочные люди, а он был порядочный человек, хотя и упавший.

Он взял сигару. Но хозяин неловко взял горсть сигар и предложил гостю.

— Нет, ты увидишь, как хороши. Возьми.

Никита отклонил рукой сигары, и в глазах его мелькнуло чуть заметно оскорбление и стыд.

— Спасибо. — Он достал сигарочницу. — Попробуй моих.

Хозяйка была чуткая. Она заметила это и поспешила заговорить с ним:

— Я очень люблю сигары. Я бы сама курила, если бы не все курили вокруг меня.

И она улыбнулась своей красивой, доброй улыбкой. Он улыбнулся в ответ ей нетвердо. Двух зубов у него не было.

— Нет, ты возьми эту, — продолжал нечуткий хозяин. — Другие, те послабее. Фриц, bringen Sie noch *eine,* Kasten, — сказал он, — dort zwei.[1]

Немец-лакей принес другой ящик.

— Ты какие больше любишь? Крепкие? Эти очень хороши. Ты возьми все, — продолжал он совать. Он, видимо, был рад, что было перед кем похвастаться своими редкостями, и ничего не замечал. Серпуховской закурил и поспешил продолжать начатый разговор.

— Так во сколько тебе пришелся Атласный? — сказал он.

---

[1] принесите еще одну ящик, там два (искаж. нем.).

— Дорог пришелся, не меньше пяти тысяч, но, по крайней мере, уж я обеспечен. Какие дети, я тебе скажу!

— Едут? — спросил Серпуховской.

— Хорошо едут. Нынче сын его взял три приза: в Туле, Москве и в Петербурге бежал с воейковским Вороным. Каналья наездник сбил четыре сбоя, а то бы за флагом оставил.

— Сыр он немного. Голандщины много, вот что я тебе скажу, — сказал Серпуховской.

— Ну а матки-то на что? Я тебе покажу завтра. Добрыню я дал три тысячи. Ласковую — две тысячи.

И опять хозяин начал перечислять свое богатство. Хозяйка видела, что Серпуховскому это тяжело и что он притворно слушает.

— Будете еще чай пить? — спросила она.

— Не буду, — сказал хозяин и продолжал рассказывать. Она встала, хозяин остановил ее, обнял и поцеловал.

Серпуховской начал было улыбаться, глядя на них и для них, ненатуральной улыбкой, но когда хозяин встал и, обняв ее, вышел с ней до портьеры — лицо Никиты вдруг изменилось, он тяжело вздохнул, и на обрюзгшем лице его вдруг выразилось отчаяние. Даже злоба была видна на нем.

Глава XI

Хозяин вернулся и, улыбаясь, сел против Никиты. Они помолчали.

— Да, ты говорил, у Воейкова купил, — сказал Серпуховской, как будто небрежно.

— Да — Атласного, ведь я говорил. Мне все хотелось кобыл у Дубовицкого купить. Да дрянь осталась.

— Он прогорел, — сказал Серпуховской и вдруг остановился и оглянулся кругом. Он вспомнил, что должен этому самому прогоревшему двадцать тысяч. И что если говорить про кого «прогорел», то уж, верно, про него говорят это. Он замолчал.

Оба опять долго молчали. Хозяин в голове перебирал, чем бы похвастаться перед гостем. Серпуховской придумывал, чем бы показать, что он не считает себя прогоревшим. Но у обоих мысли ходили туго, несмотря на то, что они старались подбодрять себя сигарами. «Что ж, когда выпить?» — думал Серпуховской. «Непременно надо выпить, а то с ним с тоски умрешь», — думал хозяин.

— Так как же ты долго здесь пробудешь? — сказал Серпуховской.

— Да еще с месяц. Что ж, поужинаем, что ль? Фриц, готово?

Они вышли в столовую. В столовой под лампой стоял стол, уставленный свечами и самыми необыкновенными вещами: сифоны, куколки на пробках, вино необыкновенное в графинах, необыкновенные закуски, водки. Они выпили, съели, еще выпили, еще съели, и разговор завязался. Серпуховской раскраснелся и стал говорить, не робея.

Они говорили про женщин. У кого какая: цыганка, танцовщица, француженка.

— Ну что ж, ты оставил Матье? — спросил хозяин. Это была содержанка, которая разорила Серпуховского.

— Не я, а она. Ах, брат, как вспомнишь, что просадил в своей жизни! Теперь я рад, как заведутся тысяча рублев, рад, право, как уеду от всех. В Москве не могу. Ах, что говорить.

Хозяину было скучно слушать Серпуховского. Ему хотелось говорить про себя — хвастаться. А Серпуховскому хотелось говорить про себя — про свое блестящее прошедшее. Хозяин налил ему вина и ждал, когда он кончит, чтобы рассказать ему про себя, как у него теперь устроен завод так, как ни у кого не был прежде. И что его Мари не только из-за денег, но сердцем любит его.

— Я тебе хотел сказать, что в моем заводе... — начал было он. Но Серпуховской перебил его.

— Было время, могу сказать, — начал он, — что я любил и умел пожить. Ты вот говоришь про езду, ну скажи, какая у тебя самая резвая лошадь?

Хозяин обрадовался случаю рассказать еще про завод, и он начал было; но Серпуховской опять перебил его.

— Да, да, — сказал он. — Ведь это у вас, у заводчиков, только для тщеславия, а не для удовольствий и для жизни. А у меня не так было. Вот я тебе говорил нынче, что у меня была ездовая лошадь, пегая, такие же пежины, как под твоим табунщиком. Ох, лошадь же была! Ты не мог знать; это было в сорок втором году, я только приехал в Москву; поехал к барышнику и вижу — пегий мерин. Ладов хороших. Мне понравился. Цена? Тысяча рублей. Мне поправился, я взял и стал ездить. Не было у меня, да и у тебя нет и не будет такой лошади. Лучше я не знал лошади ни ездой, ни силой, ни красотой. Ты мальчишка был тогда, ты не мог знать, но ты слышал, я думаю. Вся Москва знала его.

— Да, я слышал, — неохотно сказал хозяин, — но я хотел тебе сказать про своих...

— Так ты слышал. Я купил его так, без породы, без аттестата; потом уж я узнал. Мы с Воейковым добирались. Это был сын Любезного первого, Холстомер. Холсты меряет. Его за пежину отдали с Хреновского завода конюшему, а тот выхолостил и продал барышнику. Таких уж лошадей нет, дружок! Ах, время было. Ах ты, молодость! — пропел он из цыганской песни. Он начинал хмелеть. — Эх, хорошее было время. Мне было двадцать пять лет, у меня было восемьдесят тысяч серебром дохода тогда, ни одного седого волоса, все зубы как жемчуг. За что ни возьмусь, все удается; и все кончилось.

— Ну, тогда не было той резвости, — сказал хозяин, пользуясь перерывом. — Я тебе скажу, что мои первые лошади стали ходить без...

— Твои лошади! Да тогда резвее были.

— Как резвее?

— Резвее. Я как теперь помню, выехал я раз в Москве на бег на нем. Моих лошадей не было. Я не любил рысистых, у меня были кровные, Генерал, Шоле, Магомет. На пегом я ездил. Кучер у меня был славный малый, я любил его. Тоже спился. Так приехал я. —

Серпуховской, когда, — говорят, — ты заведешь рысистых? — Мужиков-то ваших, черт их возьми, у меня извозчичий пегий всех ваших обежит. — Да вот не обегает. — Пари тысяча рублей. — Ударились. Пустили. На пять секунд обошел, тысячу рублей выиграл пари. Да это что. Я на кровных, на тройке, сто верст в три часа сделал. Вся Москва знает.

И Серпуховской начал врать так складно и так непрерывно, что хозяин не мог вставить ни одного слова и с унылым лицом сидел против него, только для развлечения подливая себе и ему вино в стаканы.

Стало уж светать. А они все сидели. Хозяину было мучительно скучно. Он встал.

— Спать — так спать, — сказал Серпуховской, вставая и шатаясь, и, отдуваясь, пошел в отведенную комнату.

Хозяин лежал с любовницей.

— Нет, он невозможен. Напился и врет не переставая.

— И за мной ухаживает.

— Я боюсь, будет просить денег.

Серпуховской лежал нераздетый на постели и отдувался.

«Кажется, я много врал, — подумал он. — Ну все равно. Вино хорошо, но свинья он большая. Купеческое что-то. И я свинья большая, — сказал он сам себе и захохотал. — То я содержал, то меня содержат. Да, Винклерша содержит — я у ней деньги беру. Так ему и надо, так ему и надо! Однако раздеться, сапоги не снимешь».

— Эй! Эй! — крикнул он, но человек, приставленный к нему, ушел давно спать.

Он сел, снял китель, жилет и штаны стоптал с себя кое-как, но сапог долго не мог стащить, брюхо мягкое мешало. Кое-как стащил один, другой — бился, бился, запыхался и устал. И так, с ногой в голенище, повалился и захрапел, наполняя всю комнату запахом табаку, вина и грязной старости.

Глава XII

Ежели Холстомер что еще вспоминал в эту ночь, то его развлек Васька. Кинул на него попону и поскакал, до утра он держал его у двери кабака с мужицкой лошадью. Они лизались. Утром он пошел в табун и все чесался.

«Что-то больно чешется», — думал он.

Прошло пять дней. Позвали коновала. Он с радостью сказал:

— Короста. Позвольте цыганам продать.

— Зачем? Зарежьте, только чтобы нынче его не было. Утро тихое, ясное. Табун пошел в поле. Холстомер остался. Пришел странный человек, худой, черный, грязный, в забрызганном чем-то черном кафтане. Это был драч. Он взял, не поглядев на него, повод оброти, надетой на Холстомера, и повел. Холстомер пошел спокойно, не оглядываясь, как всегда волоча ноги и цепляя задними по соломе. Выйдя за ворота, он потянулся к колодцу, но драч дернул и сказал: «Не к чему».

Драч и Васька, шедший сзади, пришли в лощинку за кирпичным сараем и, как будто что-то особенное было на этом самом обыкновенном месте, остановились, и драч, передав Ваське повод, снял кафтан, засучил рукава, достал из голенища нож и брусок, стал точить о брусок. Мерин потянулся к поводу, хотел от скуки пожевать его, но далеко было, он вздохнул и закрыл глаза. Губа его повисла, открылись съеденные желтые зубы, и он стал задремывать под звуки точения ножа. Только подрагивала его больная с наплывом отставленная нога. Вдруг он почувствовал, что его взяли под салазки и поднимают кверху голову. Он открыл глаза. Две собаки были перед ним. Одна нюхала по направлению к драчу, другая сидела, глядя на мерина, как будто ожидая чего-то именно от него. Мерин взглянул на них и стал тереть скулою о руку, которая держала его.

«Лечить, верно, хотят, — подумал он. — Пускай!»

И точно, он почувствовал, что что-то сделали с его горлом. Ему стало больно, он вздрогнул, ботнул ногой, но удержался и стал ждать, что будет дальше. Дальше сделалось то, что что-то жидкое полилось большой струёй ему на шею и грудь. Он вздохнул во все бока. И ему стало легче гораздо. Облегчилась вся тяжесть его жизни. Он закрыл глаза и стал склонять голову — никто не держал ее. Потом стала склоняться шея, потом ноги задрожали, зашаталось все тело. Он не столько испугался, сколько удивился. Все так ново стало. Он удивился, рванулся вперед, вверх. Но вместо этого ноги, сдвинувшись с места, заплелись, он стал валиться на бок и, желая переступить, завалился вперед и на левый бок.

Драч подождал, пока прекратились судороги, отогнал собак, подвинувшихся ближе, и потом, взяв за ногу и отворотив мерина на спину и велев Ваське держать за ногу, начал свежевать.

— Тоже лошадь была, — сказал Васька.

— Кабы посытее, хороша бы кожа была, — сказал драч.

Табун проходил вечером горой, и тем, которые шли с левого края, видно было что-то красное внизу, около чего возились хлопотливо собаки и перелетали воронья и коршуны. Одна собака, упершись лапами в стерву, мотая головой, отрывала с треском то, что зацепила. Бурая кобылка остановилась, вытянула голову и шею и долго втягивала в себя воздух. Насилу могли отогнать ее.

На заре в овраге старого леса, в заросшем низу на полянке, радостно выли головастые волченята. Их было пять: четыре почти равные, а один маленький, с головой больше туловища. Худая линявшая волчица, волоча полное брюхо с отвисшими сосками по земле, вышла из кустов и села против волченят. Волченята полукругом стали против нее. Она подошла к самому маленькому и, опустив колено и перегнув морду книзу, сделала несколько судорожных движений и, открыв зубастый зев, натужилась и выхаркнула большой кусок конины. Волченята побольше сунулись к ней, но она угрожающе двинулась к ним и предоставила все маленькому. Маленький, как бы гневаясь, рыча ухватил конину под себя и стал жрать. Так же выхаркнула волчица другому, и третьему, и всем пятерым и тогда легла против них, отдыхая.

Через неделю валялись у кирпичного сарая только большой череп и два мослака, остальное все было растаскано. На лето мужик, собиравший кости, унес и эти мослаки и череп и пустил их в дело.

Ходившее по свету, евшее и пившее мертвое тело Серпуховского убрали в землю гораздо после. Ни кожа, ни мясо, ни кости его никуда не пригодились. А как уже двадцать лет всем в великую тягость было его ходившее по свету мертвое тело, так и уборка этого тела в землю было только лишним затруднением для людей. Никому уж он давно был не нужен, всем уж давно он был в тягость, но все-таки мертвые, хоронящие мертвых, нашли нужным одеть это, тотчас же загнившее, пухлое тело в хороший мундир, в хорошие сапоги, уложить в новый хороший гроб, с новыми кисточками на четырех углах, потом положить этот новый гроб в другой, свинцовый, и свезти его в Москву и там раскопать давнишние людские кости и именно туда спрятать это гниющее, кишащее червями тело в новом мундире и вычищенных сапогах и засыпать все землею.

1885

Отец Сергий

I

В Петербурге в сороковых годах случилось удивившее всех событие: красавец, князь, командир лейб-эскадрона кирасирского полка, которому все предсказывали и флигель-адъютантство и блестящую карьеру при императоре Николае I, за месяц до свадьбы с красавицей фрейлиной, пользовавшейся особой милостью императрицы, подал в отставку, разорвал свою связь с невестой, отдал небольшое имение свое сестре и уехал в монастырь, с намерением поступить в него монахом. Событие казалось необыкновенным и необъяснимым для людей, не знавших внутренних причин его; для самого же князя Степана Касатского все это сделалось так естественно, что он не мог и представить себе, как бы он мог поступить иначе.

Отец Степана Касатского, отставной полковник гвардии, умер, когда сыну было двенадцать лет. Как ни жаль было матери отдавать сына из дома, она не решилась не исполнить воли покойного мужа, который в случае своей смерти завещал не держать сына дома, а отдать в корпус, и отдала его в корпус. Сама же вдова с дочерью Варварой переехала в Петербург, чтобы жить там же, где сын, и брать его на праздники.

Мальчик выдавался блестящими способностями и огромным самолюбием, вследствие чего он был первым и по наукам, в особенности по математике, к которой он имел особенное пристрастие, и по фронту и верховой езде. Несмотря на свой выше обыкновенного рост, он был красив и ловок. Кроме того, и по поведению он был бы образцовым кадетом, если бы не его вспыльчивость. Он не пил, не распутничал и был замечательно правдив. Одно, что мешало ему быть образцовым, были находившие на него вспышки гнева, во время которых он совершенно терял самообладание и делался зверем. Один раз он чуть не выкинул из окна кадета, начавшего трунить над его коллекцией минералов. Другой раз он чуть было не погиб: целым блюдом котлет пустил в эконома, бросился на офицера и, говорят, ударил его за то, что тот отрекся от своих слов и прямо в лицо солгал. Его наверно бы разжаловали в солдаты, если бы директор корпуса не скрыл все дело и не выгнал эконома.

Восемнадцати лет он был выпущен офицером в гвардейский аристократический полк. Император Николай Павлович знал его еще в корпусе и отличал его и после в полку, так что ему пророчили флигель-адъютантство. И Касатский сильно желал этого не только из честолюбия, но, главное, потому, что еще со времен корпуса страстно, именно страстно, любил Николая Павловича. Всякий приезд Николая Павловича в корпус, — а он часто езжал к ним, — когда входила бодрым шагом эта высокая, с выпяченной грудью, горбатым носом над усами и с подрезанными бакенбардами, фигура в военном сюртуке и могучим голосом здоровалась с кадетами, Касатский испытывал восторг влюбленного, такой же, какой он испытывал после, когда встречал предмет любви. Только влюбленный восторг к Николаю Павловичу был сильнее: хотелось показать ему свою беспредельную преданность, пожертвовать чем-нибудь, всем собой ему. И Николай Павлович знал, что возбуждает этот восторг, и умышленно вызывал его. Он играл с кадетами, окружал себя ими, то ребячески просто, то дружески, то торжественно-величественно обращаясь с ними. После последней истории Касатского с офицером Николай Павлович ничего не сказал Касатскому, но, когда тот близко подошел к нему, он театрально отстранил его и, нахмурившись, погрозил пальцем и потом, уезжая, сказал:

— Знайте, что все мне известно, но некоторые вещи я не хочу знать. Но они здесь.

Он показал на сердце.

Когда же выпущенные кадеты являлись ему, он уже не поминал об этом, сказал, как всегда, что они все могут прямо обращаться к нему, чтоб они верно служили ему и отечеству, а он всегда останется их первым другом. Все, как всегда, были тронуты, а Касатский, помня прошедшее, плакал слезами и дал обет служить любимому царю всеми своими силами.

Когда Касатский вышел в полк, мать его переехала с дочерью сначала в Москву, а потом в деревню. Касатский отдал сестре половину состояния, и то, что оставалось у него, было только достаточно для того, чтобы содержать себя в том роскошном полку, в котором он служил.

С внешней стороны Касатский казался самым обыкновенным молодым блестящим гвардейцем, делающим карьеру, но внутри его шла сложная и напряженная забота. Работа с самого его детства шла, по-видимому, самая разнообразная, но, в сущности, все одна и та же, состоящая в том, чтобы во всех делах, представлявшихся ему на пути, достигать совершенства и успеха, вызывающего похвалы и удивление людей. Было ли это ученье, науки, он брался за них и работал до тех пор, пока его хвалили и ставили в пример другим. Добившись одного, он брался за другое. Так он добился первого места по наукам, так он, еще будучи в корпусе, заметив раз за собой неловкость в разговоре по-французски, добился до того, чтобы овладеть французским, как русским; так он потом, занявшись шахматами, добился того, что, еще будучи в корпусе, стал отлично играть.

Кроме общего призвания жизни, которое состояло в служении царю и отечеству, у него всегда была поставлена какая-нибудь цель, и как бы ничтожна она ни была, он отдавался ей весь и жил только для нее до тех пор, пока по достигал ее. Но как только он достигал назначенной цели, так другая тотчас же вырастала в его сознании и сменяла прежнюю. Это-то стремление отличиться, и для того, чтобы отличиться, достигнуть поставленной цели, наполняло его жизнь. Так, по выходе в офицеры, он задался целью наивозможнейшего совершенства в знании службы и очень скоро стал образцовым офицером, хотя и опять с тем недостатком неудержимой вспыльчивости, которая и на службе вовлекла его в дурные и вредные для успеха поступки. Потом, почувствовав раз в светском разговоре свой недостаток общего образования, задался мыслью пополнить его и засел за книги, и добился того, чего хотел. Потом он задался мыслью достигнуть блестящего положения в высшем светском обществе, выучился отлично танцевать и очень скоро достиг того, что был зван на все великосветские балы и на некоторые вечера. Но это положение не удовлетворяло его. Он привык быть первым, а в этом деле он далеко не был им.

Высшее общество тогда состояло, да, я думаю, всегда и везде состоит из четырех сортов людей: из 1) людей богатых и придворных; из 2) небогатых людей, но родившихся и выросших при дворе; 3) из богатых людей, подделывающихся к придворным, и 4) из небогатых и непридворных людей, подделывающихся к первым и вторым. Касатский не принадлежал к первым, Касатский был охотно принимаем в последние два круга. Даже вступая в свет, он задал себе целью связь с женщиной света — и неожиданно для себя скоро достиг этого. Но очень скоро он увидал, что те круги, в которых он вращался, были круги низшие, а что были высшие круги, и что в этих высших придворных кругах, хотя его и принимали, он был чужой; с ним были учтивы, но все обращение показывало, что есть свои и он не свой. И Касатский захотел быть там своим. Для этого надо было быть или флигель-адъютантом, — и он дожидался этого, — или жениться в этом кругу. И он решил, что сделает это. И он избрал девушку, красавицу, придворную, не только свою в том обществе, в которое он хотел вступить, но такую, с которой старались сближаться все самые высоко и твердо поставленные в высшем кругу люди. Это была графиня Короткова. Касатский не для одной карьеры стал ухаживать за Коротковой, она была необыкновенно привлекательна, и он скоро влюбился в нее. Сначала она была особенно холодна к нему, но потом вдруг все изменилось, и она стала ласкова, и ее мать особенно усиленно приглашала его к себе.

Касатский сделал предложение и был принят. Он был удивлен легкостью, с которой он достиг такого счастья, и чем-то особенным, странным в обращении и матери и дочери. Он был очень влюблен, и ослеплен, и потому не заметил того, что знали почти все в городе, что его невеста была за год тому назад любовницей Николая Павловича.

II

За две недели до назначенного дня свадьбы Касатский сидел в Царском Селе на даче у своей невесты. Был жаркий майский день. Жених с невестой походили по саду и сели на лавочке в тенистой липовой аллее. Мэри была особенно хороша в белом кисейном платье. Она казалась олицетворением невинности и любви. Она сидела, то опустив голову, то взглядывая на огромного красавца, который с особенной нежностью и осторожностью говорил с ней, каждым своим жестом, словом боясь оскорбить, осквернить ангельскую чистоту невесты. Касатский принадлежал к тем людям сороковых годов, которых уже нет нынче, к людям, которые, сознательно допуская для себя и внутренне не осуждая нечистоту в половом отношении, требовали от жены идеальной, небесной чистоты, и эту самую небесную чистоту признавали в каждой девушке своего круга и так относились к ним. В таком взгляде было много неверного и вредного в той распущенности, которую позволяли себе мужчины, но по отношению женщин такой взгляд, резко отличающийся от взгляда теперешних молодых людей, видящих в каждой девушке ищущую себе дружку самку, — такой взгляд был, я думаю, полезен. Девушки, видя такое боготворение, старались и быть более или менее богинями. Такого взгляда на женщин держался и Касатский и так смотрел на свою невесту. Он был особенно влюблен в этот день и не испытывал ни малейшей чувственности к невесте, напротив, с умилением смотрел на нее, как на нечто недосягаемое.

Он встал во весь свой большой, рост и стал перед нею, опершись обеими руками на саблю.

— Я только теперь узнал все то счастье, которое может испытать человек. И это вы, это ты, — сказал он, робко улыбаясь, — дала мне это!

Он был в том периоде, когда «ты» еще не сделалось привычно, и ему, смотря нравственно снизу вверх на нее, страшно было говорить «ты» этому ангелу.

— Я себя узнал: благодаря... тебе, узнал, что я лучше, чем я думал.

— Я давно это знаю. Я за то-то и полюбила вас...

Соловей защелкал вблизи, свежая листва зашевелилась от набежавшего ветерка.

Он взял ее руку и поцеловал ее, и слезы выступили ему на глаза. Она поняла, что он благодарит ее за то, что она сказала, что полюбила его. Он прошелся, помолчал, потом подошел, сел.

— Вы знаете, ты знаешь, ну, все равно. Я сблизился с тобой не бескорыстно, я хотел установить связи с светом, но потом... Как ничтожно стало это в сравнении с тобой, когда я узнал тебя. Ты не сердишься на меня за это?

Она не отвечала и только тронула рукой его руку.

Он понял, что это значило: «Нет, не сержусь».

— Да, ты вот сказала... — он замялся, ему показалось это слишком дерзко, ты сказала, что полюбила меня, но, прости меня, я верю, но что-то, кроме этого, есть, что тебя тревожит и мешает. Что это?

«Да, теперь или никогда, — подумала она. — Все равно он узнает. Но теперь он не уйдет. Ах, если бы он ушел, это было бы ужасно!»

И она любовным взглядом окинула всю его большую, благородную, могучую фигуру. Она любила его теперь больше Николая и, если бы не императорство, не променяла бы этого на того.

— Послушайте. Я не могу быть неправдива. Я должна сказать все. Вы спрашиваете, что? То, что я любила.

Она положила свою руку на его умоляющим жестом.

Он молчал.

— Вы хотите знать кого? Да, его, государя.

— Мы все любим его, я воображаю, вы в институте...

— Нет, после. Это было увлеченье, но потом прошло. Но я должна сказать...

— Ну, так что же?

— Нет, я не просто.

Она закрыла лицо руками.

— Как? Вы отдались ему?

Она молчала.

— Любовницей?

Она молчала.

Он вскочил и бледный, как смерть, с трясущимися скулами, стоял перед нею. Он вспомнил теперь, как Николай Павлович, встретив его на Невском, ласково поздравлял его.

— Боже мой, что я сделала, Стива!

— Не трогайте, не трогайте меня. О, как больно!

Он повернулся и пошел к дому. В доме он встретил мать.

— Вы что, князь? Я... — Она замолчала, увидав его лицо. Кровь вдруг ударила ему в лицо.

— Вы знали это и мной хотели прикрыть их. Если бы вы не были женщины, вскрикнул он, подняв огромный кулак над нею, и, повернувшись, убежал.

Если б тот, кто был любовником его невесты, был бы частный человек, он убил бы его, но это был обожаемый царь.

На другой же день он подал в отпуск и отставку и сказался больным, чтобы никого не видеть, и поехал в деревню.

Лето он провел в своей деревне, устраивая свои дела. Когда же кончилось лето, он не вернулся в Петербург, а поехал в монастырь и поступил в него монахом.

Мать писала ему, отговаривая от такого решительного шага. Он отвечал ей, что призвание Бога выше всех других соображений, а он чувствует его. Одна сестра, такая же гордая и честолюбивая, как и брат, понимала его.

Она понимала, что он стал монахом, чтобы стать выше тех, которые хотели показать ему, что они стоят выше его. И она понимала его верно. Поступая в монахи, он показывал, что презирает все то, что казалось столь важным другим и ему самому в то время, как он служил, и становился на новую такую высоту, с которой он мог сверху вниз смотреть на тех людей, которым он прежде завидовал. Но не одно это чувство, как думала сестра его Варенька, руководило им. В нем было и другое, истинно религиозное чувство, которого не знала Варенька, которое, переплетаясь с чувством гордости и желанием первенства, руководило им. Разочарование в Мэри (невесте), которую он представлял себе таким ангелом, и оскорбление было так сильно, что привело его к отчаянию, а отчаяние куда? к Богу, к вере детской, которая никогда не нарушалась в нем.

III

В день Покрова Касатский поступил в монастырь.

Игумен монастыря был дворянин, ученый писатель и старец, то есть принадлежал к той преемственности, ведущейся из Валахии, монахов, безропотно подчиняющихся избранному руководителю и учителю. Игумен был ученик известного старца Амвросия, ученика Макария, ученика старца Леонида, ученика Паисия Величковского. Этому игумну подчинился, как своему старцу, Касатский.

Кроме того чувства сознания своего превосходства над другими, которое испытывал Касатский в монастыре, Касатский так же, как и во всех делах, которые он делал, и в монастыре находил радость в достижении наибольшего как внешнего, как и внутреннего совершенства. Как в полку он был не только безукоризненным офицером, но таким, который делал больше того, что требовалось, и расширял рамки совершенства, так и монахом он старался быть совершенным; трудящимся всегда, воздержным, смиренным, кротким, чистым, не только на деле, но и в мыслях, и послушным. В особенности последнее качество, или совершенство, облегчало ему жизнь. Если многие требования монашеской жизни в монастыре, близком к столице и многопосещаемом, не нравились ему, соблазняя его, все это уничтожалось послушанием: не мое дело рассуждать, мое дело нести назначенное послушание, будет ли то стояние у мощей, пение на клиросе или ведение счетов по гостинице. Всякая возможность сомнении в чем бы то ни было устранялась тем же послушанием старцу. Не будь послушания, он бы тяготился и продолжительностью и однообразием церковных служб, и суетой посетителей, и дурными свойствами братии, но теперь все это не только радостно переносилось, но составляло в жизни утешение и поддержку. «Не знаю, зачем надо слышать несколько раз в день те же молитвы, но знаю, что это нужно. А зная, что это нужно, нахожу радость в них». Старец сказал ему, что как нужна материальная пища для поддержания жизни, так нужна духовная пища — молитва церковная — для поддержания духовной жизни. Он верил в это, и действительно, служба церковная, на которую он с трудом поднимался иногда поутру, давала ему несомненное успокоение и радость. Радость давало сознание смирения и несомненности поступков, всех определенных старцем. Интерес же жизни состоял не только во все большем и большем покорении своей воли, вовсе большем и большем смирении, но и в достижении всех христианских добродетелей, которые в первое время казались ему легко достижимыми. Имение свое он все отдал в монастырь и не жалел его, лености у него не было. Смирение перед низшими было не только легко ему, но доставляло ему радость. Даже победа над грехом похоти, как жадности, так и блуда, легко далась ему. Старец в особенности предостерегал его от этого греха, но Касатский радовался, что был свободен от него.

Мучало его только воспоминание о невесте. И не только воспоминание, но представление живое о том, что могло бы быть. Невольно представлялась ему знакомая фаворитка государя, вышедшая потом замуж и ставшая прекрасной женой, матерью семейства. Муж же имел важное назначение, имел и власть, и почет, и хорошую, покаявшуюся жену.

В хорошие минуты Касатского не смущали эти мысли. Когда он вспоминал про это в хорошие минуты, он радовался, что избавился от этих соблазнов. Но были минуты, когда вдруг все то, чем он жил, тускнело перед ним, он переставал не то что верить в то, чем жил, но переставал видеть это, не мог вызвать в себе того, чем жил, а воспоминание и — ужасно сказать — раскаяние в своем обращении охватывало его.

Спасенье в этом положении было послушание — работа и весь занятой день молитвой. Он, как обыкновенно, молился, клал поклоны, даже больше обыкновенного молился, но молился телом, души не было. И это продолжалось день, иногда два и потом само проходило. Но день этот или два были ужасны. Касатский чувствовал, что он не в своей и не в Божьей власти, а в чьей-то чужой. И все, что он мог делать и делал в эти времена было то, что советовал старец, чтобы держаться, ничего не предпринимать в это время и ждать. Вообще за все это время Касатский жил не по своей воле, а по воле старца, и в этом послушании было особенное спокойствие...

Так прожил Касатский в первом монастыре, куда поступил, семь лет. В конце третьего года был пострижен в иеромонахи с именем Сергия. Пострижение было важным внутренним событием для Сергия. Он и прежде испытывал великое утешение и подъем духовный, когда причащался; теперь же, когда ему случалось служить самому, совершение проскомидии приводило его в восторженное, умиленное состояние. Но потом чувство это все более и более притуплялось, и когда один раз ему случилось служить в том подавленном состоянии духа, в котором он бывал, он почувствовал, что и это пройдет. И действительно, чувство это ослабело, но осталась привычка.

Вообще на седьмой год своей жизни в монастыре Сергию стало скучно. Все то, чему надо было учиться все то, чего надо было достигнуть, — он достиг, и больше делать было нечего.

Но зато состояние усыпления становилось все сильнее и сильнее. За это время он узнал о смерти своей матери и о выходе замуж Мэри. Оба известия он принял равнодушно. Все внимание, все интересы его были сосредоточены на своей внутренней жизни.

На четвертом году его монашества архиерей особенно обласкал его, и старец сказал ему, что он не должен будет отказываться, если его назначат на высшие должности. И тогда монашеское честолюбие, то самое, которое так противно было в монахах, поднялось в нем. Его назначили в близкий к столице монастырь; Он хотел отказаться, но старец велел ему принять назначение. Он принял назначение, простился с старцем и переехал в другой монастырь.

Переход этот в столичный монастырь был важным событием в жизни Сергия. Соблазнов всякого рода было много, и все силы Сергия были направлены на это.

В прежнем монастыре соблазн женский мало мучил Сергия, здесь же соблазн этот поднялся с страшней силой и дошел до того, что получил даже определенную форму. Была известная своим дурным поведением барыня, которая начала заискивать в Сергии. Она заговорила с ним и просила его посетить ее. Сергий отказал строго, но ужаснулся определенности своего желания. Он так испугался, что написал о том старцу, но мало того, чтобы окоротить себя, призвал своего молодого послушника и, покоряя стыд, признался ему в своей слабости, прося его следить за ним и не пускать его никуда, кроме служб и послушаний.

Кроме того, великий соблазн для Сергия состоял в том, что игумен этого монастыря, светский, ловкий человек, делавший духовную карьеру, был в высшей степени антипатичен Сергию. Как ни бился с собой Сергий, он не мог преодолеть этой антипатии. Он смирялся, но в глубине души не переставал осуждать. И дурное чувство это разразилось.

Это было уже на второй год пребывания его в новом монастыре. И случилось это вот как. В Покров всенощная шла в большой церкви. Много было приезжего народа. Служил сам игумен. Отец Сергий стоял на обычном своем месте и молился, то есть находился в том состоянии борьбы, в котором он всегда находился во время службы, особенно в большой церкви, когда он служил сам. Борьба состояла в том, что его раздражали посетители, господа, особенно дамы. Он старался не видеть их, не замечать всего того, что делалось: не видеть того, как солдат провожал их, расталкивая народ, как дамы показывали друг другу монахов — часто его даже и известного красавца монаха. Он старался, выдвинув как бы шоры своему вниманию, не видеть ничего, кроме блеска свечей у иконостаса, иконы и служащих; не слышать ничего, кроме петых и произносимых слов молитв, и не испытывать никакого другого чувства, кроме того самозабвения в сознании исполнения должного, которое он испытывал всегда, слушая и повторяя вперед столько раз слышанные молитвы.

Так он стоял, кланялся, крестился там, где это нужно было, и боролся, отдаваясь то холодному осуждению, то сознательно вызываемому замиранию мыслей и чувств, когда ризничий, — отец Никодим, тоже великое искушение для отца Сергия, — Никодим, которого он невольно упрекал в подделыванье и лести к игумну, — подошел к нему и, поклонившись перегибающимся надвое поклоном, сказал, что игумен зовет его к себе в алтарь. Отец Сергий обдернул мантию, надел клобук и пошел осторожно через толпу.

— Lise, regardez à droit, c'est liu,[1] — послышался ему женский голос.

— Ou, ou? Il n'est pas tellement beau.[2]

Он знал, что это говорили про него. Он слышал и, как всегда в минуты искушений, твердил слова: «И не введи нас во искушение», — и, опустив голову и глаза, прошел мимо амвона и, обойдя канонархов в стихарях, проходивших в это время мимо иконостаса, вошел в северные двери. Войдя в алтарь, он, по обычаю, крестно поклонился, перегибаясь надвое, перед иконой, потом поднял голову и взглянул на игумна, которого фигуру рядом с другой блестящей чем-то фигурой он видел углом глаза, не обращаясь к ним.

Игумен стоял в облачении у стены, выпростав короткие пухлые ручки из-под ризы над толстым телом и животом и растирая галун ризы, улыбаясь, говорил что-то с военным в генеральском свитском мундира с вензелями и аксельбантами, которые сейчас рассмотрел отец Сергий своим привычным военным глазом. Генерал этот был бывший полковой командир их полка.

Теперь он, очевидно, занимал важное положение, и отец Сергий тотчас же заметил, что игумен знает это и рад этому, и оттого так сияет его красное толстое лицо с лысиной. Это оскорбило и огорчило отца Сергия, и чувство это еще усилилось, когда он услыхал от игумена, что вызов его, отца Сергия, ни на что другое не был лужен, как на то, чтобы удовлетворить любопытству генерала увидать своего прежнего сослуживца как он выразился.

— Одень рад видеть в ангельском образе, — сказал генерал, протягивая руку... — надеюсь, что вы не забыли старого товарища.

---

[1] Лиза, взгляни направо, это он (франц.).
[2] Где, где? Он не так уж красив (франц.).

Все лицо игумна, среди седин красное и улыбающееся, как бы одобряющее то, что говорил генерал, выхоленное лицо генерала с самодовольной улыбкой, запах вина изо рта генерала и сигар от его бакенбард — все это взорвало отца Сергия. Он поклонился еще раз игумну и сказал:

— Ваше преподобие изволили звать меня? — И он остановился, всем выражением лица и позы спрашивая: зачем?

Игумен сказал:

— Да, повидаться с генералом.

— Ваше преподобие, я ушел от мира, чтобы спастись от соблазнов, — сказал он, бледнея и с трясущимися губами. — За что же вы здесь подвергаете меня им? Во время молитвы и в храме Божием.

— Иди, иди, — вспыхнув и нахмурившись, сказал игумен.

На другой день отец Сергий просил прощенья у игумна и братии за свою гордость, но вместе с тем, после ночи, проведенной в молитве, решил, что ему надо оставить этот монастырь, и написал об этом письмо старцу, умоляя его разрешить ему перейти назад в монастырь старца. Он писал, что чувствует свою слабость и неспособность бороться один против соблазнов без помощи старца. И каялся в своем грехе гордости. С следующей почтой пришло письмо от старца, в котором тот писал ему, что причиной всему его гордость. Старец разъяснял ему, что его вспышка гнева произошла оттого, что он смирился, отказавшись от духовных почестей не ради Бога, а ради своей гордости, что вот, мол, я какой, ни в чем не нуждаюсь. От этого он и не мог перенести поступка игумна. Я всем пренебрег для Бога, а меня показывают, как зверя. «Если бы ты пренебрег славой для Бога, ты бы снес. Еще не потухла в тебе гордость светская. Думал я о тебе, чадо Сергий, и молился, и вот что о тебе Бог внушил мне: Живи по-прежнему и покорись. В это время стало известно, что в скиту помер святой жизни затворник Илларион. Он жил там восемнадцать лет. Игумен тамбинский спрашивал, нет ли брата, который хотел бы жить там. А тут твое письмо. Ступай к отцу Паисию в Тамбинский монастырь, я напишу ему, а ты просись занять Илларионову келью.

Не то, чтобы ты мог заменить Иллариона, но тебе нужно уединение, чтобы смирить гордыню. Да благословит тебя Бог».

Сергий послушался старца, показал его письмо игумну и испросив его позволения, отдав свою келью и все свои вещи монастырю, уехал в Тамбинскую пустынь.

В Тамбинской пустыни настоятель, прекрасный хозяин, из купцов, принял просто и спокойно Сергия и поместил его в келье Иллариона, дав сначала ему келейника, а потом, по желанию Сергия, оставив его одного. Келья была пещера, выкопанная в горе. В ней был и похоронен Илларион. В задней пещере был похоронен Илларион, в ближней была ниша для спанья, с соломенным матрацем, столик и полка с иконами и книгами. У двери наружной, которая запиралась, была полка; на эту полку раз в день монах приносил пищу из монастыря.

И отец Сергий стал затворником.

IV

На масленице шестого года жизни Сергия в затворе из соседнего города, после блинов с вином, собралась веселая компания богатых людей, мужчин и женщин, кататься на тройках. Компания состояла из двух адвокатов, одного богатого помещика, офицера и четырех женщин. Одна была жена офицера, другая помещика, третья была девица, сестра помещика, и четвертая была разводная жена, красавица, богачка и чудачка, удивлявшая и мутившая город своими выходками.

Погода была прекрасная, дорога — как пол. Проехали верст десять за городом, остановились, и началось совещание, куда ехать: назад или дальше.

— Да куда ведет эта дорога? — спросила Маковкина, разводная жена, красавица.

— В Тамбино, отсюда двенадцать верст, — сказал адвокат, ухаживавший за Маковкиной.

— Ну, а потом?

— А потом на Л. через монастырь.

— Там, где отец Сергий этот живет?

— Да.

— Касатский? Этот красавец пустынник?

— Да.

— Медам! Господа! Едемте к Касатскому. В Тамбине отдохнем, закусим.

— Но мы не поспеем ночевать домой.

— Ничего, ночуем у Касатского. — Положим, там есть гостиница монастырская, и очень хорошо. Я был, когда защищал Махина.

— Нет, я у Касатского буду ночевать.

— Ну, уж это даже с вашим всемогуществом невозможно.

— Невозможно? Пари.

— Идет. Если вы ночуете у него, то я что хотите.

— A discretion.[1]

— А вы тоже!

— Ну да. Едемте.

Ямщикам поднесли вина. Сами достали ящик с пирожками, вином, конфетами. Дамы закутались в белые собачьи шубы. Ямщики поспорили, кому ехать передом, и один, молодой, повернувшись ухарски боком, повел длинным кнутовищем, крикнул, — и залились колокольчики, и завизжали полозья.

Сани чуть подрагивали и покачивались, пристяжная ровно и весело скакала с своим круто подвязанным хвостом над наборной шлеей, ровная, масленая дорога быстро убегала назад, ямщик ухарски пошевеливал вожжами, адвокат, офицер, сидя напротив, что-то врали с соседкой Маковкиной, а она сама, завернувшись туго в шубу, сидела неподвижно и думала: «Все одно и то же, и все гадкое: красные,

[1] Пари на что угодно (франц.).

глянцевитые лица с запахом вина и табаку, те же речи, те же мысли, и все вертится около самой гадости. И все они довольны и уверены, что так надо, и могут так продолжать жить до смерти. Я не могу. Мне скучно. Мне нужно что-нибудь такое, что бы все это расстроило, перевернуло. Ну, хоть бы как те, в Саратове, кажется, поехали и замерзли. Ну, что бы наши сделали? Как бы вели себя? Да, наверное, подло. Каждый бы за себя. Да и я тоже подло вела бы себя. Но я, по крайней мере, хороша. Они-то знают это. Ну, а этот монах? Неужели он этого уже не понимает? Неправда. Это одно они понимают. Как осенью с этим кадетом. И какой он дурак был…»

— Иван Николаич! — сказала она.

— Что прикажете?

— Да ему сколько лет?

— Кому?

— Да Касатскому.

— Кажется, лет за сорок.

— И что же, он принимает всех?

— Всех, но не всегда.

— Закройте мне ноги. Не так. Какой вы неловкий! Ну, еще, еще, вот так. А ног моих жать не нужно.

Так они доехали до леса, где стояла келья.

Она вышла и велела им уехать. Они отговаривали ее, но она рассердилась и велела уезжать. Тогда сани уехали, а она, в своей белой собачьей шубе, пошла по дорожке. Адвокат слез и остался смотреть.

V

Отец Сергий жил шестой год в затворе. Ему было сорок девять лет. Жизнь его была трудная. Не трудами поста и молитвы, это были не труды, а внутренней борьбой, которой он никак не ожидал. Источников борьбы было два: сомнение и плотская похоть. И оба врага всегда поднимались вместе. Ему казалось, что это были два разные врага, тогда как это был один и тот же. Как только уничтожалось сомненье, так уничтожалась похоть. Но он думал, что это два разные дьявола, и боролся с ними порознь.

«Боже мой! Боже мой! — думал он. — За что не даешь ты мне веры. Да, похоть, да, с нею боролись святой Антоний и другие, но вера. Они имели ее, а у меня вот минуты, часы, дни, когда нет ее. Зачем весь мир, вся прелесть его, если он греховен и надо отречься от него? Зачем ты сделал этот соблазн? Соблазн? Но не соблазн ли то, что я хочу уйти от радостей мира и что-то готовлю там, где ничего нет, может быть. — Сказал он себе и ужаснулся, омерзился на самого себя. — Гадина! Гадина! Хочешь быть святым», — начал он бранить себя. И стал на молитву. Но только что он начал молиться, как ему живо представился он сам, каким он бывал в монастыре: в клобуке, и мантии, величественном виде. И он покачал головой. «Нет, это не то. Это обман. Но других я обману, а не себя и не Бога. Не величественный я человек, а жалкий, смешной». И он откинул полы рясы и посмотрел на свои жалкие ноги в подштанниках. И улыбнулся.

Потом он опустил полы и стал читать молитвы, креститься и кланяться. «Неужели одр сей мне гроб будет?» — читал он. И как бы дьявол какой шепнул ему: «Одр одинокий и то гроб. Ложь». И он увидал в воображении плечи вдовы, с которой он жил. Он отряхнулся и продолжал читать. Прочтя правила, он взял Евангелие, раскрыл его и напал на место, которое он исто твердил и знал наизусть: «Верую, Господи, помоги моему неверию». Он убрал назад все выступающие сомнения. Как устанавливают предмет неустойчивого равновесия, он установил опять свою веру на колеблющейся ножке и осторожно отступил от нее, чтобы не толкнуть и не завалить ее. Шоры выдвинулись опять, и он успокоился. Он повторил свою детскую молитву: «Господи, возьми, возьми меня», — и ему не только легко, но радостно-умиленно стало. Он перекрестился и лег на свою подстилочку на узенькой скамье, положив под голову летнюю ряску. И он заснул. В легком сне ему казалось, что он слышал колокольчик. Он не знал, наяву ли это было или во сне. Но вот из сна его разбудил стук в его двери. Он поднялся, не веря себе. Но стук повторился. Да, это был стук близкий, в его двери, и женский голос.

«Боже мой! Да неужели правда то, что я читал в житиях, что дьявол принимает вид женщины... Да, это голос женщины. И голос нежный, робкий и милый! Тьфу! — он плюнул. — Нет, мне кажется», — сказал он и отошел к углу, перед которым стоял аналойчик, и опустился на колена тем привычным правильным движением, в котором, в движении в самом, он находил утешение и удовольствие. Он опустился, волосы повисли ему на лицо, и прижал оголявшийся уже лоб к сырой, холодной полосушке. (В полу дуло.)

...читал он псалом, который, ему говорил старичок отец Пимен, помогал от наваждения. Он легко поднял на сильных нервных ногах свое исхудалое легкое тело и хотел продолжать читать дальше, но не читал, а невольно напрягал слух, чтобы слышать. Ему хотелось слышать. Было совсем тихо. Те же капли с крыши падали в кадушку, поставленную под угол. На дворе была мга, туман, съедавший снег. Было тихо, тихо. И вдруг зашуршало у окна, и явственно голос — тот же нежный робкий голос, такой голос, который мог принадлежать только привлекательной женщине, проговорил:

— Пустите. Ради Христа...

Казалось, вся кровь прилила к сердцу и остановилась. Он не мог вздохнуть. «Да воскреснет Бог и расточатся врази...»

— Да я не дьявол... — и слышно было, что улыбались уста, говорившие это. Я не дьявол, я просто грешная женщина, заблудилась — не в переносном, а в прямом смысле (она засмеялась), измерзла и прошу приюта...

Он приложил лицо к стеклу. Лампадка отсвечивала и светилась везде в стекле. Он приставил ладони к обеим сторонам лица и вгляделся. Туман, мга, дерево, а вот направо. Она. Да, она, женщина в шубе с белой длинной шерстью, в шапке, с милым, милым, добрым испуганным лицом, тут, в двух вершках от его лица, пригнувшись к нему. Глаза их встретились и узнали друг друга. Не то чтобы они видели когда друг друга: они никогда не видались, но во взгляде, которым они обменялись, они (особенно он) почувствовали, что они знают друг друга, понятны друг другу. Сомневаться после этого взгляда в том, что это был дьявол, а не простая, добрая, милая, робкая женщина, нельзя было.

— Кто вы? Зачем вы? — сказал он.

— Да отоприте же, — с капризным самовластьем сказала она. — Я измерзла. Говорю вам, заблудилась.

— Да ведь я монах, отшельник.

— Ну, так и отоприте. А то хотите, чтоб я замерзла под окном, пока вы будете молиться.

— Да как вы…

— Не съем же я вас. Ради Бога пустите. Я озябла наконец.

Ей самой становилось жутко. Она сказала это плачущим почти голосом.

Он отошел от окна, взглянул на икону Христа в терновом венке. «Господи, помоги мне, Господи помоги мне», — проговорил он, крестясь и кланяясь в пояс, и подошел к двери, отворил ее в сенцы. В сенях ощупал крючок и стал откидывать его. С той стороны он слышал шаги. Она от окна переходила к двери. «Ай!» вдруг вскрикнула она. Он понял, что она ногой попала в лужу, натекшую у порога. Руки его дрожали, и он никак не мог поднять натянутый дверью крючок.

— Да что же вы, пустите же. Я вся измокла. Я замерзла. Вы об спасении души думаете, а я замерзла.

Он натянул дверь к себе, поднял крючок и, не рассчитав толчок, сунул дверь внаружу так, что толкнул ее…

— Ах, извините! — сказал он, вдруг совершенно перенесясь в давнишнее, привычное обращение с дамами.

Она улыбнулась, услыхав это «извините». «Ну, он не так еще страшен», подумала она.

— Ничего, ничего. Вы простите меня, — сказала она, проходя мимо его. — Я бы никогда не решилась. Но такой особенный случай.

— Пожалуйте, — проговорил он, пропуская ее мимо. Сильный запах, давно не слышанный им, тонких духов поразил его. Она прошла через сени в горницу. Он захлопнул наружную дверь, не накидывая крючка, прошел сени и вошел в горницу.

«Господи Иисусе Христе, сыне Божий, помилуй мя грешного, Господи, помилуй мя грешного», — не переставая молился он не только внутренне, но и невольно наружно шевеля губами.

— Пожалуйте, — сказал он.

Она стояла посреди комнаты, с нее текло на пол, и разглядывала его. Глаза ее смеялись.

— Простите меня, что я нарушила ваше уединение. Но видите, в каком я положении. Произошло это оттого, что мы из города послали кататься, и я побилась об заклад, что дойду одна от Воробьевки до города, но тут сбилась с дороги и вот, если бы не набрела на вашу келью… — начала она лгать. Но лицо его смущало ее, так что она не могла продолжать и замолчала. Она ожидала его совсем не таким. Он был не такой красавец, каким она воображала его. Но он был прекрасен в ее глазах. Вьющиеся с проседью волосы головы и бороды, правильный тонкий нос и, как угли, горящие глаза, когда он прямо взглядывал, поразили ее.

Он видел, что она лжет.

— Да, так, — сказал он, взглянув на нее и опять опуская глаза. — Я пройду сюда, а вы располагайтесь.

И он, сняв лампочку, зажег свечу и, низко поклонившись ей, вышел в каморочку за перегородкой, и она слышала, как он что-то стал двигать там. «Вероятно, запирается чем-нибудь от меня», — подумала она, улыбнувшись, и, скинув собачью белую ротонду, стала снимать шапку, зацепившуюся за волоса, и вязаный платок, бывший под ней. Она вовсе не промокла, когда стояла под окном, и говорила про это только как предлог, чтоб он пустил ее. Но у двери она, точно, попала в лужу, и левая нога была мокра до икры, и ботинок и ботик полон воды. Она села на его койку — доску. только покрытую ковриком, — и стала разуваться. Келейка эта казалась ей прелестной. Узенькая, аршина в три горенка, длиной аршина четыре, была чиста, как стеклышко. В горенке была только койка, на которой она сидела, над ней полочка с книгами. В углу аналойчик. У двери гвозди, шуба и ряса. Над аналойчиком образ Христа в терновом венке и лампадка. Пахло странно: маслом, потом и землей. Все нравилось ей. Даже этот запах.

Мокрые ноги, особенно одна, беспокоили ее, и она поспешно стала разуваться, не переставая улыбаться, радуясь не столько тому, что она достигла своей цели, сколько тому, что она видела, что смутила его — этого прелестного, поразительного, странного, привлекательного мужчину. «Ну, не ответил, ну что же за беда», — сказала она себе.

— Отец Сергий! Отец Сергий! Так ведь вас звать?

— Что вам надо? — отвечал тихий голос.

— Вы, пожалуйста, простите меня, что я нарушила ваше уединение. Но, право, я не могла иначе. Я бы прямо заболела. Да и теперь я не знаю. Я вся мокрая, ноги как лед.

— Простите меня, — отвечал тихий голос, — я ничем не могу служить.

— Я бы ни за что не потревожила вас. Я только до рассвета.

Он не отвечал. И она слышала, что он шепчет что-то, — очевидно, молится.

— Вы не взойдете сюда? — спросила она улыбаясь. — А то мне надо раздеться, чтобы высушиться.

Он не отвечал, продолжая за стеной ровным голосом читать молитвы.

«Да, это человек», — думала она, с трудом стаскивая шлюпающий ботик. Она тянула его и не могла, и ей смешно это стало. И она чуть слышно смеялась, но, зная, что он слышит ее смех и что смех этот подействует на него именно так, как она этого хотела, она засмеялась громче, и смех этот, веселый, натуральный, добрый, действительно подействовал на него, и именно так, как она этого хотела.

«Да, такого человека можно полюбить. Эти глаза. И это простое, благородное и — как он ни бормочи молитвы — и страстное лицо! — думала она. — Нас, женщин, не обманешь. Еще когда он придвинул лицо к стеклу и увидал меня, и понял, и узнал. В глазах блеснуло и припечаталось. Он полюбил, пожелал меня. Да, пожелал», — говорила она, сняв, наконец, ботик и ботинок и принимаясь за чулки. Чтобы снять их, эти длинные чулки на ластиках, надо было поднять юбки. Ей совестно стало, и она проговорила:

— Не входите.

Но из-за стены не было никакого ответа. Продолжалось равномерное бормотание и еще звуки движения. «Верно, он кланяется в землю, — думала она. Но не откланяется он, — проговорила она. — Он обо мне думает. Так же, как я об нем. С тем же чувством думает он об этих ногах», — говорила она, сдернув мокрые чулки и ступая босыми ногами по койке и поджимая их под себя. Она посидела так недолго, обхватив колени руками и задумчиво глядя перед собой. «Да эта пустыня, эта тишина. И никто никогда не узнал бы…»

Она встала, снесла чулки к печке, повесила их на отдушник. Какой-то особенный был отдушник. Она повертела его и потом, легко ступая босыми ногами, вернулась на койку и опять села на нее с ногами. За стеной совсем затихло. Она посмотрела на крошечные часы, висевшие у нее на шее. Было два часа. «Наши должны подъехать около трех». Оставалось не больше часа.

«Что ж, я так просижу тут одна. Что за вздор? Не хочу я. Сейчас позову его».

— Отец Сергий! Отец Сергий! Сергей Дмитрич. Князь Касатский!

За дверью было тихо.

— Послушайте, это жестоко. Я бы не звала вас. Если бы мне не нужно было. Я больна. Я не знаю, что со мной, — заговорила она страдающим голосом. — Ох, ох! — застонала она, падая на койку. И странное дело, она точно чувствовала, что она изнемогает, вся изнемогает, что все болит у нее и что ее трясет дрожь, лихорадка.

— Послушайте, помогите мне. Я не знаю, что со мной. Ох! Ох! — Она расстегнула платье, открыла грудь и закинула обнаженные по локоть руки. — Ох, ох!

Все это время он стоял в своем чулане И молился. Прочтя все вечерние молитвы, он теперь стоял неподвижно, устремив глаза на кончик носа, и творил умную Молитву, духом повторяя: «Господи Иисусе Христе, сыне Божий, помилуй мя».

Но он все слышал. Он слышал, как она шуршала шелковой тканью, снимая платье, как она ступала босыми ногами по полу; он слышал, как она терла себе рукой ноги. Он чувствовал, что он слаб и что всякую минуту может погибнуть, и потому не переставая молился. Он испытывал нечто подобное тому, что должен испытывать тот сказочный герой, который должен был идти не оглядываясь. Так и Сергий слышал, чуял, что опасность, погибель тут, над ним, вокруг него, и он может спастись, только ни на минуту не оглядываясь на нее... Но вдруг желание взглянуть охватило его. В то же мгновенье она сказала:

— Послушайте, это бесчеловечно. Я могу умереть.

«Да, я пойду, но так, как делал тот отец, который накладывал одну руку на блудницу, а другую клал в жаровню. Но жаровни нет». Он оглянулся. Лампа. Он выставил палец над огнем и нахмурился, готовясь терпеть, и довольно долго ему казалось, что он не чувствует, но вдруг — он еще не решил, больно ли и насколько, как он сморщился весь и отдернул руку, махая ею. «Нет, я не могу этого».

— Ради Бога! Ох, подите ко мне! Я умираю, ох!

«Так, что же, я погибну? Так нет же».

— Сейчас я приду к вам, — проговорил он и, отворив свою дверь, не глядя на нее, прошел мимо нее в дверь в сени, где он рубил дрова, ощупал чурбан, на котором он рубил дрова, и топор, прислоненный к стене.

— Сейчас. — сказал он и, взяв топор в правую руку, положил указательный палец левой руки на чурбан, взмахнул топором и, ударил по нем ниже второго сустава. Палец отскочил легче, чем, отскакивали дрова такой же толщины, перевернулся и шлепнулся на кран чурбана и потом на пол…

Он услыхал этот звук прежде, чем почувствовал боль. Но не успел он удивиться тому, что боли нет как он почувствовал жгучую боль и тепло полившейся крови. Он быстро прихватил отрубленный сустав подолом рясы и, прижав его к бедру, вошел назад в дверь и, остановившись против женщины, опустив глаза, тихо спросил:

— Что вам?

Она взглянула на его побледневшее лицо с дрожащей левой щекой, и вдруг ей стало стыдно. Она вскочила, схватила шубу и, накинув на себя, закуталась в нее.

— Да, мне было больно… я простудилась… я… Отец Сергий… я…

Он поднял на нее глаза, светившиеся тихим радостным светом, и сказал:

— Милая сестра, за что ты хотела погубить свою бессмертную душу? Соблазны должны войти в мир, но горе тому, через кого соблазн входит… Молись, чтобы Бог простил нас.

Она слушала его и смотрела на него. Вдруг она услыхала капли падающей жидкости. Она взглянула и увидела, как по рясе текла из руки кровь.

— Что вы сделали с рукой? — Она вспомнила звук, который слышала, и, схватив лампаду, выбежала в сени и увидала на полу окровавленный палец. Бледнее его она вернулась и хотела сказать ему; но он тихо прошел в чулан и запер за собой дверь.

— Простите меня, — сказала она. — Чем выкуплю я грех свой?

— Уйди.

— Дайте я перевяжу вам рану.

— Уйди отсюда.

Торопливо и молча оделась она. И готовая, в шубе, сидела, ожидая. С надворья послышались бубенцы.

— Отец Сергий. Простите меня.

— Уйди. Бог простит.

— Отец Сергий. Я переменю свою жизнь. Не оставляйте меня.

— Уйди.

— Простите и благословите меня.

— Во имя Отца и Сына и Святого Духа, — послышалось из-за перегородки. Уйди.

Она зарыдала и вышла из кельи. Адвокат шел навстречу.

— Ну, проиграл, нечего делать. Куда ж вы сядете?

— Все равно.

Она села и до дома не сказала ни одного слова.

Через год она была пострижена малым постригом и жила строгой жизнью в монастыре под руководительством затворника Арсения, который изредка писал ей письма.

VI

В затворе прожил отец Сергий еще семь лет. Сначала отец Сергий принимал многое из того, что ему приносили: и чай, и сахар, и белый хлеб, и молоко, и одежду, и дрова. Но чем дальше и дальше шло время, тем строже и строже он устанавливал свою жизнь, отказываясь от всего излишнего, и, наконец, дошел до того, что не принимал больше ничего, кроме черного хлеба один раз в неделю. Все то, что приносили ему, он раздавал бедным, приходившим к нему.

Все время свое отец Сергий проводил в келье на молитве или в беседе с посетителями, которых все становилось больше и больше. Выходил отец Сергий только в церковь раза три в год и за водой и за дровами, когда была в том нужда.

После пяти лет такой жизни случилось то ставшее скоро везде известным событие с Маковкиной, ее ночное посещение, совершившаяся в ней после этого перемена и ее поступление в монастырь. С тех пор слава отца Сергия стала увеличиваться. Посетителей стало приходить все больше и больше, и около его кельи поселились монахи, построилась церковь и гостиница. Слава про отца Сергия, как всегда, преувеличивая его подвиги, шла все дальше и дальше. Стали стекаться к нему издалека и стали приводить к нему болящих, утверждая, что он исцеляет их.

Первое исцеление было на восьмой год его жизни в затворе. Это было исцеление четырнадцатилетнего мальчика, которого привела мать к отцу Сергию с требованием, чтобы он наложил на него руки. Отцу Сергию и в мысль не приходило, чтобы он мог исцелять, болящих. Он считал бы такую мысль великим грехом гордости, но мать, приведшая мальчика, неотступно молила его, валялась в ногах, говорила: за что он, исцеляя других, не хочет помочь ее сыну, просила ради Христа. На утверждение отца Сергия, что только Бог исцеляет, говорила, что она просит его только наложить руку и помолиться. Отец Сергий отказался и ушел в свою келью. Но на другой день (это было осенью, уже ночи были холодные), он, выйдя из кельи за водой, увидал опять ту же мать с своим сыном, четырнадцатилетним бледным, исхудавшим мальчиком, и услыхал те же мольбы. Отец Сергий вспомнил притчу о неправедном судье и, прежде не имевши сомнений в том, что он должен отказать, почувствовал сомнение, а почувствовав сомнение, стал на молитву и молился до тех пор, пока в душе его не возникло решение. Решение было такое, что он должен исполнить требование женщины, что вера ее может спасти ее сына; сам же он, отец Сергий, в этом случае не что иное, как ничтожное орудие, избранное Богом.

И, выйдя к матери, отец Сергий исполнил ее желание, положил руку на голову мальчика и стал молиться.

Мать уехала с сыном, и через месяц мальчик выздоровел, и по округе прошла слава о святой целебной силе старца Сергия, как его называли теперь. С тех пор не проходило недели, чтобы к отцу

Сергию не приходили, не приезжали больные. И, не отказав одним, он не мог отказывать и другим, и накладывал руку и молился, и исцелялись многие, и слава отца Сергия распространялась дальше и дальше.

Так прошло девять лет в монастыре и тринадцать в уединении. Отец Сергий имел вид старца: борода у него была длинная и седая, но волосы, хотя и редкие, еще черные и курчавые.

VII

Отец Сергий уже несколько недель жил с одной неотступною мыслью: хорошо ли он делал, подчиняясь тому положению, в которое он не столько сам стал, сколько поставили его архимандрит и игумен. Началось это после выздоровевшего четырнадцатилетнего мальчика, с тех пор с каждым месяцем, неделей, днем Сергий чувствовал, как уничтожалась его внутренняя жизнь и заменялась внешней. Точно его выворачивали наружу.

Сергий видел, что он был средством привлечения посетителей и жертвователей к монастырю и что потому монастырские власти обставляли его такими условиями, в которых бы он мог быть наиболее полезен. Ему, например, не давали уже совсем возможности трудиться. Ему припасали все, что ему могло быть нужно, и требовали от него только того, чтобы он не лишал своего благословения тех посетителей, которые приходили к нему. Для его удобства устроили дни, в которые он принимал. Устроили приемную для мужчин и место, огороженное перилами так, что его не сбивали с ног бросавшиеся к нему посетительницы, место, где он мог благословлять приходящих. Если говорили, что он нужен был людям, что, исполняя закон Христов любви, он не мог отказывать людям в их требовании видеть его, что удаление от этих людей было бы жестокостью, он не мог не соглашаться с этим, но, по мере того как он отдавался этой жизни, он чувствовал, как внутреннее переходило во внешнее, как иссякал в нем источник воды живой, как то, что он делал, он делал все больше и больше для людей, а не для Бога.

Говорил ли он наставления людям, просто благословлял ли, молился ли о болящих, давал ли советы людям о направлении их жизни, выслушивал ли благодарность людей, которым он помог либо исцелением, как ему говорили, либо поучением, он не мог не радоваться этому, не мог не заботиться о последствиях своей деятельности, о влиянии ее на людей. Он думал о том, что он был светильник горящий, и чем больше он чувствовал это, тем больше он чувствовал ослабление, потухание Божеского света истины, горящего в нем. «Насколько то, что я делаю, для Бога и насколько для людей?» — вот вопрос, который постоянно мучал его и на который он никогда не то что не мог, но не решался ответить себе. Он чувствовал в глубине души, что дьявол подменил всю его деятельность для Бога деятельностью для людей. Он чувствовал это потому, что как прежде ему тяжело было, когда его отрывали от его уединения, так ему тяжело было его уединение. Он тяготился посетителями, уставал от них, но в глубине душной радовался им, радовался тем восхвалениям, которыми окружали его.

Было даже время, когда он решил уйти, скрыться. Он даже все обдумал, как это сделать. Он приготовил себе мужицкую рубаху, портки, кафтан и шапку. Он объяснил, что это нужно ему для того, чтобы давать просящим. И он держал это одеяние у себя, придумывая, как он оденется, острижет волосы и уйдет. Сначала он уедет на поезде, проедет триста верст, сойдет и пойдет по деревням. Он расспрашивал старика солдата, как он ходит, как подают и пускают. Солдат рассказал, как и, где лучше подают и пускают, и вот так и хотел сделать отец Сергий. Он даже раз оделся ночью и хотел идти, но он не знал, что хорошо: оставаться или бежать. Сначала он был в нерешительности, потом нерешительность прошла, он привык и покорился дьяволу, и одежда мужицкая только напоминала ему его мысли и чувства.

С каждым днем все больше и больше приходило к нему людей и все меньше и меньше оставалось времени для духовного укрепления и молитвы. Иногда, в светлые минуты, он думал так, что он стал подобен месту, где прежде был ключ. «Был слабый ключ воды живой, который тихо тек из меня, через меня. То была истинная жизнь, когда «она» (он всегда с восторгом вспоминал эту ночь и ее, теперь мать Агнию) соблазняла его. Она вкусила той чистой воды. Но с тех пор не успевает набраться вода, как жаждущие приходят, теснятся, отбивая друг друга. И они затолкли все, осталась одна грязь». Так думал он в редкие, светлые минуты; но самое обыкновенное состояние его было: усталость и умиление перед собой за эту усталость.

Была весна, канун праздника преполовения. Отец Сергий служил всенощную в своей пещерной церкви. Народу было столько, сколько могло поместиться, человек двадцать. Это все были господа и купцы — богатые. Отец Сергий пускал всех, но эту выборку делали монах, приставленный к нему, и дежурный, присылаемый ежедневно к его затвору из монастыря. Толпа народа, человек в восемьдесят странников, в особенности баб, толпилась наружи, ожидая выхода отца Сергия и его благословения. Отец Сергий служил и, когда он вышел, славя... к гробу своего предшественника, он пошатнулся и упал бы, если бы стоявший за ним купец и за ним монах, служивший за дьякона, не подхватили его.

— Что с вами? Батюшка, отец Сергий! Голубчик! Господи! — заговорили голоса женщин. — Как платок стали.

Но отец Сергий тотчас же оправился и, хотя и очень бледный, отстранил от себя купца и дьякона и продолжал петь. Отец Серапион, дьякон, и причетники, и барыня Софья Ивановна, жившая всегда при затворе и ухаживавшая за отцом Сергием, стали просить его прекратить службу.

— Ничего, ничего, — улыбаясь чуть заметно под своими усами, проговорил отец Сергий, — не прерывайте службу.

«Да, так святые делают», — подумал он.

— Святой! Ангел Божий! — послышался ему тотчас же сзади его голос Софьи Ивановны и еще того купца, который поддержал его. Он не послушался уговоров и продолжал служить. Опять теснясь, все прошли коридорчиками назад к маленькой церкви, и там, хотя немного и сократив ее, отец Сергий дослужил всенощную.

Тотчас после службы отец Сергий благословил бывших тут и вышел на лавочку под вяз у хода в пещеры. Он хотел отдохнуть, подышать свежим воздухом, чувствовал, что ему это необходимо, но только что он вышел, как толпа народа бросилась к нему, прося благословенья и спрашивая советов и помощи. Тут были странницы, всегда ходящие от святого места к святому месту, от старца к старцу и всегда умиляющиеся перед всякой святыней и всяким старцем. Отец Сергий знал этот обычный, самый нерелигиозный, холодный, условный тип; тут были странники, большей частью из отставных солдат, отбившиеся от оседлой жизни, бедствующие и большей частью запивающие старики, шляющиеся из монастыря в монастырь, только чтобы кормиться; тут были и серые крестьяне и крестьянки с своими эгоистическими требованиями исцеления или разрешения сомнений о самых практических делах: о выдаче дочери, о найме лавочки, о покупке земли или о снятии с себя греха заспанного или прижитого ребенка. Все это было давно знакомо и неинтересно отцу Сергию. Он знал, что от этих лиц он ничего не узнает нового, что лица эти не вызовут в нем никакого религиозного чувства, но он любил видеть их, как толпу, которой он, его благословенье, его слово было нужно и дорого, и потому он и тяготился этой толпой, и она вместе с тем была приятна ему. Отец Серапион стал было отгонять их, говоря, что отец Сергий устал, но он, вспомнив при том слова Евангелия: «Не мешайте им (детям) приходить ко мне» и умилившись на себя при этом воспоминании, сказал, чтобы их пустили.

Он встал, подошел к перильцам, около которых они толпились, и стал благословлять их и отвечать на их вопросы голосом, слабостью звука которого он сам умилялся. Но, несмотря на желание, принять их всех он не мог: опять у него потемнело в глазах, он пошатнулся и схватился за перила. Опять он почувствовал прилив к голове и сначала побледнел, а потом вдруг вспыхнул.

— Да, видно, до завтра. Я не могу нынче, — сказал он и, благословив вообще всех, пошел к лавочке. Купец опять подхватил его и довел за руку и посадил.

— Отец! — послышалось в толпе. — Отец! Батюшка! Не покинь ты нас. Пропали мы без тебя!

Купец, усадив отца Сергия на лавочку под вязами, взял на себя обязанность полицейскую и очень решительно взялся прогонять народ. Правда, он говорил тихо, так что отец Сергий не мог слышать его, но говорил решительно и сердито:

— Убирайтесь, убирайтесь. Благословил, ну, чего же вам еще? Марш. А то, право, шею намну. Ну, ну! Ты, тетка черные онучи, ступай, ступай. Ты куда лезешь? Сказано, шабаш. Что завтра Бог даст, а нынче весь отошел.

— Батюшка, только из глазка на личико его взглянуть, — говорила старушка.

— Я те взгляну, куда лезешь?

Отец Сергий заметил, что купец что-то строго действует, и слабым голосом сказал келейнику, чтоб он не гнал народ. Отец Сергий знал, что он все-таки прогонит, и очень желал остаться один и отдохнуть, но послал келейника сказать, чтобы произвести впечатление.

— Хорошо, хорошо, Я не гоню, я усовещиваю, — отвечал купец, — ведь они рады доконать человека. У них жалости ведь нет, они только себя помнят. Нельзя, сказано. Иди. Завтра.

И купец прогнал всех.

Купец усердствовал и потому, что он любил порядок и любил гонять народ, помыкать им, и главное потому, что отец Сергий ему нужен был. Он был вдовец, и у него была единственная дочь, больная, не шедшая замуж, и он за тысячу четыреста верст привез ее к отцу Сергию, чтобы отец Сергий излечил ее. Он лечил эту дочь за два года ее болезни уж в разных местах. Сначала в губернском университетском городе в клинике — не помогли; потом возил ее к мужику в Самарскую губернию — немножко полегчало; потом возил к московскому доктору, заплатил много денег — ничего не помог. Теперь ему сказали, что отец Сергий излечивает, и вот он привез ее. Так что, когда купец разогнал весь народ, он подошел к отцу Сергию и, став без всяких приготовлений на колени, громким голосом сказал:

— Отец святый, благослови дщерь мою болящую, исцелить от боли недуга. Дерзаю прибегнуть к святым стопам твоим. — И он сложил горсточкой руку на руку. Все это он сделал и сказал так, как будто он делал нечто ясно и твердо определенное законом и обычаем, как будто именно так, а не каким-либо иным способом надо и должно просить об исцелении дочери. Он сделал это с такою уверенностью, что даже и отцу Сергию показалось, что все это именно так и должно говорить и делать. Но он все-таки велел ему встать и рассказать, в чем дело. Купец рассказал, что дочь его, девица двадцати двух лет, заболела два года тому назад, после скоропостижной смерти матери, ахнула, как он говорит, и с тех пор повредилась. И вот он привез ее за тысячу четыреста верст, и она ждет в гостинице, когда отец Сергий прикажет привесть ее. Днем она не ходит, боится света, а может выходить только после заката солнца.

— Что же, она очень слаба? — сказал отец Сергий.

— Нет, слабости она особой не имеет и корпусна, а тальке нерастениха, как доктор сказывал. Если бы нынче приказал отец Сергий привесть ее, я бы духом слетал. Отец святый, оживите сердце родителя, восстановите род его — молитвами своими спасите болящую дщерь его.

И купец опять с размаха упал на колени и, склонившись боком головой над двумя руками горсточкой, замер. Отец Сергий опять велел ему встать и, подумав о том, как тяжела его деятельность и как, несмотря на то, он покорно несет ее, тяжело вздохнул и, помолчав несколько секунд, сказал:

— Хорошо, приведите ее вечером. Я помолюсь о ней, но теперь я устал. — И он закрыл глаза. — Я пришлю тогда.

Купец, на цыпочках ступая по песку, отчего сапоги только громче скрипели, удалился, и отец Сергий остался один.

Вся жизнь отца Сергия была полна службами и посетителями, но нынче был особенно трудный день. Утром был приезжий важный сановник, долго беседовавший с ним; после него была барыня с сыном. Сын этот был молодой профессор, неверующий, которого мать, горячо верующая и преданная отцу Сергию, привезла сюда и упросила отца Сергия поговорить с ним. Разговор был очень тяжелый. Молодок человек, очевидно, не желал вступать в спор с монахом, соглашался с ним во всем, как с человеком слабым, но отец Сергий видел, что молодой человек не верит и что, несмотря, на то, ему хорошо, легко и спокойно. Отец Сергий с неудовольствием вспоминал теперь этот разговор.

— Покушать, батюшка, — сказал келейник.

— Да, что-нибудь принесите.

Келейник ушел в келейку, построенную в десяти шагах от входа в пещеры, а отец Сергий остался один.

Давно уже прошло то время, когда отец Сергий жил один и сам все делал для себя и питался одной просвирой и хлебом. Уже давно ему доказали, что он не имеет права пренебрегать своим здоровьем, и его питали постными, но здоровыми кушаньями. Он употреблял их мало, но гораздо больше, чем прежде, и часто ел с особенным удовольствием, а не так как прежде, с отвращением и сознанием греха. Так это было и теперь. Он поел кашку, выпил чашку чая и съел половину белого хлеба.

Келейник ушел, и он остался один на лавочке под вязом.

Был чудный майский вечер, лист только что разлопушился на березах, осинах, вязах, черемухах и дубах. Черемуховые кусты за вязом были в полном цвету и еще не осыпались. Соловьи, один совсем близко и другие два или три внизу в кустах у реки, щелкали и заливались. С реки слышалось далеко пенье возвращавшихся, верно с работы, рабочих; солнце зашло за лес и брызгало разбившимися лучами сквозь зелень. Вся сторона эта была светло-зеленая, другая, с вязом, была темная. Жуки летали, хлопались и падали.

После ужина отец Сергий стал творить умственную молитву: «Господи Иисусе Христе, сыне Божий, помилуй нас», — а потом стал читать псалом, и вдруг, среди псалма, откуда ни возьмись, воробей слетел с куста на землю и, чиликая и попрыгивая, подскочил к нему, испугался чего-то и улетел. Он читал молитву, в которой говорил о своем отречении от мира, и торопился поскорее прочесть ее, чтобы послать за купцом с больною дочерью: она интересовала его. Она интересовала его тем, что это было развлечение, новое лицо, тем, что и отец ее и она считали его угодником, таким, чья молитва исполнялась. Он отрекался от этого, но он в глубине души сам считал себя таким.

Он часто удивлялся тому, как это случилось, что ему, Степану Касатскому, довелось быть таким необыкновенным угодником и прямо чудотворцем, но то, что он был такой, не было никакого сомнения: он не мог не верить тем чудесам, которые он сам видел, начиная с расслабленного мальчика и до последней старушки, получившей зрение по его молитве.

Как ни странно это было, это было так. Так купцова дочь интересовала его тем, что она была новое лицо, что она имела веру в него, и тем еще, что предстояло опять на ней подтвердить свою силу исцеления и свою славу. «За тысячу верст приезжают, в газетах пишут, государь знает, в Европе, в неверующей Европе знают», — думал он. И вдруг ему стало совестно своего тщеславия, и он стал опять молиться Богу. «Господи, царю небесный, утешителю, душе истины, приди и вселися в ны, и очисти ны от всякия скверны, и спаси, блаже, души наша. Очисти от скверны славы людской, обуревающей меня», повторил он и вспомнил, сколько раз он молился об этом и как тщетны были до сих пор в этом отношений его молитвы: молитва его делала чудеса для других, но для себя он не мог выпросить у Бога освобождения от этой ничтожной страсти.

Он вспомнил молитвы свои в первое время затвора, когда он молился о даровании ему чистоты, смирения и любви, и о том, как ему казалось тогда, что Бог услышал его молитвы, он был чист и отрубил себе палец, и он поднял сморщенный сборками отрезок пальца и поцеловал его; ему казалось, что он и был смиренен тогда, когда он постоянно гадок был себе своей греховностью, и ему казалось, что он имел тогда и любовь, когда вспоминал, с каким умилением он встретил тогда старика, зашедшего к нему пьяного солдата, требовавшего денег, ее. Но теперь? И он спросил себя: любит ли он кого, любит ли Софью Ивановну, отца Серапиона, испытал ли он чувство любви ко всем этим лицам, бывшим у него нынче, к этому ученому юноше, с которым он так поучительно беседовал, заботясь только о том, чтобы показать ему свой ум и неотсталость от образования. Ему приятна, нужна любовь от них, но к ним любви он не чувствовал. Не было у него теперь любви, не было и смирения, не было и чистоты.

Ему было приятно узнать, что купцовой дочери двадцать два года, и хотелось знать, красива ли она. И, спрашивая о ее слабости, он именно хотел знать, имеет ли она женскую прелесть или нет.

«Неужели я так пал? — подумал он. — Господи, помоги мне, восстанови меня. Господь и Бог мой». И он сложил руки и стал молиться. Соловьи заливались. Жук налетел на него и пополз по затылку. Он сбросил его. «Да есть ли Он? Что, как я стучусь у запертого снаружи дома... Замок на двери, и я мог бы видеть его. Замок этот — соловьи, жуки, природа. Юноша прав, может быть». И он стал громко молиться и долго молился, до тех пор пока мысли эти не исчезли и он почувствовал себя опять спокойным и уверенным. Он позвонил в колокольчик и вышедшему келейнику сказал, что пускай купец этот с дочерью придет теперь.

Купец привел под руку дочь, провел ее в келью и тотчас же ушел.

Дочь была белокурая, чрезвычайно белая, бледная, полная, чрезвычайно кроткая девушка, с испуганным детским лицом и очень развитыми женскими формами. Отец Сергий остался на лавочке у входа. Когда проходила девушка и остановилась подле него и он благословил ее, он сам ужаснулся на себя, как он осмотрел ее тело. Она прошла, а он чувствовал себя ужаленным. По лицу ее он увидал, что она чувственна и слабоумна. Он встал и вошел в келью. Она сидела на табурете, дожидаясь его.

Когда он взошел, она встала.

— Я к папаше хочу, — сказала она.

— Не бойся, — сказал он. — Что у тебя болит?.

— Все у меня болит, — сказала она, и вдруг лицо ее осветилось улыбкой.

— Ты будешь здорова, — сказал он. — Молись.

— Что молиться, я молилась, ничего не помогает. — И она все улыбалась. Вот вы помолитесь да руки на меня наложите. Я во сне вас видела.

— Как видела?

— Видела, что вы вот так ручку наложили мне на грудь. — Она взяла его руку и прижала ее к своем груди. — Вот сюда.

Он отдал ей свою правую руку.

— Как тебя звать? — спросил он, дрожа всем телом и чувствуя, что он побежден. Что похоть ушла уже из-под руководства.

— Марья. А что?

Она взяла руку и поцеловала ее, а потом одной рукой обвила его за пояс и прижимала к себе.

— Что ты? — сказал он. — Марья. Ты дьявол.

— Ну, авось ничего.

И она, обнимая его, села с ним на кровать.

На рассвете он вышел на крыльцо.

«Неужели все это было? Отец придет. Она расскажет. Она дьявол. Да что же я сделаю? Вот он, тот топор, которым я рубил палец». — Он схватил топор и пошел в келью.

Келейник встретил его.

— Дров прикажете нарубить? Пожалуйте топор.

Он отдал топор. Вошел в келью. Она лежала и спала. С ужасом взглянул он на нее. Прошел в келью, снял мужицкое платье, оделся, взял ножницы, обстриг волосы и вышел по тропинке под гору к реке, у которой он не был четыре года.

Вдоль реки шла дорога; он пошел по ней и прошел до обеда. В обед он вошел в рожь и лег в ней. К вечеру он пришел к деревне на реке. Он не пошел в деревню, а к реке, к обрыву,

Было раннее утро, с полчаса до восхода солнца. Все было серо и мрачно, и тянул с запада холодный предрассветный ветер. «Да, надо кончить. Нет Бога! Как покончить? Броситься? Умею плавать, не утонешь. Повеситься? Да, вот кушак, на суку». Это показалось так возможно и близко, что он ужаснулся. Хотел, как обыкновенно в минуты отчаяния, помолиться. Но молиться некому было. Бога не было. Он лежал, облокотившись на руку. И вдруг он почувствовал такую потребность сна, что не мог держать больше голову рукой, а вытянул руку, положил на нее голову и тотчас же заснул. Но сон этот продолжался только мгновение; он тотчас же просыпается и начинает не то видеть во сне, не то вспоминать.

И вот видит он себя почти ребенком, в доме матери в деревне. И к ним подъезжает коляска, и из коляски выходят: дядя Николай Сергеевич, с огромной, лопатой, черной бородой, и с ним худенькая девочка Пашенька большими кроткими глазами и жалким, робким лицом. И вот им, в их компанию мальчиков, приводят эту Пашеньку. И надо с ней играть, а скучно. Она глупая. Кончается тем, что ее поднимают на смех, заставляют ее показывать, как она умеет плавать. Она ложится на пол и показывает на сухом. И все хохочут и делают ее дурой. И она видит это и краснеет пятнами и становится жалкой, такой жалкой, что совестно и что никогда забыть нельзя этой ее кривой, доброй, покорной улыбки. И вспоминает Сергий, когда он видел ее после этого. Видел он ее долго потом, перед поступлением его в монахи. Она была замужем за каким-то помещиком, промотавшим все ее состояние и бившим ее. У нее было двое детей: сын и дочь. Сын умер маленьким.

Сергий вспоминал, как он видел ее несчастной. Потом он видел ее в монастыре вдовой. Она была такая же — не сказать глупая, но безвкусная, ничтожная и жалкая. Она приезжала с дочерью и ее женихом. И они были уже бедны. Потом он слышал, что она живет где-то в уездном городе и что она очень бедна. «И зачем я думаю о ней? — спрашивал он себя. Но не мог перестать думать о ней. — Где она? Что с ней? Так ли она все несчастна, как была тогда, когда показывала, как плавают, по полу? Да что мне об ней думать? Что я? Кончить надо».

И опять ему страшно стало, и опять, чтобы спастись от этой мысли, он стал думать о Пашеньке.

Так он лежал долго, думая то о своем необходимом конце, то о Пашеньке. Пашенька представлялась ему спасением. Наконец он заснул. И во сне он увидал ангела, который пришел к нему и сказал: «Иди к Пашеньке и узнай от нее, что тебе надо делать, и в чем твой грех, и в чем твое спасение».

Он проснулся и, решив, что это было виденье от Бога, обрадовался и решил сделать то, что ему сказано было в видении. Он знал город, в котором она живет, — это было за триста верст, — и пошел туда.

VIII

Пашенька уж давно была не Пашенька, а старая, высохшая, сморщенная Прасковья Михайловна, теща неудачника, пьющего чиновника Маврикьева. Жила она в том уездном городе, в котором зять имел последнее место, и там кормила семью: и дочь, и самого больного, неврастеника зятя, и пятерых внучат. А кормила она тем, что давала уроки музыки купцовым дочкам, по пятьдесят за час. В день было иногда четыре, иногда пять часов, так что в месяц зарабатывалось около шестидесяти рублей. Тем и жили покамест, ожидая места. С просьбами о месте Прасковья Михайловна послала письма ко всем своим родным и знакомым, в том числе и к Сергию. Но письмо это не застало его.

Была суббота, и Прасковья Михайловна сама замешивала сдобный хлеб с изюмом, который так хорошо делал еще крепостной повар у ее папаши. Прасковья Михайловна хотела завтра к празднику угостить внучат.

Маша, дочь ее, нянчилась с меньшим, старшие мальчик и девочка, были в школе. Сам зять не спал ночь и теперь заснул. Прасковья Михайловна долго не спала вчера, стараясь смягчить гнев дочери на мужа.

Она видела, что зять — слабое существо, не мог говорить и жить иначе, и видела, что упреки ему от жены не помогут, и она все силы употребляла, чтобы смягчить их, чтоб не было упреков, не было зла. Она не могла физически почти переносить недобрые отношения между людьми. Ей так ясно было, что от этого ничто не может стать лучше, а все будет хуже. Да этого даже она не думала, она просто страдала от вида злобы, как от дурного запаха, резкого шума, ударов по телу.

Она только что самодовольно учила Лукерью, как замешивать опару, когда Миша, шестилетний внук, в фартучке, на кривых ножках, в штопаных чулочках, прибежал в кухню с испуганным лицом.

— Бабушка, старик страшный тебя ищет.

Лукерья выглянула:

— И то, странник какой-то, барыня.

Прасковья Михайловна обтерла свои худые локти один о другой и руки об фартук и пошла было в дом за кошельком подать пять копеек, но потом вспомнила, что нет меньше гривенника, и решила подать хлеба и вернулась к шкафу, но вдруг покраснела, вспомнив, что она пожалела, и, приказав Лукерье отрезать ломоть, сама пошла сверх того за гривенником. «Вот тебе наказанье, — сказала она себе, — вдвое подай».

Она подала, извиняясь, и то и другое страннику, и когда подавала, не только уж не гордилась своей щедростью, а, напротив, устыдилась, что подает так мало. Такой значительный вид был у странника.

Несмотря на то, что он триста верст прошел Христовым именем, и оборвался, и похудел, и почернел, волосы у него были обстрижены, шапка мужицкая и сапоги такие же, несмотря на то, что он смиренно кланялся, у Сергия был все тот же значительный вид, который так привлекал к нему. Но Прасковья Михайловна не узнала его. Она и не могла узнать его, не видав его почти тридцать лет.

— Не взыщите, батюшка. Может, поесть хотите?

Он взял хлеб и деньги. И Прасковья Михайловна удивилась, что он не уходит, а смотрит на нее.

— Пашенька. Я к тебе пришел. Прими меня.

И черные прекрасные глаза пристально и просительно смотрели на нее и заблестели выступившими слезами. И под седеющими усами жалостно дрогнули губы.

Прасковья Михайловна схватилась за высохшую грудь, открыла рот и замерла спустившимися зрачками на лице странника,

— Да не может быть! Степа! Сергий! Отец Сергий.

— Да, он самый, — тихо проговорил Сергий. — Только не Сергий, не отец Сергий, а великий грешник Степан Касатский, погибший, великий грешник. Прими, помоги мне.

— Да не может быть, да как же вы это так смирились? Да пойдемте же.

Она протянула руку; но он не взял ее и пошел за нею.

Но куда вести? Квартирка была маленькая. Сначала была отведена комнатка крошечная, почти чуланчик, для нее, но потом и этот чуланчик она отдала дочери. И теперь там сидела Маша, укачивая грудного.

— Сядьте сюда, сейчас, — сказала она Сергию, указывая на лавку в кухне.

Сергий тотчас же сел и снял, очевидно, уже привычным жестом, сначала с одного, потом с другого плеча сумку.

— Боже мой, Боже мой, как смирился, батюшка! Какая слава и вдруг так...

Сергий не отвечал и только кротко улыбался, укладывая подле себя сумку.

— Маша, это знаешь кто?

И Прасковья Михайловна шепотом рассказала дочери, кто был Сергий, и они вместе вынесли и постель и люльку из чулана, опростав его для Сергия. Прасковья Михайловна провела Сергия в каморку.

— Вот тут отдохните. Не взыщите. А мне идти надо.

— Куда?

— Уроки у меня тут, совестно и говорить — музыке учу.

— Музыке — это хорошо. Только одно, Прасковья Михайловна, я ведь к вам за делом пришел. Когда я могу поговорить с вами?

— За счастье почту. Вечером можно?

— Можно, только еще просьба: Не говорите обо мне, кто я. Я только вам открылся. Никто не знает, куда я ушел. Так надо.

— Ах, а я сказала дочери.

— Ну, попросите ее не говорить.

Сергий снял сапоги, лег и тотчас же заснул после бессонной ночи и сорока верст ходу.

Когда Прасковья Михайловна вернулась, Сергий сидел в своей каморке и ждал ее. Он не выходил к обеду, а поел супу и каши, которые принесла ему туда Лукерья.

— Что же ты раньше пришла обещанного? — сказал Сергий. — Теперь можно поговорить?

— И за что мне такое счастье, что такой посетитель. Я уж пропустила урок. После… Я мечтала все съездить к вам, писала вам, и вдруг такое счастье.

— Пашенька! пожалуйста, слова, которые я скажу тебе сейчас, прими как исповедь, как слова, которые я в смертный час говорю перед Богом. Пашенька! я не святой человек, даже не простой, рядовой человек: я грешник, грязный, гадкий, заблудший, гордый грешник, хуже, не знаю, всех ли, но хуже самых худых людей.

Пашенька смотрела сначала выпучив глаза; она верила. Потом, когда она вполне поверила, она тронула рукой его руку и, жалостно улыбаясь, сказала:

— Стива, может быть, ты преувеличиваешь?

— Нет, Пашенька. Я блудник, я убийца, я богохульник и обманщик.

— Боже мой! Что ж это? — проговорила Прасковья Михайловна.

— Но надо жить. И я, который думал, что все знаю, который учил других, как жить, — я ничего не знаю и я тебя прошу научить.

— Что ты, Стива. Ты смеешься. За что вы всегда смеетесь надо мной?

— Ну, хорошо, я смеюсь: только скажи мне, как ты живешь и как прожила жизнь?

— Я? Да я прожила самую гадкую, скверную жизнь, и теперь Бог наказывает меня, и поделом, и живу так дурно, так дурно…

— Как же ты вышла замуж? как жила с мужем?

— Все было дурно. Вышла — влюбилась самым гадким манером. Папа не желал этого. Я ни на что не посмотрела, вышла. И замужем, вместо того чтобы помогать мужу, я мучила его ревностью, которую не могла в себе победить.

— Он пил, я слышал.

— Да, но я-то не умела успокоить его. Упрекала его. А ведь это болезнь. Он не мог удержаться, а я теперь вспоминаю, как я не давала ему. И у нас были ужасные сцены.

И она смотрела прекрасными, страдающими при воспоминании глазами на Касатского.

Касатский вспоминал, как ему рассказывали, что муж бил Пашеньку. И Касатский видел теперь, глядя на ее худую, высохшую шею с выдающимися жилами за ушами и пучком редких полуседых, полурусых волос, как будто видел, как это происходило.

— Потом я осталась одна с двумя детьми и без всяких средств.

— Да ведь у вас было именье.

— Это еще при Васе мы продали и все... прожили. Надо было жить, а я ничего не умела — как все мы, барышни. Но я особенно плоха, беспомощна была. Так проживали последнее, я учила детей — сама немножко подучилась. А тут Митя заболел уже в четвертом классе, и Бог взял его. Манечка полюбила Ваню — зятя. И что ж, он хороший, но только несчастный. Он больной.

— Мамаша, — перебила ее речь дочь. — Возьмите Мишу, не могу я разорваться.

Прасковья Михайловна вздрогнула, встала и, быстро ступая в своих стоптанных башмаках, вышла в дверь и тотчас же вернулась с двухлетним мальчиком на руках, который валился назад и схватился ручонками за ее косынку.

— Да, так на чем я остановилась? Ну вот, было у него место тут хорошее — и начальник, такой милый, но Ваня не мог и вышел в отставку.

— Чем же он болен?

— Неврастенией, это ужасная болезнь. Мы советовались, но надо было ехать, но средств нет. Но я все надеюсь, что так пройдет. Особенно болей у него нет, но...

— Лукерья! — послышался его голос, сердитый и слабый. — Всегда ушлют куда-нибудь, когда ее нужно. Мамаша!..

— Сейчас, — опять перебила себя Прасковья Михайловна. — Он не обедал еще. Он не может с нами.

Она вышла, что-то устроила там и вернулась, обтирая загорелые худые руки.

— Так вот и живу. И все жалуемся, и все недовольны, а, слава Богу, внуки все славные, здоровые, и жить еще можно. Да что про меня говорить.

— Ну, чем же вы живете?

— А немножко я вырабатываю. Вот я скучала музыкой, а теперь как она мне пригодилась.

Она держала маленькую руку на комодце, у которого сидела, и как упражнения, перебирала худыми пальцами.

— Что же вам платят за уроки?

— Платят и рубль, и пятьдесят копеек, есть и тридцать копеек. Они все такие добрые ко мне.

— И что же, успехи делают? — чуть улыбаясь глазами, спросил Касатский.

Прасковья Михайловна не поверила сразу серьезности вопроса и вопросительно взглянула ему в глаза.

— Делают и успехи. Одна славная девочка есть, мясника дочь. Добрая, хорошая девочка. Вот если бы я была порядочная женщина, то, разумеется, по папашиным связям, я бы могла найти место зятю. А то я ничего не умела и вот довела их всех до этого.

— Да, да, — говорил Касатский, наклоняя голову. — Ну, а как вы, Пашенька, в церковной жизни участвуете? — спросил он.

— Ах, не говорите. Уж так дурно, так запустила. С детьми говею и бываю в церкви, а то по месяцам не бываю. Детей посылаю.

— А отчего же не бываете сами?

— Да правду сказать, — она покраснела, — да оборванной идти совестно перед дочерью, внучатами, а новенького нет. Да просто ленюсь.

— Ну, а дома молитесь?

— Молюсь, да что за молитва, так, машинально. Знаю, что не так надо, да нет настоящего чувства, только и есть, что знаешь всю свою гадость…

— Да, да, так, так, — как бы одобряя, подговаривал Касатский.

— Сейчас, сейчас, — ответила она на зов зятя и, поправив на голове косынку, вышла из комнаты.

На этот раз она долго не возвращалась. Когда она вернулась, Касатский сидел в том же положении, опершись локтями на колена и опустив голову. Но сумка его была надета на спину.

Когда она вошла с жестяной, без колпака, лампочкой, он поднял на нее свои прекрасные, усталые глаза и глубоко, глубоко вздохнул.

— Я им не сказала, кто вы, — начала она робко, — а только сказала, что странник из благородных и что я знала. Пойдемте в столовую, чаю.

— Нет…

— Ну, я сюда принесу.

— Нет, ничего не надо. Спаси тебя Бог, Пашенька. Я пойду. Если жалеешь, не говори никому, что видала меня. Богом живым заклинаю тебя: не говори никому… Спасибо тебе. Я бы поклонился тебе в ноги, да знаю, что это смутит тебя. Спасибо, прости Христа ради.

— Благословите.

— Бог благословит. Прости Христа ради.

И он хотел идти, но она не пустила его и принесла ему хлеба, баранок и масла. Он взял все и вышел.

Было темно, и не отошел он двух домов, как она потеряла его из вида и, узнала, что он идет, только по тому, что протопопова собака залаяла на него.

«Так вот что значил мой сон. Пашенька именно то, что я должен был быть и чем я не был. Я жил для людей под предлогом Бога, она живет для Бога, воображая, что она живет для людей. Да, одно доброе дело, чашка воды, поданная без мысли о награде, дороже облагодетельствованных мною для людей. Но ведь была доля искреннего желания служить Богу?» — спрашивал он себя, и ответ был: «Да, но все это было загажено, заросло славой людской. Да, нет Бога для того, кто жил, как я, для славы людской. Буду искать его».

И он пошел, как шел до Пашеньки, от деревни до деревни, сходясь и расходясь с странниками и странницами и прося Христа ради хлеба и ночлега. Изредка его бранила злая хозяйка, ругал выпивший мужик но большей частью его кормили, поили, давали даже на дорогу. Его господское обличье располагало некоторых в его пользу. Некоторые, напротив, как бы радовались на то, что вот господин дошел также до нищеты. Но кротость его побеждала всех.

Он часто, находя в доме Евангелие, читал его, и люди всегда, везде все умилялись и удивлялись, как новое и вместе с тем давно знакомое слушали его.

Если удавалось ему послужить людям или советом, или грамотой, или уговором ссорящихся, он не видел благодарности, потому что уходил. И понемногу Бог стал проявляться в нем.

Один раз он шел с двумя старушками и солдатом. Барин с барыней на шарабане, запряженном рысаком, и мужчина и дама верховые остановили их. Муж барыни ехал с дочерью верхами, а в шарабане ехала барыня с, очевидно, путешественником-французом.

Они остановили их, чтобы показать ему leg pélérins,[1] которые, по свойственному русскому народу суеверию, вместо того чтобы работать, ходят из места в место.

Они говорили по-французски, думая, что не понимают их.

— Demandez leur, — сказал француз, — s'ils sont bien sûrs de ce que leur pélérinage est agréable à dieu.[2]

Их спросили. Старушки отвечали:

— Как Бог примет. Ногами-то были, сердцем будем ли?

Спросили солдата. Он сказал, что один, деться некуда.

Спросили Касатского, кто он?

---

[1] странников (франц.).

[2] Спросите у них, твердо ли они уверены, что их паломничество угодно Богу (франц.).

— Раб Божий.

— Qu'est ce qu'il dit? Il ne répond pas.

— Il dit qu'il est un serviteur de Dieu.

— Cela doit etre un fils de pretre. Il a de la race. Avez-vous de la petite monnaie?[1]

У француза нашлась мелочь. И он всем раздал по двадцать копеек.

— Mais dites leur que ce n'est pas pour des cierges que je leur donne, mais pour qu'ils se regatent de the; чай, чай, — улыбаясь, — pour vous, mon vieux,[2] — сказал он, трепля рукой в перчатке Касатского по плечу.

— Спаси Христос, — ответил Касатский, не надевая шапки и кланяясь своей лысой головой.

И Касатскому особенно радостна была эта встреча, потому что он презрел людское мнение и сделал самое пустое, легкое — взял смиренно двадцать копеек и отдал их товарищу, слепому нищему. Чем меньше имело значения мнение людей, тем сильнее чувствовался Бог.

Восемь месяцев проходил так Касатский, на девятом месяце его задержали в губернском городе, в приюте, в котором он ночевал с странниками, и как беспаспортного взяли в часть. На вопросы, где его билет и кто он, он отвечал, что билета у него нет, а что он раб Божий. Его причислили к бродягам, судили и сослали в Сибирь.

В Сибири он поселился на заимке у богатого мужика и теперь живет там. Он работает у хозяина в огороде, и учит детей, и ходит за больными.

1898

---

1 — Что он сказал? Он не отвечает.

— Он сказал, что он слуга Божий.

— Должно быть, это сын священника. Чувствуется порода. Есть у вас мелочь? *(франц.).*

2 — Скажите им, что я даю им не на свечи, а чтобы они полакомились чаем… вам, дедушка (франц.).

Хаджи-Мурат

Я возвращался домой полями. Была самая середина лета. Луга убрали и только что собирались косить рожь.

Есть прелестный подбор цветов этого времени года: красные, белые, розовые, душистые, пушистые кашки; наглые маргаритки; молочно-белые с ярко-желтой серединой «любишь-не-любишь» с своей прелой пряной вонью; желтая сурепка с своим медовым запахом; высоко стоящие лиловые и белые тюльпановидные колокольчики; ползучие горошки; желтые, красные, розовые, лиловые, аккуратные скабиозы; с чуть розовым пухом и чуть слышным приятным запахом подорожник; васильки, ярко-синие на солнце и в молодости и голубые и краснеющие вечером и под старость; и нежные, с миндальным запахом, тотчас же вянущие, цветы повилики.

Я набрал большой букет разных цветов и шел домой, когда заметил в канаве чудный малиновый, в полном цвету, репей того сорта, который у нас называется «татарином» и который старательно окашивают, а когда он нечаянно скошен, выкидывают из сена покосники, чтобы не колоть на него рук. Мне вздумалось сорвать этот репей и положить его в середину букета. Я слез в канаву и, согнав впившегося в середину цветка и сладко и вяло заснувшего там мохнатого шмеля, принялся срывать цветок. Но это было очень трудно: мало того что стебель кололся со всех сторон, даже через платок, которым я завернул руку, — он был так страшно крепок, что я бился с ним минут пять, по одному разрывая волокна. Когда я, наконец, оторвал цветок, стебель уже был весь в лохмотьях, да и цветок уже не казался так свеж и красив. Кроме того, он по своей грубости и аляповатости не подходил к нежным цветам букета. Я пожалел, что напрасно погубил цветок, который был хорош в своем месте, и бросил его. «Какая, однако, энергия и сила жизни, — подумал я, вспоминая те усилия, с которыми я отрывал цветок. — Как он усиленно защищал и дорого продал свою жизнь».

Дорога к дому шла паровым, только что вспаханным черноземным полем. Я шел наизволок по пыльной черноземной дороге. Вспаханное поле было помещичье, очень большое, так что с обеих сторон дороги и вперед в гору ничего не было видно, кроме черного, ровно взбороржденного, еще не скороженного пара. Пахота была хорошая, и нигде по полю не виднелось ни одного растения, ни одной травки, — все было черно. «Экое разрушительное, жестокое существо человек, сколько уничтожил разнообразных живых существ, растений для поддержания своей жизни», — думал я, невольно отыскивая чего-нибудь живого среди этого мертвого черного поля. Впереди меня, вправо от дороги, виднелся какой-то кустик. Когда я подошел ближе, я узнал в кустике такого же «татарина», которого цветок я напрасно сорвал и бросил.

Куст «татарина» состоял из трех отростков. Один был оторван, и, как отрубленная рука, торчал остаток ветки. На других двух было на каждом по цветку. Цветки эти когда-то были красные, теперь же были черные. Один стебель был сломан, и половина его, с грязным цветком на конце, висела книзу; другой, хотя и вымазанный черноземной грязью, все еще торчал кверху. Видно было, что весь кустик был переехан колесом и уже после поднялся и потому стоял боком, но все-таки стоял. Точно вырвали у него кусок тела, вывернули внутренности, оторвали руку, выкололи глаз. Но он все стоит и не сдается человеку, уничтожившему всех его братий кругом его.

«Экая энергия! — подумал я. — Все победил человек, миллионы трав уничтожил, а этот все не сдается».

И мне вспомнилась одна давнишняя кавказская история, часть которой я видел, часть слышал от очевидцев, а часть вообразил себе. История эта, так, как она сложилась в моем воспоминании и воображении, вот какая.

I

Это было в конце 1851-го года.

В холодный ноябрьский вечер Хаджи-Мурат въезжал в курившийся душистым кизячным дымом чеченский немирн**о**й аул Махкет.

Только что затихло напряженное пение муэдзина, и в чистом горном воздухе, пропитанном запахом кизячного дыма, отчетливо слышны были из-за мычания коров и блеяния овец, разбиравшихся по тесно, как соты, слепленным друг с другом саклям аула, гортанные звуки спорящих мужских голосов и женские и детские голоса снизу от фонтана.

Хаджи-Мурат этот был знаменитый своими подвигами наиб Шамиля, не выезжавший иначе, как с своим значком в сопровождении десятков мюридов, джигитовавших вокруг него. Теперь, закутанный в башлык и бурку, из-под которой торчала винтовка, он ехал с одним мюридом, стараясь быть как можно меньше замеченным, осторожно вглядываясь своими быстрыми черными глазами в лица попадавшихся ему по дороге жителей.

Въехав в середину аула, Хаджи-Мурат поехал не по улице, ведшей к площади, а повернул влево, в узенький проулочек. Подъехав ко второй в проулочке, врытой в полугоре сакле, он остановился, оглядываясь. Под навесом перед саклей никого не было, на крыше же за свежесмазанной глиняной трубой лежал человек, укрытый тулупом. Хаджи-Мурат тронул лежавшего на крыше человека слегка рукояткой плетки и цокнул языком. Из-под тулупа поднялся старик в ночной шапке и лоснящемся, рваном бешмете. Глаза старика, без ресниц, были красны и влажны, и он, чтобы разлепить их, мигал ими. Хаджи-Мурат проговорил обычное: «Селям алейкум», — и открыл лицо.

— Алейкум селям, — улыбаясь беззубым ртом, проговорил старик, узнав Хаджи-Мурата, и, поднявшись на слои худые ноги, стал попадать ими в стоявшие подле трубы туфли с деревянными каблуками. Обувшись, он не торопясь надел в рукава нагольный сморщенный тулуп и полез задом вниз по лестнице, приставленной к крыше. И одеваясь и слезая, старик покачивал головой на тонкой сморщенной, загорелой шее и не переставая шамкал беззубым ртом. Сойдя на землю, он гостеприимно взялся за повод лошади Хаджи-Мурата и правое стремя. Но быстро слезший с своей лошади ловкий, сильный мюрид Хаджи-Мурата, отстранив старика, заменил его.

Хаджи-Мурат слез с лошади и, слегка прихрамывая, вошел под навес. Навстречу ему из двери быстро вышел лет пятнадцати мальчик и удивленно уставился черными, как спелая смородина, блестящими глазами на приехавших.

— Беги в мечеть, зови отца, — приказал ему старик и, опередив Хаджи-Мурата, отворил ему легкую скрипнувшую дверь в саклю. В то время как Хаджи-Мурат входил, из внутренней двери вышла немолодая, тонкая, худая женщина, в красном бешмете на желтой рубахе и синих шароварах, неся подушки.

— Приход твой к счастью, — сказала она и, перегнувшись вдвое, стала раскладывать подушки у передней стены для сидения гостя.

— Сыновья твои да чтобы живы были, — ответил Хаджи-Мурат, сняв с себя бурку, винтовку и шашку, и отдал их старику.

Старик осторожно повесил на гвозди винтовку и шашку подле висевшего оружия хозяина, между двумя большими тазами, блестевшими на гладко вымазанной и чисто выбеленной стене.

Хаджи-Мурат, оправив на себе пистолет за спиною, подошел к разложенным женщиной подушкам и, запахивая черкеску, сел на них. Старик сел против него на свои голые пятки и, закрыв глаза, поднял руки ладонями кверху. Хаджи-Мурат сделал то же. Потом они оба, прочтя молитву, огладили себе руками лица, соединив их в конце бороды.

— Не хабар? — спросил Хаджи-Мурат старика, то есть: «что нового?»

— Хабар иок — «нет нового», — отвечал старик, глядя не в лицо, а на грудь Хаджи-Мурата своими красными безжизненными глазами. — Я на пчельнике живу, нынче только пришел сына проведать. Он знает.

Хаджи-Мурат понял, что старик не хочет говорить того, что знает и что нужно было знать Хаджи-Мурату, и, слегка кивнув головой, не стал больше спрашивать.

— Хорошего нового ничего нет, — заговорил старик. — Только и нового, что все зайцы совещаются, как им орлов прогнать. А орлы всё рвут то одного, то другого. На прошлой неделе русские собаки у мичицких сено сожгли, раздерись их лицо, — злобно прохрипел старик.

Вошел мюрид Хаджи-Мурата и, мягко ступая большими шагами своих сильных ног по земляному полу, так же как Хаджи-Мурат, снял бурку, винтовку и шашку и, оставив на себе только кинжал и пистолет, сам повесил их на те же гвозди, на которых висело оружие Хаджи-Мурата.

— Он кто? — спросил старик у Хаджи-Мурата, указывая на вошедшего.

— Мюрид мой. Элдар имя ему, — сказал Хаджи-Мурат.

— Хорошо, — сказал старик и указал Элдару место на войлоке, подле Хаджи-Мурата.

Элдар сел, скрестив ноги, и молча уставился своими красивыми бараньими глазами на лицо разговорившегося старика. Старик рассказывал, как ихние молодцы на прошлой неделе поймали двух солдат: одного убили, а другого послали в Ведено к Шамилю. Хаджи-Мурат рассеянно слушал, поглядывая на дверь и прислушиваясь к наружным звукам. Под навесом перед саклей послышались шаги, дверь скрипнула, и вошел хозяин.

Хозяин сакли, Садо, был человек лет сорока, с маленькой бородкой, длинным носом и такими же черными, хотя и не столь блестящими глазами, как у пятнадцатилетнего мальчика, его сына, который бегал за ним и вместе с отцом вошел в саклю и сел у двери. Сняв у двери деревянные башмаки, хозяин сдвинул на затылок давно не бритой, зарастающей черным волосом головы старую, истертую папаху и тотчас же сел против Хаджи-Мурата на корточки.

Так же как и старик, он, закрыв глаза, поднял руки ладонями кверху, прочел молитву, отер руками лицо и только тогда начал говорить. Он сказал, что от Шамиля был приказ задержать Хаджи-Мурата, живого или мертвого, что вчера только уехали посланные Шамиля, и что народ боится ослушаться Шамиля, и что поэтому надо быть осторожным.

— У меня в доме, — сказал Садо, — моему кунаку, пока я жив, никто ничего не сделает. А вот в поле как? Думать надо.

Хаджи-Мурат внимательно слушал и одобрительно кивал головой. Когда Садо кончил, он сказал:

— Хорошо. Теперь надо послать к русским человека с письмом. Мой мюрид пойдет, только проводника надо.

— Брата Бату пошлю, — сказал Садо. — Позови Бату, — обратился он к сыну.

Мальчик, как на пружинах, вскочил на резвые ноги и быстро, махая руками, вышел из сакли. Минут через десять он вернулся с черно-загорелым, жилистым, коротконогим чеченцем в разлезающейся желтой черкеске с оборванными бахромой рукавами и спущенных черных ноговицах. Хаджи-Мурат поздоровался с вновь пришедшим и тотчас же, также не теряя лишних слов, коротко сказал:

— Можешь свести моего мюрида к русским?

— Можно, — быстро, весело заговорил Бата. — Все можно. Против меня ни один чеченец не сумеет пройти. А то другой пойдет, все пообещает, да ничего не сделает. А я могу.

— Ладно, — сказал Хаджи-Мурат. — За труды получишь три, — сказал он, выставляя три пальца.

Бата кивнул головой в знак того, что он понял, но прибавил, что ему дороги не деньги, а он из чести готов служить Хаджи-Мурату. Все в горах знают Хаджи-Мурата, как он русских свиней бил...

— Хорошо, — сказал Хаджи-Мурат. — Веревка хороша длинная, а речь короткая.

— Ну, молчать буду, — сказал Бата.

— Где Аргун заворачивает, против кручи, поляна в лесу, два стога стоят. Знаешь?

— Знаю.

— Там мои три конные меня ждут, — сказал Хаджи-Мурат.

— Айя! — кивая головой, говорил Бата.

— Спросишь Хан-Магому. Хан-Магома знает, что делать и что говорить. Его свести к русскому начальнику, к Воронцову[1], князю. Можешь?

— Сведу.

— Свести и назад привести. Можешь?

— Можно.

— Сведешь, вернешься в лес, И я там буду.

— Все сделаю, — сказал Бата, поднялся и, приложив руки к груди, вышел.

— Еще человека в Гехи послать надо, — сказал Хаджи-Мурат хозяину, когда Бата вышел. — В Гехах надо вот что, — начал было он, взявшись за один из хозырей черкески, но тотчас же опустил руку и замолчал, увидав входивших в саклю двух женщин.

Одна была жена Садо, та самая немолодая, худая женщина, которая укладывала подушки. Другая была совсем молодая девочка в красных шароварах и зеленом бешмете, с закрывавшей всю грудь занавеской из серебряных монет. На конце ее не длинной, но толстой, жесткой черной косы, лежавшей между плеч худой спины, был привешен серебряный рубль; такие же черные, смородинные глаза, как у отца и брата, весело блестели в молодом, старавшемся быть строгим лице. Она не смотрела на гостей, но видно было, что чувствовала их присутствие.

Жена Садо несла низкий круглый столик, на котором были чай, пильгиши, блины в масле, сыр, чурек — тонко раскатанный хлеб — и мед. Девочка несла таз, кумган и полотенце.

Садо и Хаджи-Мурат — оба молчали во все время, пока женщины, тихо двигаясь в своих красных бесподошвенных чувяках, устанавливали принесенное перед гостями. Элдар же, устремив свои бараньи глаза на скрещенные ноги, был неподвижен, как статуя, во все то время, пока женщины были в сакле. Только когда женщины вышли и совершенно затихли за дверью их мягкие шаги, Элдар облегченно вздохнул, а Хаджи-Мурат достал один из хозырей черкески, вынул из него пулю, затыкающую его, и из-под пули свернутую трубочкой записку.

— Сыну отдать, — сказал он, показывая записку.

— Куда ответ? — спросил Садо.

— Тебе, а ты мне доставишь.

— Будет сделано, — сказал Садо и переложил записку в хозырь своей черкески. Потом, взяв в руки кумган, он придвинул к Хаджи-Мурату таз. Хаджи-Мурат засучил рукава бешмета на мускулистых, белых выше кистей руках и подставил их под струю холодной прозрачной воды, которую лил из кумгана Садо. Вытерев руки чистым суровым полотенцем, Хаджи-Мурат подвинулся к еде. То же сделал и Элдар. Пока гости ели, Садо сидел против них и несколько раз благодарил за посещение. Сидевший у двери мальчик, не спуская своих блестящих черных глаз с Хаджи-Мурата, улыбался, как бы подтверждая своей улыбкой слова отца.

Несмотря на то, что Хаджи-Мурат более суток ничего не ел, он съел только немного хлеба, сыра и, достав из-под кинжала ножичек, набрал меду и намазал его на хлеб.

— Наш мед хороший. Нынешний год из всех годов мед: и много и хорош, — сказал старик, видимо довольный тем, что Хаджи-Мурат ел его мед.

— Спасибо, — сказал Хаджи-Мурат и отстранился от еды.

Элдару хотелось еще есть, но он так же, как его мюршид, отодвинулся от стола и подал Хаджи-Мурату таз и кумган.

Садо знал, что, принимая Хаджи-Мурата, он рисковал жизнью, так как после ссоры Шамиля с Хаджи-Муратом было объявлено всем жителям Чечни, под угрозой казни, не принимать Хаджи-Мурата. Он знал, что жители аула всякую минуту могли узнать про присутствие

Хаджи-Мурата в его доме и могли потребовать его выдачи. Но это не только не смущало, но радовало Садо. Садо считал своим долгом защищать гостя — кунака, хотя бы это стоило ему жизни, и он радовался на себя, гордился собой за то, что поступает так, как должно.

— Пока ты в моем доме и голова моя на плечах, никто тебе ничего не сделает, — повторил он Хаджи-Мурату.

Хаджи-Мурат внимательно посмотрел в его блестящие глаза и, поняв, что это была правда, несколько торжественно сказал:

— Да получишь ты радость и жизнь.

Садо молча прижал руку к груди в знак благодарности за доброе слово.

Закрыв ставни сакли и затопив сучья в камине, Садо в особенно веселом и возбужденном состоянии вышел из кунацкой и вошел в то отделение сакли, где жило все его семейство. Женщины еще не спали и говорили об опасных гостях, которые ночевали у них в кунацкой.

II

В эту самую ночь из передовой крепости Воздвиженской, в пятнадцати верстах от аула, в котором ночевал Хаджи-Мурат, вышли из укрепления за Чахгиринские ворота три солдата с унтер-офицером. Солдаты были в полушубках и папахах, с скатанными шинелями через плечо и больших сапогах выше колена, как тогда ходили кавказские солдаты. Солдаты с ружьями на плечах шли сначала по дороге, потом, пройдя шагов пятьсот, свернули с нее и, шурша сапогами по сухим листьям, прошли шагов двадцать вправо и остановились у сломанной чинары, черный ствол которой виднелся и в темноте. К этой чинаре высылался обыкновенно секрет.

Яркие звезды, которые как бы бежали по макушкам дерев, пока солдаты шли лесом, теперь остановились, ярко блестя между оголенных ветвей дерев.

— Спасибо — сухо, — сказал унтер-офицер Панов, снимая с плеча длинное с штыком ружье, и, брякнув им, прислонил его к стволу дерева. Три солдата сделали то же.

— А ведь и есть — потерял, — сердито проворчал Панов, — либо забыл, либо выскочила дорогой.

— Чего ищешь-то? — спросил один из солдат бодрым, веселым голосом.

— Трубку, черт ее знает куда запропала!

— Чубук-то цел? — спросил бодрый голос.

— Чубук — вот он.

— А в землю прямо?

— Ну, где там.

— Это мы наладим живо.

Курить в секрете запрещалось, но секрет этот был почти не секрет, а скорее передовой караул, который высылался затем, чтобы горцы не могли незаметно подвезти, как они это делали прежде, орудие и стрелять по укреплению, и Панов не считал нужным лишать себя курения и потому согласился на предложение веселого солдата. Веселый солдат достал из кармана ножик и стал копать землю. Выкопав ямку, он обгладил ее, приладил к ней чубучок, потом наложил табаку в ямку, прижал его, и трубка была готова. Серничок загорелся, осветив на мгновение скуластое лицо лежавшего на брюхе солдата. В чубуке засвистело, и Панов почуял приятный запах загоревшейся махорки.

— Наладил? — сказал он, поднимаясь на ноги.

— А то как же.

— Эка молодчина Авдеев! Прокурат малый. Ну-ка?

Авдеев отвалился набок, давая место Панову и выпуская дым изо рта.

Накурившись, между солдатами завязался разговор.

— А сказывали, ротный-то опять в ящик залез. Проигрался, вишь, — сказал один из солдат ленивым голосом.

— Отдаст, — сказал Панов.

— Известно, офицер хороший, — подтвердил Авдеев.

— Хороший, хороший, — мрачно продолжал начавший разговор, — а по моему совету, надо роте поговорить с ним: коли взял, так скажи, сколько, когда отдашь.

— Как рота рассудит, — сказал Панов, отрываясь от трубки.

— Известное дело, мир — большой человек, — подтвердил Авдеев.

— Надо, вишь, овса купить да сапоги к весне справить, денежки нужны, а как он их забрал... — настаивал недовольный.

— Говорю, как рота хочет, — повторил Панов. — Не в первый раз: возьмет и отдаст.

В те времена на Кавказе каждая рота заведовала сама через своих выборных всем хозяйством. Она получала деньги от казны по шесть рублей пятьдесят копеек на человека и сама себя продовольствовала: сажала капусту, косила сено, держала свои повозки, щеголяла сытыми ротными лошадьми. Деньги же ротные находились в ящике, ключи от которого были у ротного командира, и случалось часто, что ротный командир брал взаймы из ротного ящика. Так было и теперь, и про это-то и говорили солдаты. Мрачный солдат Никитин хотел потребовать отчет от ротного, а Панов и Авдеев считали, что этого не нужно было.

После Панова покурил и Никитин и, подстелив под себя шинель, сел, прислонясь к дереву. Солдаты затихли. Только слышно было, как ветер шевелил высоко над головами макушки дерев. Вдруг из-за этого неперестающего тихого шелеста послышался вой, визг, плач, хохот шакалов.

— Вишь, проклятые, как заливаются, — сказал Авдеев.

— Это они с тебя смеются, что у тебя рожа набок, — сказал тонкий хохлацкий голос четвертого солдата.

Опять все затихло, только ветер шевелил сучья дерев, то открывая, то закрывая звезды.

— А что, Антоныч, — вдруг спросил веселый Авдеев Панова, — бывает тебе когда скучно?

— Какая же скука? — неохотно отвечал Панов.

— А мне другой раз так-то скучно, так скучно, что, кажись, и сам не знаю, что бы над собою сделал.

— Вишь ты! — сказал Панов.

— Я тогда деньги-то пропил, ведь это все от скуки. Накатило, накатило на меня. Думаю: дай пьян нарежусь.

— А бывает, с вина еще хуже.

— И это было. Да куда денешься?

— Да с чего ж скучаешь-то?

— Я-то? Да по дому скучаю.

— Что ж — богато жили?

— Не то что богачи, а жили справно. Хорошо жили. И Авдеев стал рассказывать то, что он уже много раз рассказывал тому же Панову.

— Ведь я охотой за брата пошел, — рассказывал Авдеев. — У него ребята сам-пят! А меня только женили. Матушка просить стала. Думаю: что мне! Авось попомнят мое добро. Сходил к барину. Барин у нас хороший, говорит: «Молодец! ступай». Так и пошел за брата.

— Что ж, это хорошо, — сказал Панов.

— А вот веришь ли, Антоныч, теперь скучаю. И больше с того и скучаю, что зачем, мол, за брата пошел. Он, мол, теперь царствует, а ты вот мучаешься. И что больше думаю, то хуже. Такой грех, видно.

Авдеев помолчал.

— Аль покурим опять? — спросил Авдеев.

— Ну что ж, налаживай!

Но курить солдатам не пришлось. Только что Авдеев встал и хотел налаживать опять трубку, как из-за шелеста ветра послышались шаги по дороге. Панов взял ружье и толкнул ногой Никитина. Никитин встал на ноги и поднял шинель. Поднялся и третий — Бондаренко.

— А я, братцы, какой сон видел…

Авдеев шикнул на Бондаренку, и солдаты замерли, прислушиваясь. Мягкие шаги людей, обутых не в сапоги, приближались. Все явственнее и явственнее слышалось в темноте хрустение листьев и сухих веток. Потом послышался говор на том особенном, гортанном языке, которым говорят чеченцы. Солдаты теперь не только слышали, но и увидали две тени, проходившие в просвете между деревьями. Одна тень была пониже, другая — повыше. Когда тени поравнялись с солдатами, Панов, с ружьем на руку, вместе с своими двумя товарищами выступил на дорогу.

— Кто идет? — крикнул он.

— Чечен мирная, — заговорил тот, который был пониже. Это был Бата. — Ружье иок, шашка иок, — говорил он, показывая на себя. — Кинезь надо.

Тот, который был повыше, молча стоял подле своего товарища. На нем тоже не было оружия.

— Лазутчик. Значит — к полковому, — сказал Панов, объясняя своим товарищам.

— Кинезь Воронцов крепко надо, большой дело надо, — говорил Бата.

— Ладно, ладно, сведем, — сказал Панов. — Что ж, веди, что ли, ты с Бондаренкой, — обратился он к Авдееву, — а сдашь дежурному, приходи опять. Смотри, — сказал Панов, — осторожней, впереди себя вели идти. А то ведь эти гололобые — ловкачи.

— А что это? — сказал Авдеев, сделав движение ружьем с штыком, как будто он закалывает. — Пырну разок — и пар вон.

— Куда ж он годится, коли заколешь, — сказал Бондаренко. — Ну, марш!

Когда затихли шаги двух солдат с лазутчиками, Панов и Никитин вернулись на свое место.

— И черт их носит по ночам! — сказал Никитин.

— Стало быть, нужно, — сказал Панов. — А свежо стало, — прибавил он и, раскатав шинель, надел и сел к дереву.

Часа через два вернулся и Авдеев с Бондаренкой.

— Что же, сдали? — спросил Панов.

— Сдали. А у полкового еще не спят. Прямо к нему свели. А какие эти, братец ты мой, гололобые ребята хорошие, — продолжал Авдеев. — Ей-богу! Я с ними как разговорился.

— Ты, известно, разговоришься, — недовольно сказал Никитин.

— Право, совсем как российские. Один женатый. Марушка, говорю, бар? — Бар, говорит. — Баранчук, говорю, бар? — Бар. — Много? — Парочка, говорит. — Так разговорились хорошо. Хорошие ребята.

— Как же, хорошие, — сказал Никитин, — попадись ему только один на один, он тебе требуху выпустит.

— Должно, скоро светать будет, — сказал Панов.

— Да, уж звездочки потухать стали, — сказал Авдеев, усаживаясь.

И солдаты опять затихли.

III

В окнах казарм и солдатских домиков давно уже было темно, но в одном из лучших домов крепости светились еще все окна. Дом этот занимал полковой командир Куринского полка, сын главнокомандующего, флигель-адъютант князь Семен Михайлович Воронцов. Воронцов жил с женой, Марьей Васильевной, знаменитой петербургской красавицей, и жил в маленькой кавказской крепости роскошно, как никто никогда не жил здесь. Воронцову, и в особенности его жене, казалось, что они живут здесь не только скромной, но исполненной лишений жизнью; здешних же жителей жизнь эта удивляла своей необыкновенной роскошью.

Теперь, в двенадцать часов ночи, в большой гостиной, с ковром во всю комнату, с опущенными тяжелыми портьерами, за ломберным столом, освещенным четырьмя свечами, сидели хозяева с гостями и играли в карты. Один из играющих был сам хозяин, длиннолицый белокурый полковник с флигель-адъютантскими вензелями и аксельбантами, Воронцов; партнером его был кандидат Петербургского университета, недавно выписанный княгиней Воронцовой учитель для ее маленького сына от первого мужа, лохматый юноша угрюмого вида. Против них играли два офицера: один — широколицый, румяный, перешедший из гвардии, ротный командир Полторацкий, и, очень прямо сидевший, с холодным выражением красивого лица, полковой адъютант. Сама княгиня Марья Васильевна, крупная, большеглазая, чернобровая красавица, сидела подле Полторацкого, касаясь его ног своим кринолином и заглядывая ему в карты. И в ее словах, и в ее взглядах, и улыбке, и во всех движениях ее тела, и в духах, которыми от нее пахло, было то, что доводило Полторацкого до забвения всего, кроме сознания ее близости, и он делал ошибку за ошибкой, все более и более раздражая своего партнера.

— Нет, это невозможно! Опять просолил туза! — весь покраснев, проговорил адъютант, когда Полторацкий скинул туза.

Полторацкий, точно проснувшись, не понимая глядел своими добрыми, широко расставленными черными глазами на недовольного адъютанта.

— Ну простите его! — улыбаясь, сказала Марья Васильевна. — Видите, я вам говорила, — обратилась она к Полторацкому.

— Да вы совсем не то говорили, — улыбаясь, сказал Полторацкий.

— Разве не то? — сказала она и также улыбнулась. И эта ответная улыбка так страшно взволновала и обрадовала Полторацкого, что он багрово покраснел и, схватив карты, стал мешать их.

— Не тебе мешать, — строго сказал адъютант и стал своей белой, с перстнем, рукой сдавать карты, так, как будто он только хотел поскорее избавиться от них.

В гостиную вошел камердинер князя и доложил, что князя требует дежурный.

— Извините, господа, — сказал Воронцов, с английским акцентом говоря по-русски. — Ты за меня, Marie, сядешь.

— Согласны? — спросила княгиня, быстро и легко вставая во весь свой высокий рост, шурша шелком и улыбаясь своей сияющей улыбкой счастливой женщины.

— Я всегда на все согласен, — сказал адъютант, очень довольный тем, что против него играет теперь совершенно не умеющая играть княгиня. Полторацкий же только развел руками, улыбаясь.

Роббер кончался, когда князь вернулся в гостиную, Он пришел особенно веселый и возбужденный.

— Знаете, что я вам предложу?

— Ну?

— Выпьемте шампанского.

— На это я всегда готов, — сказал Полторацкий.

— Что же, это очень приятно, — сказал адъютант.

— Василий! подайте, — сказал князь.

— Зачем тебя звали? — спросила Марья Васильевна.

— Был дежурный и еще один человек.

— Кто? Что? — поспешно спросила Марья Васильевна.

— Не могу сказать, — пожав плечами, сказал Воронцов.

— Не можешь сказать, — повторила Марья Васильевна. — Это мы увидим.

Принесли шампанского. Гости выпили по стакану и, окончив игру и разочтясь, стали прощаться.

— Ваша рота завтра назначена в лес? — спросил князь Полторацкого.

— Моя. А что?

— Так мы увидимся завтра с вами, — сказал князь, слегка улыбаясь.

— Очень рад, — сказал Полторацкий, хорошенько не понимая того, что ему говорил Воронцов, и озабоченный только тем, как он сейчас пожмет большую белую руку Марьи Васильевны.

Марья Васильевна, как всегда, не только крепко пожала, но и сильно тряхнула руку Полторацкого. И еще раз напомнив ему его ошибку, когда он пошел с бубен, она улыбнулась ему, как показалось Полторацкому, прелестной, ласковой и значительной улыбкой.

Полторацкий шел домой в том восторженном настроении, которое могут понимать только люди, как он, выросшие и воспитанные в свете, когда они, после месяцев уединенной военной жизни, вновь встречают женщину из своего прежнего круга. Да еще такую женщину, как княгиня Воронцова.

Подойдя к домику, в котором он жил с товарищем, он толкнул входную дверь, но дверь была заперта. Он стукнул. Дверь не отпиралась. Ему стало досадно, и он стал барабанить в запертую дверь ногой и шашкой. За дверью послышались шаги, и Вавило, крепостной дворовый человек Полторацкого, откинул крючок.

— С чего вздумал запирать?! Болван!

— Да разве можно, Алексей Владимир…

— Опять пьян! Вот я тебе покажу, как можно… Полторацкий хотел ударить Вавилу, но раздумал.

— Ну, черт с тобой. Свечу зажги.

— Сею минутую.

Вавило был действительно выпивши, а выпил он потому, что был на именинах у каптенармуса. Вернувшись домой, он задумался о своей жизни в сравнении с жизнью Ивана Макеича, каптенармуса. Иван Макеич имел доходы, был женат и надеялся через год выйти в чистую. Вавило же был мальчиком взят в верх, то есть в услужение господам, и вот уже ему было сорок с лишком лет, а он не женился и жил походной жизнью при своем безалаберном барине. Барин был хороший, дрался мало, но какая же это была жизнь! «Обещал дать вольную, когда вернется с Кавказа. Да куда же мне идти с вольной. Собачья жизнь!» — думал Вавило. И ему так захотелось спать, что он, боясь, чтобы кто-нибудь не вошел и не унес что-нибудь, закинул крючок и заснул.

Полторацкий вошел в комнату, где он спал вместе с товарищем Тихоновым.

— Ну что, проигрался? — сказал проснувшийся Тихонов.

— Ан нет, семнадцать рублей выиграл, и клико бутылочку распили.

— И на Марью Васильевну смотрел?

— И на Марью Васильевну смотрел, — повторил Полторацкий.

— Скоро уж вставать, — сказал Тихонов, — и в шесть надо уж выступать.

— Вавило, — крикнул Полторацкий. — Смотри, хорошенько буди меня завтра в пять.

— Как же вас будить, когда вы деретесь.

— Я говорю, чтоб разбудить. Слышал?

— Слушаю.

Вавило ушел, унося сапоги и платье.

А Полторацкий лег в постель и, улыбаясь, закурил папироску и потушил свечу. Он в темноте видел перед собою улыбающееся лицо Марьи Васильевны.

У Воронцовых тоже не сейчас заснули. Когда гости ушли, Марья Васильевна подошла к мужу и, остановившись перед ним, строго сказала:

— Eh bieu, vous allez me dire ce que c'est?

— Mais, ma chère…

— Pas de «ma chère»! C'est un émissaire, n'est-ce pas?

— Quand même je ne puis pas vous le dire.

— Vous ne pouvez pas? Alors c'est moi qui vais vous le dire!

— Vous?[1]

---

[1] — Ну, ты скажешь мне, в чем дело?
— Но, дорогая…

— При чем тут «дорогая»! Это, конечно, лазутчик?

— Тем не менее я не могу тебе сказать.

— Не можешь? Ну, так я тебе скажу!

— Хаджи-Мурат? да? — сказала княгиня, слыхавшая уже несколько дней о переговорах с Хаджи-Муратом и предполагавшая, что у ее мужа был сам Хаджи-Мурат.

Воронцов не мог отрицать, но разочаровал жену в том, что был не сам Хаджи-Мурат, а только лазутчик, объявивший, что Хаджи-Мурат завтра выедет к нему в то место, где назначена рубка леса.

Среди однообразия жизни в крепости молодые Воронцовы — и муж и жена — были очень рады этому событию. Поговорив о том, как приятно будет это известие его отцу, муж с женой в третьем часу легли спать.

IV

После тех трех бессонных ночей, которые он провел, убегая от высланных против него мюридов Шамиля, Хаджи-Мурат заснул тотчас же, как только Садо вышел из сакли, пожелав ему спокойной ночи. Он спал не раздеваясь, облокотившись на руку, утонувшую локтем в подложенные ему хозяином пуховые красные подушки. Недалеко от него, у стены, спал Элдар. Элдар лежал на спине, раскинув широко свои сильные, молодые члены, так что высокая грудь его с черными хозырями на белой черкеске была выше откинувшейся свежебритой, синей головы, свалившейся с подушки. Оттопыренная, как у детей, с чуть покрывавшим ее пушком верхняя губа его точно прихлебывала, сжимаясь и распускаясь. Он спал так же, и как и Хаджи-Мурат: одетый, с пистолетом за поясом и кинжалом. В камине сакли догорали сучья, и в печурке чуть светился ночник.

В середине ночи скрипнула дверь в кунацкой, и Хаджи-Мурат тотчас же поднялся и взялся за пистолет. В комнату, мягко ступая по земляному полу, вошел Садо.

— Ты? *(франц.)*

— Что надо? — спросил Хаджи-Мурат бодро, как будто никогда не спал.

— Думать надо, — сказал Садо, усаживаясь на корточки перед Хаджи-Муратом. — Женщина с крыши видела, как ты ехал, — сказал он, — и рассказала мужу, а теперь весь аул знает. Сейчас прибегала к жене соседка, сказывала, что старики собрались у мечети и хотят остановить тебя.

— Ехать надо, — сказал Хаджи-Мурат.

— Кони готовы, — сказал Садо и быстро вышел из сакли.

— Элдар, — прошептал Хаджи-Мурат, и Элдар, услыхав свое имя и, главное, голос своего мюршида, вскочил на сильные ноги, оправляя папаху. Хаджи-Мурат надел оружие на бурку. Элдар сделал то же. И оба молча вышли из сакли под навес. Черноглазый мальчик подвел лошадей. На стук копыт по убитой дороге улицы чья-то голова высунулась из двери соседней сакли, и, стуча деревянными башмаками, пробежал какой-то человек в гору к мечети.

Месяца не было, но звезды ярко светили в черном небе, и в темноте видны были очертания крыш саклей и больше других здание мечети с минаретом в верхней части аула. От мечети доносился гул голосов.

Хаджи-Мурат, быстро прихватив ружье, вложил ногу в узкое стремя и, беззвучно, незаметно перекинув тело, неслышно сел на высокую подушку седла.

— Бог да воздаст вам! — сказал он, обращаясь к хозяину, отыскивая привычным движением правой ноги другое стремя, и чуть-чуть тронул мальчика, державшего лошадь, плетью, в знак того, чтобы он посторонился. Мальчик посторонился, и лошадь, как будто сама зная, что ей надо делать, бодрым шагом тронулась из проулка на главную дорогу. Элдар ехал сзади; Садо, в шубе, быстро размахивая руками, почти бежал за ними, перебегая то на одну, то на другую сторону узкой улицы. У выезда, через дорогу, показалась движущаяся тень, потом — другая.

— Стой! Кто едет? Остановись! — крикнул голос, и несколько людей загородили дорогу.

Вместо того чтобы остановиться, Хаджи-Мурат выхватил пистолет из-за пояса и, прибавляя хода, направил лошадь прямо на заграждавших дорогу людей. Стоявшие на дороге люди разошлись, и Хаджи-Мурат, не оглядываясь, большой иноходью пустился вниз по дороге. Элдар большой рысью ехал за ним. Позади их щелкнули два выстрела, просвистели две пули, не задевшие ни его, ни Элдара. Хаджи-Мурат продолжал ехать тем же ходом. Отъехав шагов триста, он остановил слегка запыхавшуюся лошадь и стал прислушиваться. Впереди, внизу, шумела быстрая вода. Сзади слышны были перекликающиеся петухи в ауле. Из-за этих звуков послышался приближающийся лошадиный топот и говор позади Хаджи-Мурата. Хаджи-Мурат тронул лошадь я поехал тем же ровным проездом.

Ехавшие сзади скакали и скоро догнали Хаджи-Мурата. Их было человек двадцать верховых. Это были жители аула, решившие задержать Хаджи-Мурата или по крайней мере, для очистки себя перед Шамилем, сделать вид, что они хотят задержать его. Когда они приблизились настолько, что стали видны в темноте, Хаджи-Мурат остановился, бросив поводья, и, привычным движением левой руки отстегнув чехол винтовки, правой рукой вынул ее. Элдар сделал то же.

— Чего надо? — крикнул Хаджи-Мурат. — Взять хотите? Ну, бери! — И он поднял винтовку. Жители аула остановились.

Хаджи-Мурат, держа винтовку в руке, стал спускаться в лощину. Конные, не приближаясь, ехали за ним. Когда Хаджи-Мурат переехал на другую сторону лощины, ехавшие за ним верховые закричали ему, чтобы он выслушал то, что они хотят сказать. В ответ на это Хаджи-Мурат выстрелил из винтовки и пустил свою лошадь вскачь. Когда он остановил ее, погони за ним уже не слышно было; не слышно было и петухов, а только яснее слышалось в лесу журчание воды и изредка плач филина. Черная стена леса была совсем близко. Это был тот самый лес, в котором дожидались его его мюриды. Подъехав к лесу, Хаджи-Мурат остановился и, забрав много воздуху в легкие, засвистал и потом затих, прислушиваясь. Через минуту такой же свист послышался из леса. Хаджи-Мурат свернул с дороги и поехал в лес. Проехав шагов сто, Хаджи-Мурат увидал сквозь стволы деревьев костер, тени людей, сидевших у огня, и до половины освещенную огнем стреноженную лошадь в седле.

Один из сидевших у костра людей быстро встал и подошел к Хаджи-Мурату, взявшись за повод и за стремя. Это был аварец Ханефи, названый брат Хаджи-Мурата, заведующий его хозяйством.

— Огонь потушить, — сказал Хаджи-Мурат, слезая с лошади. Люди стали раскидывать костер и топтать горевшие сучья.

— Был здесь Бата? — спросил Хаджи-Мурат, подходя к расстеленной бурке.

— Был, давно ушли с Хан-Магомой.

— По какой дороге пошли?

— По этой, — отвечал Ханефи, указывая на противоположную сторону той, по которой приехал Хаджи-Мурат.

— Ладно, — сказал Хаджи-Мурат и, сняв винтовку, стал заряжать ее. — Поберечься надо, гнались за мной, — сказал он, обращаясь к человеку, тушившему огонь.

Это был чеченец Гамзало. Гамзало подошел к бурке, взял лежавшую на ней в чехле винтовку и молча пошел на край поляны, к тому месту, из которого подъехал Хаджи-Мурат. Элдар, слезши с лошади, взял лошадь Хаджи-Мурата и, высоко подтянув обеим головы, привязал их к деревьям, потом, так же как Гамзало, с винтовкой за плечами стал на другой край поляны. Костер был потушен, и лес не казался уже таким черным, как прежде, и на небе, хотя и слабо, но светились звезды.

Поглядев на звезды; на Стожары, поднявшиеся уже на половину неба, Хаджи-Мурат рассчитал, что было далеко за полночь и что давно уже была пора ночной молитвы. Он спросил у Ханефи кумган, всегда возимый с собой в сумах, и, надев бурку, пошел к воде.

Разувшись и совершив омовение, Хаджи-Мурат стал босыми ногами на бурку, потом сел на икры и, сначала заткнув пальцами уши и закрыв глаза, произнес, обращаясь на восток, обычные молитвы.

Окончив молитву, он вернулся на свое место, где были переметные сумы, и, сев на бурку, облокотил руки на колена и, опустив голову, задумался.

Хаджи-Мурат всегда верил в свое счастие. Затевая что-нибудь, он был вперед твердо уверен в удаче, — и все удавалось ему. Так это было, за редкими исключениями, во все продолжение его бурной военной жизни. Так, он надеялся, что будет и теперь. Он представлял себе, как он с войском, которое даст ему Воронцов, пойдет на Шамиля и захватит его в плен, и отомстит ему, и как русский царь наградит его, и он опять будет управлять не только Аварией, но и всей Чечней, которая покорится ему. С этими мыслями он не заметил, как заснул.

Он видел во сне, как он с своими молодцами, с песнью и криком «Хаджи-Мурат идет» летит на Шамиля и захватывает его с его женами, и слышит, как плачут и рыдают его жены. Он проснулся. Песня «Ля илляха», и крики: «Хаджи-Мурат идет», и плач жен Шамиля — это были вой, плач и хохот шакалов, который разбудил его. Хаджи-Мурат поднял голову, взглянул на светлевшееся уже сквозь стволы дерев небо на востоке и спросил у сидевшего поодаль от него мюрида о Хан-Магоме. Узнав, что Хан-Магома еще не возвращался, Хаджи-Мурат опустил голову и тотчас же опять задремал.

Разбудил его веселый голос Хана-Магомы, возвращавшегося с Батою из своего посольства. Хан-Магома тотчас же подсел к Хаджи-Мурату и стал рассказывать, как солдаты встретили их и проводили к самому князю, как он говорил с самим князем, как князь радовался и обещал утром встретить их там, где русские будут рубить лес, за Мичиком, на Шалинской поляне. Бата перебивал речь своего сотоварища, вставляя свои подробности.

Хаджи-Мурат расспросил подробно о том, какими именно словами отвечал Воронцов на предложение Хаджи-Мурата выйти к русским. И Хан-Магома и Бата в один голос говорили, что князь обещал принять Хаджи-Мурата как гостя и сделать так, чтобы ему хорошо было. Хаджи-Мурат расспросил еще про дорогу, и когда Хан-Магома заверил его, что он хорошо знает дорогу и прямо приведет туда, Хаджи-Мурат достал деньги и отдал Бате обещанные три рубля; своим же велел достать из переметных сум свое с золотой насечкой оружие и папаху с чалмою, самим же мюридам почиститься, чтобы приехать к русским в хорошем виде. Пока чистили оружие, седла, сбрую и коней, звезды померкли, стало совсем светло, и потянул предрассветный ветерок.

V

Рано утром, еще в темноте, две роты с топорами, под командой Полторацкого, вышли за десять верст за Чахгиринские ворота и, рассыпав цепь стрелков, как только стало светать, принялись за рубку леса. К восьми часам туман, сливавшийся с душистым дымом шипящих и трещащих на кострах сырых сучьев, начал подниматься кверху, и рубившие лес, прежде за пять шагов не видавшие, а только слышавшие друг друга, стали видеть и костры, и заваленную деревьями дорогу, шедшую через лес; солнце то показывалось светлым пятном в тумане, то опять скрывалось. На полянке, поодаль от дороги, сидели на барабанах: Полторацкий с своим субалтерн-офицером Тихоновым, два офицера 3-й роты и бывший кавалергард, разжалованный за дуэль, товарищ Полторацкого по Пажескому корпусу, барон Фрезе. Вокруг барабанов валялись бумажки от закусок, окурки и пустые бутылки. Офицеры выпили водки, закусили и пили портер. Барабанщик откупоривал восьмую бутылку. Полторацкий, несмотря на то, что не выспался, был в том особенном настроении подъема душевных сил и доброго, беззаботного веселья, в котором он чувствовал себя всегда среди своих солдат и товарищей там, где могла быть опасность.

Между офицерами шел оживленный разговор о последней новости, смерти генерала Слепцова. В этой смерти никто не видел того важнейшего в этой жизни момента — окончания ее и возвращения к тому источнику, из которого она вышла, а виделось только молодечество лихого офицера, бросившегося с шашкой, на горцев и отчаянно рубившего их.

Хотя все, в особенности побывавшие в делах офицеры, знали и могли знать, что на войне тогда на Кавказе, да и никогда нигде не бывает той рубки врукопашную шашками, которая всегда предполагается и описывается (а если и бывает такая рукопашная шашками и штыками, то рубят и колют всегда только бегущих), эта фикция рукопашной признавалась офицерами и придавала им ту спокойную гордость и веселость, с которой они, одни в молодецких, другие, напротив, в самых скромных позах, сидели на барабанах, курили, пили и шутили, не заботясь о смерти, которая, так же как и Слепцова, могла всякую минуту постигнуть каждого из них. И действительно, как бы в подтверждение их ожидания в середине их разговора влево от дороги послышался бодрящий, красивый звук винтовочного, резко щелкнувшего выстрела, и пулька, весело посвистывая, пролетела где-то в туманном воздухе и щелкнулась в дерево. Несколько грузно-громких выстрелов солдатских ружей ответили на неприятельский выстрел.

— Эге! — крикнул веселым голосом Полторацкий, — ведь это в цепи! Ну, брат Костя, — обратился он к Фрезе, — твое счастие. Иди к роте. Мы сейчас такое устроим сражение, что прелесть! И представление сделаем.

Разжалованный барон вскочил на ноги и быстрым шагом пошел в область дыма, где была его рота. Полторацкому подали его маленького каракового кабардинца, он сел на него и, выстроив роту, повел ее к цепи по направлению выстрелов. Цепь стояла на опушке леса перед спускающейся голой балкой. Ветер тянул на лес, и не только спуск балки, но и та сторона ее были ясно видны.

Когда Полторацкий подъехал к цепи, солнце выглянуло из-за тумана, и на противоположной стороне балки, у другого начинавшегося там мелкого леса, сажен за сто, виднелось несколько всадников. Чеченцы эти были те, которые преследовали Хаджи-Мурата и хотели видеть его приезд к русским. Один из них выстрелил по цепи. Несколько солдат из цепи ответили ему. Чеченцы отъехали назад, и стрельба прекратилась. Но когда Полторацкий подошел с ротой, он велел стрелять, и только что была передана команда, по всей линии цепи послышался непрерывный веселый, бодрящий треск ружей, сопровождаемый красиво расходившимися дымками. Солдаты, радуясь развлечению, торопились заряжать и выпускали заряд за зарядом. Чеченцы, очевидно, почувствовали задор и, выскакивая вперед, один за другим выпустили несколько выстрелов по солдатам.

Один из их выстрелов ранил солдата. Солдат этот был тот самый Авдеев, который был в секрете. Когда товарищи подошли к нему, он лежал кверху спиной, держа обеими руками рану в животе, и равномерно покачивался.

— Только стал ружье заряжать, слышу — чикнуло, — говорил солдат, бывший с ним в паре. — Смотрю, а он ружье выпустил.

Авдеев был из роты Полторацкого. Увидев собравшуюся кучку солдат, Полторацкий подъехал к ним.

— Что, брат, попало? — сказал он. — Куда? Авдеев не отвечал.

— Только стал заряжать, ваше благородие, — заговорил солдат, бывший в паре с Авдеевым, — слышу — чикнуло, смотрю — он ружье выпустил.

— Те-те, — пощелкал языком Полторацкий. — Что же, больно, Авдеев?

— Не больно, а идти не дает. Винца бы, ваше благородие.

Водка, то есть спирт, который пили солдаты на Кавказе, нашелся, и Панов, строго нахмурившись, поднес Авдееву крышку спирта. Авдеев начал пить, но тотчас же отстранил крышку рукой.

— Не признает душа, — сказал он. — Пей сам.

Панов допил спирт. Авдеев опять попытался подняться и опять сел. Расстелили шинель и положили на нее Авдеева.

— Ваше благородие, полковник едет, — сказал фельдфебель Полторацкому.

— Ну ладно, распорядись ты, — сказал Полторацкий и, взмахнув плетью, поехал большой рысью навстречу Воронцову.

Воронцов ехал на своем английском, кровном рыжем жеребце, сопутствуемый адъютантом полка, казаком и чеченцем-переводчиком.

— Что это у вас? — спросил он Полторацкого.

— Да вот выехала партия, напала на цепь, — отвечал ему Полторацкий.

— Ну-ну, и всё вы затеяли.

— Да не я, князь, — улыбаясь, сказал Полторацкий, — сами лезли.

— Я слышал, солдата ранили?

— Да, очень жаль. Солдат хороший.

— Тяжело?

— Кажется, тяжело, — в живот.

— А я, вы знаете, куда еду? — спросил Воронцов.

— Не знаю.

— Неужели не догадываетесь?

— Нет.

— Хаджи-Мурат вышел и сейчас встретит нас.

— Не может быть!

— Вчера лазутчик от него был, — сказал Воронцов, с трудом сдерживая улыбку радости. — Сейчас должен ждать меня на Шалинской поляне; так вы рассыпьте стрелков до поляны и потом приезжайте ко мне.

— Слушаю, — сказал Полторацкий, приложив руку к папахе, и поехал к своей роте. Сам он свел цепь на правую сторону, с левой же стороны велел это сделать фельдфебелю. Раненого между тем четыре солдата унесли в крепость.

Полторацкий уже возвращался к Воронцову, когда увидал сзади себя догоняющих его верховых. Полторацкий остановился и подождал их.

Впереди всех ехал на белогривом коне, в белой черкеске, в чалме на папахе и в отделанном золотом оружии человек внушительного вида. Человек этот был Хаджи-Мурат. Он подъехал к Полторацкому и сказал ему что-то по-татарски. Полторацкий, подняв брови, развел руками в знак того, что не понимает, и улыбнулся. Хаджи-Мурат ответил улыбкой на улыбку, и улыбка эта поразила Полторацкого своим детским добродушием. Полторацкий никак не ожидал видеть таким этого страшного горца. Он ожидал мрачного, сухого, чуждого человека, а перед ним был самый простой человек, улыбавшийся такой доброй улыбкой, что он казался не чужим, а давно знакомым приятелем. Только одно было в нем особенное: это были его широко расставленные глаза, которые внимательно, проницательно и спокойно смотрели в глаза другим людям.

Свита Хаджи-Мурата состояла из четырех человек. Был в этой свите тот Хан-Магома, который нынче ночью ходил к Воронцову. Это был румяный, с черными, без век, яркими глазами, круглолицый человек, сияющий жизнерадостным выражением. Был еще коренастый волосатый человек с сросшимися бровями. Этот был тавлинец Ханефи, заведующий всем имуществом Хаджи-Мурата. Он вел с собой заводную лошадь с туго наполненными переметными сумами. Особенно же выделялись из свиты два человека: один — молодой, тонкий, как женщина, в поясе и широкий в плечах, с чуть пробивающейся русой бородкой, красавец с бараньими глазами, — это был Элдар, и другой, кривой на один глаз, без бровей и без ресниц, с рыжей подстриженной бородой и шрамом через нос и лицо, — чеченец Гамзало.

Полторацкий указал Хаджи-Мурату на показавшегося по дороге Воронцова. Хаджи-Мурат направился к нему и, подъехав вплоть, приложил правую руку к груди и сказал что-то по-татарски и остановился. Чеченец-переводчик перевел:

— Отдаюсь, говорит, на волю русского царя, хочу, говорит, послужить ему. Давно хотел, говорит. Шамиль не пускал.

Выслушав переводчика, Воронцов протянул руку в замшевой перчатке Хаджи-Мурату. Хаджи-Мурат взглянул на эту руку, секунду помедлил, но потом крепко сжал ее и еще сказал что-то, глядя то на переводчика, то на Воронцова.

— Он, говорит, ни к кому не хотел выходить, а только к тебе, потому ты сын сардаря. Тебя уважал крепко.

Воронцов кивнул головой в знак того, что благодарит. Хаджи-Мурат еще сказал что-то, указывая на свою свиту.

— Он говорит, что люди эти, его мюриды, будут так же, как и он, служить русским.

Воронцов оглянулся на них, кивнул и им головой.

Веселый, черноглазый, без век, Хан-Магома, также кивая головой, что-то, должно быть, смешное проговорил Воронцову, потому что волосатый аварец оскалил улыбкой ярко-белые зубы. Рыжий же Гамзало только блеснул на мгновение одним своим красным глазом на Воронцова и опять уставился на уши своей лошади.

Когда Воронцов и Хаджи-Мурат, сопутствуемые свитой, проезжали назад к крепости, солдаты, снятые с цепи и собравшиеся кучкой, делали свои замечания:

— Сколько душ загубил, проклятый, теперь, поди, как его ублаготворять будут, — сказал один.

— А то как же. Первый камандер у Шмеля был. Теперь, небось...

— А молодчина, что говорить, джигит.

— А рыжий-то, рыжий, — как зверь, косится.

— Ух, собака, должно быть.

Все особенно заметили рыжего.

Там, где шла рубка, солдаты, бывшие ближе к дороге, выбегали смотреть. Офицер крикнул на них, но Воронцов остановил его.

— Пускай посмотрят своего старого знакомого. Ты знаешь, кто это? — спросил Воронцов у ближе стоявшего солдата, медленно выговаривая слова с своим аглицким акцентом.

— Никак нет, ваше сиятельство.

— Хаджи-Мурат, — слыхал?

— Как не слыхать, ваше сиятельство, били его много раз.

— Ну, да и от него доставалось.

— Так точно, ваше сиятельство, — отвечал солдат, довольный тем, что удалось поговорить с начальником.

Хаджи-Мурат понимал, что говорят про него, и веселая улыбка светилась в его глазах. Воронцов в самом веселом расположении духа вернулся в крепость.

VI

Воронцов был очень доволен тем, что ему, именно ему, удалось выманить и принять главного, могущественнейшего, второго после Шамиля, врага России. Одно было неприятно: командующий войсками в Воздвиженской был генерал Меллер-Закомельский, и, по-настоящему, надо было через него вести все дело. Воронцов же сделал все сам, не донося ему, так что могла выйти неприятность. И эта мысль отравляла немного удовольствие Воронцова.

Подъехав к своему дому, Воронцов поручил полковому адъютанту мюридов Хаджи-Мурата, а сам ввел его к себе в дом.

Княгиня Марья Васильевна, нарядная, улыбающаяся, вместе с сыном, шестилетним красавцем, кудрявым мальчиком, встретила Хаджи-Мурата в гостиной, и Хаджи-Мурат, приложив свои руки к груди, несколько торжественно сказал через переводчика, который вошел с ним, что он считает себя кунаком князя, так как он принял его к себе, а что вся семья кунака так же священна для кунака, как и он сам. И наружность и манеры Хаджи-Мурата понравились Марье Васильевне. То же, что он вспыхнул, покраснел, когда она подала ему свою большую белую руку, еще более расположило ее в его пользу. Она предложила ему сесть и, спросив его, пьет ли он кофей, велела подать. Хаджи-Мурат, однако, отказался от кофея, когда ему подали его. Он немного понимал по-русски, но не мог говорить, и когда не понимал, улыбался, и улыбка его понравилась Марье Васильевне так же, как и Полторацкому. Кудрявый же, востроглазый сынок Марьи Васильевны, которого мать называла Булькой, стоя подле матери, не спускал глаз с Хаджи-Мурата, про которого он слышал как про необыкновенного воина.

Оставив Хаджи-Мурата у жены, Воронцов пошел в канцелярию, чтобы сделать распоряжение об извещении начальства о выходе Хаджи-Мурата. Написав донесение начальнику левого фланга, генералу Козловскому, в Грозную, и письмо отцу, Воронцов поспешил домой, боясь недовольства жены за то, что навязал ей чужого, страшного человека, с которым надо было обходиться так, чтобы и не обидеть и не слишком приласкать. Но страх его был напрасен. Хаджи-Мурат сидел на кресле, держа на колене Бульку, пасынка Воронцова, и, склонив голову, внимательно слушал то, что ему говорил переводчик, передавая слова смеющейся Марьи Васильевны. Марья Васильевна говорила ему, что если он будет отдавать всякому кунаку ту свою вещь, которую кунак этот похвалит, то ему скоро придется ходить, как Адаму…

Хаджи-Мурат при входе князя снял с колена удивленного и обиженного этим Бульку и встал, тотчас же переменив игривое выражение лица на строгое и серьезное. Он сел только тогда, когда сел Воронцов. Продолжая разговор, он ответил на слова Марьи Васильевны тем, что такой их закон, что все, что понравилось кунаку, то надо отдать кунаку.

— Твоя сын — кунак, — сказал он по-русски, гладя по курчавым волосам Бульку, влезшего ему опять на колено.

— Он прелестен, твой разбойник, — по-французски сказала Марья Васильевна мужу. — Булька стал любоваться его кинжалом — он подарил его ему.

Булька показал кинжал отчиму.

— C'est un objet de prix,[1] — сказала Марья Васильевна.

— Il faudra trouver l'occasion de lui faire cadeau,[2] — сказал Воронцов.

Хаджи-Мурат сидел, опустив глаза, и, гладя мальчика по курчавой голове, приговаривал:

— Джигит, джигит.

— Прекрасный кинжал, прекрасный, — сказал Воронцов, вынув до половины отточенный булатный кинжал с дорожкой посередине. — Благодарствуй.

— Спроси его, чем я могу услужить ему, — сказал Воронцов переводчику.

---

[1] Это ценная вещь (франц.).

[2] Надо будет найти случай отдарить его (франц.).

Переводчик передал, и Хаджи-Мурат тотчас же отвечал, что ему ничего не нужно, но что он просит, чтобы его теперь отвели в место, где бы он мог помолиться. Воронцов позвал камердинера и велел ему исполнить желание Хаджи-Мурата.

Как только Хаджи-Мурат остался один в отведенной ему комнате, лицо его изменилось: исчезло выражение удовольствия и то ласковости, то торжественности, и выступило выражение озабоченности.

Прием, сделанный ему Воронцовым, был гораздо лучше того, что он ожидал. Но чем лучше был этот прием, тем меньше доверял Хаджи-Мурат Воронцову и его офицерам. Он боялся всего: и того, что его схватят, закуют и сошлют в Сибирь или просто убьют, и потому был настороже.

Он спросил у пришедшего Элдара, где поместили мюридов, где лошади и не отобрали ли у них оружие.

Элдар донес, что лошади в княжеской конюшне, людей поместили в сарае, оружие оставили при них и переводчик угащивает их едою и чаем.

Хаджи-Мурат, недоумевая, покачал головой и, раздевшись, стал на молитву. Окончив ее, он велел принести себе серебряный кинжал и, одевшись и подпоясавшись, сел с ногами на тахту, дожидаясь того, что будет.

В пятом часу его позвали обедать к князю.

За обедом Хаджи-Мурат ничего не ел, кроме плова, которого он взял себе на тарелку из того самого места, из которого взяла себе Марья Васильевна.

— Он боится, чтобы мы не отравили его, — сказала Марья Васильевна мужу. — Он взял, где я взяла. — И тотчас обратилась к Хаджи-Мурату через переводчика, спрашивая, когда он теперь опять будет молиться. Хаджи-Мурат поднял пять пальцев и показал на солнце.

— Стало быть, скоро.

Воронцов вынул брегет и прижал пружинку, — часы пробили четыре и одну четверть. Хаджи-Мурата, очевидно, удивил этот звон, и он попросил позвонить еще и посмотреть часы.

— Voilà l'occasion. Donnez-lui la montre,[1] — сказала Марья Васильевна мужу.

Воронцов тотчас предложил часы Хаджи-Мурату. Хаджи-Мурат приложил руку к груди и взял часы. Несколько раз он нажимал пружинку, слушал и одобрительно покачивал головой.

После обеда князю доложили об адъютанте Меллера-Закомельского.

Адъютант передал князю, что генерал, узнав об выходе Хаджи-Мурата, очень недоволен тем, что ему не было доложено об этом, и что он требует, чтобы Хаджи-Мурат сейчас же был доставлен к нему. Воронцов сказал, что приказание генерала будет исполнено, и, через переводчика передав Хаджи-Мурату требование генерала, попросил его идти вместе с ним к Меллеру.

Марья Васильевна, узнав о том, зачем приходил адъютант, тотчас же поняла, что между ее мужем и генералом может произойти неприятность, и, несмотря на все отговоры мужа, собралась вместе с ним и Хаджи-Муратом к генералу.

— Vous feriez beaucoup mieux de rester; c'est mon affaire, mais pas la vôtre.

— Vous ne pouvez pas m'empêcher d'aller voir madame la générale.[2]

— Можно бы в другое время.

— А я хочу теперь.

Делать было нечего. Воронцов согласился, и они пошли все трое.

---

[1] Вот случай. Подари ему часы (франц.).

[2] — Ты сделала бы гораздо лучше, если бы осталась; это мое дело, а не твое.

— Ты не можешь препятствовать мне навестить генеральшу *(франц.).*

Когда они вошли, Меллер с мрачной учтивостью проводил Марью Васильевну к жене, адъютанту же велел проводить Хаджи-Мурата в приемную и не выпускать никуда до его приказания.

— Прошу, — сказал он Воронцову, отворяя дверь в кабинет и пропуская в нее князя вперед себя.

Войдя в кабинет, он остановился перед князем и, не прося его сесть, сказал:

— Я здесь воинский начальник, и потому все переговоры с неприятелем должны быть ведены через меня. Почему вы не донесли мне о выходе Хаджи-Мурата?

— Ко мне пришел лазутчик и объявил желание Хаджи-Мурата отдаться мне, — отвечал Воронцов, бледнея от волнения, ожидая грубой выходки разгневанного генерала и вместе с тем заражаясь его гневом.

— Я спрашиваю, почему не донесли мне?

— Я намеревался сделать это, барон, но...

— Я вам не барон, а ваше превосходительство.

И тут вдруг прорвалось долго сдерживаемое раздражение барона. Он высказал все, что давно накипело у него в душе.

— Я не затем двадцать семь лет служу своему государю, чтобы люди, со вчерашнего дня начавшие служить, пользуясь своими родственными связями, у меня под носом распоряжались тем, что их не касается.

— Ваше превосходительство! Я прошу вас не говорить того, что несправедливо, — перебил его Воронцов.

— Я говорю правду и не позволю... — еще раздражительнее заговорил генерал.

В это время, шурша юбками, вошла Марья Васильевна и за ней невысокая скромная дама, жена Меллера-Закомельского.

— Ну, полноте, барон, Simon не хотел вам сделать неприятности, — заговорила Марья Васильевна.

— Я, княгиня, не про то говорю...

— Ну, знаете, лучше оставим это. Знаете: худой спор лучше доброй ссоры. Что я говорю... — Она засмеялась.

И сердитый генерал покорился обворожительной улыбке красавицы. Под усами его мелькнула улыбка.

— Я признаю, что я был неправ, — сказал Воронцов, — но...

— Ну, и я погорячился, — сказал Меллер и подал руку князю.

Мир был установлен, и решено было на время оставить Хаджи-Мурата у Меллера, а потом отослать к начальнику левого фланга.

Хаджи-Мурат сидел рядом в комнате и, хотя не понимал того, что говорили, понял то, что ему нужно было понять: что они спорили о нем, и что его выход от Шамиля есть дело огромной важности для русских, и что поэтому, если только его не сошлют и не убьют, ему много можно будет требовать от них. Кроме того, понял он и то, что Меллер-Закомельский, хотя и начальник, не имеет того значения, которое имеет Воронцов, его подчиненный, и что важен Воронцов, а не важен Меллер-Закомельский; и поэтому, когда Меллер-Закомельский позвал к себе Хаджи-Мурата и стал расспрашивать его, Хаджи-Мурат держал себя гордо и торжественно, говоря, что вышел из гор, чтобы служить белому царю, и что он обо всем даст отчет только его сардарю, то есть главнокомандующему, князю Воронцову, в Тифлисе.

VII

Раненого Авдеева снесли в госпиталь, помещавшийся в небольшом крытом тесом доме на выезде из крепости, и положили в общую палату на одну из пустых коек. В палате было четверо больных: один — метавшийся в жару тифозный, другой — бледный, с синевой под глазами, лихорадочный, дожидавшийся пароксизма и непрестанно зевавший, и еще два раненных в набеге три недели тому назад — один в кисть руки (этот был на ногах), другой в плечо (этот сидел на койке). Все, кроме тифозного, окружили принесенного и расспрашивали принесших.

— Другой раз палят, как горохом осыпают, и — ничего, а тут всего раз пяток выстрелили, — рассказывал один из принесших.

— Кому что назначено!

— Ох, — громко крякнул, сдерживая боль, Авдеев, когда его стали класть на койку. Когда же его положили, он нахмурился и не стонал больше, но только не переставая шевелил ступнями. Он держал рану руками и неподвижно смотрел перед собой.

Пришел доктор и велел перевернуть раненого, чтобы посмотреть, не вышла ли пуля сзади.

— Это что ж? — спросил доктор, указывая на перекрещивающиеся белые рубцы на спине и заду.

— Это старок, ваше высокоблагородие, — кряхтя, проговорил Авдеев.

Это были следы его наказания за пропитые деньги.

Авдеева опять перевернули, и доктор долго ковырял зондом в животе и нащупал пулю, но не мог достать ее. Перевязав рану и заклеив ее липким пластырем, доктор ушел. Во все время ковыряния раны и перевязывания ее Авдеев лежал с стиснутыми зубами и закрытыми глазами. Когда же доктор ушел, он открыл глаза и удивленно оглянулся вокруг себя. Глаза его были направлены на больных и фельдшера, но он как будто не видел их, а видел что-то другое, очень удивлявшее его.

Пришли товарищи Авдеева — Панов и Серёгин, Авдеев все так же лежал, удивленно глядя перед собою. Он долго не мог узнать товарищей, несмотря на то, что глаза его смотрели прямо на них.

— Ты, Пётра, чего домой приказать не хочешь ли? — сказал Панов.

Авдеев не отвечал, хотя и смотрел в лицо Панову.

— Я говорю, домой приказать не хочешь ли чего? — опять спросил Панов, трогая его за холодную ширококостую руку.

Авдеев как будто очнулся.

— А, Антоныч пришел!

— Да вот пришел. Не прикажешь ли чего домой? Серёгин напишет.

— Серёгин, — сказал Авдеев, с трудом переводя глаза на Серёгина, — напишешь?.. Так вот отпиши: «Сын, мол, ваш Петруха долго жить приказал». Завиствовал брату. Я тебе нонче сказывал. А теперь, значит, сам рад. Не замай живет. Дай бог ему, я рад. Так и пропиши.

Сказав это, он долго молчал, уставившись глазами на Панова.

— Ну, а трубку нашел? — вдруг спросил он. Панов покачал головой и не отвечал.

— Трубку, трубку, говорю, нашел? — повторил Авдеев.

— В сумке была.

— То-то. Ну, а теперь свечку мне дайте, я сейчас помирать буду, — сказал Авдеев.

В это время пришел Полторацкий проведать своего солдата.

— Что, брат, плохо? — сказал он.

Авдеев закрыл глаза и отрицательно покачал головой. Скуластое лицо его было бледно и строго. Он ничего не ответил и только опять повторил, обращаясь к Панову:

— Свечку дай. Помирать буду.

Ему дали свечу в руку, но пальцы не сгибались, и ее вложили между пальцев и придерживали. Полторацкий ушел, и пять минут после его ухода фельдшер приложил ухо к сердцу Авдеева и сказал, что он кончился.

Смерть Авдеева в реляции, которая была послана в Тифлис, описывалась следующим образом: «23 ноября две роты Куринского полка выступили из крепости для рубки леса. В середине дня значительное скопище горцев внезапно атаковало рубщиков. Цепь начала отступать, и в это время вторая рота ударила в штыки и опрокинула горцев. В деле легко ранены два рядовых и убит один. Горцы же потеряли около ста человек убитыми и ранеными».

VIII

В тот самый день, когда Петруха Авдеев кончался в Воздвиженском госпитале, его старик отец, жена брата, за которого он пошел в солдаты, и дочь старшего брата, девка-невеста, молотили овес на морозном току. Накануне выпал глубокий снег, и к утру сильно заморозило. Старик проснулся еще с третьими петухами и, увидав в замерзшем окне яркий свет месяца, слез с печи, обулся, надел шубу, шапку и пошел на гумно. Проработав там часа два, старик вернулся в избу и разбудил сына и баб. Когда бабы и девка пришли на гумно, ток был расчищен, деревянная лопата стояла воткнутой в белый сыпучий снег и рядом с нею метла прутьями вверх, и овсяные снопы были разостланы в два ряда, волоть с волотью, длинной веревкой по чистому току. Разобрали цепы и стали молотить, равномерно ладя тремя ударами. Старик крепко бил тяжелым цепом, разбивая солому, девка ровным ударом била сверху, сноха отворачивала.

Месяц зашел, и начинало светать; и уже кончали веревку, когда старший сын, Аким, в полушубке и шапке вышел к работающим.

— Ты чего лодырничаешь? — крикнул на него отец, останавливаясь молотить и опираясь на цеп.

— Лошадей убрать надо же.

— Лошадей убрать, — передразнил отец. — Старуха уберет. Бери цеп. Больно жирен стал. Пьяница!

— Ты, что ли, меня поил? — пробурчал сын.

— Чаго? — нахмурившись и пропуская удар, грозно спросил старик.

Сын молча взял цеп, и работа пошла в четыре цепа: трап, та-па-тап, трап, та-па-тап... Трап! — ударял после трех раз тяжелый цеп старика.

— Загривок-то, глянь, как у барина доброго. Вот у меня так портки не держатся, — проговорил старик, пропуская свой удар и только, чтобы не потерять такту, переворачивая в воздухе цепинкой.

Веревку кончили, и бабы граблями стали снимать солому.

— Дурак Петруха, что за тебя пошел. Из тебя бы в солдатах дурь-то повыбили бы, а он-то дома пятерых таких, как ты, стоил.

— Ну, будет, батюшка, — сказала сноха, откидывая разбитые свясла.

— Да, корми вас сам-шёст, а работы и от одного нету. Петруха, бывало, за двоих один работает, не то что…

По протоптанной из двора тропинке, скрипя по снегу новыми лаптями на туго обвязанных шерстяных онучах, подошла старуха. Мужики сгребали невеяное зерно в ворох, бабы и девка заметали.

— Выборный заходил. На барщину всем кирпич возить, — сказала старуха. — Я завтракать собрала. Идите, что ль.

— Ладно. Чалого запряги и ступай, — сказал старик Акиму. — Да смотри, чтоб не так, как намедни, отвечать за тебя. Попомнишь Петруху.

— Как он был дома, его ругал, — огрызнулся теперь Аким на отца, — а нет его, меня глодаешь.

— Значит, ст***о***ишь, — так же сердито сказала мать. — Не с Петрухой тебя сменять.

— Ну, ладно! — сказал сын.

— То-то ладно. Муку пропил, а теперь говоришь: ладно.

— Про старые дрожжи поминать двождь, — сказала сноха, и все, положив цепы, пошли к дому.

Нелады между отцом и сыном начались уже давно, почти со времени отдачи Петра в солдаты. Уже тогда старик почувствовал, что он променял кукушку на ястреба. Правда, что по закону, как разумел его старик, надо было бездетному идти за семейного. У Акима было четверо детей, у Петра никого, но работник Петр был такой же, как и отец: ловкий, сметливый, сильный, выносливый и, главное, трудолюбивый. Он всегда работал. Если он проходил мимо работающих, так же как и делывал старик, он тотчас же брался помогать — или пройдет ряда два с косой, или навьет воз, или срубит дерево, или порубит дров. Старик жалел его, но делать было нечего. Солдатство было как смерть. Солдат был отрезанный ломоть, и поминать о нем — душу бередить — незачем было. Только изредка, чтобы уколоть старшего сына, старик, как нынче, вспоминал его. Мать же часто поминала меньшего сына и уже давно, второй год, просила старика, чтобы он послал Петрухе деньжонок. Но старик отмалчивался.

Двор Авдеевых был богатый, и у старика были припрятаны деньжонки, но он ни за что не решился бы тронуть отложенного. Теперь, когда старуха услыхала, что он поминает меньшего сына, она решила опять просить его, чтобы при продаже овса послать сыну хоть рублик. Так она и сделала. Оставшись вдвоем с стариком, после того как молодые ушли на барщину, она уговорила мужа из овсяных денег послать рубль Петрухе. Так что, когда из провеянных ворохов двенадцать четвертей овса были насыпаны на веретья в трое саней и веретья аккуратно зашпилены деревянными шпильками, она дала старику написанное под ее слова дьячком письмо, и старик обещал в городе приложить к письму рубль и послать по адресу.

Старик, одетый в новую шубу и кафтан и в чистых белых шерстяных онучах, взял письмо, уложил его в кошель и, помолившись богу, сел на передние сани и поехал в город. На задних санях ехал внук. В городе старик велел дворнику прочесть себе письмо и внимательно и одобрительно слушал его.

В письме Петрухиной матери было писано, во-первых, благословение, во-вторых, поклоны всех, известие о смерти крестного и под конец известие о том, что Аксинья (жена Петра) «не захотела с нами жить и пошла в люди. Слышно, что живет хорошо и честно». Упоминалось о гостинце, рубле, и прибавлялось то, что уже прямо от себя, и слово в слово, пригорюнившаяся старуха, со слезами на глазах, велела написать дьяку:

«А еще, милое мое дитятко, голубок ты мой Петрушенька, выплакала я свои глазушки, о тебе сокрушаючись. Солнушко мое ненаглядное, на кого ты меня оставил...» На этом месте старуха завыла, заплакала и сказала:

— Так и будет.

Так и осталось в письме, но Петрухе не суждено было получить ни это известие о том, что жена его ушла из дома, ни рубля, ни последних слов матери. Письмо это и деньги вернулись назад с известием, что Петруха убит на войне, «защищая царя, отечество и веру православную». Так написал военный писарь.

Старуха, получив это известие, повыла, покуда было время, а потом взялась за работу. В первое же воскресенье она пошла в церковь и раздала кусочки просвирок «добрым людям для поминания раба божия Петра».

Солдатка Аксинья тоже повыла, узнав о смерти «любимого мужа, с которым» она «пожила только один годочек». Она жалела и мужа и всю свою погубленную жизнь. И в своем вытье поминала «и русые кудри Петра Михайловича, и его любовь, и свое горькое житье с сиротой Ванькой» и горько упрекала «Петрушу за то, что он пожалел брата, а не пожалел ее горькую, по чужим людям скитальщицу».

В глубине же души Аксинья была рада смерти Петра. Она была вновь брюхата от приказчика, у которого она жила, и теперь никто уже не мог ругать ее, и приказчик мог взять ее замуж, как он и говорил ей, когда склонял ее к любви.

IX

Воронцов, Михаил Семенович, воспитанный в Англии, сын русского посла, был среди русских высших чиновников человек редкого в то время европейского образования, честолюбивый, мягкий и ласковый в обращении с низшими и тонкий придворный в отношениях с высшими. Он не понимал жизни без власти и без покорности. Он имел все высшие чины и ордена и считался искусным военным, даже победителем Наполеона под Краоном. Ему в 51-м году было за семьдесят лет, но он еще был совсем свеж, бодро двигался и, главное, вполне обладал всей ловкостью тонкого и приятного ума, направленного на поддержание своей власти и утверждение и распространение своей популярности. Он владел большим богатством — и своим и своей жены, графини Браницкой, — и огромным получаемым содержанием в качестве наместника и тратил большую часть своих средств на устройство дворца и сада на южном берегу Крыма.

Вечером 7 декабря 1851 года к дворцу его в Тифлисе подъехала курьерская тройка. Усталый, весь черный от пыли офицер, привезший от генерала Козловского известие о выходе к русским Хаджи-Мурата, разминая ноги, вошел мимо часовых в широкое крыльцо наместнического дворца. Было шесть часов вечера, и Воронцов шел к обеду, когда ему доложили о приезде курьера. Воронцов принял курьера не откладывая и потому на несколько минут опоздал к обеду. Когда он вошел в гостиную, приглашенные к столу, человек тридцать, сидевшие около княгини Елизаветы Ксаверьевны и стоявшие группами у окон, встали, повернулись лицом к вошедшему. Воронцов был в своем обычном черном военном сюртуке без эполет, с полупогончиками и белым крестом на шее. Лисье бритое лицо его приятно улыбалось, и глаза щурились, оглядывая всех собравшихся.

Войдя мягкими, поспешными шагами в гостиную, он извинился перед дамами за то, что опоздал, поздоровался с мужчинами и подошел к грузинской княгине Манане Орбельяни, сорокапятилетней, восточного склада, полной, высокой красавице, и подал ей руку, чтобы вести ее к столу. Княгиня Елизавета Ксаверьевна сама подала руку приезжему рыжеватому генералу с щетинистыми усами. Грузинский князь подал руку графине Шуазёль, приятельнице княгини. Доктор Андреевский, адъютанты в другие, кто с дамами, кто без дам, пошли вслед за тремя парами. Лакеи в кафтанах, чулках и башмаках отодвигали и придвигали стулья садящимся; метрдотель торжественно разливал дымящийся суп из серебряной миски.

Воронцов сел в середине длинного стола. Напротив его села княгиня, его жена, с генералом. Направо от него была его дама, красавица Орбельяни, налево — стройная, черная, румяная, в блестящих украшениях, княжна-грузинка, не переставая улыбавшаяся.

— Excellentes, chère amie, — отвечал Воронцов на вопрос княгини о том, какие он получил известия с курьером. — Simon a eu de la chance.[1]

И он стал рассказывать так, чтобы могли слышать все сидящие за столом, поразительную новость, — для него одного это не было вполне новостью, потому что переговоры велись уже давно, — о том, что знаменитый, храбрейший помощник Шамиля Хаджи-Мурат передался русским и нынче-завтра будет привезен в Тифлис.

Все обедавшие, даже молодежь, адъютанты и чиновники, сидевшие на дальних концах стола и перед этим о чем-то тихо смеявшиеся, все затихли и слушали.

— А вы, генерал, встречали этого Хаджи-Мурата? — спросила княгиня у своего соседа, рыжего генерала с щетинистыми усами, когда князь перестал говорить.

— И не раз, княгиня.

И генерал рассказал про то, как Хаджи-Мурат в 43-м году, после взятия горцами Гергебиля, наткнулся на отряд генерала Пассека и как он, на их глазах почти, убил полковника Золотухина.

Воронцов слушал генерала с приятной улыбкой, очевидно довольный тем, что генерал разговорился. Но вдруг лицо Воронцова приняло рассеянное и унылое выражение.

Разговорившийся генерал стал рассказывать про то, где он в другой раз столкнулся с Хаджи-Муратом.

— Ведь это он, — говорил генерал, — вы изволите помнить, ваше сиятельство, устроил в сухарную экспедицию засаду на выручке.

— Где? — переспросил Воронцов, щуря глаза.

Дело было в том, что храбрый генерал называл «выручкой» то дело в несчастном Даргинском походе, в котором действительно погиб бы весь отряд с князем Воронцовым, командовавшим им, если

---

[1] Превосходные, милый друг. Семену повезло (франц.).

бы его не выручили вновь подошедшие войска. Всем было известно, что весь Даргинский поход, под начальством Воронцова, в котором русские потеряли много убитых и раненых и несколько пушек, был постыдным событием, и потому если кто и говорил про этот поход при Воронцове, то говорил только в том смысле, в котором Воронцов написал донесение царю, то есть, что это был блестящий подвиг русских войск. Словом же «выручка» прямо указывалось на то, что это был не блестящий подвиг, а ошибка, погубившая много людей. Все поняли это, и одни делали вид, что не замечают значения слов генерала, другие испуганно ожидали, что будет дальше; некоторые, улыбаясь, переглянулись.

Один только рыжий генерал с щетинистыми усами ничего не замечал и, увлеченный своим рассказом, спокойно ответил:

— На выручке, ваше сиятельство.

И раз заведенный на любимую тему, генерал подробно рассказал, как «этот Хаджи-Мурат так ловко разрезал отряд пополам, что, не приди нам на выручку, — он как будто с особенной любовью повторял слово «выручка», — тут бы все и остались, потому...»

Генерал не успел досказать все, потому что Манана Орбельяни, поняв, в чем дело, перебила речь генерала, расспрашивая его об удобствах его помещения в Тифлисе. Генерал удивился, оглянулся на всех и на своего адъютанта в конце стола, упорным и значительным взглядом смотревшего на него, — и вдруг понял. Не отвечая княгине, он нахмурился, замолчал и стал поспешно есть, не жуя, лежавшее у него на тарелке утонченное кушанье непонятного для него вида и даже вкуса.

Всем стало неловко, но неловкость положения исправил грузинский князь, очень глупый, но необыкновенно тонкий и искусный льстец и придворный, сидевший по другую сторону княгини Воронцовой. Он, как будто ничего не замечая, громким голосом стал рассказывать про похищение Хаджи-Муратом вдовы Ахмет хана Мехтулинского:

— Ночью вошел в селенье, схватил, что ему нужно было, и ускакал со всей партией.

— Зачем же ему нужна была именно женщина эта? — спросила княгиня.

— А он был враг с мужем, преследовал его, но нигде до самой смерти хана не мог встретить, так вот он отомстил на вдове.

Княгиня перевела это по-французски своей старой приятельнице, графине Шуазёль, сидевшей подле грузинского князя.

— Quelle horreur! [1] — сказала графиня, закрывая глаза и покачивая головой.

— О нет, — сказал Воронцов улыбаясь, — мне говорили, что он с рыцарским уважением обращался с пленницей и потом отпустил ее.

— Да, за выкуп.

— Ну разумеется, но все-таки он благородно поступил.

Эти слова князя дали, тон дальнейшим рассказам про Хаджи-Мурата. Придворные поняли, что чем больше приписывать значения Хаджи-Мурату, тем приятнее будет князю Воронцову.

— Удивительная смелость у этого человека. Замечательный человек.

— Как же, в сорок девятом году он среди бела дня ворвался в Темир-Хан-Шуру и разграбил лавки.

Сидевший на конце стола армянин, бывший в то время в Темир-Хан-Шуре, рассказал про подробности этого подвига Хаджи-Мурата.

Вообще весь обед прошел в рассказах о Хаджи-Мурате. Все наперерыв хвалили его храбрость, ум, великодушие. Кто-то рассказал про то, как он велел убить двадцать шесть пленных; но и на это было обычное возражение:

— Что делать! A la guerre comme à la guerre.[2]

— Это большой человек.

— Если бы он родился в Европе, это, может быть, был бы новый Наполеон, — сказал глупый грузинский князь, имеющий дар лести.

---

[1] Какой ужас! (франц.).

[2] На войне как на войне (франц.).

Он знал, что всякое упоминание о Наполеоне, за победу над которым Воронцов носил белый крест на шее, было приятно князю.

— Ну, хоть не Наполеон, но лихой кавалерийский генерал — да, — сказал Воронцов.

— Если не Наполеон, то Мюрат.

— И имя его — Хаджи-Мурат.

— Хаджи-Мурат вышел, теперь конец и Шамилю, — сказал кто-то.

— Они чувствуют, что им теперь (это теперь значило: при Воронцове) не выдержать, — сказал другой.

— Tout cela est grâce à vous,[1] — сказала Манана Орбельяни.

Князь Воронцов старался умерить волны лести, которые начинали уже заливать его. Но ему было приятно, и он повел от стола свою даму в гостиную в самом хорошем расположении духа.

После обеда, когда в гостиной обносили кофе, князь особенно ласков был со всеми и, подойдя к генералу с рыжими щетинистыми усами, старался показать ему, что он не заметил его неловкости.

Обойдя всех гостей, князь сел за карты. Он играл только в старинную игру — ломбер. Партнерами князя были: грузинский князь, потом армянский генерал, выучившийся у камердинера князя играть в ломбер, и четвертый, — знаменитый по своей власти, — доктор Андреевский.

Поставив подле себя золотую табакерку с портретом Александра I, Воронцов разодрал атласные карты и хотел разостлать их, когда вошел камердинер, итальянец Джовани, с письмом на серебряном подносе.

— Еще курьер, ваше сиятельство.

Воронцов положил карты и, извинившись, распечатал и стал читать.

Письмо было от сына. Он описывал выход Хаджи-Мурата и столкновение с Меллер-Закомельским.

Княгиня подошла и спросила, что пишет сын.

---

[1] Все это благодаря вам (франц.).

— Все о том же. Il a eu quelques désagréments avec le commandant de la place. Simon a eu tort.[1] But all is well what ends well, [2] — сказал он, передавая жене письмо, и, обращаясь к почтительно дожидавшимся партнерам, попросил брать карты.

Когда сдали первую сдачу, Воронцов открыл табакерку и сделал то, что он делывал, когда был в особенно хорошем расположении духа: достал старчески сморщенными белыми руками щепотку французского табаку и поднес ее к носу и высыпал.

X

Когда на другой день Хаджи-Мурат явился к Воронцову, приемная князя была полна народа. Тут был и вчерашний генерал с щетинистыми усами, в полной форме и орденах, приехавший откланяться; тут был и полковой командир, которому угрожали судом за злоупотребления по продовольствованию полка; тут был армянин-богач, покровительствуемый доктором Андреевским, который держал на откупе водку и теперь хлопотал о возобновлении контракта; тут была, вся в черном, вдова убитого офицера, приехавшая просить о пенсии или о помещении детей на казенный счет; тут был разорившийся грузинский князь в великолепном грузинском костюме, выхлопатывавший себе упраздненное церковное поместье; тут был пристав с большим свертком, в котором был проект о новом способе покорения Кавказа; тут был один хан, явившийся только затем, чтобы рассказать дома, что он был у князя.

Все дожидались очереди и один за другим были вводимы красивым белокурым юношей-адъютантом в кабинет князя.

Когда в приемную вошел бодрым шагом, прихрамывая, Хаджи-Мурат, все глаза обратились на него, и он слышал в разных концах шепотом произносимое его имя.

---

[1] У него были кое-какие неприятности с комендантом крепости. Семен был не прав (франц.).

[2] Но все хорошо, что хорошо кончается (англ.).

Хаджи-Мурат был одет в длинную белую черкеску на коричневом, с тонким серебряным галуном на воротнике, бешмете. На ногах его были черные ноговицы и такие же чувяки, как перчатка обтягивающие ступни, на бритой голове — папаха с чалмой, — той самой чалмой, за которую он, по доносу Ахмет-Хана, был арестован генералом Клюгенау и которая была причиной его перехода к Шамилю. Хаджи-Мурат шел, быстро ступая по паркету приемной, покачиваясь всем тонким станом от легкой хромоты на одну, более короткую, чем другая, ногу. Широко расставленные глаза его спокойно глядели вперед и, казалось, никого не видели.

Красивый адъютант, поздоровавшись, попросил Хаджи-Мурата сесть, пока он доложит князю. Но Хаджи-Мурат отказался сесть и, заложив руку за кинжал и отставив ногу, продолжал стоять, презрительно оглядывая присутствующих.

Переводчик, князь Тарханов, подошел к Хаджи-Мурату и заговорил с ним. Хаджи-Мурат неохотно, отрывисто отвечал. Из кабинета вышел кумыцкий князь, жаловавшийся на пристава, и вслед за ним адъютант позвал Хаджи-Мурата, подвел его к двери кабинета и пропустил в нее.

Воронцов принял Хаджи-Мурата, стоя у края стола. Старое белое лицо главнокомандующего было не такое улыбающееся, как вчера, а скорее строгое и торжественное.

Войдя в большую комнату с огромным столом и большими окнами с зелеными жалузи, Хаджи-Мурат приложил свои небольшие, загорелые руки к тому месту груди, где перекрещивалась белая черкеска, и неторопливо, внятно и почтительно, на кумыцком наречии, на котором он хорошо говорил, опустив глаза, сказал:

— Отдаюсь под высокое покровительство великого царя и ваше. Обещаюсь верно, до последней капли крови служить белому царю и надеюсь быть полезным в войне с Шамилем, врагом моим и вашим.

Выслушав переводчика, Воронцов взглянул на Хаджи-Мурата, и Хаджи-Мурат взглянул в лицо Воронцова.

Глаза этих двух людей, встретившись, говорили друг другу многое, невыразимое словами, и уж совсем не то, что говорил переводчик. Они прямо, без слов, высказывали друг о друге всю истину: глаза Воронцова говорили, что он не верит ни одному слову из всего того, что говорил Хаджи-Мурат, что он знает, что он — враг всему русскому, всегда останется таким и теперь покоряется только потому, что принужден к этому. И Хаджи-Мурат понимал это и все-таки уверял в своей преданности. Глаза же Хаджи-Мурата говорили, что старику этому надо бы думать о смерти, а не о войне, но что он хоть и стар, но хитер, и надо быть осторожным с ним. И Воронцов понимал это и все-таки говорил Хаджи-Мурату то, что считал нужным для успеха войны.

— Скажи ему, — сказал Воронцов переводчику (он говорил «ты» молодым офицерам), — что наш государь так же милостив, как и могуществен, и, вероятно, по моей просьбе простит его и примет в свою службу. Передал? — спросил он, глядя на Хаджи-Мурата. — До тех же пор, пока получу милостивое решение моего повелителя, скажи ему, что я беру на себя принять его и сделать ему пребывание у нас приятным.

Хаджи-Мурат еще раз прижал руки к середине груди и что-то оживленно заговорил.

Он говорил, как передал переводчик, что и прежде, когда он управлял Аварией, в 39-м году, он верно служил русским и никогда не изменил бы им, если бы не враг его, Ахмет-Хан, который хотел погубить его и оклеветал перед генералом Клюгенау.

— Знаю, знаю, — сказал Воронцов (хотя он если и знал, то давно забыл все это). — Знаю, — сказал он, садясь и указывая Хаджи-Мурату на тахту, стоявшую у стены. Но Хаджи-Мурат не сел, пожав сильными плечами в знак того, что он не решается сидеть в присутствии такого важного человека.

— И Ахмет-Хан и Шамиль, оба — враги мои, — продолжал он, обращаясь к переводчику. — Скажи князю: Ахмет-Хан умер, я не мог отомстить ему, но Шамиль еще жив, и я не умру, не отплатив ему, — сказал он, нахмурив брови и крепко сжав челюсти.

— Да, да, — спокойно проговорил Воронцов. — Как же он хочет отплатить Шамилю? — сказал он переводчику. — Да скажи ему, что он может сесть.

Хаджи-Мурат опять отказался сесть и на переданный ему вопрос отвечал, что он затем и вышел к русским, чтобы помочь им уничтожить Шамиля.

— Хорошо, хорошо, — сказал Воронцов. — Что же именно он хочет делать? Садись, садись...

Хаджи-Мурат сел и сказал, что если только его пошлют на лезгинскую линию и дадут ему войско, то он ручается, что поднимет весь Дагестан, и Шамилю нельзя будет держаться.

— Это хорошо. Это можно, — сказал Воронцов. — Я подумаю.

Переводчик передал Хаджи-Мурату слова Воронцова. Хаджи-Мурат задумался.

— Скажи сардарю, — сказал он еще, — что моя семья в руках моего врага; и до тех пор, пока семья моя в горах, я связан и не могу служить. Он убьет мою жену, убьет мать, убьет детей, если я прямо пойду против него. Пусть только князь выручит мою семью, выменяет ее на пленных, и тогда я или умру, или уничтожу Шамиля.

— Хорошо, хорошо, — сказал Воронцов. — Подумаем об этом. Теперь же пусть он идет к начальнику штаба и подробно изложит ему свое положение, свои намерения и желания.

Тем кончилось первое свидание Хаджи-Мурата с Воронцовым.

В тот же день, вечером, в новом, в восточном вкусе отделанном театре шла итальянская опера. Воронцов был в своей ложе, и в партере появилась заметная фигура хромого Хаджи-Мурата в чалме. Он вошел с приставленным к нему адъютантом Воронцова Лорис-Меликовым и поместился в первом ряду. С восточным, мусульманским достоинством, не только без выражения удивления, но с видом равнодушия, просидев первый акт, Хаджи-Мурат встал и, спокойно оглядывая зрителей, вышел, обращая на себя внимание всех зрителей.

На другой день был понедельник, обычный вечер у Воронцовых. В большой, ярко освещенной зале играла скрытая в зимнем саду музыка. Молодые и не совсем молодые женщины, в одеждах, обнажавших и шеи, и руки, и почти груди, кружились в объятиях мужчин в ярких мундирах. У горы буфета лакеи в красных фраках, чулках и башмаках разливали шампанское и обносили конфеты дамам. Жена «сардаря» тоже, несмотря на свои немолодые годы, так же полуобнаженная, ходила между гостями, приветливо улыбаясь, и сказала через переводчика несколько ласковых слов Хаджи-Мурату, с тем же равнодушием, как и вчера в театре, оглядывавшему гостей. За хозяйкой подходили к Хаджи-Мурату и другие обнаженные женщины, и все, не стыдясь, стояли перед ним и, улыбаясь, спрашивали все одно и то же: как ему нравится то, что он видит. Сам Воронцов, в золотых эполетах и аксельбантах, с белым крестом на шее и лентой, подошел к нему и спросил то же самое, очевидно уверенный, как и все спрашивающие, что Хаджи-Мурату не могло не нравиться все то, что он видел. И Хаджи-Мурат отвечал и Воронцову то, что отвечал всем: что у них этого нет, — не высказывая того, что хорошо или дурно то, что этого нет у них.

Хаджи-Мурат попытался было заговорить и здесь, на бале, с Воронцовым о своем деле выкупа семьи, но Воронцов, сделав вид, что не слыхал его слов, отошел от него. Лорис-Меликов же сказал потом Хаджи-Мурату, что здесь не место говорить о делах.

Когда пробило одиннадцать часов и Хаджи-Мурат поверил время на своих, подаренных ему Марьей Васильевной, часах, он спросил Лорис-Меликова, можно ли уехать. Лорис-Меликов сказал, что можно, но что было бы лучше остаться. Несмотря на это, Хаджи-Мурат не остался и уехал на данном в его распоряжение фаэтоне в отведенную ему квартиру.

XI

На пятый день пребывания Хаджи-Мурата в Тифлисе Лорис-Меликов, адъютант наместника, приехал к нему по поручению главнокомандующего.

— И голова и руки рады служить сардарю, — сказал Хаджи-Мурат с обычным своим дипломатическим выражением, наклонив голову и прикладывая руки к груди. — Прикажи, — сказал он, ласково глядя в глаза Лорис-Меликову.

Лорис-Меликов сел на кресло, стоявшее у стола. Хаджи-Мурат опустился против него на низкой тахте и, опершись руками на колени, наклонил голову и внимательно стал слушать то, что Лорис-Меликов говорил ему. Лорис-Меликов, свободно говоривший по-татарски, сказал, что князь, хотя и знает прошедшее Хаджи-Мурата, желает от него самого узнать всю его историю.

— Ты расскажи мне, — сказал Лорис-Меликов, — а я запишу, переведу потом по-русски, и князь пошлет государю.

Хаджи-Мурат помолчал (он не только никогда не перебивал речи, но всегда выжидал, не скажет ли собеседник еще чего), потом поднял голову, стряхнув папаху назад, улыбнулся той особенной, детской улыбкой, которой он пленил еще Марью Васильевну.

— Это можно, — сказал он, очевидно польщенный мыслью о том, что его история будет прочтена государем.

— Расскажи мне (по-татарски нет обращения на вы) все с начала, не торопясь, — сказал Лорис-Меликов, доставая из кармана записную книжку.

— Это можно, только много, очень много есть чего рассказывать, Много дела было, — сказал Хаджи-Мурат.

— Не успеешь в один день, в другой день доскажешь, — сказал Лорис-Меликов.

— С начала начинать?

— Да, с самого начала: где родился, где жил.

Хаджи-Мурат опустил голову и долго просидел так; потом взял палочку, лежавшую у тахты, достал из-под кинжала с слоновой ручкой, оправленной золотом, острый, как бритва, булатный ножик и начал им резать палочку и в одно и то же время рассказывать:

— Пиши: родился в Цельмесе, аул небольшой, с ослиную голову, как у нас говорят в горах, — начал он. — Недалеко от нас, выстрела за два, Хунзах, где ханы жили. И наше семейство с ними близко было. Моя мать кормила старшего хана, Абунунцал-Хана, от этого я и стал близок к ханам. Ханов было трое: Абунунцал-Хан, молочный брат моего брата Османа, Умма-Хан, мой брат названый, и Булач-Хан, меньшой, тот, которого Шамиль бросил с кручи. Да это после. Мне было лет пятнадцать, когда по аулам стали ходить мюриды. Они били по камням деревянными шашками и кричали: «Мусульмане, хазават!» Чеченцы все перешли к мюридам, и аварцы стали переходить к ним. Я жил тогда в дворце. Я был как брат ханам: что хотел, то делал, и стал богат. Были у меня и лошади, и оружие, и деньги были. Жил в свое удовольствие и ни о чем не думал. И жил так до того времени, когда Кази-Муллу убили и Гамзат стал на его место. Гамзат прислал ханам послов сказать, что, если они не примут хазават, он разорит Хунзах. Тут надо было подумать. Ханы боялись русских, боялись принять хазават, и ханша послала меня с сыном, с вторым, с Умма-Ханом, в Тифлис просить у главного русского начальника помощи от Гамзата. Главным начальником был Розен, барон. Он не принял ни меня, ни Умма-Хана. Велел сказать, что поможет, и ничего не сделал. Только его офицеры стали ездить к нам и играть в карты с Умма-Ханом. Они поили его вином и в дурные места возили его, и он проиграл им в карты все, что у него было. Он был телом сильный, как бык, и храбрый, как лев, а душой слабый, как вода. Он проиграл бы последних коней и оружие, если бы я не увез его. После Тифлиса мысли мои переменились, и я стал уговаривать ханшу и молодых ханов принять хазават.

— Отчего ж переменились мысли? — спросил Лорис-Меликов, — не понравились русские?

Хаджи-Мурат помолчал.

— Нет, не понравились, — решительно сказал он и закрыл глаза. — И еще было дело такое, что я захотел принять хазават.

— Какое же дело?

— А под Цельмесом мы с ханом столкнулись с тремя мюридами: два ушли, а третьего я убил из пистолета. Когда я подошел к нему, чтоб снять оружие, он был жив еще. Он поглядел на меня. «Ты, говорит, убил меня. Мне хорошо. А ты мусульманин, и молод и силен, прими хазават. Бог велит».

— Что ж, и ты принял?

— Не принял, а стал думать, — сказал Хаджи-Мурат и продолжал свой рассказ. — Когда Гамзат подступил к Хунзаху, мы послали к нему стариков и велели сказать, что согласны принять хазават, только бы он прислал ученого человека растолковать, как надо держать его. Гамват велел старикам обрить усы, проткнуть ноздри, привесить к их носам лепешки и отослать их назад. Старики сказали, что Гамзат готов прислать шейха, чтобы научить нас хазавату, но только с тем, чтобы ханша прислала к нему аманатом своего меньшого сына. Ханша поверила и послала Булач-Хана к Гамзату. Гамзат принял хорошо Булач-Хана и прислал к нам звать к себе и старших братьев. Он велел сказать, что хочет служить ханам так же, как его отец служил их отцу. Ханша была женщина слабая, глупая и дерзкая, как и все женщины, когда они живут по своей воле. Она побоялась послать обоих сыновей и послала одного Умма-Хана. Я поехал с ним. Нас за версту встретили мюриды и пели, и стреляли, и джигитовали вокруг нас. А когда мы подъехали, Гамзат вышел из палатки, подошел к стремени Умма-Хана и принял его, как хана. Он сказал: «Я не сделал вашему дому никакого зла и не хочу делать. Вы только меня не убейте и не мешайте мне приводить людей к хазавату. А я буду служить вам со всем моим войском, как отец мой служил вашему отцу. Пустите меня жить в вашем доме. Я буду помогать вам моими советами, а вы делайте, что хотите». Умма-Хан был туп на речи. Он не знал, что сказать, и молчал. Тогда я сказал, что если так, то пускай Гамзат едет в Хунзах. Ханша и хан с почетом примут его. Но мне не дали досказать, и тут в первый раз я столкнулся с Шамилем. Он был тут же, подле имама. «Не тебя спрашивают, а хана», — сказал он мне. Я замолчал, а Гамзат проводил Умма-Хана в палатку. Потом Гамзат позвал меня и велел с своими послами ехать в Хунзах. Я поехал. Послы стали уговаривать ханшу отпустить к Гамзату и старшего хана. Я видел измену и сказал ханше, чтобы она не посылала сына. Но у женщины ума в голове — сколько на яйце волос. Ханша поверила и велела сыну ехать. Абунунцал не хотел. Тогда она сказала: «Видно, ты боишься». Она, как пчела, знала, в какое место больнее ужалить его. Абунунцал загорелся, не стал больше говорить с ней и велел седлать. Я поехал с ним. Гамзат встретил нас еще лучше, чем Умма-Хана. Он сам выехал навстречу за два выстрела под гору. За ним ехали конные с значками, пели «Ля илляха иль алла», стреляли, джигитовали. Когда мы подъехали к лагерю, Гамзат ввел хана в палатку. А я остался с лошадьми. Я был под горой, когда в палатке Гамзата стали стрелять. Я подбежал к палатке. Умма-Хан лежал ничком в луже крови, а Абунунцал бился с мюридами. Половина лица у него была отрублена и висела. Он захватил ее одной рукой, а другой рубил кинжалом всех, кто подходил к нему. При мне он срубил брата Гамзата и намернулся уже на другого, но тут мюриды стали стрелять в него, и он упал.

Хаджи-Мурат остановился, загорелое лицо его буро покраснело, и глаза налились кровью.

— На меня нашел страх, и я убежал.

— Вот как? — сказал Лорис-Меликов. — Я думал, что ты никогда ничего не боялся.

— Потом никогда; с тех пор я всегда вспоминал этот стыд, и когда вспоминал, то уже ничего не боялся.

XII

— А теперь довольно. Молиться надо, — сказал Хаджи-Мурат, достал из внутреннего, грудного кармана черкески брегет Воронцова, бережно прижал пружинку и, склонив набок голову, удерживая детскую улыбку, слушал. Часы прозвонили двенадцать ударов и четверть.

— Кунак Воронцов пешкеш, — сказал он, улыбаясь. — Хороший человек.

— Да, хороший, — сказал Лорис-Меликов. — И часы хорошие. Так ты молись, а я подожду.

— Якши, хорошо, — сказал Хаджи-Мурат и ушел в спальню.

Оставшись один, Лорис-Меликов записал в своей книжечке самое главное из того, что рассказывал ему Хаджи-Мурат, потом закурил папиросу и стал ходить взад и вперед по комнате. Подойдя к двери, противоположной спальне, Лорис-Меликов услыхал оживленные голоса по-татарски быстро говоривших о чем-то людей. Он догадался, что это были мюриды Хаджи-Мурата, и, отворив дверь, вошел к ним.

В комнате стоял тот особенный, кислый, кожаный запах, который бывает у горцев. На полу на бурке, у окна, сидел кривой рыжий Гамзало, в оборванном, засаленном бешмете, и вязал уздечку. Он что-то горячо говорил своим хриплым голосом, но при входе Лорис-Меликова тотчас же замолчал и, не обращая на него внимания, продолжал свое дело. Против него стоял веселый Хан-Магома и, скаля белые зубы и блестя черными, без ресниц, глазами, повторял все одно и то же. Красавец Элдар, засучив рукава на своих сильных руках, оттирал подпруги подвешенного на гвозде седла. Ханефи, главного работника и заведующего хозяйством, не было в комнате. Он на кухне варил обед.

— О чем это вы спорили? — спросил Лорис-Меликов у Хан-Магомы, поздоровавшись с ним.

— А он все Шамиля хвалит, — сказал Хан-Магома, подавая руку Лорису. — Говорит, Шамиль — большой человек. И ученый, и святой, и джигит.

— Как же он от него ушел, а все хвалит?

— Ушел, а хвалит, — скаля зубы и блестя глазами, проговорил Хан-Магома.

— Что же, и считаешь его святым? — спросил Лорис-Меликов.

— Кабы не был святой, народ бы не слушал его, — быстро проговорил Гамзало.

— Святой был не Шамиль, а Мансур, — сказал Хан-Магома. — Это был настоящий святой. Когда он был имамом, весь народ был другой. Он ездил по аулам, и народ выходил к нему, целовал полы его черкески и каялся в грехах, и клялся не делать дурного. Старики говорили: тогда все люди жили, как святые, — не курили, не пили, не пропускали молитвы, обиды прощали друг другу, даже кровь прощали. Тогда деньги и вещи, как находили, привязывали на шесты и ставили на дорогах. Тогда и бог давал успеха народу во всем, а не так, как теперь, — говорил Хан-Магома.

— И теперь в горах не пьют и не курят, — сказал Гамзало.

— Ламорой твой Шамиль, — сказал Хан-Магома, подмигивая Лорис-Меликову.

«Ламорой» было презрительное название горцев.

— Ламорой — горец. В горах-то и живут орлы, — отвечал Гамзало.

— А молодчина! Ловко срезал, — оскаливая зубы, заговорил Хан-Магома, радуясь на ловкий ответ своего противника.

Увидав серебряную папиросочницу в руке Лорис-Меликова, он попросил себе покурить. И когда Лорис-Меликов сказал, что им ведь запрещено курить, он подмигнул одним глазом, мотнув головой на спальню Хаджи-Мурата, И сказал, что можно, пока не видят. И тотчас же стал курить, не затягиваясь и неловко складывая свои красные губы, когда выпускал дым.

— Нехорошо это, — строго сказал Гамзало и вышел из комнаты. Хан-Магома подмигнул и на него и, покуривая, стал расспрашивать Лорис-Меликова, где лучше купить шелковый бешмет и папаху белую.

— Что же, у тебя разве так денег много?

— Есть, достанет, — подмигивая, отвечал Хан-Магома.

— Ты спроси у него, откуда у него деньги, — сказал Элдар, поворачивая свою красивую улыбающуюся голову к Лорису.

— А выиграл, — быстро заговорил Хан-Магома, он рассказал, как он вчера, гуляя по Тифлису, набрел на кучку людей, русских денщиков и армян, игравших в орлянку. Кон был большой: три золотых и серебра много. Хан-Магома тотчас же понял, в чем игра, и, позванивая медными, которые были у него в кармане, вошел в круг и сказал, что держит на все.

— Как же на все? Разве у тебя было? — спросил Лорис-Меликов.

— У меня всего было двенадцать копеек, — оскаливая зубы, сказал Хан-Магома.

— Ну, а если бы проиграл?

— А вот.

И Хан-Магома указал на пистолет.

— Что же, отдал бы?

— Зачем отдавать? Убежал бы, а кто бы задержал, убил бы. И готово.

— Что же, и выиграл?

— Айя, собрал все и ушел.

Хан-Магому и Элдара Лорис-Меликов вполне понимал. Хан-Магома был весельчак, кутила, не знавший, куда деть избыток жизни, всегда веселый, легкомысленный, играющий своею и чужими жизнями, из-за этой игры жизнью вышедший теперь к русским и точно так же завтра из-за этой игры могущий перейти опять назад к Шамилю. Элдар был тоже вполне понятен: это был человек, вполне преданный своему мюршиду, спокойный, сильный и твердый. Непонятен был для Лорис-Меликова только рыжий Гамзало. Лорис-Меликов видел, что человек этот не только был предан Шамилю, но испытывал непреодолимое отвращение, презрение, гадливость и ненависть ко всем русским; и потому Лорис-Меликов не мог понять, зачем он вышел к русским. Лорис-Меликову приходила мысль, разделяемая и некоторыми начальствующими лицами, что выход Хаджи-Мурата и его рассказы о вражде с Шамилем был обман, что он вышел только, чтобы высмотреть слабые места русских и, убежав опять в горы направить силы туда, где русские были слабы. И Гамзало всем своим существом подтверждал это предположение. «Те и сам Хаджи-Мурат, — думал Лорис-Меликов, — умеют скрывать свои намерения, но этот выдает себя своей нескрываемой ненавистью».

Лорис-Меликов попытался говорить с ним. Он спросил, скучно ли ему здесь. Но он, не оставляя своего занятия, косясь своим одним глазом на Лорис-Меликова, хрипло и отрывисто прорычал:

— Нет, не скучно.

И так же отвечал на все другие вопросы.

Пока Лорис-Меликов был в комнате нукеров, вошел и четвертый мюрид Хаджи-Мурата, аварец Ханефи, с волосатым лицом и шеей и мохнатой, точно мехом обросшей, выпуклой грудью. Это был нерассуждающий, здоровенный работник, всегда поглощенный своим делом, без рассуждения, как и Элдар, повинующийся своему хозяину.

Когда он вошел в комнату нукеров за рисом, Лорис-Меликов остановил его и расспросил, откуда он и давно ли у Хаджи-Мурата.

— Пять лет, — отвечал Ханефи на вопрос Лорис-Меликова. — Я из одного аула с ним. Мой отец убил его дядю, и они хотели убить меня, — сказал он, спокойно из-под сросшихся бровей глядя в лицо Лорис-Меликова. — Тогда я попросил принять меня братом.

— Что значит: принять братом?

— Я не брил два месяца головы, ногтей не стриг и пришел к ним. Они пустили меня к Патимат, к его матери. Патимат дала мне грудь, и я стал его братом.

В соседней комнате послышался голос Хаджи-Мурата. Элдар тотчас же узнал призыв хозяина и, отерев руки, широко шагая, поспешно пошел в гостиную.

— Зовет к себе, — сказал он, возвращаясь.

И, дав еще папироску веселому Хан-Магоме, Лорис-Меликов пошел в гостиную.

XIII

Когда Лорис-Меликов вошел в гостиную, Хаджи-Мурат с веселым лицом встретил его.

— Что же, продолжать? — сказал он, усаживаясь на тахту.

— Да, непременно, — сказал Лорис-Меликов. — А я заходил к твоим нукерам, поговорил с ними. Один — веселый малый, — прибавил Лорис-Меликов.

— Да, Хан-Магома — легкий человек, — сказал Хаджи-Мурат.

— А понравился мне молодой, красивый.

— А, Элдар. Этот молод, а тверд, железный. Они помолчали.

— Так говорить дальше?

— Да, да.

— Я сказал, как ханов убили. Ну, убили их, и Гамзат въехал в Хунзах и сел в ханском дворце, — начал Хаджи-Мурат. — Оставалась мать-ханша. Гамзат призвал ее к себе. Она стала выговаривать ему. Он мигнул своему мюриду Асельдеру, и тот сзади ударил, убил ее.

— Зачем же он убил ее-то? — спросил Лорис-Меликов.

— А как же быть: перелез передними ногами, перелезай и задними. Надо было всю породу покончить. Так и сделали. Шамиль меньшого убил, сбросил с кручи. Вся Авария покорилась Гамзату, только мы с братом не хотели покориться. Нам надо было кровь его за ханов. Мы делали вид, что покорились, а думали только, как взять с него кровь. Мы посоветовались с дедом и решили выждать время, когда он выедет из дворца, и из засады убить его. Кто-то подслушал нас, сказал Гамзату, и он призвал к себе деда и сказал: «Смотри, если правда, что твои внуки задумывают худое против меня, висеть тебе с ними на одной перекладине. Я делаю дело божье, и мне помешать нельзя. Иди и помни, что я сказал». Дед пришел домой и сказал нам. Тогда мы решили не ждать, сделать дело в первый день праздника в мечети. Товарищи отказались, — остались мы с братом. Мы взяли по два пистолета, надели бурки и пошли в мечеть. Гамзат вошел с тридцатью мюридами. Все они держали шашки наголо. Рядом с Гамзатом шел Асельдер, его любимый мюрид, — тот самый, который отрубил голову ханше. Увидав нас, он крикнул, чтобы мы сняли бурки, и подошел ко мне. Кинжал у меня был в руке, и я убил его и бросился к Гамзату. Но брат Осман уже выстрелил в него, Гамзат еще был жив и с кинжалом бросился на брата, но я добил его в голову. Мюридов было тридцать человек, нас — двое. Они убили брата Османа, а я отбился, выскочил в окно и ушел. Когда узнали, что Гамзат убит, весь народ поднялся, и мюриды бежали, а тех, какие не бежали, всех перебили.

Хаджи-Мурат остановился и тяжело перевел дух.

— Это все было хорошо, — продолжал он, — потом все испортилось. Шамиль стал на место Гамзата. Он прислал ко мне послов сказать, чтобы я шел с ним против русских; если же я откажусь, то он грозил, что разорит Хунзах и убьет меня. Я сказал, что не пойду к нему и не пущу его к себе.

— Отчего же ты не пошел к нему? — спросил Лорис-Меликов.

Хаджи-Мурат нахмурился и не сейчас ответил.

— Нельзя было. На Шамиле была кровь и брата Османа и Абунунцал-Хана. Я не пошел к нему. Розен-генерал прислал мне чин офицера и велел быть начальником Аварии. Все бы было хорошо, но Розен назначил над Аварией сначала хана казикумыхского, Магомет-Мирзу, а потом Ахмет-Хана. Этот возненавидел меня. Он сватал за сына дочь ханши, Салтанет. Ее не отдали ему, и он думал, что я виноват в этом. Он возненавидел меня и подсылал своих нукеров убить меня, но я ушел от них. Тогда он наговорил на меня генералу Клюгенау, сказал, что я не велю аварцам давать дров солдатам. Он сказал ему еще, что я надел чалму, вот эту, — сказал Хаджи-Мурат, указывая на чалму на папахе, — и что это значит, что я передался Шамилю. Генерал не поверил и не велел трогать меня. Но когда генерал уехал в Тифлис, Ахмет-Хан сделал по-своему: с ротой солдат схватил меня, заковал в цепи и привязал к пушке. Шесть суток держали меня так. На седьмые сутки отвязали и повели в Темир-Хан-Шуру. Вели сорок солдат с заряженными ружьями. Руки были связаны, и велено было убить меня, если я захочу бежать. Я знал это. Когда мы стали подходить, подле Моксоха тропка была узкая, направо кручь сажен в пятьдесят, я перешел от солдата направо, на край кручи. Солдат хотел остановить меня, но я прыгнул под кручь и потащил за собой солдата. Солдат убился насмерть, а я вот жив остался. Ребры, голову, руки, ногу — все поломал. Пополз было — и не мог. Закружилась голова, и заснул. Проснулся мокрый, в крови. Пастух увидал. Позвал народ, снесли меня в аул. Ребры, голова зажили, зажила и нога, только стала короткая.

И Хаджи-Мурат вытянул кривую ногу.

— Служит, и то хорошо, — сказал он. — Народ узнал, стал ездить ко мне. Я выздоровел, переехал в Цельмес. Аварцы опять звали меня управлять ими, — с спокойной, уверенной гордостью сказал Хаджи-Мурат. — И я согласился.

Хаджи-Мурат быстро встал. И, достав в переметных сумах портфель, вынул оттуда два пожелтевшие письма и подал их Лорис-Меликову. Письма были от генерала Клюгенау. Лорис-Меликов прочел. В первом письме было:

«Прапорщик Хаджи-Мурат! Ты служил у меня — я был доволен тобою и считал тебя добрым человеком. Недавно генерал-майор Ахмет-Хан уведомил меня, что ты изменник, что ты надел чалму, что ты имеешь сношения с Шамилем, что ты научил народ не слушать русского начальства. Я приказал арестовать тебя и доставить тебя ко мне, ты — бежал; не знаю, к лучшему ли это, или к худшему, потому что не знаю — виноват ли ты, или нет. Теперь слушай меня. Ежели совесть твоя чиста противу великого царя, если ты не виноват ни в чем, явись ко мне. Не бойся никого — я твой защитник. Хан тебе ничего не сделает; он сам у меня под начальством, так и нечего тебе бояться».

Дальше Клюгенау писал о том, что он всегда держал свое слово и был справедлив, и еще увещевал Хаджи-Мурата выйти к нему.

Когда Лорис-Меликов кончил первое письмо, Хаджи-Мурат достал другое письмо, но, не отдавая его еще в руки Лорис-Меликова, рассказал, как он отвечал на это первое письмо.

— Я написал ему, что чалму я носил, но не для Шамиля, а для спасения души, что к Шамилю я перейти не хочу и не могу, потому что через него убиты мои отец, братья и родственники, но что и к русским не могу выйти, потому что меня обесчестили. В Хунзахе, когда я был связан, один негодяй на…л на меня. И я не могу выйти к вам, пока человек этот не будет убит. А главное, боюсь обманщика Ахмет-Хана. Тогда генерал прислал мне это письмо, — сказал Хаджи-Мурат, подавая Лорис-Меликову другую пожелтевшую бумажку.

«Ты мне отвечал на мое письмо, спасибо, — прочитал Лорис-Меликов. — Ты пишешь, что ты не боишься воротиться, но бесчестие, нанесенное тебе одним гяуром, запрещает это; а я тебя уверяю, что русский закон справедлив, и в глазах твоих ты увидишь наказание того, кто смел тебя оскорбить, — я уже приказал это исследовать. Послушай, Хаджи-Мурат. Я имею право быть недовольным на тебя, потому что ты не веришь мне и моей чести, но я прощаю тебе, зная недоверчивость характера вообще горцев. Ежели ты чист совестью, если чалму ты надевал, собственно, только для спасения души, то ты прав и смело можешь глядеть русскому правительству и мне в глаза; а тот, кто тебя обесчестил, уверяю, будет наказан, *имущество твое будет возвращено,* и ты увидишь и узнаешь, что значит русский закон. Тем более что русские иначе смотрят на все; в глазах их ты не уронил себя, что тебя какой-нибудь мерзавец обесчестил. Я сам позволил гимринцам чалму носить и смотрю на их действия как следует; следовательно, повторяю, тебе нечего бояться. Приходи ко мне с человеком, которого я к тебе теперь посылаю; он мне верен, *он не раб твоих врагов,* а друг человека, который пользуется у правительства особенным вниманием».

Дальше Клюгенау опять уговаривал Хаджи-Мурата выйти.

— Я не поверил этому, — сказал Хаджи-Мурат, когда Лорис-Меликов кончил письмо, — и не поехал к Клюгенау. Мне, главное, надо было отомстить Ахмет-Хану, а этого я не мог сделать через русских. В это же время Ахмет-Хан окружил Цельмес и хотел схватить или убить меня, У меня было слишком мало народа, я не мог отбиться от него. И вот в это-то время ко мне приехал посланный от Шамиля с письмом. Он обещал помочь мне отбиться от Ахмет-Хана и убить его и давал мне в управление всю Аварию. Я долго думал и перешел к Шамилю. И вот с тех пор я не переставая воевал с русскими.

Тут Хаджи-Мурат рассказал все свои военные дела. Их было очень много, и Лорис-Меликов отчасти знал их. Все походы и набеги его были поразительны по необыкновенной быстроте переходов и смелости нападений, всегда увенчивавшихся успехами.

— Дружбы между мной и Шамилем никогда не было, — докончил свой рассказ Хаджи-Мурат, — но он боялся меня, и я был ему нужен. Но тут случилось то, что у меня спросили, кому быть имамом после Шамиля? Я сказал, что имамом будет тот, у кого шашка востра. Это сказали Шамилю, и он захотел избавиться от меня. Он послал меня в Табасарань. Я поехал, отбил тысячу баранов, триста лошадей. Но он сказал, что я не то сделал, и сменил меня с наибства и велел прислать ему все деньги. Я послал тысячу золотых. Он прислал своих мюридов и отобрал у меня все мое именье. Он требовал меня к себе; я знал, что он хочет убить меня, и не поехал. Он прислал взять меня. Я отбился и вышел к Воронцову. Только семьи я не взял. И мать, и жена, и сын у него. Скажи сардарю: пока семья там, я ничего не могу делать.

— Я скажу, — сказал Лорис-Меликов.

— Хлопочи, старайся. Что мое, то твое, только помоги у князя. Я связан, и конец веревки — у Шамиля в руке.

Этими словами закончил Хаджи-Мурат свой рассказ Лорис-Меликову.

XIV

Двадцатого декабря Воронцов писал следующее военному министру Чернышеву. Письмо было по-французски.

«Я не писал вам с последней почтой, любезный князь, желая сперва решить, что мы сделаем с Хаджи-Муратом, и чувствуя себя два-три дня не совсем здоровым. В моем последнем письме я извещал вас о прибытии сюда Хаджи-Мурата: он приехал в Тифлис 8-го; на следующий день я познакомился с ним, и дней восемь или девять я говорил с ним и обдумывал, что он может сделать для нас впоследствии, а особенно, что нам делать с ним теперь, так как он очень сильно заботится о судьбе своего семейства и говорит со всеми знаками полной откровенности, что, пока его семейство в руках Шамиля, он парализован и не в силах услужить нам и доказать свою благодарность за ласковый прием и прощение, которые ему оказали. Неизвестность, в которой он находится насчет дорогих ему особ, вызывает в нем лихорадочное состояние, и лица, назначенные мною, чтобы жить с ним здесь, уверяют меня, что он не спит по ночам, почти что ничего не ест, постоянно молится и только просит позволения покататься верхом с несколькими казаками, — единственно для него возможное развлечение и движение, необходимое вследствие долголетней привычки. Каждый день он приходил ко мне узнавать, имею ли я какие-нибудь известия о его семействе, и просит меня, чтобы я велел собрать на наших различных линиях всех пленных, которые находятся в нашем распоряжении, чтобы предложить их Шамилю для обмена, к чему он прибавит немного денег. Есть люди, которые ему дадут их для этого. Он мне все повторял: спасите мое семейство и потом дайте мне возможность услужить вам (лучше всего на лезгинской линии, по его мнению), и если по истечении месяца я не окажу вам большой услуги, накажите меня, как сочтете нужным.

Я ему ответил, что все это кажется мне весьма справедливым и что у нас найдется даже много лиц, которые не поверили бы ему, если бы его семейство оставалось в горах, а не у нас в качестве залога; что я сделаю все возможное для сбора на наших границах пленных и что, не имея права, по нашим уставам, дать ему денег для выкупа в прибавку к тем, которые он достанет сам, я, может быть, найду другие средства помочь ему. После этого я ему сказал откровенно мое мнение о том, что Шамиль ни в каком случае не выдаст ему семейства, что он, может быть, прямо объявит ему это, обещает ему полное прощение и прежние должности, погрозит, если он не вернется, погубить его мать, жену и шестерых детей. Я спросил его, может ли он сказать откровенно, что бы он сделал, если бы получил такое объявление Шамиля. Хаджи-Мурат поднял глаза и руки к небу и сказал мне, что всё в руках бога, но что он никогда не отдастся в руки своему врагу, потому что он вполне уверен, что Шамиль его не простит и что он бы тогда недолго остался в живых. Что касается истребления его семейства, то он не думает, что Шамиль поступит так легкомысленно: во-первых, чтобы не сделать его врагом еще отчаяннее и опаснее; а во-вторых, есть в Дагестане множество лиц очень даже влиятельных, которые отговорят его от этого. Наконец он повторил мне несколько раз, что какая бы ни была воля бога для будущего, но что его теперь занимает только мысль о выкупе семейства; что он умоляет меня, во имя бога, помочь ему и позволить ему вернуться в окрестности Чечни, где бы он, через посредство и с дозволения наших начальников, мог иметь сношения с своим семейством, постоянные известия о его настоящем положении и о средствах освободить его; что многие лица и даже некоторые наибы в этой части неприятельской страны более или менее привязаны к нему; что во всем этом населении, уже покоренном русскими или нейтральном, ему легко будет иметь, с нашей помощью, сношения, очень полезные для достижения цели, преследовавшей его днем и ночью, исполнение которой так его успокоит и даст ему возможность действовать для нашей пользы и заслужить наше доверие. Он просит отослать его опять в Грозную, с конвоем из двадцати или тридцати отважных казаков, которые бы служили ему для защиты от врагов, а нам — для ручательства в истине высказанных им намерений.

Вы поймете, любезный князь, что все это очень озадачило меня, так как, что ни сделай, большая ответственность лежит на мне. Было бы в высшей степени неосторожно вполне доверять ему; но если бы мы хотели отнять у него средства для бегства, то мы должны были бы запереть его; а это, по моему мнению, было бы и несправедливо и неполитично. Такая мера, известие о которой скоро распространилось бы по всему Дагестану, очень повредила бы нам там, отнимая охоту у всех тех (а их много), которые готовы идти более или менее открыто против Шамиля и которые так интересуются положением у нас самого храброго и предприимчивого помощника имама, увидевшего себя принужденным отдаться в наши руки. Раз что мы поступили бы с Хаджи-Муратом, как с пленным, весь благоприятный эффект его измены Шамилю пропал бы для нас.

Поэтому я думаю, что не мог поступить иначе, как поступил, чувствуя, однако, что можно будет обвинить меня в большой ошибке, если бы вздумалось Хаджи-Мурату уйти снова. В службе и в таких запутанных делах трудно, чтобы не сказать невозможно, идти по одной прямой дороге, не рискуя ошибиться и не принимая на себя ответственности; но раз что дорога кажется прямою, надо идти по ней, — будь что будет.

Прошу вас, любезный князь, повергнуть это на рассмотрение его величеству государю императору, и я буду счастлив, если августейший наш повелитель соизволит одобрить мой поступок. Все, что я вам писал выше, я также написал генералам Завадовскому и Козловскому, для непосредственных сношений Козловского с Хаджи-Муратом, которого я предупредил о том, что он без одобрения последнего ничего сделать и никуда выехать не может. Я ему объявил, что для нас еще лучше, если он будет выезжать с нашим конвоем, а то Шамиль станет разглашать, что мы держим Хаджи-Мурата взаперти; но при этом я взял с него обещание, что он никогда не поедет в Воздвиженское, так как мой сын, которому он сперва сдался и которого считает своим кунаком (приятелем), не начальник этого места, и могли бы произойти недоразумения. Впрочем, Воздвиженское слишком близко от многочисленного враждебного нам населения, между тем как для сношений, которые он желает иметь со своими поверенными, Грозная удобна во всех отношениях.

Кроме двадцати избранных казаков, которые, по его же просьбе, ни на шаг не отстанут от него, я послал ротмистра Лорис-Меликова, достойного, отличного и очень умного офицера, говорящего по-татарски, знающего хорошо Хаджи-Мурата, который, кажется, тоже вполне доверяет ему. Десять дней, которые Хаджи-Мурат провел здесь, он, впрочем, жил в одном доме с подполковником князем Тархановым, начальником Шушинского уезда, находящимся здесь по делам службы; это истинно достойный человек, и я ему вполне доверяю. Он также заслужил доверие Хаджи-Мурата, и через него одного, так как он отлично говорит по-татарски, мы рассуждали о самых деликатных и секретных делах.

Я советовался с Тархановым насчет Хаджи-Мурата, и он совершенно согласился со мной в том, что или следовало поступить, как я поступил, или заключить Хаджи-Мурата в тюрьму и сторожить его со всеми возможными строгими мерами, — потому что уже раз обращаться с ним худо, его не легко стеречь, — или же удалить его совсем из страны. Но эти две последние меры не только бы уничтожили всю выгоду, вытекающую для нас из ссоры между Хаджи-Муратом и Шамилем, но приостановили бы неизбежно всякое развитие ропота и возможность возмущения горцев против власти Шамиля. Князь Тарханов мне сказал, что сам уверен в правдивости Хаджи-Мурата и что Хаджи-Мурат не сомневается в том, что Шамиль никогда его не простит и велит казнить, несмотря на обещанное прощение. Единственная вещь, которая могла озаботить Тарханова в его сношениях с Хаджи-Муратом, это — его привязанность к своей религии, и он не скрывает, что Шамилю можно будет действовать на него с этой стороны. Но, как я уже говорил выше, он никогда не убедит Хаджи-Мурата в том, что не лишит его жизни или сейчас, или спустя несколько времени после его возвращения.

Вот все, любезный князь, что я хотел сказать вам насчет этого эпизода здешних дел».

XV

Донесение это было отправлено из Тифлиса 24 декабря. Накануне же нового, 52-го года, фельдъегерь, загнав десяток лошадей и избив в кровь десяток ямщиков, доставил его к князю Чернышеву, тогдашнему военному министру.

И 1 января 1852 года Чернышев повез к императору Николаю в числе других дел и это донесение Воронцова.

Чернышев не любил Воронцова — и за всеобщее уважение, которым пользовался Воронцов, и за его огромное богатство, и за то, что Воронцов был настоящий барин, а Чернышев все-таки parvenu,[1] главное — за особенное расположение императора к Воронцову. И потому Чернышев пользовался всяким случаем, насколько мог, вредить Воронцову. В прошлом докладе о кавказских делах Чернышеву удалось вызвать неудовольствие Николая на Воронцова за то, что по небрежности начальства был горцами почти весь истреблен небольшой кавказский отряд. Теперь он намеревался представить с невыгодной стороны распоряжение Воронцова о Хаджи-Мурате. Он хотел внушить государю, что Воронцов всегда, особенно в ущерб русским, оказывающий покровительство и даже послабление туземцам, оставив Хаджи-Мурата на Кавказе, поступил неблагоразумно; что, по всей вероятности, Хаджи-Мурат только для того, чтобы высмотреть наши средства обороны, вышел к нам и что поэтому лучше отправить Хаджи-Мурата в центр России и воспользоваться им уже тогда, когда его семья будет выручена из гор и можно будет увериться в его преданности.

Но план этот не удался Чернышеву только потому, что в это утро 1 января Николай был особенно не в духе и не принял бы какое бы ни было и от кого бы то ни было предложение только из чувства противоречия; тем более он не был склонен принять предложение

---

[1] выскочка (франц.).

Чернышева, которого он только терпел, считая его пока незаменимым человеком, но, зная его старания погубить в процессе декабристов Захара Чернышева и попытку завладеть его состоянием, считал большим подлецом. Так что благодаря дурному расположению духа Николая Хаджи-Мурат остался на Кавказе, и судьба его не изменилась так, как она могла бы измениться, если бы Чернышев делал свой доклад в другое время.

Было половина десятого, когда в тумане двадцатиградусного мороза толстый, бородатый кучер Чернышева, в лазоревой бархатной шапке с острыми концами, сидя на козлах маленьких саней, таких же, как те, в которых катался Николай Павлович, подкатил к малому подъезду Зимнего дворца и дружески кивнул своему приятелю, кучеру князя Долгорукого, который, ссадив барина, уже давно стоял у дворцового подъезда, подложив под толстый ваточный зад вожжи и потирая озябшие руки.

Чернышев был в шинели с пушистым седым бобровым воротником и в треугольной шляпе с петушиными перьями, надетой по форме. Откинув медвежью полость, он осторожно выпростал из саней свои озябшие ноги без калош (он гордился тем, что не знал калош) и, бодрясь, позванивая шпорами, прошел по ковру в почтительно отворенную перед ним дверь швейцаром. Скинув в передней на руки подбежавшего старого камер-лакея шинель, Чернышев подошел к зеркалу и осторожно снял шляпу с завитого парика. Поглядев на себя в зеркало, он привычным движеньем старческих рук подвил виски и хохол и поправил крест, аксельбанты и большие с вензелями эполеты и, слабо шагая плохо повинующимися старческими ногами, стал подниматься вверх по ковру отлогой лестницы.

Пройдя мимо стоявших в парадной форме у дверей подобострастно кланявшихся ему камер-лакеев, Чернышев вошел в приемную. Дежурный, вновь назначенный флигель-адъютант, сияющий новым мундиром, эполетами, аксельбантами и румяным, еще не истасканным лицом с черными усиками и височками, зачесанными к глазам так же, как их зачесывал Николай Павлович, почтительно встретил его. Князь Василий Долгорукий, товарищ военного министра, с скучающим выражением тупого лица, украшенного такими же бакенбардами, усами и висками, какие носил Николай, встал навстречу Чернышева и поздоровался с ним.

— L'empereur?[1] — обратился Чернышев к флигель-адъютанту, вопросительно указывая глазами на дверь кабинета.

— Sa Majesté vient de rentrer,[2] — очевидно с удовольствием слушая звук своего голоса, сказал флигель-адъютант и, мягко ступая, так плавно, что полный стакан воды, поставленный ему на голову, не пролился бы, подошел к беззвучно отворявшейся двери и, всем существом своим выказывая почтение к тому месту, в которое он вступал, исчез за дверью.

Долгорукий между тем раскрыл свой портфель, проверяя находящиеся в нем бумаги.

Чернышев же, нахмурившись, прохаживался, разминая ноги и вспоминая все то, что надо было доложить императору. Чернышев был подле двери кабинета, когда она опять отворилась и из нее вышел еще более, чем прежде, сияющий и почтительный флигель-адъютант и жестом пригласил министра и его товарища к государю.

Зимний дворец после пожара был давно уже отстроен, и Николай жил в нем еще в верхнем этаже. Кабинет, в котором он принимал с докладом министров и высших начальников, была очень высокая комната с четырьмя большими окнами. Большой портрет императора Александра I висел на главной стене. Между окнами стояли два бюро. По стенам стояло несколько стульев, в середине комнаты — огромный письменный стол, перед столом кресло Николая, стулья для принимаемых.

Николай, в черном сюртуке без эполет, с полупогончиками, сидел у стола, откинув свой огромный, туго перетянутый по отросшему животу стан, и неподвижно своим безжизненным взглядом смотрел на входивших. Длинное белое лицо с огромным покатым лбом,

---

[1] Император? (франц.).

[2] Его величество только что вернулись (франц.).

выступавшим из-за приглаженных височков, искусно соединенных с париком, закрывавшим лысину, было сегодня особенно холодно и неподвижно. Глаза его, всегда тусклые, смотрели тусклее обыкновенного, сжатые губы из-под загнутых кверху усов, и подпертые высоким воротником ожиревшие свежевыбритые щеки с оставленными правильными колбасиками бакенбард, и прижимаемый к воротнику подбородок придавали его лицу выражение недовольства и даже гнева. Причиной этого настроения была усталость. Причина же усталости было то, что накануне он был в маскараде и, как обыкновенно, прохаживаясь в своей кавалергардской каске с птицей на голове, между теснившейся к нему и робко сторонившейся от его огромной и самоуверенной фигуры публикой, встретил опять ту маску, которая в прошлый маскарад, возбудив в нем своей белизной, прекрасным сложением и нежным голосом старческую чувственность, скрылась от него, обещая встретить его в следующем маскараде. Во вчерашнем маскараде она подошла к нему, и он уже не отпустил ее. Он повел ее в ту специально для этой цели державшуюся в готовности ложу, где он мог наедине остаться с своей дамой. Дойдя молча до двери ложи, Николай оглянулся, отыскивая глазами капельдинера, но его не было. Николай нахмурился и сам толкнул дверь ложи, пропуская вперед себя свою даму.

— Il y a quelqu'un,[1] — сказала маска, останавливаясь. Ложа действительно была занята. На бархатном диванчике, близко друг к другу, сидели уланский офицер и молоденькая, хорошенькая белокуро-кудрявая женщина в домино, с снятой маской. Увидав выпрямившуюся во весь рост и гневную фигуру Николая, белокурая женщина поспешно закрылась маской, уланский же офицер, остолбенев от ужаса, не вставая с дивана, глядел на Николая остановившимися глазами.

Как ни привык Николай к возбуждаемому им в людях ужасу, этот ужас был ему всегда приятен, и он любил иногда поразить людей, повергнутых в ужас, контрастом обращенных к ним ласковых слов. Так поступил он и теперь.

---

[1] Здесь кто-то есть (франц.).

— Ну, брат, ты помоложе меня, — сказал он окоченевшему от ужаса офицеру, — можешь уступить мне место.

Офицер вскочил и, бледнея и краснея, согнувшись вышел молча за маской из ложи, и Николай остался один с своей дамой.

Маска оказалась хорошенькой двадцатилетней невинной девушкой, дочерью шведки-гувернантки. Девушка эта рассказала Николаю, как она с детства еще, по портретам, влюбилась в него, боготворила его и решила во что бы то ни стало добиться его внимания. И вот она добилась, и, как она говорила, ей ничего больше не нужно было. Девица эта была свезена в место обычных свиданий Николая с женщинами, и Николай провел с ней более часа.

Когда он в эту ночь вернулся в свою комнату и лег на узкую, жесткую постель, которой он гордился, и покрылся своим плащом, который он считал (и так и говорил) столь же знаменитым, как шляпа Наполеона, он долго не мог заснуть. Он то вспоминал испуганное и восторженное выражение белого лица этой девицы, то могучие, полные плечи своей всегдашней любовницы Нелидовой и делал сравнение между тою и другою. О том, что распутство женатого человека было не хорошо, ему и не приходило в голову, и он очень удивился бы, если бы кто-нибудь осудил его за это. Но, несмотря на то, что он был уверен, что поступал так, как должно, у него оставалась какая-то неприятная отрыжка, и, чтобы заглушить это чувство, он стал думать о том, что всегда успокаивало его: о том, какой он великий человек.

Несмотря на то, что он поздно заснул, он, как всегда, встал в восьмом часу, и, сделав свой обычный туалет, вытерев льдом свое большое, сытое тело и помолившись богу, он прочел обычные, с детства произносимые молитвы: «Богородицу», «Верую», «Отче наш», не приписывая произносимым словам никакого значения, — и вышел из малого подъезда на набережную, в шинели и фуражке.

Посредине набережной ему встретился такого же, как он сам, огромного роста ученик училища правоведения, в мундире и шляпе. Увидав мундир училища, которое он не любил за вольнодумство, Николай Павлович нахмурился, но высокий рост, и старательная вытяжка, и отдавание чести с подчеркнуто выпяченным локтем ученика смягчило его неудовольствие.

— Как фамилия? — спросил он.

— Полосатов! ваше императорское величество.

— Молодец!

Ученик все стоял с рукой у шляпы. Николай остановился.

— Хочешь в военную службу?

— Никак нет, ваше императорское величество.

— Болван! — и Николай, отвернувшись, пошел дальше и стал громко произносить первые попавшиеся ему слова. «Копервейн, Копервейн, — повторял он несколько раз имя вчерашней девицы. — Скверно, скверно». Он не думал о том, что говорил, но заглушал свое чувство вниманием к тому, что говорил. «Да, что бы была без меня Россия, — сказал он себе, почувствовав опять приближение недовольного чувства. — Да, что бы была без меня не Россия одна, а Европа». И он вспомнил про шурина, прусского короля, и его слабость и глупость и покачал головой.

Подходя назад к крыльцу, он увидал карету Елены Павловны, которая с красным лакеем подъезжала к Салтыковскому подъезду. Елена Павловна для него была олицетворением тех пустых людей, которые рассуждали не только о науках, поэзии, но и об управлении людей, воображая, что они могут управлять собою лучше, чем он, Николай, управлял ими. Он знал, что, сколько он ни давил этих людей, они опять выплывали и выплывали наружу. И он вспомнил недавно умершего брата Михаила Павловича. И досадное и грустное чувство охватило его. Он мрачно нахмурился и опять стал шептать первые попавшиеся слова. Он перестал шептать, только когда вошел во дворец. Войдя к себе и пригладив перед зеркалом бакенбарды и волоса на висках и накладку на темени, он, подкрутив усы, прямо пошел в кабинет, где принимались доклады.

Первого он принял Чернышева. Чернышев тотчас же по лицу и, главное, глазам Николая понял, что он нынче был особенно не в духе, и, зная вчерашнее его похождение, понял, отчего это происходило.

Холодно поздоровавшись и пригласив сесть Чернышева, Николай уставился на него своими безжизненными глазами.

Первым делом в докладе Чернышева было дело об открывшемся воровстве интендантских чиновников; потом было дело о перемещении войск на прусской границе; потом назначение некоторым лицам, пропущенным в первом списке, наград к Новому году; потом было донесение Воронцова о выходе Хаджи-Мурата и, наконец, неприятное дело о студенте медицинской академии, покушавшемся на жизнь профессора.

Николай, молча сжав губы, поглаживал своими большими белыми руками, с одним золотым кольцом на безымянном пальце, листы бумаги и слушал доклад о воровстве, не спуская глаз со лба и хохла Чернышева.

Николай был уверен, что воруют все. Он знал, что надо будет наказать теперь интендантских чиновников, и решил отдать их всех в солдаты, но знал тоже, что это не помешает тем, которые займут место уволенных, делать то же самое. Свойство чиновников состояло в том, чтобы красть, его же обязанность состояла в том, чтобы наказывать их, и, как ни надоело это ему, он добросовестно исполнял эту обязанность.

— Видно, у нас в России один только честный человек, — сказал он.

Чернышев тотчас же понял, что этот единственный честный человек в России был сам Николай, и одобрительно улыбнулся.

— Должно быть, так, ваше величество, — сказал он.

— Оставь, я положу резолюцию, — сказал Николай, взяв бумагу и переложив ее на левую сторону стола.

После этого Чернышев стал докладывать о наградах и о перемещении войск. Николай просмотрел список, вычеркнул несколько имен и потом кратко и решительно распорядился о передвижении двух дивизий к прусской границе.

Николай никак не мог простить прусскому королю данную им после 48-го года конституцию, и потому, выражая шурину самые дружеские чувства в письмах и на словах, он считал нужным иметь на всякий случай войска на прусской границе. Войска эти могли понадобиться и на то, чтобы в случае возмущения народа в Пруссии (Николай везде видел готовность к возмущению) выдвинуть их в защиту престола шурина, как он выдвинул войско в защиту Австрии против венгров. Нужны были эти войска на границе и на то, чтобы придавать больше весу и значения своим советам прусскому королю.

«Да, что было бы теперь с Россией, если бы не я», — опять подумал он.

— Ну, что еще? — сказал он.

— Фельдъегерь с Кавказа, — сказал Чернышев и стал докладывать то, что писал Воронцов о выходе Хаджи-Мурата.

— Вот как, — сказал Николай. — Хорошее начало.

— Очевидно, план, составленный вашим величеством, начинает приносить свои плоды, — сказал Чернышев.

Эта похвала его стратегическим способностям была особенно приятна Николаю, потому что, хотя он и гордился своими стратегическими способностями, в глубине души он сознавал, что их не было. И теперь он хотел слышать более подробные похвалы себе.

— Ты как же понимаешь? — спросил он.

— Понимаю так, что если бы давно следовали плану вашего величества — постепенно, хотя и медленно, подвигаться вперед, вырубая леса, истребляя запасы, то Кавказ давно бы уж был покорен. Выход Хаджи-Мурата я отношу только к этому. Он понял, что держаться им уже нельзя.

— Правда, — сказал Николай.

Несмотря на то, что план медленного движения в область неприятеля посредством вырубки лесов и истребления продовольствия был план Ермолова[1] и Вельяминова, совершенно противоположный плану Николая, по которому нужно было разом

[1] …план Ермолова… — Ермолов Алексей Петрович (1777–1861) — генерал, с 1817 по 1827 г. главноуправляющий в Грузии, «проконсул Кавказа».

завладеть резиденцией Шамиля и разорить это гнездо разбойников и по которому была предпринята в 1845 году Даргинская экспедиция, стоившая стольких людских жизней, — несмотря на это, Николай приписывал план медленного движения, последовательной вырубки лесов и истребления продовольствия тоже себе. Казалось, что, для того чтобы верить в то, что план медленного движения, вырубки лесов и истребления продовольствия был его план, надо было скрывать то, что он именно настаивал на совершенно противоположном военном предприятии 45-го года. Но он не скрывал этого и гордился и тем планом своей экспедиции 45-го года и планом медленного движения вперед, несмотря на то, что эти два плана явно противоречили один другому. Постоянная, явная, противная очевидности лесть окружающих его людей довела его до того, что он не видел уже своих противоречий, не сообразовал уже свои поступки и слова с действительностью, с логикой или даже с простым здравым смыслом, а вполне был уверен, что все его распоряжения, как бы они ни были бессмысленны, несправедливы и несогласны между собою, становились и осмысленны, и справедливы, и согласны между собой только потому, что он их делал.

Таково было и его решение о студенте медико-хирургической академии, о котором после кавказского доклада стал докладывать Чернышев.

Дело состояло в том, что молодой человек, два раза не выдержавший экзамен, держал третий раз, и когда экзаменатор опять не пропустил его, болезненно-нервный студент, видя в этом несправедливость, схватил со стола перочинный ножик и в каком-то припадке исступления бросился на профессора и нанес ему несколько ничтожных ран.

— Как фамилия? — спросил Николай.

— Бжезовский.

— Поляк?

— Польского происхождения и католик, — отвечал Чернышев.

Николай нахмурился.

Он сделал много зла полякам. Для объяснения этого зла ему надо было быть уверенным, что все поляки негодяи. И Николай считал их таковыми и ненавидел их в мере того зла, которое он сделал им.

— Подожди немного, — сказал он и, закрыв глаза, опустил голову.

Чернышев знал, слышав это не раз от Николая, что, когда ему нужно решить какой-либо важный вопрос, ему нужно было только сосредоточиться на несколько мгновений, и что тогда на него находило наитие, и решение составлялось само собою самое верное, как бы какой-то внутренний голос говорил ему, что нужно сделать. Он думал теперь о том, как бы полнее удовлетворить тому чувству злобы к полякам, которое в нем расшевелилось историей этого студента, и внутренний голос подсказал ему следующее решение. Он взял доклад и на поле его написал своим крупным почерком: *«Заслуживает смертной казни. Но, слава богу, смертной казни у нас нет. И немне вводить ее. Провести 12 раз скрозь тысячу человек, Николай»,* — подписал он с своим неестественным, огромным росчерком.

Николай знал, что двенадцать тысяч шпицрутенов была не только верная, мучительная смерть, но излишняя жестокость, так как достаточно было пяти тысяч ударов, чтобы убить самого сильного человека. Но ему приятно было быть неумолимо жестоким и приятно было думать, что у нас нет смертной казни.

Написав свою резолюцию о студенте, он подвинул ее Чернышеву.

— Вот, — сказал он. — Прочти.

Чернышев прочел и, в знак почтительного удивления мудрости решения, наклонил голову.

— Да вывести всех студентов на плац, чтобы они присутствовали при наказании, — прибавил Николай.

«Им полезно будет. Я выведу этот революционный дух, вырву с корнем», — подумал он.

— Слушаю, — сказал Чернышев и, помолчав несколько и оправив свой хохол, возвратился к кавказскому докладу.

— Так как прикажете написать Михаилу Семеновичу?

— Твердо держаться моей системы разорения жилищ, уничтожения продовольствия в Чечне и тревожить их набегами, — сказал Николай.

— О Хаджи-Мурате что прикажете? — спросил Чернышев.

— Да ведь Воронцов пишет, что хочет употребить его на Кавказе.

— Не рискованно ли это? — сказал Чернышев, избегая взгляда Николая. — Михаил Семенович, боюсь, слишком доверчив.

— А ты что думал бы? — резко переспросил Николай, подметив намерение Чернышева выставить в дурном свете распоряжение Воронцова.

— Да я думал бы, безопаснее отправить его в Россию.

— Ты думал, — насмешливо сказал Николай. — А я не думаю и согласен с Воронцовым. Так и напиши ему.

— Слушаю, — сказал Чернышев и, встав, стал откланиваться.

Откланялся и Долгорукий, который во все время доклада сказал только несколько слов о перемещении войск на вопросы Николая.

После Чернышева был принят приехавший откланяться генерал-губернатор Западного края, Бибиков. Одобрив принятые Бибиковым меры против бунтующих крестьян, не хотевших переходить в православие, он приказал ему судить всех неповинующихся военным судом. Это значило приговаривать к прогнанию сквозь строй. Кроме того, он приказал еще отдать в солдаты редактора газеты, напечатавшего сведения о перечислении нескольких тысяч душ государственных крестьян в удельные.

— Я делаю это потому, что считаю это нужным, — сказал он. — А рассуждать об этом не позволяю.

Бибиков понимал всю жестокость распоряжения об униатах и всю несправедливость перевода государственных, то есть единственных в то время свободных людей, в удельные, то есть в крепостные царской фамилии. Но возражать нельзя было. Не согласиться с распоряжением Николая — значило лишиться всего того блестящего положения, которое он приобретал сорок лет и которым пользовался. И потому он покорно наклонил свою черную седеющую голову в знак покорности и готовности исполнения жестокой, безумной и нечестной высочайшей воли.

Отпустив Бибикова, Николай с сознанием хорошо исполненного долга потянулся, взглянул на часы и пошел одеваться для выхода. Надев на себя мундир с эполетами, орденами и лентой, он вышел в приемные залы, где более ста человек мужчин в мундирах и женщин в вырезных нарядных платьях, расставленные все по определенным местам, с трепетом ожидали его выхода.

С безжизненным взглядом, с выпяченною грудью и перетянутым и выступающим из-за перетяжки и сверху и снизу животом, он вышел к ожидавшим, и, чувствуя, что все взгляды с трепетным подобострастием обращены на него, он принял еще более торжественный вид. Встречаясь глазами с знакомыми лицами, он, вспоминая кто — кто, останавливался и говорил иногда по-русски, иногда по-французски несколько слов и, пронизывая их холодным, безжизненным взглядом, слушал, что ему говорили.

Приняв поздравления, Николай прошел в церковь.

Бог через своих слуг, так же как и мирские люди, приветствовал и восхвалял Николая, и он как должное, хотя и наскучившее ему, принимал эти приветствия, восхваления. Все это должно было так быть, потому что от него зависело благоденствие и счастье всего мира, и хотя он уставал от этого, он все-таки не отказывал миру в своем содействии. Когда в конце обедни великолепный расчесанный дьякон провозгласил «многая лета» и певчие прекрасными голосами дружно подхватили эти слова, Николай, оглянувшись, заметил стоявшую у окна Нелидову с ее пышными плечами и в ее пользу решил сравнение с вчерашней девицей.

После обедни он пошел к императрице и в семейном кругу провел несколько минут, шутя с детьми и женой. Потом он через Эрмитаж зашел к министру двора Волконскому и, между прочим, поручил ему выдавать из своих особенных сумм ежегодную пенсию матери вчерашней девицы. И от него поехал на свою обычную прогулку.

Обед в этот день был в Помпейском зале; кроме меньших сыновей, Николая и Михаила, были приглашены: барон Ливен, граф Ржевусский,

Долгорукий, прусский посланник и флигель-адъютант прусского короля.

Дожидаясь выхода императрицы и императора, между прусским посланником и бароном Ливен завязался интересный разговор по случаю последних тревожных известий, полученных из Польши.

— La Pologne et le Caucase, ce sont les deux cautères de la Russie, — сказал Ливен. — Il nous faut cent milles hommes à peu près dans chacun de ces deux pays.[1]

Посланник выразил притворное удивление тому, что это так.

— Vous dites la Pologne, — сказал он.

— Oh, oui, c'était un coup de maître de Maeternich de nous en avoir laissé d'embarras...[2]

В этом месте разговора вошла императрица с своей трясущейся головой и замершей улыбкой, и вслед за ней Николай.

За столом Николай рассказал о выходе Хаджи-Мурата и о том, что война кавказская теперь должна скоро кончиться вследствие его распоряжения о стеснении горцев вырубкой лесов и системой укреплений.

Посланник, перекинувшись беглым взглядом с прусским флигель-адъютантом, с которым он нынче утром еще говорил о несчастной слабости Николая считать себя великим стратегом, очень хвалил этот план, доказывающий еще раз великие стратегические способности Николая.

После обеда Николай ездил в балет, где в трико маршировали сотни обнаженных женщин. Одна особенно приглянулась ему, и, позвав балетмейстера, Николай благодарил его и велел подарить ему перстень с брильянтами.

---

[1] — Польша и Кавказ — это две болячки России. Нам нужно по крайней мере сто тысяч человек в каждой из этих стран (франц.).

[2] — Вы говорите, Польша.

— О да, это был искусный ход Меттерниха, чтобы причинить нам затруднения... *(франц.).*

На другой день при докладе Чернышева Николай еще раз подтвердил свое распоряжение Воронцову о том, чтобы теперь, когда вышел Хаджи-Мурат, усиленно тревожить Чечню и сжимать ее кордонной линией.

Чернышев написал в этом смысле Воронцову, и другой фельдъегерь, загоняя лошадей и разбивая лица ямщиков, поскакал в Тифлис.

XVI

Во исполнение этого предписания Николая Павловича, тотчас же, в январе 1852 года, был предпринят набег в Чечню.

Отряд, назначенный в набег, состоял из четырех батальонов пехоты, двух сотен казаков и восьми орудий. Колонна шла дорогой. По обеим же сторонам колонны непрерывной цепью, спускаясь и поднимаясь по балкам, шли егеря в высоких сапогах, полушубках и папахах, с ружьями на плечах и патронами на перевязи. Как всегда, отряд двигался по неприятельской земле, соблюдая возможную тишину. Только изредка на канавках позвякивали встряхнутые орудия, или не понимающая приказа о тишине фыркала или ржала артиллерийская лошадь, или хриплым сдержанным голосом кричал рассерженный начальник на своих подчиненных за то, что цепь или слишком растянулась, или слишком близко или далеко идет от колонны. Один раз только тишина нарушилась тем, что из небольшой куртинки колючки, находившейся между цепью и колонной, выскочила коза с белым брюшком и задом и серой спинкой и такой же козел с небольшими, на спину закинутыми рожками. Красивые испуганные животные большими прыжками, поджимая передние ноги, налетели на колонну так близко, что некоторые солдаты с криками и хохотом побежали за ними, намереваясь штыками заколоть их, но козы поворотили назад, проскочили сквозь цепь и, преследуемые несколькими конными и ротными собаками, как птицы, умчались в горы.

Еще была зима, но солнце начинало ходить выше, и в полдень, когда вышедший рано утром отряд прошел уже верст десять, пригревало так, что становилось жарко, и лучи его были так ярки, что больно было смотреть на сталь штыков и на блестки, которые вдруг вспыхивали на меди пушек, как маленькие солнца.

Позади была только что перейденная отрядом быстрая чистая речка, впереди — обработанные поля и луга с неглубокими балками, еще впереди — таинственные черные горы, покрытые лесом, за черными горами — еще выступающие скалы, и на высоком горизонте — вечно прелестные, вечно изменяющиеся, играющие светом, как алмазы, снеговые горы.

Впереди пятой роты шел, в черном сюртуке, в папахе и с шашкой через плечо, недавно перешедший из гвардии высокий красивый офицер Бутлер, испытывая бодрое чувство радости жизни и вместе с тем опасности смерти и желания деятельности и сознания причастности к огромному, управляемому одной волей целому. Бутлер нынче во второй раз выходил в дело, и ему радостно было думать, что вот сейчас начнут стрелять по ним и что он не только не согнет головы под пролетающим ядром или не обратит внимания на свист пуль, но, как это уже и было с ним, выше поднимет голову и с улыбкой в глазах будет оглядывать товарищей и солдат и заговорит самым равнодушным голосом о чем-нибудь постороннем.

Отряд свернул с хорошей дороги и повернул на малоезженную, шедшую среди кукурузного жнивья, и стал подходить к лесу, когда — не видно было, откуда — с зловещим свистом пролетело ядро и ударилось в середине обоза, подле дороги, в кукурузное поле, взрыв на нем землю.

— Начинается, — весело улыбаясь, сказал Бутлер шедшему с ним товарищу.

И действительно, вслед за ядром показалась из-за леса густая толпа конных чеченцев с значками. В середине партии был большой зеленый значок, и старый фельдфебель роты, очень дальнозоркий, сообщил близорукому Бутлеру, что это должен быть сам Шамиль. Партия спустилась под гору и показалась на вершине ближайшей балки справа и стала спускаться вниз. Маленький генерал в теплом черном сюртуке и папахе с большим белым курпеем подъехал на своем иноходце к роте Бутлера и приказал ему идти вправо против спускавшейся конницы. Бутлер быстро повел по указанному направлению свою роту, но не успел спуститься к балке, как услышал сзади себя один за другим два орудийные выстрела. Он оглянулся: два облака сизого дыма поднялись над двумя орудиями и потянулись вдоль балки. Партия, очевидно не ожидавшая артиллерии, пошла назад. Рота Бутлера стала стрелять вдогонку горцам, и вся лощина закрылась пороховым дымом. Только выше лощины видно было, как горцы поспешно отступали, отстреливаясь от преследующих их казаков. Отряд пошел дальше вслед за горцами, и на склоне второй балки открылся аул.

Бутлер с своей ротой бегом, вслед за казаками, вошел в аул. Жителей никого не было. Солдатам было велено жечь хлеб, сено и самые сакли. По всему аулу стелился едкий дым, и в дыму этом шныряли солдаты, вытаскивая из саклей, что находили, главное же — ловили и стреляли кур, которых не могли увезти горцы. Офицеры сели подальше от дыма и позавтракали и выпили. Фельдфебель принес им на доске несколько сотов меда. Чеченцев не слышно было. Немного после полдня велено было отступать. Роты построились за аулом в колонну, и Бутлеру пришлось быть в арьергарде. Как только тронулись, появились чеченцы и, следуя за отрядом, провожали его выстрелами.

Когда отряд вышел на открытое место, горцы отстали. У Бутлера никого не ранило, и он возвращался в самом веселом и бодром расположении духа.

Когда отряд, перейдя назад вброд перейденную утром речку, растянулся по кукурузным полям и лугам, песенники по ротам выступили вперед, и раздались песни. Ветру не было, воздух был свежий, чистый и такой прозрачный, что снеговые горы, отстоявшие за сотню верст, казались совсем близкими и что, когда песенники замолкали, слышался равномерный топот ног и побрякивание орудий, как фон, на котором зачиналась и останавливалась песня. Песня, которую пели в пятой роте Бутлера, была сочинена юнкером во славу полка и пелась на плясовой мотив с припевом: «То ли дело, то ли дело, егеря, егеря!»

Бутлер ехал верхом рядом с своим ближайшим начальником, майором Петровым, с которым он и жил вместе, и не мог нарадоваться на свое решение выйти из гвардии и уйти на Кавказ. Главная причина его перехода из гвардии была та, что он проигрался в карты в Петербурге, так что у него ничего не осталось. Он боялся, что не будет в силах удержаться от игры, оставаясь в гвардии, а проигрывать уже нечего было. Теперь все это было кончено. Была другая жизнь, и такая хорошая, молодецкая. Он забыл теперь и про свое разорение и свои неоплатные долги. И Кавказ, война, солдаты, офицеры, пьяный и добродушный храбрец майор Петров — все это казалось ему так хорошо, что он иногда не верил себе; что он не в Петербурге, не в накуренных комнатах загибает углы и понтирует, ненавидя банкомета и чувствуя давящую боль в голове, а здесь, в этом чудном краю, среди молодцов-кавказцев.

«То ли дело, то ли дело, егеря, егеря!» — пели его песенники. Лошадь его веселым шагом шагала под эту музыку. Ротный мохнатый серый Трезорка, точно начальник, закрутив хвост, с озабоченным видом бежал перед ротой Бутлера. На душе было бодро, спокойно и весело. Война представлялась ему только в том, что он подвергал себя опасности, возможности смерти и этим заслуживал и награды, и уважение и здешних товарищей, и своих русских друзей. Другая сторона войны: смерть, раны солдат, офицеров, горцев, как ни странно это сказать, и не представлялась его воображению. Он даже бессознательно, чтобы удержать свое поэтическое представление о войне, никогда не смотрел на убитых и раненых. Так и нынче — у нас было три убитых и двенадцать раненых. Он прошел мимо трупа, лежавшего на спине, и только одним глазом видел какое-то странное положение восковой руки и темно-красное пятно на голове и не стал рассматривать. Горцы представлялись ему только конными джигитами, от которых надо было защищаться.

— Так вот как-с, батюшка, — говорил майор в промежутке песни. — Не так-с, как у вас в Питере: равненье направо, равненье налево. А вот потрудились — и домой. Машурка нам теперь пирог подаст, щи хорошие. Жизнь! Так ли? Ну-ка, «Как вознялась заря», — скомандовал он свою любимую песню.

Майор жил супружески с дочерью фельдшера, сначала Машкой, а потом Марьей Дмитриевной. Марья Дмитриевна была красивая белокурая, вся в веснушках, тридцатилетняя бездетная женщина. Каково ни было ее прошедшее, теперь она была верной подругой майора, ухаживала за ним, как нянька, а это было нужно майору, часто напивавшемуся до потери сознания.

Когда пришли в крепость, все было, как предвидел майор. Марья Дмитриевна накормила его и Бутлера и еще приглашенных из отряда двух офицеров сытным, вкусным обедом, и майор наелся и напился так, что не мог уже говорить и пошел к себе спать. Бутлер, также усталый, но довольный и немного выпивший лишнего чихиря, пошел в свою комнатку, и едва успел раздеться, как, подложив ладонь под красивую курчавую голову, заснул крепким сном без сновидений и просыпания.

XVII

Аул, разоренный набегом, был тот самый, в котором Хаджи-Мурат провел ночь перед выходом своим к русским.

Садо, у которого останавливался Хаджи-Мурат, уходил с семьей в горы, когда русские подходили к аулу. Вернувшись в свой аул, Садо нашел свою саклю разрушенной: крыша была провалена, и дверь и столбы галерейки сожжены, и внутренность огажена. Сын же его, тот красивый, с блестящими глазами мальчик, который восторженно смотрел на Хаджи-Мурата, был привезен мертвым к мечети на покрытой буркой лошади. Он был проткнут штыком в спину. Благообразная женщина, служившая, во время его посещения, Хаджи-Мурату, теперь, в разорванной на груди рубахе, открывавшей ее старые, обвисшие груди, с распущенными волосами, стояла над сыном и царапала себе в кровь лицо и не переставая выла. Садо с киркой и лопатой ушел с родными копать могилу сыну. Старик дед сидел у стены разваленной сакли и, строгая палочку, тупо смотрел перед собой. Он только что вернулся с своего пчельника. Бывшие там два стожка сена были сожжены; были поломаны и обожжены посаженные стариком и выхоженные абрикосовые и вишневые деревья и, главное, сожжены все ульи с пчелами. Вой женщин слышался во всех домах и на площади, куда были привезены еще два тела. Малые дети ревели вместе с матерями. Ревела и голодная скотина, которой нечего было дать. Взрослые дети не играли, а испуганными глазами смотрели на старших.

Фонтан был загажен, очевидно нарочно, так что воды нельзя было брать из него. Так же была загажена и мечеть, и мулла с муталимами очищал ее.

Старики хозяева собрались на площади и, сидя на корточках, обсуждали свое положение. О ненависти к русским никто и не говорил. Чувство, которое испытывали все чеченцы от мала до велика, было сильнее ненависти. Это была не ненависть, а непризнание этих русских собак людьми и такое отвращение, гадливость и недоумение перед нелепой жестокостью этих существ, что желание истребления их, как желание истребления крыс, ядовитых пауков и волков, было таким же естественным чувством, как чувство самосохранения.

Перед жителями стоял выбор: оставаться на местах и восстановить с страшными усилиями все с такими трудами заведенное и так легко и бессмысленно уничтоженное, ожидая всякую минуту повторения того же, или, противно религиозному закону и чувству отвращения и презрения к русским, покориться им.

Старики помолились и единогласно решили послать к Шамилю послов, прося его о помощи, и тотчас же принялись за восстановление нарушенного.

XVIII

На третий день после набега Бутлер вышел уже не рано утром с заднего крыльца на улицу, намереваясь пройтись и подышать воздухом до утреннего чая, который он пил обыкновенно вместе с Петровым. Солнце уже вышло из-за гор, и больно было смотреть на освещенные им белые мазанки правой стороны улицы, но зато, как всегда, весело и успокоительно было смотреть налево, на удаляющиеся и возвышающиеся, покрытые лесом черные горы и на видневшуюся из-за ущелья матовую цепь снеговых гор, как всегда старавшихся притвориться облаками.

Бутлер смотрел на эти горы, дышал во все легкие и радовался тому, что он живет, и живет именно он, и на этом прекрасном свете. Радовался он немножко и тому, что он так хорошо вчера вел себя в деле и при наступлении и в особенности при отступлении, когда дело было довольно жаркое, радовался и воспоминанию о том, как вчера, по возвращении их из похода, Маша, или Марья Дмитриевна, сожительница Петрова, угощала их и была особенно проста и мила со всеми, но в особенности, как ему казалось, была к нему ласкова. Марья Дмитриевна, с ее толстой косой, широкими плечами, высокой грудью и сияющей улыбкой покрытого веснушками доброго лица, невольно влекла Бутлера, как сильного, молодого холостого человека, и ему казалось даже, что она желает его. Но он считал, что это было бы дурно по отношению доброго, простодушного товарища, и держался с Марьей Дмитриевной самого простого, почтительного обращения, и радовался на себя за это. Сейчас он думал об этом.

Мысли его развлек услышанный им перед собой частый топот многих лошадиных копыт по пыльной дороге, точно скакало несколько человек. Он поднял голову и увидал в конце улицы подъезжавшую шагом кучку всадников. Впереди десятков двух казаков ехали два человека: один — в белой черкеске и высокой папахе с чалмой, другой — офицер русской службы, черный, горбоносый, в синей черкеске, с изобилием серебра на одежде и на оружии. Под всадником с чалмой был рыже-игреневый красавец конь с маленькой головой, прекрасными глазами; под офицером была высокая щеголеватая карабахская лошадь. Бутлер, охотник до лошадей, тотчас же оценил бодрую силу первой лошади и остановился, чтобы узнать, кто были эти люди. Офицер обратился к Бутлеру:

— Это воинский начальник дом? — спросил он, выдавая и несклоняемой речью и выговором свое нерусское происхождение и указывая плетью на дом Ивана Матвеевича.

— Этот самый, — сказал Бутлер.

— А это кто же? — спросил Бутлер, ближе подходя к офицеру и указывая глазами на человека в чалме.

— Хаджи-Мурат это. Сюда ехал, тут гостить будет у воинский начальник, — сказал офицер.

Бутлер знал про Хаджи-Мурата и про выход его к русским, но никак не ожидал увидать его здесь, в этом маленьком укреплении.

Хаджи-Мурат дружелюбно смотрел на него.

— Здравствуйте, кошкольды, — сказал он выученное им приветствие по-татарски.

— Саубул, — ответил Хаджи-Мурат, кивая головой. Он подъехал к Бутлеру и подал руку, на двух пальцах которой висела плеть.

— Начальник? — сказал он.

— Нет, начальник здесь, пойду позову его, — сказал Бутлер, обращаясь к офицеру и входя на ступеньки и толкая дверь.

Но дверь «парадного крыльца», как его называла Марья Дмитриевна, была заперта. Бутлер постучал, но, не получив ответа, пошел кругом через задний вход. Крикнув своего денщика и не получив ответа и не найдя ни одного из двух денщиков, он зашел в кухню. Марья Дмитриевна, повязанная платком и раскрасневшаяся, с засученными рукавами над белыми полными руками, разрезала скатанное такое же белое тесто, как и ее руки, на маленькие кусочки для пирожков.

— Куда денщики подевались? — сказал Бутлер.

— Пьянствовать ушли, — сказала Марья Дмитриевна. — Да вам что?

— Дверь отпереть; у вас перед домом целая орава горцев. Хаджи-Мурат приехал.

— Еще выдумайте что-нибудь, — сказала Марья Дмитриевна, улыбаясь.

— Я не шучу. Правда. Стоят у крыльца.

— Да неужели вправду? — сказала Марья Дмитриевна.

— Что ж мне вам выдумывать. Подите посмотрите, они у крыльца стоят.

— Вот так оказия, — сказала Марья Дмитриевна, опустив рукава и ощупывая рукой шпильки в своей густой косе. — Так я пойду разбужу Ивана Матвеевича, — сказала она.

— Нет, я сам пойду. А ты, Бондаренко, дверь поди отопри, — сказал Бутлер.

— Ну, и то хорошо, — сказала Марья Дмитриевна и опять взялась за свое дело.

Узнав, что к нему приехал Хаджи-Мурат, Иван Матвеевич, уже слышавший о том, что Хаджи-Мурат в Грозной, нисколько не удивился этому, а, приподнявшись, скрутил папироску, закурил и стал одеваться, громко откашливаясь и ворча на начальство, которое прислало к нему «этого черта». Одевшись, он потребовал от денщика «лекарства». И денщик, зная, что лекарством называлась водка, подал ему.

— Нет хуже смеси, — проворчал он, выпивая водку и закусывая черным хлебом. — Вот вчера выпил чихиря, и болит голова. Ну, теперь готов, — закончил он и пошел в гостиную, куда Бутлер уже провел Хаджи-Мурата и сопутствующего ему офицера.

Офицер, провожавший Хаджи-Мурата, передал Ивану Матвеевичу приказание начальника левого фланга принять Хаджи-Мурата и, дозволяя ему иметь сообщение с горцами через лазутчиков, отнюдь не выпускать его из крепости иначе как с конвоем казаков.

Прочтя бумагу, Иван Матвеевич поглядел пристально на Хаджи-Мурата и опять стал вникать в бумагу. Несколько раз переведя таким образом глаза с бумаги на гостя, он остановил, наконец, свои глаза на Хаджи-Мурате и сказал:

— Якши, бек-якши. Пускай живет. Так и скажи ему, что мне приказано не выпускать его. А что приказано, то свято. А поместим его — как думаешь, Бутлер? — поместим в канцелярии?

Бутлер не успел ответить, как Марья Дмитриевна, пришедшая из кухни и стоявшая в дверях, обратилась к Ивану Матвеевичу:

— Зачем в канцелярию? Поместите здесь. Кунацкую отдадим да кладовую. По крайней мере на глазах будет, — сказала она и, взглянув на Хаджи-Мурата и встретившись с ним глазами, поспешно отвернулась.

— Что же, я думаю, что Марья Дмитриевна права, — сказал Бутлер.

— Ну, ну, ступай, бабам тут нечего делать, — хмурясь, сказал Иван Матвеевич.

Во все время разговора Хаджи-Мурат сидел, заложив руку за рукоять кинжала, и чуть-чуть презрительно улыбался. Он сказал, что ему все равно, где жить. Одно, что ему нужно и что разрешено ему сардарем, это то, чтобы иметь сношения с горцами, и потому он желает, чтобы их допускали к нему. Иван Матвеевич сказал, что это будет сделано, и попросил Бутлера занять гостей, пока принесут им закусить и приготовят комнаты, сам же он пойдет в канцелярию написать нужные бумаги и сделать нужные распоряжения.

Отношение Хаджи-Мурата к его новым знакомым сейчас же очень ясно определилось. К Ивану Матвеевичу Хаджи-Мурат с первого знакомства с ним почувствовал отвращение и презрение и всегда высокомерно обращался с ним. Марья Дмитриевна, которая готовила и приносила ему пищу, особенно нравилась ему. Ему нравилась и ее простота, и особенная красота чуждой ему народности, и бессознательно передававшееся ему ее влечение к нему. Он старался не смотреть на нее, не говорить с нею, но глаза его невольно обращались к ней и следили за ее движениями.

С Бутлером же он тотчас же, с первого знакомства, дружески сошелся и много и охотно говорил с ним, расспрашивая его про его жизнь и рассказывая ему про свою и сообщая о тех известиях, которые приносили ему лазутчики о положении его семьи, и даже советуясь с ним о том, что ему делать.

Известия, передаваемые ему лазутчиками, были нехороши. В продолжение четырех дней, которые он провел в крепости, они два раза приходили к нему, и оба раза известия были дурные.

XIX

Семья Хаджи-Мурата вскоре после того, как он вышел к русским, была привезена в аул Ведено и содержалась там под стражею, ожидая решения Шамиля. Женщины — старуха Патимат и две жены Хаджи-Мурата — и их пятеро малых детей жили под караулом в сакле сотенного Ибрагима Рашида, сын же Хаджи-Мурата, восемнадцатилетний юноша Юсуф, сидел в темнице, то есть в глубокой, более сажени, яме, вместе с четырьмя преступниками, ожидавшими, так же как и он, решения своей участи.

Решение не выходило, потому что Шамиль был в отъезде. Он был в походе против русских.

6 января 1852 года Шамиль возвращался домой в Ведено после сражения с русскими, в котором, по мнению русских, был разбит и бежал в Ведено; по его же мнению и мнению всех мюридов, одержал победу и прогнал русских. В сражении этом, что бывало очень редко, он сам выстрелил из винтовки и, выхватя шашку, пустил было свою лошадь прямо на русских, но сопутствующие ему мюриды удержали его. Два из них тут же подле Шамиля были убиты.

Был полдень, когда Шамиль, окруженный партией мюридов, джигитовавших вокруг него, стрелявших из винтовок и пистолетов и не переставая поющих «Ля илляха иль алла», подъехал к своему месту пребывания.

Весь народ большого аула Ведено стоял на улице и на крышах, встречая своего повелителя, и в знак торжества также стрелял из ружей и пистолетов. Шамиль ехал на арабском белом коне, весело попрашивавшем поводья при приближении к дому. Убранство коня было самое простое, без украшений золота и серебра: тонко выделанная, с дорожкой посередине, красная ременная уздечка, металлические, стаканчиками, стремена и красный чепрак, видневшийся из-под седла. На имаме была покрытая коричневым сукном шуба с видневшимся около шеи и рукавов черным мехом, стянутая на тонком и длинном стане черным ремнем с кинжалом. На голове была надета высокая с плоским верхом папаха с черной кистью, обвитая белой чалмой, от которой конец спускался за шею. Ступни ног были в зеленых чувяках, и икры обтянуты черными ноговицами, обшитыми простым шнурком.

Вообще на имаме не было ничего блестящего, золотого или серебряного, и высокая, прямая, могучая фигура его, в одежде без украшений, окруженная мюридами с золотыми и серебряными украшениями на одежде и оружии, производила то самое впечатление величия, которое он желал и умел производить в народе. Бледное, окаймленное подстриженной рыжей бородой лицо его с постоянно сощуренными маленькими глазами было, как каменное, совершенно неподвижно. Проезжая по аулу, он чувствовал на себе тысячи устремленных глаз, но его глаза не смотрели ни на кого. Жены Хаджи-Мурата с детьми тоже вместе со всеми обитателями сакли вышли на галерею смотреть въезд имама. Одна старуха Патимат — мать Хаджи-Мурата, не вышла, а осталась сидеть, как она сидела, с растрепанными седеющими волосами, на полу сакли, охватив длинными руками свои худые колени, и, мигая своими жгучими черными глазами, смотрела на догорающие ветки в камине. Она, так же как и сын ее, всегда ненавидела Шамиля, теперь же еще больше, чем прежде, и не хотела видеть его.

Не видал также торжественного въезда Шамиля и сын Хаджи-Мурата. Он только слышал из своей темной вонючей ямы выстрелы и пение и мучался, как только мучаются молодые, полные жизни люди, лишенные свободы. Сидя в вонючей яме и видя все одних и тех же несчастных, грязных, изможденных, с ним вместе заключенных, большей частью ненавидящих друг друга людей, он страстно завидовал теперь тем людям, которые, пользуясь воздухом, светом, свободой, гарцевали теперь на лихих конях вокруг повелителя, стреляли и дружно пели «Ля илляха иль алла».

Проехав аул, Шамиль въехал в большой двор, примыкавший к внутреннему, в котором находился сераль Шамиля. Два вооруженные лезгина встретили Шамиля у отворенных ворот первого двора. Двор этот был полон народа. Тут были люди, пришедшие из дальних мест по своим делам, были и просители, были и вытребованные самим Шамилем для суда и решения. При въезде Шамиля все находившиеся на дворе встали и почтительно приветствовали имама, прикладывая руки к груди. Некоторые стали на колени и стояли так все время, пока Шамиль проезжал двор от одних, внешних, ворот до других, внутренних. Хотя Шамиль и узнал среди дожидавшихся его много неприятных ему лиц и много скучных просителей, требующих забот о них, он с тем же неизменно каменным лицом проехал мимо них и, въехав во внутренний двор, слез у галереи своего помещения, при въезде в ворота налево.

После напряжения похода, не столько физического, сколько духовного, потому что Шамиль, несмотря на гласное признание своего похода победой, знал, что поход его был неудачен, что много аулов чеченских сожжены и разорены, и переменчивый, легкомысленный народ, чеченцы, колеблются, и некоторые из них, ближайшие к русским, уже готовы перейти к ним, — все это было тяжело, против этого надо было принять меры, но в эту минуту Шамилю ничего не хотелось делать, ни о чем не хотелось думать. Он теперь хотел только одного: отдыха и прелести семейной ласки любимейшей из жен своих, восемнадцатилетней черноглазой, быстроногой кистинки Аминет.

Но не только нельзя было и думать о том, чтобы видеть теперь Аминет, которая была тут же за забором, отделявшим во внутреннем дворе помещение жен от мужского отделения (Шамиль был уверен, что даже теперь, пока он слезал с лошади, Аминет с другими женами смотрела в щель забора), но нельзя было не только пойти к ней, нельзя было просто лечь на пуховики отдохнуть от усталости. Надо было прежде всего совершить полуденный намаз, к которому он не имел теперь ни малейшего расположения, но неисполнение которого было не только невозможно в его положении религиозного руководителя народа, но и было для него самого так же необходимо, как ежедневная пища. И он совершил омовение и молитву. Окончив молитву, он позвал дожидавшихся его.

Первым вошел к нему его тесть и учитель, высокий седой благообразный старец с белой, как снег, бородой и красно-румяным лицом, Джемал-Эдин, и, помолившись богу, стал расспрашивать Шамиля о событиях похода и рассказывать о том, что произошло в горах во время его отсутствия.

В числе всякого рода событий — об убийствах по кровомщению, о покражах скота, об обвиненных в несоблюдении предписаний тариката: курении табаку, питии вина, — Джемал-Эдин сообщил о том, что Хаджи-Мурат высылал людей для того, чтобы вывести к русским его семью, но что это было обнаружено, и семья привезена в Ведено, где и находится под стражей, ожидая решения имама. В соседней кунацкой были собраны старики для обсуждения всех этих дел, и Джемал-Эдин советовал Шамилю нынче же отпустить их, так как они уже три дня дожидались его.

Поев у себя обед, который принесла ему остроносая, черная, неприятная лицом и нелюбимая, но старшая жена его Зайдет, Шамиль пошел в кунацкую.

Шесть человек, составляющие совет его, старики с седыми, серыми и рыжими бородами, в чалмах и без чалм, в высоких папахах и новых бешметах и черкесках, подпоясанные ремнями с кинжалами, встали ему навстречу, Шамиль был головой выше всех их. Все они, так же как и он, подняли руки ладонями кверху и, закрыв глаза, прочли молитву, потом отерли лицо руками, спуская их по бородам и соединяя одну с другою. Окончив это, все сели, Шамиль посередине, на более высокой подушке, и началось обсуждение всех предстоящих дел.

Дела обвиняемых в преступлениях лиц решали по шариату: двух людей приговорили за воровство к отрублению руки, одного к отрублению головы за убийство, троих помиловали. Потом приступили к главному делу: к обдумыванию мер против перехода чеченцев к русским. Для противодействия этим переходам Джемал-Эдином было составлено следующее провозглашение:

«Желаю вам вечный мир с богом всемогущим. Слышу я, что русские ласкают вас и призывают к покорности. Не верьте им и не покоряйтесь, а терпите. Если не будете вознаграждены за это в этой жизни, то получите награду в будущей. Вспомните, что было прежде, когда у вас отбирали оружие. Если бы не вразумил вас тогда, в 1840 году, бог, вы бы уже были солдатами и ходили вместо кинжалов со штыками, а жены ваши ходили бы без шаровар и были бы поруганы. Судите по прошедшему о будущем. Лучше умереть во вражде с русскими, чем жить с неверными. Потерпите, а я с Кораном и шашкою приду к вам и поведу вас против русских. Теперь же строго повелеваю не иметь не только намерения, но и помышления покоряться русским».

Шамиль одобрил это провозглашение и, подписав его, решил разослать его.

После этих дел было обсуждаемо и дело Хаджи-Мурата. Дело это было очень важное для Шамиля. Хотя он и не хотел признаться в этом, он знал, что, будь с ним Хаджи-Мурат с своей ловкостью, смелостью и храбростью, не случилось бы того, что случилось теперь в Чечне. Помириться с Хаджи-Муратом и опять пользоваться его услугами было хорошо; если же этого нельзя было, все-таки нельзя было допустить того, чтобы он помогал русским. И потому во всяком случае надо было вызвать его и, вызвав, убить его. Средство к этому было или то, чтобы подослать в Тифлис такого человека, который бы убил его там, или вызвать его сюда и здесь покончить с ним. Средство для этого было одно — его семья, и главное — его сын, к которому, Шамиль знал, что Хаджи-Мурат имел страстную любовь. И потому надо было действовать через сына.

Когда советники переговорили об этом, Шамиль закрыл глаза и умолк.

Советники знали, что это значило то, что он слушает теперь говорящий ему голос пророка, указывающий то, что должно быть сделано. После пятиминутного торжественного молчания Шамиль открыл глаза, еще более прищурил их и сказал:

— Приведите ко мне сына Хаджи-Мурата.

— Он здесь, — сказал Джемал-Эдин.

И действительно, Юсуф, сын Хаджи-Мурата, худой, бледный, оборванный и вонючий, но все еще красивый и своим телом и лицом, с такими же жгучими, как у бабки Патимат, черными глазами, уже стоял у ворот внешнего двора, ожидая призыва.

Юсуф не разделял чувств отца к Шамилю. Он не знал всего прошедшего, или знал, но, не пережив его, не понимал, зачем отец его так упорно враждует с Шамилем. Ему, желающему только одного: продолжения той легкой, разгульной жизни, какую он, как сын наиба, вел в Хунзахе, казалось совершенно ненужным враждовать с Шамилем. В отпор и противоречие отцу, он особенно восхищался Шамилем и питал к нему распространенное в горах восторженное поклонение. Он теперь с особенным чувством трепетного благоговения к имаму вошел в кунацкую и, остановившись у двери, встретился с упорным сощуренным взглядом Шамиля. Он постоял несколько времени, потом подошел к Шамилю и поцеловал его большую, с длинными пальцами белую руку.

— Ты сын Хаджи-Мурата?

— Я, имам.

— Ты знаешь, что он сделал?

— Знаю, имам, и жалею об этом.

— Умеешь писать?

— Я готовился быть муллой.

— Так напиши отцу, что, если он выйдет назад ко мне теперь, до байрама, я прощу его и все будет по-старому. Если же нет и он останется у русских, то, — Шамиль грозно нахмурился, — я отдам твою бабку, твою мать по аулам, а тебе отрублю голову.

Ни один мускул не дрогнул на лице Юсуфа, он наклонил голову в знак того, что понял слова Шамиля.

— Напиши так и отдай моему посланному. Шамиль замолчал и долго смотрел на Юсуфа.

— Напиши, что я пожалел тебя и не убью, а выколю глаза, как я делаю всем изменникам. Иди.

Юсуф казался спокойным в присутствии Шамиля, но когда его вывели из кунацкой, он бросился на того, кто вел его, и, выхватив у него из ножен кинжал, хотел им зарезаться, но его схватили за руки, связали их и отвели опять в яму.

В этот вечер, когда кончилась вечерняя молитва и смеркалось, Шамиль надел белую шубу и вышел за забор в ту часть двора, где помещались его жены, и направился к комнате Аминет. Но Аминет не было там. Она была у старших жен. Тогда Шамиль, стараясь быть незаметным, стал за дверь комнаты, дожидаясь ее. Но Аминет была сердита на Шамиля за то, что он подарил шелковую материю не ей, а Зайдет. Она видела, как он вышел и как входил в ее комнату, отыскивая ее, и нарочно не пошла к себе. Она долго стояла в двери комнаты Зайдет и, тихо смеясь, глядела на белую фигуру, то входившую, то уходившую из ее комнаты. Тщетно прождав ее, Шамиль вернулся к себе уже ко времени полуночной молитвы.

XX

Хаджи-Мурат прожил неделю в укреплении в доме Ивана Матвеевича. Несмотря на то, что Марья Дмитриевна ссорилась с мохнатым Ханефи (Хаджи-Мурат взял с собой только двух: Ханефи и Элдара) и вытолкала его раз из кухни, за что тот чуть не зарезал ее, она, очевидно, питала особенные чувства и уважения и симпатии к Хаджи-Мурату. Она теперь уже не подавала ему обедать, передав эту заботу Элдару, но пользовалась всяким случаем увидать его и угодить ему. Она принимала также самое живое участие в переговорах об его семье, знала, сколько у него жен, детей, каких лет, и всякий раз после посещения лазутчика допрашивала, кого могла, о последствиях переговоров.

Бутлер же в эту неделю совсем сдружился с Хаджи-Муратом. Иногда Хаджи-Мурат приходил в его комнату, иногда Бутлер приходил к нему. Иногда они беседовали через переводчика, иногда же собственными средствами, знаками и, главное, улыбками. Хаджи-Мурат, очевидно, полюбил Бутлера. Это видно было по отношению к Бутлеру Элдара. Когда Бутлер входил в комнату Хаджи-Мурата, Элдар встречал Бутлера, радостно оскаливая свои блестящие зубы, и поспешно подкладывал ему подушки под сиденье и снимал с него шашку, если она была на нем.

Бутлер познакомился и сошелся также и с мохнатым Ханефи, названым братом Хаджи-Мурата. Ханефи знал много горских песен и хорошо пел их. Хаджи-Мурат, в угождение Бутлеру, призывал Ханефи и приказывал ему петь, называя те песни, которые он считал хорошими. Голос у Ханефи был высокий тенор, и пел он необыкновенно отчетливо и выразительно. Одна из песен особенно нравилась Хаджи-Мурату и поразила Бутлера своим торжественно-грустным напевом. Бутлер попросил переводчика пересказать ее содержание и записал ее.

Песня относилась к кровомщению — тому самому, что было между Ханефи и Хаджи-Муратом.

Песня была такая:

«Высохнет земля на могиле моей — и забудешь ты меня, моя родная мать! Порастет кладбище могильной травой — заглушит трава твое горе, мой старый отец. Слезы высохнут на глазах сестры моей, улетит и горе из сердца ее.

Но не забудешь меня ты, мой старший брат, пока не отомстишь моей смерти. Не забудешь ты меня, и второй мой брат, пока не ляжешь рядом со мной.

Горяча ты, пуля, и несешь ты смерть, но не ты ли была моей верной рабой? Земля черная, ты покроешь меня, но не я ли тебя конем топтал? Холодна ты, смерть, но я был твоим господином. Мое тело возьмет земля, мою душу примет небо».

Хаджи-Мурат всегда слушал эту песню с закрытыми глазами и, когда она кончалась протяжной, замирающей нотой, всегда по-русски говорил:

— Хорош песня, умный песня.

Поэзия особенной, энергической горской жизни, с приездом Хаджи-Мурата и сближением с ним и его мюридами, еще более охватила Бутлера. Он завел себе бешмет, черкеску, ноговицы, и ему казалось, что он сам горец и что живет такою же, как и эти люди, жизнью.

В день отъезда Хаджи-Мурата Иван Матвеевич собрал несколько офицеров, чтобы проводить его. Офицеры сидели кто у чайного стола, где Марья Дмитриевна разливала чай, кто у другого стола — с водкой, чихирем и закуской, когда Хаджи-Мурат, одетый по-дорожному и в оружии, быстрыми мягкими шагами вошел, хромая, в комнату.

Все встали и по очереди за руку поздоровались с ним. Иван Матвеевич пригласил его на тахту, но он, поблагодарив, сел на стул у окна. Молчание, воцарившееся при его входе, очевидно, нисколько не смущало его. Он внимательно оглядел все лица и остановил равнодушный взгляд на столе с самоваром и закусками. Бойкий офицер Петроковский, в первый раз видевший Хаджи-Мурата, через переводчика спросил его, понравился ли ему Тифлис.

— Айя, — сказал он.

— Он говорит, что да, — отвечал переводчик.

— Что же понравилось ему?

Хаджи-Мурат что-то ответил.

— Больше всего ему понравился театр.

— Ну, а на бале у главнокомандующего понравилось ему?

Хаджи-Мурат нахмурился.

— У каждого народа свои обычаи. У нас женщины так не одеваются, — сказал он, взглянув на Марью Дмитриевну.

— Что же ему не понравилось?

— У нас пословица есть, — сказал он переводчику, — угостила собака ишака мясом, а ишак собаку сеном, — оба голодные остались. — Он улыбнулся. — Всякому народу свой обычай хорош.

Разговор дальше не пошел. Офицеры кто стал пить чай, кто закусывать. Хаджи-Мурат взял предложенный стакан чаю и поставил его перед собой.

— Что ж? Сливок? Булку? — сказала Марья Дмитриевна, подавая ему.

Хаджи-Мурат наклонил голову.

— Так что ж, прощай! — сказал Бутлер, трогая его по колену. — Когда увидимся?

— Прощай! прощай, — улыбаясь, по-русски сказал Хаджи-Мурат. — Кунак булур. Крепко кунак твоя. Время — айда пошел, — сказал он, тряхнув головой как бы тому направлению, куда надо ехать.

В дверях комнаты показался Элдар с чем-то большим белым через плечо и с шашкой в руке. Хаджи-Мурат поманил его, и Элдар подошел своими большими шагами к Хаджи-Мурату и подал ему белую бурку и шашку. Хаджи-Мурат встал, взял бурку и, перекинув ее через руку, подал Марье Дмитриевне, что-то сказав переводчику. Переводчик сказал:

— Он говорит: ты похвалила бурку, возьми.

— Зачем это? — сказала Марья Дмитриевна, покраснев.

— Так надо. Адат так, — сказал Хаджи-Мурат.

— Ну, благодарю, — сказала Марья Дмитриевна, взяв бурку. — Дай бог вам сына выручить. Улан якши, — прибавила она. — Переведите ему, что желаю ему семью выручить.

Хаджи-Мурат взглянул на Марью Дмитриевну и одобрительно кивнул головой. Потом он взял из рук Элдара шашку и подал Ивану Матвеевичу. Иван Матвеевич взял шашку и сказал переводчику:

— Скажи ему, чтобы мерина моего бурого взял, больше нечем отдарить.

Хаджи-Мурат помахал рукой перед лицом, показывая этим, что ему ничего не нужно и что он не возьмет, а потом, показав на горы и на свое сердце, пошел к выходу. Все пошли за ним. Офицеры, оставшиеся в комнатах, вынув шашку, разглядывали клинок на ней и решили, что эта была настоящая гурда.

Бутлер вышел вместе с Хаджи-Муратом на крыльцо. Но тут случилось то, чего никто не ожидал и что могло кончиться смертью Хаджи-Мурата, если бы не его сметливость, решительность и ловкость.

Жители кумыцкого аула Таш-Кичу, питавшие большое уважение к Хаджи-Мурату и много раз приезжавшие в укрепление, чтобы только взглянуть на знаменитого наиба, за три дня до отъезда Хаджи-Мурата послали к нему послов просить его в пятницу в их мечеть. Кумыцкие же князья, жившие в Таш-Кичу и ненавидевшие Хаджи-Мурата и имевшие с ним кровомщение, узнав об этом, объявили народу, что они не пустят Хаджи-Мурата в мечеть. Народ взволновался, и произошла драка народа с княжескими сторонниками. Русское начальство усмирило горцев и послало Хаджи-Мурату сказать, чтобы он не приезжал в мечеть. Хаджи-Мурат не поехал, и все думали, что дело тем и кончилось.

Но в самую минуту отъезда Хаджи-Мурата, когда он вышел на крыльцо и лошади стояли у подъезда, к дому Ивана Матвеевича подъехал знакомый Бутлеру и Ивану Матвеевичу кумыцкий князь Арслан-Хан.

Увидав Хаджи-Мурата и выхватив из-за пояса пистолет, он направил его на Хаджи-Мурата. Но не успел Арслан-Хан выстрелить, как Хаджи-Мурат, несмотря на свою хромоту, как кошка, быстро бросился с крыльца к Арслан-Хану. Арслан-Хан выстрелил и не попал. Хаджи-Мурат же, подбежав к нему, одной рукой схватил его лошадь за повод, другой выхватил кинжал и что-то по-татарски крикнул.

Бутлер и Элдар в одно и то же время подбежали к врагам и схватили их за руки. На выстрел вышел и Иван Матвеевич.

— Что же это ты, Арслан, у меня в доме затеял такую гадость! — сказал он, узнав, в чем дело. — Нехорошо это, брат. В поле две воли, а что же у меня резню такую затевать.

Арслан-Хан, маленький человечек с черными усами, весь бледный и дрожащий, сошел с лошади, злобно поглядел на Хаджи-Мурата и ушел с Иваном Матвеевичем в горницу. Хаджи-Мурат же вернулся к лошадям, тяжело дыша и улыбаясь.

— За что он его убить хотел? — спросил Бутлер через переводчика.

— Он говорит, что такой у нас закон, — передал переводчик слова Хаджи-Мурата. — Арслан должен отомстить ему за кровь. Вот он и хотел убить.

— Ну, а если он догонит его дорогой? — спросил Бутлер.

Хаджи-Мурат улыбнулся.

— Что ж, — убьет, значит, так алла хочет. Ну, прощай, — сказал он опять по-русски и, взявшись за холку лошади, обвел глазами всех провожавших его и ласково встретился взглядом с Марьей Дмитриевной.

— Прощай, матушка, — сказал он, обращаясь к ней, — спасиб.

— Дай бог, дай бог семью выручить, — повторила Марья Дмитриевна.

Он не понял слов, но понял ее участие к нему и кивнул ей головой.

— Смотри, не забудь кунака, — сказал Бутлер.

— Скажи, что я верный друг ему, никогда не забуду, — ответил он через переводчика и, несмотря на свою кривую ногу, только что дотронулся до стремени, как быстро и легко перенес свое тело на высокое седло и, оправив шашку, ощупав привычным движением пистолет, с тем особенным гордым, воинственным видом, с которым сидит горец на лошади, поехал прочь от дома Ивана Матвеевича. Ханефи и Элдар также сели на лошадей и, дружелюбно простившись с хозяевами и офицерами, поехали рысью за своим мюршидом.

Как всегда, начались толки об уехавшем.

— Молодчина!

— Ведь как волк бросился на Арслан-Хана, совсем лицо другое стало.

— А надует он. Плут большой должен быть, — сказал Петроковский.

— Дай бог, чтобы побольше русских таких плутов было, — вдруг с досадой вмешалась Марья Дмитриевна. — Неделю у нас прожил; кроме хорошего, ничего от него не видали, — сказала она. — Обходительный, умный, справедливый.

— Почем вы это всё узнали?

— Стало быть, узнала.

— Втюрилась, а? — сказал вошедший Иван Матвеевич. — Уж это как есть.

— Ну и втюрилась. А вам что? Только зачем осуждать, когда человек хороший. Он татарин, а хороший.

— Правда, Марья Дмитриевна, — сказал Бутлер. — Молодец, что заступились.

XXI

Жизнь обитателей передовых крепостей на чеченской линии шла по-старому. Были с тех пор две тревоги, на которые выбегали роты и скакали казаки и милиционеры, но оба раза горцев не могли остановить. Они уходили и один раз в Воздвиженской угнали восемь лошадей казачьих с водопоя и убили казака. Набегов со времени последнего, когда был разорен аул, не было. Только ожидалась большая экспедиция в Большую Чечню вследствие назначения нового начальника левого фланга, князя Барятинского.

Князь Барятинский, друг наследника, бывший командир Кабардинского полка, теперь, как начальник всего левого фланга, тотчас по приезде своем в Грозную собрал отряд, с тем чтобы продолжать исполнять те предначертания государя, о которых Чернышев писал Воронцову. Собранный в Воздвиженской отряд вышел из нее на позицию по направлению к Куринскому. Войска стояли там и рубили лес.

Молодой Воронцов жил в великолепной суконной палатке, и жена его, Марья Васильевна, приезжала в лагерь и часто оставалась ночевать. Ни от кого не были секретом отношения Барятинского с Марьей Васильевной, и потому непридворные офицеры и солдаты грубо ругали ее за то, что благодаря ее присутствию в лагере их рассылали в ночные секреты. Обыкновенно горцы подвозили орудия и пускали ядра в лагерь. Ядра эти большею частью не попадали, и потому в обыкновенное время против этих выстрелов не принималось никаких мер; но для того чтобы горцы не могли выдвигать орудия и пугать Марью Васильевну, высылались секреты. Ходить же каждую ночь в секреты для того, чтобы не напугать барыню, было оскорбительно и противно, и Марью Васильевну нехорошими словами честили солдаты и не принятые в высшее общество офицеры.

В этот отряд, чтобы повидать там собравшихся своих однокашников по Пажескому корпусу и однополчан, служивших в Куринском полку и адъютантами и ординарцами при начальстве, приехал в отпуск и Бутлер из своего укрепления. С начала его приезда ему было очень весело. Он остановился в палатке Полторацкого и нашел тут много радостно встретивших его знакомых. Он пошел и к Воронцову, которого он знал немного, потому что служил одно время в одном с ним полку. Воронцов принял его очень ласково и представил князю Барятинскому и пригласил его на прощальный обед, который он давал бывшему до Барятинского начальнику левого фланга, генералу Козловскому.

Обед был великолепный. Были привезены и поставлены рядом шесть палаток. Во всю длину их был накрыт стол, уставленный приборами и бутылками. Все напоминало петербургское гвардейское житье. В два часа сели за стол. В середине стола сидели: по одну сторону Козловский, по другую Барятинский. Справа от Козловского сидел муж, слева жена Воронцовы. Во всю длину с обеих сторон сидели офицеры Кабардинского и Куринского полков. Бутлер сидел рядом с Полторацким, оба весело болтали и пили с соседями-офицерами. Когда дело дошло до жаркого и денщики стали разливать по бокалам шампанское, Полторацкий с искренним страхом и сожалением сказал Бутлеру:

— Осрамится наш «как».

— А что?

— Да ведь ему надо речь говорить. А что же он может?

— Да, брат, это не то, что под пулями завалы брать. А еще тут рядом дама да эти придворные господа. Право, жалко смотреть на него, — говорили между собою офицеры.

Но вот наступила торжественная минута. Барятинский встал и, подняв бокал, обратился к Козловскому с короткой речью. Когда Барятинский кончил, Козловский встал и довольно твердым голосом начал:

— По высочайшей его величества воле, я уезжаю от вас, расстаюсь с вами, господа офицеры, — сказал он. — Но считайте меня всегда, как, с вами... Вам, господа, знакома, как, истина — один в поле не воин. Поэтому все, чем я на службе моей, как, награжден, всё, как, чем осыпан, великими щедротами государя императора, как, всем положением моим и, как, добрым именем — всем, всем решительно, как... — здесь голос его задрожал, — я, как, обязан одним вам и одним вам, дорогие друзья мои! — И морщинистое лицо сморщилось еще больше. Он всхлипнул, и слезы выступили ему на глаза. — От всего сердца приношу вам, как, мою искреннюю задушевную признательность...

Козловский не мог говорить дальше и, встав, стал обнимать офицеров, которые подходили к нему. Все были растроганы. Княгиня закрыла лицо платком. Князь Семен Михайлович, скривя рот, моргал глазами. Многие из офицеров тоже прослезились. Бутлер, который очень мало знал Козловского, тоже не мог удержать слез. Все это ему чрезвычайно нравилось. Потом начались тосты за Барятинского, за Воронцова, за офицеров, за солдат, и гости вышли от обеда опьяненные и выпитым вином, и военным восторгом, к которому они и так были особенно склонны.

Погода была чудная, солнечная, тихая, с бодрящим свежим воздухом. Со всех сторон трещали костры, слышались песни. Казалось, все праздновали что-то. Бутлер в самом счастливом, умиленном расположении духа пошел к Полторацкому. К Полторацкому собрались офицеры, раскинули карточный стол, и адъютант заложил банк в сто рублей. Раза два Бутлер выходил из палатки, держа в руке, в кармане панталон, свой кошелек, но, наконец, не выдержал и, несмотря на данное себе и братьям слово не играть, стал понтировать.

И не прошло часу, как Бутлер, весь красный, в поту, испачканный мелом, сидел, облокотившись обеими руками на стол, и писал под смятыми на углы и транспорты картами цифры своих ставок. Он проиграл так много, что уж боялся счесть то, что было за ним записано. Он, не считая, знал, что, отдав все жалованье, которое он мог взять вперед, и цену своей лошади, он все-таки не мог заплатить всего, что было за ним записано незнакомым адъютантом. Он бы играл и еще, но адъютант с строгим лицом положил своими белыми чистыми руками карты и стал считать меловую колонну записей Бутлера. Бутлер сконфуженно просил извинить его за то, что не может заплатить сейчас всего того, что проиграл, и сказал, что он пришлет из дому, и когда он сказал это, он заметил, что всем стало жаль его и что все, даже Полторацкий, избегали его взгляда. Это был последний его вечер. Стоило ему не играть, а пойти к Воронцову, куда его звали, «и все бы было хорошо», — думал он. А теперь было не только не хорошо, но было ужасно.

Простившись с товарищами и знакомыми, он уехал домой и, приехав, тотчас же лег спать и спал восемнадцать часов сряду, как спят обыкновенно после проигрыша. Марья Дмитриевна по тому, что он попросил у нее полтинник, чтобы дать на чай провожавшему его казаку, и по его грустному виду и коротким ответам поняла, что он проигрался, и напала на Ивана Матвеевича, зачем он отпускал его.

На другой день Бутлер проснулся в двенадцатом часу и, вспомнив свое положение, хотел бы опять нырнуть в забвение, из которого только что вышел, но нельзя было. Надо было принять меры, чтобы выплатить четыреста семьдесят рублей, которые он остался должен незнакомому человеку. Одна из этих мер состояла в том, что он написал письмо брату, каясь в своем грехе и умоляя его выслать ему в последний раз пятьсот рублей в счет той мельницы, которая оставалась еще у них в общем владении. Потом он написал своей скупой родственнице, прося ее дать ему на каких она хочет процентах те же пятьсот рублей. Потом он пошел к Ивану Матвеевичу и, зная, что у него или, скорее, у Марьи Дмитриевны есть деньги, просил его дать ему взаймы пятьсот рублей.

— Я бы дал, — сказал Иван Матвеевич, — сейчас отдал бы, да Машка не даст. Они, эти бабы, очень уж прижимисты, черт их знает. А надо, надо выкрутиться, черт его возьми. У того черта, у маркитанта, нет ли?

Но у маркитанта нечего было пробовать и занимать. Так что спасение Бутлера могло прийти только от брата или от скупой родственницы.

XXII

Не достигнув своей цели в Чечне, Хаджи-Мурат вернулся в Тифлис и каждый день ходил к Воронцову и, когда его принимали, умолял его собрать горских пленных и выменять на них его семью. Он опять говорил, что без этого он связан и не может, как он хотел бы, служить русским и уничтожить Шамиля. Воронцов неопределенно обещал сделать, что может, но откладывал, говоря, что он решит дело, когда приедет в Тифлис генерал Аргутинский и он переговорит с ним. Тогда Хаджи-Мурат стал просить Воронцова разрешить ему съездить на время и пожить в Нухе, небольшом городке Закавказья, где он полагал, что ему удобнее будет вести переговоры с Шамилем и с преданными ему людьми о своей семье. Кроме того, в Нухе, магометанском городе, была мечеть, где он более удобно мог исполнять требуемые магометанским законом молитвы. Воронцов написал об этом в Петербург, а между тем все-таки разрешил Хаджи-Мурату переехать в Нуху.

Для Воронцова, для петербургских властей, так же как и для большинства русских людей, знавших историю Хаджи-Мурата, история эта представлялась или счастливым оборотом в кавказской войне, или просто интересным случаем; для Хаджи-Мурата же это был, особенно в последнее время, страшный поворот в его жизни. Он бежал из гор, отчасти спасая себя, отчасти из ненависти к Шамилю, и, как ни трудно было это бегство, он достиг своей цели, и в первое время его радовал его успех и он действительно обдумывал планы нападения на Шамиля. Но оказалось, что выход его семьи, который, он думал, легко устроить, был труднее, чем он думал. Шамиль захватил его семью и, держа ее в плену, обещал раздать женщин по аулам и убить или ослепить сына. Теперь Хаджи-Мурат переезжал в Нуху с намерением попытаться через своих приверженцев в Дагестане хитростью или силой вырвать семью от Шамиля. Последний лазутчик, который был у него в Нухе, сообщил ему, что преданные ему аварцы собираются похитить его семью и выйти вместе с семьею к русским, но людей, готовых на это, слишком мало, и что они не решаются сделать этого в месте заключения семьи, в Ведено, но сделают это только в том случае, если семью переведут из Ведено в другое место. Тогда на пути они обещаются сделать это. Хаджи-Мурат велел сказать своим друзьям, что он обещает три тысячи рублей за выручку семьи.

В Нухе Хаджи-Мурату был отведен небольшой дом в пять комнат, недалеко от мечети и ханского дворца. В том же доме жили приставленные к нему офицеры и переводчик и его нукеры. Жизнь Хаджи-Мурата проходила в ожидании и приеме лазутчиков из гор и в разрешенных ему прогулках верхом по окрестностям Нухи.

Вернувшись 8 апреля с прогулки, Хаджи-Мурат узнал, что в его отсутствие приехал чиновник из Тифлиса. Несмотря на все желание узнать, что привез ему чиновник, Хаджи-Мурат, прежде чем идти в ту комнату, где его ожидали пристав с чиновником, пошел к себе и совершил полуденную молитву. Окончив молитву, он вышел в другую комнату, служившую гостиной и приемной. Приехавший из Тифлиса чиновник, толстенький статский советник Кириллов, передал Хаджи-Мурату желание Воронцова, чтоб он к двенадцатому числу приехал в Тифлис для свидания с Аргутинским.

— Якши, — сердито сказал Хаджи-Мурат.

Чиновник Кириллов не понравился ему.

— А деньги привез?

— Привез, — сказал Кириллов.

— За две недели теперь, — сказал Хаджи-Мурат и показал десять пальцев и еще четыре. — Давай.

— Сейчас дадим, — сказал чиновник, доставая кошелек из своей дорожной сумки. — И на что ему деньги? — сказал он по-русски приставу, полагая, что Хаджи-Мурат не понимает, но Хаджи-Мурат понял и сердито взглянул на Кириллова. Доставая деньги, Кириллов, желая разговориться с Хаджи-Муратом, с тем чтобы иметь что передать по возвращении своем князю Воронцову, спросил у него через переводчика, скучно ли ему здесь. Хаджи-Мурат сбоку взглянул презрительно на маленького толстого человечка в штатском и без оружия и ничего не ответил. Переводчик повторил вопрос.

— Скажи ему, что я не хочу с ним говорить. Пускай даст деньги.

И, сказав это, Хаджи-Мурат опять сел к столу, собираясь считать деньги.

Когда Кириллов вынул золотые и разложил семь столбиков по десять золотых (Хаджи-Мурат получал по пять золотых в день), он подвинул их к Хаджи-Мурату. Хаджи-Мурат ссыпал золотые в рукав черкески, поднялся и совершенно неожиданно хлопнул статского советника по плеши и пошел из комнаты. Статский советник привскочил и велел переводчику сказать, что он не должен сметь этого делать, потому что он в чине полковника. То же подтвердил и пристав. Но Хаджи-Мурат кивнул головой в знак того, что он знает, и вышел из комнаты.

— Что с ним станешь делать, — сказал пристав. — Пырнет кинжалом, вот и все. С этими чертями не сговоришь. Я вижу, он беситься начинает.

Как только смерклось, пришли из гор обвязанные до глаз башлыками два лазутчика. Пристав провел их в комнаты к Хаджи-Мурату. Один из лазутчиков был мясистый черный тавлинец, другой — худой старик. Известия, принесенные ими, были для Хаджи-Мурата нерадостные. Друзья его, взявшиеся выручить семью, теперь прямо отказывались, боясь Шамиля, который угрожал самыми страшными казнями тем, кто будут помогать Хаджи-Мурату. Отслушав рассказ лазутчиков, Хаджи-Мурат облокотил руки на скрещенные ноги и, опустив голову в папахе, долго молчал. Хаджи-Мурат думал, и думал решительно. Он знал, что думает теперь в последний раз, и необходимо решение. Хаджи-Мурат поднял голову и, достав два золотых, отдал лазутчикам по одному и сказал:

— Идите.

— Какой будет ответ?

— Ответ будет, какой даст бог. Идите.

Лазутчики встали и ушли, а Хаджи-Мурат продолжал сидеть на ковре, опершись локтями на колени. Он долго сидел так и думал.

«Что делать? Поверить Шамилю и вернуться к нему? — думал Хаджи-Мурат. — Он лисица — обманет. Если же бы он и не обманул, то покориться ему, рыжему обманщику, нельзя было. Нельзя было потому, что он теперь, после того как я побыл у русских, уже не поверит мне», — думал Хаджи-Мурат.

И он вспомнил сказку тавлинскую о соколе, который был пойман, жил у людей и потом вернулся в свои горы к своим. Он вернулся, но в путах, и на путах остались бубенцы. И соколы не приняли его. «Лети, — сказали они, — туда, где надели на тебя серебряные бубенцы. У нас нет бубенцов, нет и пут». Сокол не хотел покидать родину и остался. Но другие соколы не приняли и заклевали его.

«Так заклюют и меня», — думал Хаджи-Мурат.

«Остаться здесь? Покорить русскому царю Кавказ, заслужить славу, чины, богатство?»

«Это можно», — думал он, вспоминая про свои свидания с Воронцовым и лестные слова старого князя.

«Но надо сейчас решить, а то он погубит семью».

Всю ночь Хаджи-Мурат не спал и думал.

XXIII

К середине ночи решение его было составлено. Он решил, что надо бежать в горы и с преданными аварцами ворваться в Ведено и или умереть, или освободить семью. Выведет ли он семью назад к русским, или бежит с нею в Хунзах и будет бороться с Шамилем, — Хаджи-Мурат не решал. Он знал только то, что сейчас надо было бежать от русских в горы. И он сейчас стал приводить это решение в исполнение. Он взял из-под подушки свой черный ватный бешмет и пошел в помещение своих нукеров. Они жили через сени. Как только он вышел в сени с отворенной дверью, его охватила росистая свежесть лунной ночи и ударили в уши свисты и щелканье сразу нескольких соловьев из сада, примыкавшего к дому.

Пройдя сени, Хаджи-Мурат отворил дверь в комнату нукеров. В комнате этой не было света, только молодой месяц в первой четверти светил в окна. Стол и два стула стояли в стороне, и все четыре нукера лежали на коврах и бурках на полу. Ханефи спал на дворе с лошадьми. Гамзало, услыхав скрип двери, поднялся, оглянулся на Хаджи-Мурата и, узнав его, опять лег. Элдар же, лежавший подле, вскочил и стал надевать бешмет, ожидая приказаний. Курбан и Хан-Магома спали. Хаджи-Мурат положил бешмет на стол, и бешмет стукнул о доски стола чем-то крепким. Это были зашитые в нем золотые.

— Зашей и эти, — сказал Хаджи-Мурат, подавая Элдару полученные нынче золотые.

Элдар взял золотые и тотчас же, выйдя на светлое место, достал из-под кинжала ножичек и стал пороть подкладку бешмета. Гамзало приподнялся и сидел, скрестив ноги.

— А ты, Гамзало, вели молодцам осмотреть ружья, пистолеты, приготовить заряды. Завтра поедем далеко — сказал Хаджи-Мурат.

— Порох есть, пули есть. Будет готово, — сказал Гамзало и зарычал что-то непонятное.

Гамзало понял, для чего Хаджи-Мурат велел зарядить ружья. Он с самого начала, и что дальше, то сильнее и сильнее, желал одного: побить, порезать, сколько можно, русских собак и бежать в горы. И теперь он видел, что этого самого хочет и Хаджи-Мурат, и был доволен.

Когда Хаджи-Мурат ушел, Гамзало разбудил товарищей, и все четверо всю ночь пересматривали винтовки, пистолеты, затравки, кремни, переменяли плохие, подсыпали на полки свежего пороху, затыкали хозыри с отмеренными зарядами пороха, пулями, обернутыми в масленые тряпки, точили шашки и кинжалы и мазали клинки салом.

Перед рассветом Хаджи-Мурат опять вышел в сени, чтобы взять воды для омовения. В сенях еще громче и чаще, чем с вечера, слышны были заливавшиеся перед светом соловьи. В комнате же нукеров слышно было равномерное шипение и свистение железа по камню оттачиваемого кинжала. Хаджи-Мурат зачерпнул воды из кадки и подошел уже к своей двери, когда услыхал в комнате мюридов, кроме звука точения, еще и тонкий голос Ханефи, певшего знакомую Хаджи-Мурату песню. Хаджи-Мурат остановился и стал слушать.

В песне говорилось о том, как джигит Гамзат угнал с своими молодцами с русской стороны табун белых коней. Как потом его настиг за Тереком русский князь и как он окружил его своим, как лес, большим войском. Потом пелось о том, как Гамзат порезал лошадей и с молодцами своими засел за кровавым завалом убитых коней и бился с русскими до тех пор, пока были пули в ружьях и кинжалы на поясах и кровь в жилах. Но прежде чем умереть, Гамзат увидал птиц на небе и закричал им: «Вы, перелетные птицы, летите в наши дома и скажите вы нашим сестрам, матерям и белым девушкам, что умерли мы все за хазават. Скажите им, что не будут наши тела лежать в могилах, а растаскают и оглодают наши кости жадные волки и выклюют глаза нам черные вороны».

Этими словами кончалась песня, и к этим последним словам, пропетым заунывным напевом, присоединился бодрый голос веселого Хан-Магомы, который при самом конце песни громко закричал: «Ля илляха иль алла» — и пронзительно завизжал. Потом все затихло, и опять слышалось только соловьиное чмоканье и свист из сада и равномерное шипение и изредка свистение быстро скользящего по камням железа из-за двери.

Хаджи-Мурат так задумался, что не заметил, как нагнул кувшин, и вода лилась из него. Он покачал на себя головой и вошел в свою комнату.

Совершив утренний намаз, Хаджи-Мурат осмотрел свое оружие и сел на свою постель. Делать было больше нечего. Для того чтобы выехать, надо было спроситься у пристава. А на дворе еще было темно, и пристав еще спал.

Песня Ханефи напомнила ему другую песню, сложенную его матерью. Песня эта рассказывала то, что действительно было, — было тогда, когда Хаджи-Мурат только что родился, но про что ему рассказывала его мать.

Песня была такая:

«Булатный кинжал твой прорвал мою белую грудь, а я приложила к ней мое солнышко, моего мальчика, омыла его своей горячей кровью, и рана зажила без трав и кореньев, не боялась я смерти, не будет бояться и мальчик-джигит».

Слова этой песни обращены были к отцу Хаджи-Мурата, и смысл песни был тот, что, когда родился Хаджи-Мурат, ханша родила тоже своего другого сына, Умма-Хана, и потребовала к себе в кормилицы мать Хаджи-Мурата, выкормившую старшего ее сына, Абунунцала. Но Патимат не захотела оставить этого сына и сказала, что не пойдет. Отец Хаджи-Мурата рассердился и приказывал ей. Когда же она опять отказалась, ударил ее кинжалом и убил бы ее, если бы ее не отняли. Так она и не отдала его и выкормила, и на это дело сложила песню.

Хаджи-Мурат вспомнил свою мать, когда она, укладывая его спать с собой рядом, под шубой, на крыше сакли, пела ему эту песню, и он просил ее показать ему то место на боку, где остался след от раны. Как живую, он видел перед собой свою мать — не такою сморщенной, седой и с решеткой зубов, какою он оставил ее теперь, а молодой, красивой и такой сильной, что она, когда ему было уже лет пять и он был тяжелый, носила его за спиной в корзине через горы к деду.

И вспомнился ему и морщинистый, с седой бородкой дед, серебряник, как он чеканил серебро своими жилистыми руками и заставлял внука говорить молитвы. Вспомнился фонтан под горой, куда он, держась за шаровары матери, ходил с ней за водой. Вспомнилась худая собака, лизавшая его в лицо, и особенно запах и вкус дыма и кислого молока, когда он шел за матерью в сарай, где она доила корову и топила молоко. Вспомнилось, как мать в первый раз обрила ему голову и как в блестящем медном тазу, висевшем на стене, с удивлением увидел свою круглую синеющую головенку.

И, вспомнив себя маленьким, он вспомнил и об любимом сыне Юсуфе, которому он сам в первый раз обрил голову. Теперь этот Юсуф был уже молодой красавец джигит. Он вспомнил сына таким, каким видел его последний раз. Это было в тот день, как он выезжал из Цельмеса. Сын подал ему коня и попросил позволения проводить его. Он был одет и вооружен и держал в поводу свою лошадь. Румяное, молодое, красивое лицо Юсуфа и вся высокая, тонкая фигура его (он был выше отца) дышали отвагой молодости и радостью жизни. Широкие, несмотря на молодость, плечи, очень широкий юношеский таз и тонкий, длинный стан, длинные сильные руки и сила, гибкость, ловкость во всех движениях всегда радовали отца, и он всегда любовался сыном.

— Лучше оставайся. Ты один теперь в доме. Береги и мать и бабку, — сказал Хаджи-Мурат.

И Хаджи-Мурат помнил то выраженье молодечества и гордости, с которым, покраснев от удовольствия, Юсуф сказал, что, пока он жив, никто не сделает худого его матери и бабке. Юсуф все-таки сел верхом и проводил отца до ручья. От ручья он вернулся назад, и с тех пор Хаджи-Мурат уже не видал ни жены, ни матери, ни сына.

И вот этого-то сына хотел ослепить Шамиль! О том, что сделают с его женою, он не хотел и думать.

Мысли эти так взволновали Хаджи-Мурата, что он не мог более сидеть. Он вскочил и, хромая, быстро подошел к двери и, отворив ее, кликнул Элдара. Солнце еще не всходило, но было совсем светло. Соловьи не замолкали.

— Поди скажи приставу, что я желаю ехать на прогулку, и седлайте коней, — сказал он.

XXIV

Единственным утешением Бутлера была в это время воинственная поэзия, которой он предавался не только на службе, но и в частной жизни. Он, одетый в черкесский костюм, джигитовал верхом и ходил два раза в засаду с Богдановичем, хотя в оба раза эти они никого не подкараулили и никого не убили. Эта смелость и дружба с известным храбрецом Богдановичем казалась Бутлеру чем-то приятным и важным. Долг свой он уплатил, заняв деньги у еврея на огромные проценты, то есть только отсрочил и отдалил неразрешенное положение. Он старался не думать о своем положении и, кроме воинственной поэзии, старался забыться еще вином. Он пил все больше и больше и со дня на день все больше и больше нравственно слабел. Он теперь уже не был прекрасным Иосифом по отношению к Марье Дмитриевне, а, напротив, стал грубо ухаживать за ней, но, к удивлению своему, встретил решительный отпор, сильно пристыдивший его.

В конце апреля в укрепление пришел отряд, который Барятинский предназначал для нового движения через всю считавшуюся непроходимой Чечню. Тут были две роты Кабардинского полка, и роты эти, по установившемуся кавказскому обычаю, были приняты как гости ротами, стоящими в Куринском. Солдаты разобрались по казармам и угащивались не только ужином, кашей, говядиной, но и водкой, и офицеры разместились по офицерам, и, как и водилось, здешние офицеры угащивали пришедших.

Угощение кончилось попойкой с песенниками, и Иван Матвеевич, очень пьяный, уже не красный, но бледно-серый, сидел верхом на стуле и, выхватив шашку, рубил ею воображаемых врагов и то ругался, то хохотал, то обнимался, то плясал под любимую свою песню: «Шамиль начал бунтоваться в прошедшие годы, трай-рай-рататай, в прошедшие годы».

Бутлер был тут же. Он старался видеть и в этом военную поэзию, но в глубине души ему жалко было Ивана Матвеевича, но остановить его не было никакой возможности. И Бутлер, чувствуя хмель в голове, потихоньку вышел и пошел домой.

Полный месяц светил на белые домики и на камни дороги. Было светло так, что всякий камушек, соломинка, помет были видны на дороге. Подходя к дому, Бутлер встретил Марью Дмитриевну, в платке, покрывавшем ей голову и плечи. После отпора, данного Марьей Дмитриевной Бутлеру, он, немного совестясь, избегал встречи с нею. Теперь же, при лунном свете и от выпитого вина, Бутлер обрадовался этой встрече и хотел опять приласкаться к ней.

— Вы куда? — спросил он.

— Да своего старика проведать, — дружелюбно отвечала она. Она совершенно искренно и решительно отвергала ухаживанье Бутлера, но ей неприятно было, что он все последнее время сторонился ее.

— Что же его проведывать, придет.

— Да придет ли?

— А не придет — принесут.

— То-то, нехорошо ведь это, — сказала Марья Дмитриевна. — Так не ходить?

— Нет, не ходите. А пойдем лучше домой.

Марья Дмитриевна повернулась и пошла домой рядом с Бутлером. Месяц светил так ярко, что около тени, двигавшейся подле дороги, двигалось сияние вокруг головы. Бутлер смотрел на это сияние около своей головы и собирался сказать ей, что она все так же нравится ему, но не знал, как начать. Она ждала, что он скажет. Так, молча, они совсем уж подходили к дому, когда из-за угла выехали верховые. Ехал офицер с конвоем.

— Это кого бог несет? — сказала Марья Дмитриевна и посторонилась.

Месяц светил взад приезжему, так что Марья Дмитриевна узнала его только тогда, когда он почти поравнялся с ними. Это был офицер

Каменев, служивший прежде вместе с Иваном Матвеевичем, и потому Марья Дмитриевна знала его.

— Петр Николаевич, вы? — обратилась к нему Марья Дмитриевна.

— Я самый, — сказал Каменев. — А, Бутлер! Здравствуйте! Не спите еще? Гуляете с Марьей Дмитриевной? Смотрите, Иван Матвеевич вам задаст. Где он?

— А вот слышите, — сказала Марья Дмитриевна, указывая в ту сторону, из которой неслись звуки тулумбаса и песни. — Кутят.

— Это что же, ваши кутят?

— Нет, пришли из Хасав-Юрта, вот и угощаются.

— А, это хорошее дело. И я поспею. Я к нему ведь только на минуту.

— Что же, дело есть? — спросил Бутлер.

— Есть маленькое дельце.

— Хорошее или дурное?

— Кому как! Для нас хорошее, кое для кого скверное, — и Каменев засмеялся.

В это время и пешие и Каменев подошли к дому Ивана Матвеевича.

— Чихирев! — крикнул Каменев казаку. — Подъезжай-ка.

Донской казак выдвинулся из остальных и подъехал. Казак был в обыкновенной донской форме, в сапогах, шинели и с переметными сумами за седлом.

— Ну, достань-ка штуку, — сказал Каменев, слезая с лошади.

Казак тоже слез с лошади и достал из переметной сумы мешок с чем-то. Каменев взял из рук казака мешок и запустил в него руку.

— Так показать вам новость? Вы не испугаетесь? — обратился он к Марье Дмитриевне.

— Чего же бояться, — сказала Марья Дмитриевна.

— Вот она, — сказал Каменев, доставая человеческую голову и выставляя ее на свет месяца. — Узнаете?

Это была голова, бритая, с большими выступами черепа над глазами и черной стриженой бородкой и подстриженными усами, с одним открытым, другим полузакрытым глазом, с разрубленным и недорубленным бритым черепом, с окровавленным запекшейся черной кровью носом. Шея была замотана окровавленным полотенцем. Несмотря на все раны головы, в складе посиневших губ было детское доброе выражение.

Марья Дмитриевна посмотрела и, ничего не сказав, повернулась и быстрыми шагами ушла в дом.

Бутлер не мог отвести глаз от страшной головы. Это была голова того самого Хаджи-Мурата, с которым он так недавно проводил вечера в таких дружеских беседах.

— Как же это? Кто его убил? Где? — спросил он.

— Удрать хотел, поймали, — сказал Каменев и отдал голову казаку, а сам вошел в дом вместе с Бутлером.

— И молодцом умер, — сказал Каменев.

— Да как же это все случилось?

— А вот погодите, Иван Матвеевич придет, я все подробно расскажу. Ведь я затем послан. Развожу по всем укреплениям, аулам, показываю.

Было послано за Иваном Матвеевичем, и он, пьяный, с двумя также сильно выпившими офицерами, вернулся в дом и принялся обнимать Каменева.

— А я к вам, — сказал Каменев. — Хаджи-Мурата голову привез.

— Врешь! Убили?

— Да, бежать хотел.

— Я говорил, что надует. Так где же она? Голова-то? Покажи-ка.

Кликнули казака, и он внес мешок с головой. Голову вынули, и Иван Матвеевич пьяными глазами долго смотрел на нее.

— А все-таки молодчина был, — сказал он. — Дай я его поцелую.

— Да, правда, лихая была голова, — сказал один из офицеров.

Когда все осмотрели голову, ее отдали опять казаку. Казак положил голову в мешок, стараясь опустить на пол так, чтобы она как можно слабее стукнула.

— А что ж ты, Каменев, приговариваешь что, когда показываешь? — говорил один офицер.

— Нет, дай я его поцелую. Он мне шашку подарил, — кричал Иван Матвеевич.

Бутлер вышел на крыльцо. Марья Дмитриевна сидела на второй ступеньке. Она оглянулась на Бутлера и тотчас же сердито отвернулась.

— Что вы, Марья Дмитриевна? — спросил Бутлер.

— Все вы живорезы. Терпеть не могу. Живорезы, право, — сказала она, вставая.

— То же со всеми может быть, — сказал Бутлер, не зная, что говорить. — На то война.

— Война! — вскрикнула Марья Дмитриевна. — Какая война? Живорезы, вот и всё. Мертвое тело земле предать надо, а они зубоскалят. Живорезы, право, — повторила она и сошла с крыльца и ушла в дом через задний ход.

Бутлер вернулся в гостиную и попросил Каменева рассказать подробно, как было все дело. И Каменев рассказал. Дело было вот как.

XXV

Хаджи-Мурату было разрешено кататься верхом вблизи города и непременно с конвоем казаков. Казаков всех в Нухе была полусотня, из которой разобраны были по начальству человек десять, остальных же, если их посылать, как было приказано, по десять человек, приходилось бы наряжать через день. И потому в первый день послали десять казаков, а потом решили посылать по пять человек, прося Хаджи-Мурата не брать с собой всех своих нукеров, но 25 апреля Хаджи-Мурат выехал на прогулку со всеми пятью. В то время как Хаджи-Мурат садился на лошадь, воинский начальник заметил, что все пять нукеров собирались ехать с Хаджи-Муратом, и сказал ему, что ему не позволяется брать с собой всех, но Хаджи-Мурат как будто не слыхал, тронул лошадь, и воинский начальник не стал настаивать. С казаками был урядник, георгиевский кавалер, в скобку остриженный, молодой, кровь с молоком, здоровый русый малый, Назаров. Он был старший в бедной старообрядческой семье, выросший без отца и кормивший старую мать с тремя дочерьми и двумя братьями.

— Смотри, Назаров, не пускай далеко! — крикнул воинский начальник.

— Слушаю, ваше благородие, — ответил Назаров и, поднимаясь на стременах, тронул рысью, придерживая за плечом винтовку, своего доброго, крупного, рыжего, горбоносого мерина. Четыре казака ехали за ним: Ферапонтов, длинный, худой, первый вор и добытчик, — тот самый, который продал порох Гамзале; Игнатов, отслуживающий срок, немолодой человек, здоровый мужик, хваставшийся своей силой; Мишкин, слабосильный малолеток, над которым все смеялись, и Петраков, молодой, белокурый, единственный сын у матери, всегда ласковый и веселый.

С утра был туман, но к завтраку погода разгулялась, и солнце блестело и на только что распустившейся листве, и на молодой девственной траве, и на всходах хлебов, и на ряби быстрой реки, видневшейся налево от дороги.

Хаджи-Мурат ехал шагом. Казаки и его нукеры, не отставая, следовали за ним. Выехали шагом по дороге за крепостью. Встречались женщины с корзинами на головах, солдаты на повозках и скрипящие арбы на буйволах. Отъехав версты две, Хаджи-Мурат тронул своего белого кабардинца; он пошел проездом, так, что его нукеры шли большой рысью. Так же ехали и казаки.

— Эх, лошадь добра под ним, — сказал Ферапонтов. — Кабы в ту пору, как он не мирной был, ссадил бы его.

— Да, брат, за эту лошадку триста рублей давали в Тифлисе.

— А я на своем перегоню, — сказал Назаров.

— Как же, перегонишь, — сказал Ферапонтов. Хаджи-Мурат все прибавлял хода.

— Эй, кунак, нельзя так. Потише! — прокричал Назаров, догоняя Хаджи-Мурата.

Хаджи-Мурат оглянулся и, ничего не сказав, продолжал ехать тем же проездом, не уменьшая хода.

— Смотри, задумали что, черти, — сказал Игнатов. — Вишь, лупят.

Так прошли с версту по направлению к горам.

— Я говорю, нельзя! — закричал опять Назаров. Хаджи-Мурат не отвечал и не оглядывался, только еще прибавлял хода и с проезда перешел на скок.

— Врешь, не уйдешь! — крикнул Назаров, задетый за живое.

Он ударил плетью своего крупного рыжего мерина и, привстав на стременах и нагнувшись вперед, пустил его во весь мах за Хаджи-Муратом.

Небо было так ясно, воздух так свеж, силы жизни так радостно играли в душе Назарова, когда он, слившись в одно существо с доброю, сильною лошадью, летел по ровной дороге за Хаджи-Муратом, что ему и в голову не приходила возможность чего-нибудь недоброго, печального или страшного. Он радовался тому, что с каждым скоком набирал на Хаджи-Мурата и приближался к нему. Хаджи-Мурат сообразил по топоту крупной лошади казака, приближающегося к нему, что он накоротко должен настигнуть его, и, взявшись правой рукой за пистолет, левой стал слегка сдерживать своего разгорячившегося и слышавшего за собой лошадиный топот кабардинца.

— Нельзя, говорю! — крикнул Назаров, почти равняясь с Хаджи-Муратом и протягивая руку, чтобы схватить за повод его лошадь. Но не успел он схватиться за повод, как раздался выстрел.

— Что ж это ты делаешь? — закричал Назаров, хватаясь за грудь. — Бей их, ребята, — проговорил он и, шатаясь, повалился на луку седла.

Но горцы прежде казаков взялись за оружие и били казаков из пистолетов и рубили их шашками. Назаров висел на шее носившей его вокруг товарищей испуганной лошади. Под Игнатовым упала лошадь, придавив ему ногу. Двое горцев, выхватив шашки, не слезая, полосовали его по голове и рукам. Петраков бросился было к товарищу, но тут же два выстрела, один в спину, другой в бок, сожгли его, и он, как мешок, кувырнулся с лошади.

Мишкин повернул лошадь назад и поскакал к крепости. Ханефи с Хан-Магомой бросились за Мишкиным, но он был уже далеко впереди, и горцы не могли догнать его.

Увидав, что они не могут догнать казака, Ханефи с Хан-Магомой вернулись к своим. Гамзало, добив кинжалом Игнатова, прирезал и Назарова, свалив его с лошади, Хан-Магома снимал с убитых сумки с патронами. Ханефи хотел взять лошадь Назарова, но Хаджи-Мурат крикнул ему, что не надо, и пустился вперед по дороге. Мюриды его поскакали за ним, отгоняя от себя бежавшую за ними лошадь Петракова. Они были уже версты за три от Нухи среди рисовых полей, когда раздался выстрел с башни, означавший тревогу.

Петраков лежал навзничь с взрезанным животом, и его молодое лицо было обращено к небу, и он, как рыба всхлипывая, умирал.

— Батюшки, отцы мои родные, что наделали! — вскрикнул, схватившись за голову, начальник крепости, когда узнал о побеге

Хаджи-Мурата. — Голову сняли! Упустили, разбойники! — кричал он, слушая донесение Мишкина.

Тревога дана была везде, и не только все бывшие в наличности казаки были посланы за бежавшими, но собраны были и все, каких можно было собрать, милиционеры из мирных аулов. Объявлено было тысячу рублей награды тому, кто привезет живого или мертвого Хаджи-Мурата. И через два часа после того, как Хаджи-Мурат с товарищами ускакали от казаков, больше двухсот человек конных скакали за приставом отыскивать и ловить бежавших.

Проехав несколько верст по большой дороге, Хаджи-Мурат сдержал своего тяжело дышавшего и посеревшего от поту белого коня и остановился. Вправо от дороги виднелись сакли и минарет аула Меларджика, налево были поля, и в конце их виднелась река. Несмотря на то, что путь в горы лежал направо, Хаджи-Мурат повернул в противоположную сторону, влево, рассчитывая на то, что погоня бросится за ним именно направо. Он же, и без дороги переправясь через Алазань, выедет на большую дорогу, где его никто не будет ожидать, и проедет по ней до леса и тогда уже, вновь переехав через реку, лесом проберется в горы. Решив это, он повернул влево. Но доехать до реки оказалось невозможным. Рисовое поле, через которое надо было ехать, как это всегда делается весной, было только что залито водой и превратилось в трясину, в которой выше бабки вязли лошади. Хаджи-Мурат и его нукеры брали направо, налево, думая, что найдут более сухое место, но то поле, на которое они попали, было все равномерно залито и теперь пропитано водою. Лошади с звуком хлопания пробки вытаскивали утопающие ноги в вязкой грязи и, пройдя несколько шагов, тяжело дыша, останавливались.

Так они бились так долго, что начало смеркаться, а они всё еще не доехали до реки. Влево был островок с распустившимися листиками кустов, и Хаджи-Мурат решил въехать в эти кусты и там, дав отдых измученным лошадям, пробыть до ночи.

Въехав в кусты, Хаджи-Мурат и его нукеры слезли с лошадей и, стреножив их, пустили кормиться, сами же поели взятого с собой хлеба и сыра. Молодой месяц, светивший сначала, зашел за горы, и ночь была темная. Соловьев в Нухе было особенно много. Два было и в этих кустах. Пока Хаджи-Мурат с своими людьми шумел, въезжая в кусты, соловьи замолкли. Но когда затихли люди, они опять защелкали, перекликаясь. Хаджи-Мурат, прислушиваясь к звукам ночи, невольно слушал их.

И их свист напомнил ему ту песню о Гамзате, которую он слушал нынче ночью, когда выходил за водой. Он всякую минуту теперь мог быть в том же положении, в котором был Гамзат. Ему подумалось, что это так и будет, и ему вдруг стало серьезно на душе. Он разостлал бурку и совершил намаз. И едва только окончил его, как послышались приближающиеся к кустам звуки. Это были звуки большого количества лошадиных ног, шлепавших по трясине. Быстроглазый Хан-Магома, выбежав на одни край кустов, высмотрел в темноте черные тени конных и пеших, приближавшихся к кустам. Ханефи увидал такую же толпу с другой стороны. Это был Карганов, уездный воинский начальник, с своими милиционерами.

«Что ж, будем биться, как Гамзат», — подумал Хаджи-Мурат.

После того как дана была тревога, Карганов с сотней милиционеров и казаков бросился в догоню Хаджи-Мурата, но нигде не нашел ни его, ни следов его. Карганов уже возвращался безнадежно домой, когда перед вечером ему встретился старик татарин. Карганов спросил у старика, не видал ли он шестерых конных? Старик отвечал, что видел. Он видел, как шесть конных кружились по рисовому полю и въехали в кусты, в которых он собирал дрова. Карганов, захватив с собой старика, вернулся назад и, по виду стреноженных лошадей уверившись, что Хаджи-Мурат был тут, ночью уже окружил кусты и стал дожидаться утра, чтобы взять Хаджи-Мурата живого или мертвого.

Поняв, что он окружен, Хаджи-Мурат высмотрел в середине кустов старую канаву и решил засесть в ней и отбиваться, пока будут заряды и силы. Он сказал это своим товарищам и велел им делать завал на канаве. И нукеры тотчас же взялись рубить ветки, кинжалами копать землю, делать насыпь. Хаджи-Мурат работал вместе с ними.

Как только стало светать, как к кустам близко подъехал сотенный командир милиции и закричал:

— Эй! Хаджи-Мурат! Сдавайся! Нас много, а вас мало.

В ответ на это из канавы показался дымок, щелкнула винтовка, и пуля попала в лошадь милиционера, которая шарахнулась под ним и стала падать. Вслед за этим затрещали винтовки милиционеров, стоявших на опушке кустов, и пули их, свистя и жужжа, обивали листья и сучья и попадали в завал, но не попадали в людей, сидевших за завалом. Только одна отбившаяся лошадь Гамзалы была подбита ими. Лошадь была ранена в голову. Она не упала, но, разорвав треногу, треща по кустам, бросилась к другим лошадям и, прижавшись к ним, поливала кровью молодую траву. Хаджи-Мурат и его люди стреляли только тогда, когда кто-либо из милиционеров выдавался вперед, и редко миновали цели. Три человека из милиционеров были ранены, и милиционеры не только не решались броситься на Хаджи-Мурата и его людей, но всё более и более отдалялись от них и стреляли только издалека, наобум.

Так продолжалось более часа. Солнце взошло вполдерева, и Хаджи-Мурат уже думал сесть на лошадей и попытаться пробиться к реке, когда послышались крики вновь прибывшей большой партии. Это был Гаджи-Ага мехтулинский с своими людьми. Их было человек двести. Гаджи-Ага был когда-то кунак Хаджи-Мурата и жил с ним в горах, но потом перешел к русским. С ним же был Ахмет-Хан, сын врага Хаджи-Мурата. Гаджи-Ага, так же как Карганов, начал с того, что закричал Хаджи-Мурату, чтобы он сдавался, но, так же как и в первый раз, Хаджи-Мурат ответил выстрелом.

— В шашки, ребята! — крикнул Гаджи-Ага, выхватив свою, и послышались сотни голосов людей, с визгом бросившихся в кусты.

Милиционеры вбежали в кусты, но из-за завала затрещало один за другим несколько выстрелов. Человека три упало, и нападавшие остановились, и на опушке кустов тоже стали стрелять. Они стреляли и вместе с тем понемногу приближались к завалу, перебегая от куста к кусту. Некоторые успевали перебегать, некоторые же попадали под пули Хаджи-Мурата и его людей. Хаджи-Мурат бил без промаха, точно так же редко выпускал выстрел даром Гамзало и всякий раз радостно визжал, когда видел, что пули его попадали. Курбан сидел с краю канавы и пел «Ля илляха иль алла» и не торопясь стрелял, но попадал редко. Элдар же дрожал всем телом от нетерпения броситься с кинжалом на врагов и стрелял часто и как попало, беспрестанно оглядываясь на Хаджи-Мурата и высовываясь из-за завала. Волосатый Ханефи, с засученными рукавами, и тут исполнял должность слуги. Он заряжал ружья, которые передавали ему Хаджи-Мурат и Курбан, старательно загоняя железным шомполом обернутые в намасленные хлюсты пульки и подсыпая из натруски сухого пороха на полки. Хан-Магома же не сидел, как другие, в канаве, а перебегал из канавы к лошадям, загоняя их в более безопасное место, и не переставая визжал и стрелял с руки без подсошек. Его первого ранили. Пуля попала ему в шею, и он сел назад, плюя кровью и ругаясь. Потом ранен был Хаджи-Мурат. Пуля пробила ему плечо. Хаджи-Мурат вырвал из бешмета вату, заткнул себе рану и продолжал стрелять.

— Бросимся в шашки, — в третий раз говорил Элдар.

Он высунулся из-за завала, готовый броситься на врагов, но в ту же минуту пуля ударила в него, и он зашатался и упал навзничь, на ногу Хаджи-Мурату. Хаджи-Мурат взглянул на него. Бараньи прекрасные глаза пристально и серьезно смотрели на Хаджи-Мурата. Рот с выдающеюся, как у детей, верхней губой дергался, не раскрываясь. Хаджи-Мурат выпростал из-под него ногу и продолжал целиться. Ханефи нагнулся над убитым Элдаром и стал быстро выбирать нерасстрелянные заряды из его черкески. Курбан между тем все пел, медленно заряжая и целясь.

Враги, перебегая от куста к кусту с гиканьем и визгом, придвигались все ближе и ближе. Еще пуля попала Хаджи-Мурату в левый бок. Он лег в канаву и опять, вырвав из бешмета кусок ваты, заткнул рану. Рана в бок была смертельна, и он чувствовал, что умирает. Воспоминания и образы с необыкновенной быстротой сменялись в его воображении одно другим. То он видел перед собой силача Абунунцал-Хана, как он, придерживая рукою отрубленную, висящую щеку, с кинжалом в руке бросился на врага; то видел слабого, бескровного старика Воронцова с его хитрым белым лицом и слышал его мягкий голос; то видел сына Юсуфа, то жену Софиат, то бледное, с рыжей бородой и прищуренными глазами, лицо врага своего Шамиля.

И все эти воспоминания пробегали в его воображении, не вызывая в нем никакого чувства: ни жалости, ни злобы, ни какого-либо желания. Все это казалось так ничтожно в сравнении с тем, что начиналось и уже началось для него. А между тем его сильное тело продолжало делать начатое. Он собрал последние силы, поднялся из-за завала и выстрелил из пистолета в подбегавшего человека и попал в него. Человек упал. Потом он совсем вылез из ямы и с кинжалом пошел прямо, тяжело хромая, навстречу врагам. Раздалось несколько выстрелов, он зашатался и упал. Несколько человек милиционеров с торжествующим визгом бросились к упавшему телу. Но то, что казалось им мертвым телом, вдруг зашевелилось. Сначала поднялась окровавленная, без папахи, бритая голова, потом поднялось туловище, и, ухватившись за дерево, он поднялся весь. Он так казался страшен, что подбегавшие остановились. Но вдруг он дрогнул, отшатнулся от дерева и со всего роста, как подкошенный репей, упал на лицо и уже не двигался.

Он не двигался, но еще чувствовал. Когда первый подбежавший к нему Гаджи-Ага ударил его большим кинжалом по голове, ему казалось, что его молотком бьют по голове, и он не мог понять, кто это делает и зачем. Это было последнее его сознание связи с своим телом. Больше он уже ничего не чувствовал, и враги топтали и резали то, что не имело уже ничего общего с ним. Гаджи-Ага, наступив ногой на спину тела, с двух ударов отсек голову и осторожно, чтобы не запачкать в кровь чувяки, откатил ее ногою. Алая кровь хлынула из артерий шеи и черная из головы и залила траву.

И Карганов, и Гаджи-Ага, и Ахмет-Хан, и все милиционеры, как охотник над убитым зверем, собрались над телами Хаджи-Мурата и его людей (Ханефи, Курбана и Гамзалу связали) и, в пороховом дыму стоявшие в кустах, весело разговаривая, торжествовали свою победу.

Соловьи, смолкнувшие во время стрельбы, опять защелкали, сперва один близко и потом другие на дальнем конце.

Вот эту-то смерть и напомнил мне раздавленный репей среди вспаханного поля.

1904

За что?

I

В 1830 году весною к пану Ячевскому в его родовое имение Рожанку приехал единственный сын его умершего друга молодой Иосиф Мигурский. Ячевский был шестидесятипятилетний широколобый, широкоплечий, широкогрудый старик с длинными белыми усами на кирпично-красном лице, патриот времен второго раздела Польши. Он юношей вместе с Мигурским-отцом служил под знаменами Костюшки и всеми силами своей патриотической души ненавидел апокалипсическую, как он называл ее, блудницу Екатерину II и изменника, мерзкого ее любовника Понятовского, и так же верил в восстановление Речи Посполитой, как верил ночью, что к утру опять взойдет солнце. В 12-м году он командовал полком в войсках Наполеона, которого он обожал. Погибель Наполеона огорчила его, но он не отчаивался в восстановлении хотя и искалеченного, но все-таки царства Польского. Открытие сейма в Варшаве Александром I оживило его надежды, но Священный Союз, реакция во всей Европе, самодурство Константина отдаляло осуществление заветного желания. С 25-го года Ячевский поселился в деревне и безвыездно жил в своей Рожанке, занимая время хозяйством, охотой и чтением газет и писем, посредством которых он все-таки горячо следил за политическими событиями в своем отечестве. Он был женат вторым браком на бедной красивой шляхтенке, и брак этот был несчастлив. Он не любил и не уважал этой своей второй жены, тяготился ею, дурно, грубо обращался с нею, как будто вымещая на ней свою ошибку второго брака. Детей от второй жены не было. От первой же жены было две дочери: старшая, Ванда, величавая красавица, знавшая цену своей красоте и скучавшая в деревне, и меньшая, Альбина, любимица отца, живая, костлявая девочка, с вьющимися белокурыми волосами и широко, как у отца, расставленными большими блестящими голубыми глазами.

Альбине было пятнадцать лет, когда приехал Иосиф Мигурский. Мигурский и прежде, студентом, бывал у Ячевских в Вильно, где они жили по зимам, и ухаживал за Вандой, теперь же в первый раз уже вполне взрослым, свободным человеком приехал к ним в деревню. Приезд молодого Мигурского был приятен всем жителям Рожанки. Старику Иозё Мигурский был приятен тем, что напоминал ему друга, его отца, в то время, как они оба были молоды, и еще тем, что с жаром и самыми розовыми надеждами рассказывал о революционном брожении не только в Польше, но и за границей, откуда он только что приехал. Пани Ячевской Мигурский был приятен тем, что при гостях старик Ячевский сдерживался и не бранил ее за все, как обыкновенно. Ванде он был приятен потому, что она была уверена, что Мигурский приехал для нее и намеревается ей сделать предложение; она готовилась дать ему согласие, но намеревалась, как она сама с собой говорила: lui tenir la dragée haute.[1] Альбина была рада тому, что все были рады. Не одна Ванда была уверена в том, что Мигурский приехал с намерением сделать ей предложение. Это думали все в доме — от старика Ячевского до няни Лудвики, хотя никто и не говорил этого.

И это была правда. Мигурский приехал с этим намерением, но, пробыв неделю, он, чем-то смущенный и расстроенный, уехал, не сделав предложения. Все были удивлены этим неожиданным отъездом, и никто, кроме Альбины, не понимал его причины. Альбина знала, что причиной этого странного отъезда была она. Во все время пребывания его в Рожанке она замечала, что Мигурский был особенно возбужден и весел только с нею. Он обращался с ней, как с ребенком, шутил с ней, дразнил ее, но она женским чутьем чуяла, что в этом обращении его с нею было не отношение взрослого к ребенку, а мужчины к женщине. Она видела это в том любующемся взгляде и ласковой улыбке, с которыми он встречал ее, когда она входила в комнату, и провожал, когда она выходила. Она не отдавала себе

[1] Помучить его, чтобы он это оценил (франц.).

ясного отчета о том, что такое это было, но это его отношение к ней веселило ее, и она невольно старалась делать то, что нравилось ему. Нравилось же ему все, что она бы ни делала. И потому она в его присутствии с особенным возбуждением делала все, что делала. Ему нравилось, как она наперегонки бегала с прекрасным хортым (борзая собака), прыгавшим на нее и лизавшим ее в раскрасневшееся сияющее лицо; нравилось, как она при малейшем поводе заливалась заразительно звонким смехом; нравилось, как она, продолжая весело смеяться глазами, принимала серьезный вид при скучной проповеди ксендза; нравилось, как с необыкновенной верностью и комизмом представляла то старую няню, то пьяного соседа, то его самого, Мигурского, мгновенно переходя от изображения одного к изображению другого. Нравилась, главное, ее восторженная жизнерадостность, точно как будто она только что сейчас узнала вполне всю прелесть жизни и спешила воспользоваться ею. Ему нравилась эта особенная ее жизнерадостность, а жизнерадостность эта возбуждалась и усиливалась именно тем, что она знала, что эта жизнерадостность восхищает его. И потому одна Альбина знала, отчего Мигурский, приехавший, чтобы сделать предложение Ванде, уехал, не сделав его. Хотя она никому не решилась бы сказать этого, не говорила этого ясно и сама себе, она в глубине души знала, что он хотел полюбить сестру и полюбил ее, Альбину. Альбина очень удивлялась этому, считая себя вполне ничтожной в сравнении с умной, образованной красавицей Вандой, но не могла не знать, что это так, и не могла не радоваться этому, потому что сама всеми силами своей души полюбила Мигурского, полюбила так, как любят только в первый раз и только один раз в жизни.

II

В конце лета газеты принесли известие о парижской революции. Вслед за этим стали приходить известия о готовящихся беспорядках в Варшаве. Ячевский с страхом и надеждой ожидал с каждой почтой известия об убийстве Константина и начале революции. Наконец в ноябре получили в Рожанке сначала весть о нападении на бельведер, о бегстве Константина Павловича, потом о том, что сейм объявил династию Романовых лишенной польского престола, что Хлопицкий объявлен диктатором и польский народ опять свободен. Восстание не дошло еще до Рожанки, но все обитатели ее следили за ходом его, ожидали его у себя и готовились к нему. Старик Ячевский переписывался с старым знакомым, одним из главарей восстания, принимал таинственных евреев-факторов, не по хозяйственным, а по революционным делам, и готовился присоединиться к восстанию, когда настанет время. Пани Ячевская не только как всегда, но еще более, чем всегда, заботилась о материальных удобствах мужа и, как всегда, этим самым все больше и больше раздражала его. Ванда отослала свои брильянты подруге в Варшаву, с тем чтобы вырученные деньги отдать в революционный комитет. Альбина интересовалась только тем, что делает Мигурский. Через отца она знала, что он поступил в отряд Дверницкого, и старалась узнать все то, что касалось этого отряда. Мигурский писал два раза: один раз извещал о том, что он поступил в войско, другой раз, в половине февраля, писал восторженное письмо о победе поляков при Сточеке, где взяли шесть русских орудий и пленных. «Zwycięstwo Polakòw i klęska Moskali! Wiwat!»[1] — заканчивал он письмо. Альбина была в восторге. Она рассматривала карту, рассчитывала, где и когда должны быть окончательно побеждены москали, и бледнела, и дрожала, когда отец медленно распечатывал привезенные с почты пакеты. Один раз мачеха, зайдя в ее комнату, застала ее перед зеркалом в панталонах и конфедератке. Альбина готовилась в мужском платье бежать из дома, чтобы присоединиться к польскому войску. Мачеха сказала отцу. Отец призвал дочь к себе и, скрывая свое сочувствие ей, даже восхищение перед ней, сделал ей строгий выговор, требуя, чтобы она выбросила из головы глупые мысли об участии в войне. «У женщины есть другое дело: любить и утешать тех, которые жертвуют собой за отчизну», — сказал он ей. Теперь она нужна ему, составляя его радость и утешение,

[1] Да здравствуют поляки, погибель москалям! Ура! (польск.)

а придет время, она так же нужна будет мужу. Он знал, чем подействовать на нее. Он намекнул ей на то, что он одинок и несчастен, и поцеловал ее. Она прижалась к нему лицом, скрывая слезы, которые все-таки намочили рукав его халата, и обещала ему ничего не предпринимать без его согласия.

III

Только люди, испытавшие то, что испытали поляки после раздела Польши и подчинения одной части ее власти ненавистных немцев, другой — власти еще более ненавистных москалей, могут понять тот восторг, который испытывали поляки в 30-м и 31-м году, когда после прежних несчастных попыток освобождения новая надежда освобождения казалась осуществимою. Но надежда эта продолжалась недолго. Силы были слишком несоразмерны, и революция опять была задавлена. Опять бессмысленно повинующиеся десятки тысяч русских людей были пригнаны в Польшу и под начальством то Дибича, то Паскевича и высшего распорядителя — Николая I, сами не зная, зачем они делают это, пропитав землю кровью своей и своих братьев поляков, задавили их и отдали опять во власть слабых и ничтожных людей, не желающих ни свободы, ни подавления поляков, а только одного: удовлетворения своего корыстолюбия и ребяческого тщеславия.

Варшава была взята, отдельные отряды разбиты. Сотни, тысячи людей были расстреляны, забиты палками, сосланы. В числе сосланных был и молодой Мигурский. Имение его было конфисковано, а сам он определен солдатом в линейный батальон в Уральск.

Ячевские жили зиму 1832 года в Вильне для здоровья старика, после 31-го года страдавшего болезнью сердца. Здесь пришло к ним письмо от Мигурского из крепости. Он писал, что, как ни тяжело для него было то, что он перенес и что предстоит ему, он рад тому, что ему пришлось пострадать за отчизну, что он не отчаивается в том святом деле, за которое он отдал часть своей жизни и готов отдать остаток ее, и что если бы завтра явилась новая возможность, он поступил бы так же. Читая письмо вслух, старик зарыдал на этом месте и долго не мог продолжать. В остальной части письма, которую вслух прочла Ванда, Мигурский писал, что какие бы ни были его планы и мечты в тот последний его приезд, который останется вечно самой светлой точкой во всей его жизни, он теперь и не может и не хочет говорить про них.

Ванда и Альбина поняли каждая по-своему значение этих слов, но никому не объяснили того, как они поняли их. В конце письма Мигурский посылал приветствия всем и, между прочим, с тем же игривым тоном, с которым он обращался с Альбиной во время своего приезда, обращался к ней и в письме, спрашивая ее, так же ли она быстро бегает, перегоняя хортых, и так ли хорошо передразнивает всех. Он желал здоровья старику, успеха в хозяйственных делах матери, достойного мужа Ванде и продолжения той же жизнерадостности Альбине.

IV

Здоровье старика Ячевского шло все хуже и хуже, и в 1833 году вся семья переехала за границу. Ванда встретила в Бадене богатого польского эмигранта и вышла за него замуж. Болезнь старика быстро ухудшалась, и в начале 1833 года он умер за границей на руках Альбины. Жену он не допускал ходить за собой и до последней минуты не мог простить ей той ошибки, которую он сделал, женившись на ней. Пани Ячевская вернулась с Альбиной в деревню. Главный интерес жизни Альбины был Мигурский. В ее глазах это был величайший герой и мученик, служению которому она решила посвятить свою жизнь. Еще до отъезда за границу она начала переписываться с ним, сначала по поручению отца, потом от себя. После смерти отца она, вернувшись в Россию, продолжала переписываться с ним и, когда ей минуло восемнадцать лет, объявила мачехе, что она решила ехать в Уральск к Мигурскому, с тем чтобы выйти там за него замуж. Мачеха стала упрекать Мигурского за то, что он эгоистически хочет облегчить свое тяжелое положение тем, чтобы, увлекши богатую девушку, заставить ее разделить его несчастье. Альбина рассердилась и объявила мачехе, что только она одна может приписывать такие подлые мысли человеку, пожертвовавшему всем для своего народа, что Мигурский, напротив, отказывался от той помощи, которую она предлагала ему, и что она бесповоротно решила ехать к нему и выйти за него замуж, если он только захочет дать ей это счастье. Альбина была совершеннолетняя, и деньги у нее были, — те триста тысяч злотых, которые покойник дядя оставил двум племянницам. Так что ничего не могло задержать ее.

В ноябре 1833 года Альбина простилась с домашними, как на смерть, со слезами провожавшими ее в дальний, неведомый край варварской Московии, села с старой преданной няней Лудвикой, которую она брала с собой, в отцовский, вновь исправленный для дальней дороги возок и пустилась в дальнюю дорогу.

V

Мигурский жил не в казармах, а на своей отдельной квартире. Николай Павлович требовал, чтобы разжалованные поляки не только несли всю тяжесть суровой солдатской жизни, но и терпели все те унижения, которым подвергались в это время рядовые солдаты; но большинство тех простых людей, которые должны были исполнять эти его распоряжения, понимали всю тяжесть положения этих разжалованных и, несмотря на опасность неисполнения его воли, где могли, не исполняли ее. Полуграмотный, выслужившийся из солдат командир того батальона, в который был зачислен Мигурский, понимал положение бывшего богатого, образованного молодого человека, лишившегося всего, жалел его и уважал и делал ему всякого рода послабления. И Мигурский не мог не оценить добродушия подполковника с белыми бакенбардами на одутловатом солдатском лице и, чтобы отплатить ему, согласился учить его сыновей, готовящихся в корпус, математике и французскому языку.

Жизнь Мигурского в Уральске, тянувшаяся уже седьмой месяц, была не только однообразная, унылая и скучная, но и тяжелая. Знакомств, кроме батальонного командира, с которым он старался держаться как можно дальше, у него был только один сосланный поляк, малообразованный и пронырливый, неприятный человек, занимавшийся здесь торговлей рыбой. Главная же тяжесть жизни Мигурского состояла в том, что ему трудно было привыкать к нужде. Средств у него после конфискации его имения не было никаких, и он перебивался продажей золотых вещей, которые у него остались.

Единственная и большая радость его жизни после его ссылки была переписка с Альбиной, поэтическое, милое представление о которой со времени посещения его Рожанки осталось у него в душе и становилось теперь в изгнании все прекраснее и прекраснее. В одном из первых писем своих она, между прочим, спрашивала его, что значат слова его давнишнего письма: «какие бы ни были мои желания и мечты». Он отвечал ей, что теперь он может признаться ей, что мечты его были о том, чтобы назвать ее своей женой. Она ответила ему, что любит его. Он ответил, что лучше бы она не писала этого, потому что ему ужасно думать о том, что могло бы быть и теперь невозможно. Она ответила, что это не только возможно, но что это непременно будет. Он отвечал ей, что не может принять ее жертвы, что в теперешнем положении его это невозможно. Вскоре после этого своего письма он получил повестку на две тысячи злотых. По штемпелю конверта и почерку он узнал, что это было прислано от Альбины, и вспомнил, что в одном из первых писем он в шуточном тоне описывал ей то удовольствие, которое он испытывает теперь, уроками зарабатывая все, что ему нужно, — денег на чай, табак и даже книги. Переложив деньги в другой конверт, он отослал их назад с письмом, в котором он просил ее не портить их святых отношений деньгами. У него всего было довольно, писал он, и он вполне счастлив, зная, что имеет такого друга, как она. На этом остановилась их переписка.

В ноябре Мигурский сидел у подполковника, давая урок мальчикам, когда послышался звук приближающегося почтового колокольца и заскрипели по морозному снегу полозья саней и остановились у подъезда. Дети вскочили, чтобы узнать, кто приехал. Мигурский остался в комнате, глядя на дверь и ожидая возвращения детей, но в дверь вошла сама подполковница.

— А к вам, пан, какие-то барыни приехали, вас спрашивают, — сказала она. — Должно, с вашей стороны, похоже — полячки.

Если бы Мигурского спросили: считает ли он возможным приезд к нему Альбины, он бы сказал, что это немыслимо; в глубине же души он ждал ее. Кровь прилила ему к сердцу, и он, задыхаясь, выбежал в переднюю. В передней развязывала платок на голове толстая рябая женщина. Другая женщина входила в дверь квартиры полковника. Услыхав за собой шаги, она оглянулась. Из-под капора сияли жизнерадостные, широко расставленные, блестящие голубые глаза с заинденевшими ресницами Альбины. Он остолбенел и не знал, как встретить ее, как здороваться. «Юзё!» — вскрикнула она, назвав его так, как называл его отец и как сама с собой она называла его, обхватила руками его шею, прильнула к его лицу своим зардевшимся холодным лицом и засмеялась и заплакала.

Узнав, кто такая Альбина и зачем она приехала, добрая полковница приняла ее и поместила до свадьбы у себя.

VI

Добродушный подполковник выхлопотал разрешение высшего начальства. Из Оренбурга выписали ксендза и обвенчали Мигурских. Жена батальонного командира была посажённой матерью, один из учеников нес образ, а Бржозовский, сосланный поляк, был шафером.

Альбина, как ни странно это может казаться, страстно любила своего мужа, но совсем не знала его. Она теперь только знакомилась с ним. Само собой разумеется, что она нашла в живом человеке с плотью и кровью много такого обыденного и непоэтического, чего не было в том образе, который она носила и растила в своем воображении; но зато, именно потому, что это был человек с плотью и кровью, она нашла в нем много такого простого, хорошего, чего не было в том отвлеченном образе. Она слышала от знакомых и друзей про его храбрость на войне и знала про его мужество при потере состояния и свободы и представляла себе его героем, всегда живущим возвышенной героической жизнью; в действительности же, с своей необыкновенной физической силой и храбростью, он оказался кротким, смирным ягненком, самым простым человеком, с добродушными шутками, с той самой детской улыбкой чувственного рта, окруженного белокурой бородкой и усами, которая прельстила ее еще в Рожанке, и с неугасимой трубкой, которая была ей особенно тяжела во время беременности.

Мигурский тоже только теперь узнал Альбину, и в Альбине в первый раз узнал женщину. По тем женщинам, которых он знал до женитьбы, он не мог знать женщин. И то, что он узнал в Альбине, как в женщине вообще, удивило его и скорее могло бы разочаровать его в женщине вообще, если бы он не чувствовал к Альбине как к Альбине особенно нежного и благодарного чувства. К Альбине как к женщине вообще он чувствовал ласковое, несколько ироническое снисхождение, к Альбине же как к Альбине не только нежную любовь, но и восхищение, и сознание неоплатного долга за ее жертву, давшую ему незаслуженное счастье.

Мигурские были счастливы тем, что, направив всю силу своей любви друг на друга, они испытывали среди чужих людей чувство двух заблудившихся зимой, замерзающих и отогревающих друг друга. Радостной жизни Мигурских содействовало и участие в их жизни рабски, самоотверженно преданной своей панюсе, добродушно-ворчливой, комической, влюбляющейся во всех мужчин няни Лудвики. Мигурские были счастливы и детьми. Через год родился мальчик. Через полтора года — девочка. Мальчик был повторением матери: те же глаза и та же резвость и грация. Девочка была здоровый красивый зверок.

Несчастливы же Мигурские были удалением от родины и, главное, тяжестью своего непривычно униженного положения. Особенно страдала за это унижение Альбина. Он, ее Юзё, герой, идеал человека, должен был вытягиваться перед всяким офицером, делать ружейные приемы, ходить в караул и безропотно повиноваться.

Кроме того, известия из Польши получались самые печальные. Почти все близкие родные, друзья были или сосланы, или, лишившись всего, бежали за границу. Для самих же Мигурских не предвиделось какого-либо конца этому положению. Все попытки ходатайствовать о прощении или хотя бы об улучшении положения, о производстве в офицеры, не достигали цели. Николай Павлович делал смотры, парады, учения, ходил по маскарадам, заигрывал с масками, скакал без надобности по России из Чугуева в Новороссийск, Петербург и Москву, пугая народ и загоняя лошадей, и когда какой-нибудь смельчак решался просить смягчения участи ссыльных декабристов или поляков, страдавших из-за той самой любви к отечеству, которая им же восхвалялась, он, выпячивая грудь, останавливал на чем попало свои оловянные глаза и говорил: «Пускай служат. Рано». Как будто он знал, когда будет не рано, а когда будет время. И все приближенные: генералы, камергеры и их жены, кормившиеся около него, умилялись перед необычайной прозорливостью и мудростью этого великого человека.

В общем, все-таки в жизни Мигурских было больше счастья, чем несчастья.

Так прожили они пять лет. Но вдруг обрушилось на них неожиданное, страшное горе. Заболела сначала девочка, через два дня заболел мальчик: горел три дня и, без помощи врачей (никого нельзя было найти), на четвертый день умер. Через два дня после него умерла и девочка.

Альбина не утопилась в Урале только потому, что не могла без ужаса представить себе положения мужа при известии об ее самоубийстве. Но жить ей было трудно. Всегда прежде деятельная и заботливая, она теперь, предоставив все свои заботы Лудвике, сидела часами без дела, молча глядя на то, что попадалось под глаза, а то вдруг вскакивала и убегала в свою каморку и там, не отвечая на утешения мужа и Лудвики, тихо плакала, только качая головой, прося их уйти и оставить ее одну. Летом она уходила на могилу детей и там сидела, раздирая себе сердце воспоминаниями о том, что было и что могло бы быть. Особенно мучила ее мысль о том, что дети могли бы остаться живы, если бы они жили в городе, где могла бы быть подана медицинская помощь. «За что? За что? — думала она. — И Юзё и я — мы ничего ни от кого не хотим, кроме того, чтоб ему жить так, как он родился и жили его деды и прадеды, а мне только — чтобы жить с ним, любить его, любить моих крошек, воспитывать их. И вдруг его мучают, ссылают, а у меня отнимают то, что мне дороже света. Зачем? За что?» — задавала она этот вопрос людям и Богу. И не могла представить себе возможности какого-нибудь ответа.

А без этого ответа не было жизни. И жизнь ее остановилась. Бедная жизнь в изгнании, которую она прежде умела украшать своим женским вкусом и изяществом, стала теперь невыносима не только ей, но и Мигурскому, страдавшему за нее и не знавшему, чем помочь ей.

VII

В это самое тяжелое для Мигурских время прибыл в Уральск поляк Росоловский, замешанный в грандиозном плане возмущения и побега, устроенного в то время в Сибири сосланным ксендзом Сироцинским.

Росоловский, так же как и Мигурский, так же как и тысячи людей, наказанных ссылкою в Сибирь за то, что они хотели быть тем, чем родились, — поляками, был замешан в этом деле, наказан за это розгами и отдан в солдаты в тот же батальон, где был Мигурский. Росоловский, бывший учитель математики, был длинный, сутуловатый, худой человек с впалыми щеками и нахмуренным лбом.

В первый же вечер своего пребывания Росоловский, сидя за чаем у Мигурских, стал, естественно, рассказывать своим медленным, спокойным басом про то дело, за которое он так жестоко пострадал.

Дело состояло в том, что Сироцинский организовал по всей Сибири тайное общество, цель которого состояла в том, чтобы с помощью поляков, зачисленных в казачьи и линейные полки, взбунтовать солдат и каторжных, поднять поселенцев, захватить в Омске артиллерию и всех освободить.

— Да разве это было возможно? — спросил Мигурский.

— Очень возможно, все было готово, — сказал Росоловский, мрачно хмурясь, и медленно, спокойно рассказал весь план освобождения и все принятые меры для успеха дела и, в случае неуспеха, для спасения заговорщиков. Успех был верный, если бы не изменили два злодея. Сироцинский, по словам Росоловского, был человек гениальный и великой душевной силы. Он и умер героем и мучеником. И Росоловский ровным, спокойным басом стал рассказывать подробности казни, на которой он, по приказанию начальства, должен был присутствовать вместе со всеми судившимися по этому делу.

— Два батальона солдат стояли в два ряда, длинной улицей, у каждого солдата в руке была гибкая палка такой высочайше утвержденной толщины, чтобы три только могли входить в дуло ружья. Первым повели доктора Шакальского. Два солдата вели его, а те, которые были с палками, били его по оголенной спине, когда он равнялся с ними. Я видел это только тогда, когда он подходил к тому месту, где я стоял. То я слышал только дробь барабана, но потом, когда становился слышен свист палок и звук ударов по телу, я знал, что он подходит. И я видел, как его тянули за ружья солдаты, и он шел, вздрагивая и поворачивая голову то в ту, то в другую сторону. И раз, когда его проводили мимо нас, я слышал, как русский врач говорил солдатам: «Не бейте больно, пожалейте». Но они все били; когда его провели мимо меня второй раз, он уже не шел сам, а его тащили. Страшно было смотреть на его спину. Я зажмурился. Он упал, и его унесли. Потом повели второго. Потом третьего, потом четвертого. Все падали, всех уносили — одних замертво, других еле живыми, и мы все должны были стоять и смотреть. Продолжалось это шесть часов — от раннего утра и до двух часов пополудни.

Последнего повели самого Сироцинского. Я давно не видал его и не узнал бы, так он постарел. Все в морщинах бритое лицо его было бледно-зеленоватое. Тело обнаженное было худое, желтое, ребра торчали над втянутым животом. Он шел так же, как и все, при каждом ударе вздрагивая и вздергивая голову, но не стонал и громко читал молитву: Miserere mei Deus secundam magnam misericordiam tuam.[1]

— Я сам слышал, — быстро прохрипел Росоловский и, закрыв рот, засопел носом.

Лудвика, сидевшая у окна, рыдала, закрыв лицо платком.

— И охота вам расписывать! Звери — звери и есть! — вскрикнул Мигурский и, бросив трубку, вскочил со стула и быстрыми шагами ушел в темную спальню. Альбина сидела как окаменевшая, уставив глаза в темный угол.

VIII

На другой день Мигурский, придя домой с ученья, был удивлен видом жены, которая, как в старину, легкими шагами, с сияющим лицом встретила его и повела в спальню.

— Ну, Юзё, слушай.

— Слушаю. Что?

— Я всю ночь думала о том, что рассказал Росоловский. И я решилась: я не могу жить так, не могу жить тут. Не могу! Я умру, но не останусь здесь.

— Да что же делать?

— Бежать.

— Бежать? Как?

— Я все обдумала. Слушай.

---

[1] Помилуй мя, боже, по велицей милости твоей (лат.).

И она рассказала ему тот план, который она придумала сегодня ночью. План был такой: он, Мигурский, уйдет из дома вечером и оставит на берегу Урала свою шинель и на шинели письмо, в котором напишет, что лишает себя жизни. Поймут, что он утопился. Будут искать тело, будут посылать бумаги. А он спрячется. Она так спрячет его, что никто не найдет. Можно будет прожить так хоть месяц. А когда все уляжется, они убегут.

Затея ее в первую минуту показалась Мигурскому неисполнимой, но к концу дня, когда она с такой страстью и уверенностью убеждала его, он стал соглашаться с нею. Кроме того, он был склонен согласиться еще и потому, что наказание за неудавшийся побег, такое же наказание, как то, про которое рассказывал Росоловский, падало на него, Мигурского, успех же освобождал ее, а он видел, как после смерти детей тяжела ей была жизнь здесь.

Росоловский и Лудвика были посвящены в замысел, и после долгих совещаний, изменений, поправок план побега был выработан. Сначала хотели сделать так, чтобы Мигурский, после того как он будет признан утонувшим, бежал бы один, пешком. Альбина же выедет в экипаже и в условленном месте встретит его. Такой был первый план. Но потом, когда Росоловский рассказал про все неудавшиеся попытки побегов последних пяти лет в Сибири (за все время убежал и спасся только один счастливец), Альбина предложила другой план, тот, чтобы Юзё, спрятанный в экипаже, ехал с нею и Лудвикой до Саратова. В Саратове же ему, переодетому, идти вниз по берегу Волги и в условленном месте сесть в лодку, которую она наймет в Саратове и в которой поплывет вместе с Альбиной и Лудвикой вниз по Волге до Астрахани и через Каспийское море в Персию. План был этот одобрен всеми и главным устроителем Росоловским, но представлялась трудность устройства такого помещения в экипаже, которое не обратило бы на себя внимания начальства, а между тем могло бы вместить в себя человека. Когда же Альбина после поездки на могилу детей сказала Росоловскому, как ей больно оставлять прах детей на чужой стороне, он, подумав, сказал:

— Просите начальство о разрешении взять с собой гробы детей, вам разрешат.

— Нет, я не хочу, не хочу этого! — сказала Альбина.

— Просите. В этом всё. Мы не возьмем гробов, а для них сделаем большой ящик и в ящик положим Юзефа.

В первую минуту Альбина отвергла это предложение, так ей неприятно было связывать обман с воспоминанием о детях, но когда Мигурский весело одобрил этот проект, она согласилась.

Так что окончательный план выработался такой: Мигурский сделает все то, что должно убедить начальство, что он утопился. Когда смерть его будет признана, Альбина подаст прошение о том, чтобы ей после смерти мужа разрешено было вернуться на родину и взять с собой и прах детей. Когда же ей дадут и это разрешение, будет сделано подобие того, что могилы раскопаны и гробы взяты, но гробы оставят на месте, а вместо детских гробов в приготовленном для этого ящике поместится Мигурский. Ящик поставят в тарантас и так доедут до Саратова. От Саратова они сядут на лодку. В лодке Юзё выйдет из ящика, и они поплывут до Каспийского моря. А там Персия или Турция и — свобода.

IX

Прежде всего Мигурские купили тарантас под предлогом отправления Лудвики на родину. Потом началось устройство в тарантасе такого ящика, в котором, не задохнувшись, можно бы было, хотя и скорчившись, лежать и из которого можно бы было скоро и незаметно выходить и опять влезать. Втроем, Альбина, Росоловский и сам Мигурский, придумывали и прилаживали ящик. В особенности важна была помощь Росоловского, который был хороший столяр. Ящик был сделан так, что, утвержденный на дрожины позади кузова, он плотно приходился к кузову, и стенка, приходившаяся к кузову, отваливалась так, что человек, вынув стенку, мог лежать частью в ящике, частью на дне тарантаса. Кроме того, в ящике были провернуты дыры для воздуха, и сверху и с боков ящик должен был быть покрыт рогожей и увязан веревками. Входить и выходить из него можно было через тарантас, в котором было сделано сиденье.

Когда тарантас и ящик были готовы, еще до исчезновения мужа, Альбина, чтобы приготовить начальство, пошла к полковнику и заявила, что муж ее впал в меланхолию и покушался на самоубийство и она боится за него и просит на время отпустить его. Способность ее к драматическому искусству пригодилась ей. Выражаемые ею беспокойство и страх за мужа были так естественны, что полковник был тронут и обещал сделать все, что может. После этого Мигурский сочинил письмо, которое должно было быть найдено за обшлагом его шинели на берегу Урала, и в условленный день, вечером, он пошел к Уралу, дождался темноты, положил на берегу одежду, шинель с письмом и тайно вернулся домой. На чердаке, запиравшемся замком, было приготовлено для него место. Ночью Альбина послала Лудвику к полковнику заявить о муже, что он, выйдя из дома двадцать часов назад, не возвращался. Утром ей принесли письмо мужа, и она с выражением сильного отчаяния, в слезах, отнесла его полковнику.

Через неделю Альбина подала прошение об отъезде на родину. Горе, выражаемое Мигурской, поражало всех, видевших ее. Все жалели несчастную мать и жену. Когда отъезд ее был разрешен, она подала другое прошение — о позволении откопать трупы детей и взять их с собою. Начальство подивилось на эту сентиментальность, но разрешило и это.

На другой день после получения и этого разрешения вечером Росоловский с Альбиной и Лудвикой в наемной телеге с ящиком, в который должны были быть вложены гробы детей, приехали на кладбище, к могиле детей. Альбина, опустившись на колени у могил детей, помолилась и скоро встала и, нахмурившись, обращаясь к Росоловскому, сказала:

— Делайте то, что надо, а я не могу, — и отошла в сторону.

Росоловский с Лудвикой сдвинули надгробный камень и вскопали лопатой верхние части могилы так, что могила имела вид раскопанный. Когда все было сделано, они кликнули Альбину и с ящиком, наполненным землей, вернулись домой.

Наступил назначенный день отъезда. Росоловский радовался успеху доведенного почти до конца предприятия, Лудвика напекла на дорогу печений и пирожков и, приговаривая свою любимую поговорку: «Jak mame kocham», говорила, что у ней сердце разрывается от страха и радости. Мигурский радовался и своему освобождению с чердака, на котором он просидел больше месяца, и больше всего — оживлению и жизнерадостности Альбины. Она как будто забыла все прежнее горе и все опасности и, как в девичье время, прибегая к нему на чердак, сияла восторженной радостью.

В три часа утра пришел казак провожать, и привел казак-ямщик тройку лошадей. Альбина с Лудвикой и собачкой сели в тарантас на подушки, покрытые ковром. Казак и ямщик сели на козлы. Мигурский, одетый в крестьянское платье, лежал в кузове тарантаса.

Выехали из города, и добрая тройка понесла тарантас по гладкой, как камень, убитой дороге между бесконечной, непаханой, поросшей прошлогодним серебристым ковылем степью.

X

Сердце замирало в груди Альбины от надежды и восторга. Желая поделиться своими чувствами, она изредка, чуть улыбаясь, указывала Лудвике головой то на широкую спину казака, сидевшего на козлах, то на дно тарантаса. Лудвика с значительным видом неподвижно смотрела перед собой и только чуть-чуть морщила губы. День был ясный. Со всех сторон расстилалась безграничная пустынная степь, блестящая серебристым ковылем на косых лучах утреннего солнца. Только то с той, то с другой стороны жесткой дороги, по которой, как по асфальту, гулко звучали некованые быстрые ноги башкирских коней, виднелись бугорки насыпанной земли сусликов; на заду сидел сторожевой зверок и, предупреждая об опасности, пронзительно свистел и скрывался в нору. Редко встречались проезжие: обоз казаков с пшеницей или конные башкиры, с которыми казак бойко перекидывался татарскими словами. На всех станциях лошади были свежие, сытые, и полтинники на водку, которые давала Альбина, делали то, что ямщики гнали, как они говорили, по-фельдъегерски — вскачь всю дорогу.

На первой же станции, в то время как прежний ямщик увел, а новый не приводил еще лошадей и казак вошел во двор, Альбина, перегнувшись, спросила мужа, как он себя чувствует, не нужно ли ему чего.

— Превосходно, покойно. Ничего не нужно. Легко пролежу хоть двое суток.

К вечеру приехали в большое село Дергачи. Для того чтобы муж мог расправить члены и освежиться, Альбина остановилась не на почтовом, а на постоялом дворе и тотчас же, дав деньги казаку, послала его купить ей яиц и молока. Тарантас стоял под навесом, на дворе было темно, и, поставив Лудвику караулить казака, Альбина выпустила мужа, накормила его, и до возвращения казака он опять влез в свое потаенное место. Послали опять за лошадьми и поехали дальше. Альбина чувствовала все больший и больший подъем духа и не могла удержать своего восторга и веселости. Говорить ей было больше не с кем, как с Лудвикой, казаком и Трезоркой, и она забавлялась ими.

Лудвика, несмотря на свою некрасивость, при всяком отношении с мужчиной тотчас же подозревавшая в этом мужчине любовные на нее виды, подозревала теперь это самое по отношению к здоровенному добродушному казаку-уральцу с необыкновенно ясными и добрыми голубыми глазами, который провожал их и который был особенно приятен обеим женщинам своей простотою и добродушной ласковостью. Кроме Трезорки, на которого Альбина грозилась, не позволяя ему нюхать под сиденьем, она теперь забавлялась Лудвикой и ее комическим кокетством с не подозревающим приписываемые ему намерения, добродушно улыбающимся на все, что ему говорили, казаком. Альбина, возбужденная и опасностью, и начинающим осуществляться успехом дела, и чудной погодой, и степным воздухом, испытывала давно не испытанное ею чувство детского восторга и веселья. Мигурский слышал ее веселый говор и тоже, несмотря на скрываемую им физическую тяжесть своего положения (особенно жарко ему было, и жажда его мучила), забывая о себе, радовался на ее радость.

К вечеру второго дня стало виднеться что-то в тумане. Это был Саратов и Волга. Казак своими степными глазами видел и Волгу, и мачты и указывал их Лудвике. Лудвика говорила, что видела тоже. Но Альбина ничего не могла разобрать. И только нарочно громко, чтобы слышал муж, говорила:

— Саратов, Волга, — как будто разговаривая с Трезором, рассказывала мужу Альбина все то, что она видела.

XI

Не въезжая в Саратов, Альбина остановилась на левой стороне Волги, в слободе Покровской, против самого города. Здесь она надеялась в продолжение ночи успеть переговорить с мужем и даже вывести его из ящика. Но казак во всю короткую весеннюю ночь не отходил от тарантаса и сидел подле него в стоявшей под навесом пустой телеге. Лудвика, по распоряжению Альбины, сидела в тарантасе и, будучи вполне уверена, что казак ради нее не отходит от тарантаса, мигала, смеялась и закрывала свое рябое лицо платком. Но Альбина не видела уж в этом ничего веселого и все больше и больше тревожилась, не понимая, для чего казак так неотлучно держался около тарантаса.

Несколько раз в короткую майскую ночь с зарей, сливающейся с зарей, Альбина выходила из горницы постоялого двора мимо вонючей галереи на заднее крыльцо. Казак все еще не спал и, спустив ноги, сидел на стоявшей подле тарантаса пустой телеге. Только перед рассветом, когда петухи уже проснулись и перекликались со двора на двор, Альбина, сойдя вниз, нашла время переговорить с мужем. Казак храпел, развалившись в телеге. Она осторожно подошла к тарантасу и толкнула ящик.

— Юзё! — Ответа не было. — Юзё, Юзё! — с испугом, громче проговорила она.

— Что ты, милая, что? — сонным голосом проговорил Мигурский из ящика.

— Что ты не отвечал?

— Спал, — проговорил он, и она по звуку голоса узнала, что он улыбался. — Что же, выходить? — спросил он.

— Нельзя, казак тут, — и, сказав это, она взглянула на казака, спящего в телеге.

И удивительное дело, казак храпел, но глаза его, добрые голубые глаза, были открыты. Он смотрел на нее и, только встретившись с ней взглядом, закрыл глаза.

«Показалось это мне или точно он не спал? — спросила себя Альбина. — Верно, показалось», — подумала она и опять обратилась к мужу.

— Потерпи еще немного, — сказала она. — Поесть хочешь?

— Нет. Курить хочу.

Альбина опять взглянула на казака. Он спал. «Да, это показалось мне», — подумала она.

— Я теперь поеду к губернатору.

— Ну, час добрый…

И Альбина, достав из чемодана платье, пошла в горницу одеваться.

Переодевшись в свое лучшее вдовье платье, Альбина переехала Волгу. На набережной она взяла извозчика и поехала к губернатору. Губернатор принял ее. Хорошенькая, мило улыбающаяся вдова-полька, прекрасно говорящая по-французски, очень понравилась молодящемуся старику губернатору. Он все разрешил ей и просил ее приехать еще завтра к нему, чтобы получить от него приказ к городничему в Царицын. Радуясь и успеху своего ходатайства, и тому действию ее привлекательности, которое она видела в манере губернатора, Альбина, счастливая и полная надежд, возвращалась под гору по немощеной улице на долгушке к пристани. Солнце взошло уже выше леса и косыми лучами играло на рябящей воде огромного разлива. Справа и слева по горе виднелись, как белые облака, облитые пахучим цветом яблони. Лес мачт виднелся у берега, и паруса белели по играющему на солнце, рябящему от ветерка разливу. На пристани, разговорившись с извозчиком, Альбина спросила, можно ли нанять лодку до Астрахани, и десятки шумливых, веселых лодочников предложили ей свои услуги и лодки. Она сговорилась с одним из лодочников, больше других понравившимся ей, и пошла смотреть его лодку-косовушку, стоявшую в тесноте других лодок у пристани. На лодке была устанавливающаяся небольшая мачта с парусом, так что можно было идти ветром. В случае безветрия были весла и два здоровые, веселые бурлака-гребцы, сидевшие на солнце в лодке. Веселый, добродушный лоцман советовал не оставлять тарантас, а, сняв с него колеса, поставить на лодку. «Как раз уставится, и вам покойней сидеть будет. Даст бог погодку, дней в пяток до Астрахани добежим». Альбина сторговалась с лодочником и велела ему прийти в Покровскую слободу, на Логинов постоялый двор, чтобы посмотреть тарантас и получить задаток. Все удалось лучше, чем она ожидала. В самом восторженно-счастливом состоянии Альбина переехала Волгу и, разочтясь с извозчиком, направилась к постоялому двору.

XII

Казак Данило Лифанов был из Стрелецкого Умета на Общем Сырту. Ему было тридцать четыре года, и он отслуживал последний месяц своего срока казацкой службы. У него в семье был старик, девяностолетний дед, помнящий еще Пугачева, два брата, сноха старшего брата, за старую веру сосланного в каторгу в Сибирь, жена, две дочери и два сына. Отец его был убит на войне с французами. Он был старшим в доме. У них во дворе было шестнадцать коней, два цабана быков и было распахано и засеяно пшеницей своей вольной земли пятнадцать сотейников. Он, Данило, служил в Оренбурге, в Казани и теперь кончал срок. Он твердо держался старой веры, не курил, не пил и не ел из одной посуды с мирскими и также строго держался присяги. Во всех своих делах он был медлительно-твердо обстоятелен и на то, что ему поручено было делать от начальства, употреблял все свое внимание и не забывал ни на минуту, пока не исполнил всего, как он понимал, своего назначения. Теперь ему велено было проводить до Саратова двух полячек с гробами так, чтобы над ними дорогой ничего худого не сделали, чтобы они ехали смирно, никаких шалостей не делали, и в Саратове честь честью сдать их начальству. Так он и доставил их до Саратова и с собачонкой, и со всеми с гробами ихними. Бабы были смирные, ласковые, хотя и полячки, а ничего худого не делали. Но тут, в Покровской слободе, ввечеру, он, проходя мимо тарантаса, увидал, что собачонка вспрыгнула в тарантас и там стала визжать и хвостом махать, и из-под сиденья тарантаса ему показался чей-то голос. Одна из полячек, старая, увидав собачку в тарантасе, испугалась чего-то, схватила собачонку и унесла.

«Что-то тут есть», — подумал казак и стал примечать. Когда молодая полячка вышла ночью к тарантасу, он притворился, что спит, и явственно услыхал мужской голос из ящика. Рано утром он пошел в полицию и заявил о том, что полячки, какие ему поручены, не добром едут, а вместо мертвых везут какого-то живого человека в ящике.

Когда Альбина в своем восторженно-веселом настроении, уверенная в том, что теперь все кончено и они через несколько дней будут свободны, подошла к постоялому двору, она с удивлением увидала у ворот щегольскую пару с пристяжкой на отлете и двух казаков. В воротах толпился народ, заглядывая во двор.

Она была так полна надежды и энергии, что ей и в голову не пришла мысль о том, что эта пара и толпившийся народ имеют отношение к ней. Она вошла во двор и, в одно и то же время взглянув под тот навес, где стоял ее тарантас, увидала, что народ толпится именно около ее тарантаса, и в то же мгновение услыхала отчаянный лай Трезорки. Случилось то самое ужасное, что только могло случиться. Перед тарантасом, блестя своим чистым мундиром, с сияющими на солнце пуговицами и полупогонами и лаковыми сапогами, стоял осанистый, с черными бакенбардами человек и говорил что-то громко, хриплым повелительным голосом. Перед ним, между двумя солдатами, в крестьянском наряде, с сеном в спутанных волосах, стоял ее Юзё и, как бы недоумевая о том, что вокруг него делалось, поднимал и опускал свои могучие плечи. Трезорка, не зная того, что он был причиной всего несчастья, ощетинившись, бесполезно озлобленно лаял на полицмейстера. Увидав Альбину, Мигурский вздрогнул, хотел подойти к ней, но солдаты удержали его.

— Ничего, Альбина, ничего! — проговорил Мигурский, улыбаясь своей кроткой улыбкой.

— А вот и барынька сама! — проговорил полицмейстер. — Пожалуйте сюда. Гробы ваших младенцев? А? — сказал он, подмигивая на Мигурского.

Альбина не отвечала и только, схватившись за грудь, раскрыв рот, с ужасом смотрела на мужа.

Как это бывает в предсмертные и вообще решительные в жизни минуты, она в одно мгновение перечувствовала и передумала бездну чувств и мыслей и вместе с тем не понимала еще, не верила своему несчастью. Первое чувство было знакомое ей давно — чувство оскорбленной гордости при виде ее героя-мужа, униженного перед теми грубыми, дикими людьми, которые держали его теперь в своей власти. «Как смеют они держать его, этого лучшего из всех людей, в своей власти?» Другое чувство, одновременно с этим охватившее ее, было сознание совершившегося несчастия. Сознание же несчастия вызвало в ней воспоминание о главном несчастье ее жизни, о смерти детей. И сейчас же возник вопрос: за что? за что отняты дети? Вопрос же: за что отняты дети? вызвал вопрос: за что теперь гибнет, мучается любимый, лучший из людей, ее муж? И тут же она вспомнила о том, какое ждет его позорное наказание, и то, что она, она одна виновата в этом.

— Кто он вам? Муж он вам? — повторил полицмейстер.

— За что, за что? — вскрикнула она и, закатившись истерическим хохотом, упала на снятый теперь с козел и стоявший у тарантаса ящик. Вся трясущаяся от рыданий, с залитым слезами лицом Лудвика подошла к ней.

— Паненка, милая паненка! Як бога кохам, ничего не будет, ничего, — говорила она, бессмысленно водя по ней руками.

На Мигурского надели наручники и повели со двора. Увидав это, Альбина побежала за ним.

— Прости, прости меня, — говорила она. — Все я! Я одна виновата.

— Там разберут, кто виноват. И до вас дело дойдет, — сказал полицмейстер и рукою отстранил ее.

Мигурского повели к переправе, и Альбина, сама не зная, зачем она делала это, шла за ним и не слушала уговаривающую ее Лудвику.

Казак Данило Лифанов во все это время стоял у колес тарантаса и мрачно взглядывал то на полицмейстера, то на Альбину, то себе на ноги.

Когда Мигурского увели, оставшийся один Трезорка, махая хвостиком, стал ласкаться к нему. Он привык к нему во время дороги. Казак вдруг отслонился от тарантаса, сорвал с себя шапку, швырнул ее изо всех сил наземь, откинул ногой от себя Трезорку и пошел в харчевню. В харчевне он потребовал водки и пил день и ночь, пропил все, что было у него и на нем, и только на другую ночь, проснувшись в канаве, перестал думать о мучившем его вопросе: хорошо ли он сделал, донеся начальству о полячкином муже в ящике?

Мигурского судили и приговорили за побег к прогнанию сквозь тысячу палок. Его родные и Ванда, имевшая связи в Петербурге, выхлопотали ему смягчение наказания, и его сослали на вечное поселение в Сибирь. Альбина поехала за ним.

Николай же Павлович радовался тому, что задавил гидру революции не только в Польше, но и во всей Европе, и гордился тем, что он не нарушил заветов русского самодержавия и для блага русского народа удержал Польшу во власти России. И люди в звездах и золоченых мундирах так восхваляли его за это, что он искренно верил, что он великий человек и что жизнь его была великим благом для человечества и особенно для русских людей, на развращение и одурение которых были бессознательно направлены все его силы.

1906

Комментарии

ПОВЕСТИ. РАССКАЗЫ

СЕВАСТОПОЛЬ В ДЕКАБРЕ МЕСЯЦЕ

Рассказ написан во время пребывания Толстого в осажденном Севастополе. Толстой прибыл туда 7 ноября 1854 г. и был прикомандирован к легкой батарее артиллерийской бригады. В то время он был полой напряженных духовных исканий, стремлением к собственному совершенствованию, поисков истины и справедливости, писал «Юность», обдумывал «Роман русского помещика». В армии его поразил контраст условий, в которых содержались русские крепостные солдаты и солдаты союзников (англичане, французы). «Грустное положение — и войска, и государства, — записывает Толстой в дневник 23 ноября. — Я часа два провел, болтая с ранеными французами и англичанами. Каждый солдат горд своим положением и ценит себя; ибо чувствует себя действительной пружиной в войске. Хорошее оружие, искусство действовать им, молодость, общие понятия о политике и искусствах дают ему сознание своего достоинства. У нас бессмысленные ученья о носках и хватках, бесполезное оружие, забитость, старость, необразование, дурное содержание и пища убивают внимание, последнюю искру гордости и даже дают им слишком высокое понятие о враге» (т. 47, с. 31). Толстым за время пребывания в Севастополе было составлено несколько записок о переформировании войск, в которых он обличал крепостническую армию Николая I. Совместно с другими офицерами он задумал издание прогрессивного военного журнала «Солдатский вестник» или «Военный листок». Однако это издание было правительством запрещено, а офицерам предложено направлять свои труды в «Русский инвалид». Тогда Толстой решил посылать свои очерки о Севастопольской обороне Некрасову в «Современник».

Работа над очерками о Севастополе началась после участия Толстого (с 10 на И марта 1855 г.) в одной из вылазок. К 27 марта у него было написано начало произведения под названием «Севастополь днем и ночью». Полтора месяца, до 15 мая 1855 г.,

Толстой нес службу на знаменитом Четвертом бастионе. «Держимся мы не только хорошо, но так, что защита эта должна очевидно доказать неприятелю невозможность когда бы то ни было взять Севастополь», — записал он в дневнике 2 апреля 1855 г. (т. 47, с. 41).

12 апреля Толстой сделал такую запись: «Нынче окончил «Севастополь днем и ночью». ... Постоянная прелесть опасности, наблюдения над солдатами, с которыми живу, моряками и самим образом войны так приятны, что мне не хочется уходить отсюда, тем более, что хотелось бы быть при штурме, ежели он будет» (т. 47, с. 42).

25 апреля 1855 г., окончательно исправив «Севастополь днем и ночью» и назвав его «Севастополь в декабре месяце», Толстой отправил рассказ в Петербург.

Стр. 6. *Бон* — заграждение на воде, защищающее вход в гавань от неприятельских судов.

Стр. 6. *Корнилов* В. А. (1806-1854) — знаменитый адмирал, погибший при обороне Севастополя.

Стр. 7. *Фурштатский солдат* — солдат из обозной части.

Стр. 12. *Дело двадцать четвертого...* — 24 октября 1854 г. в Инкерманском сражении, по вине нерадивого генерала Данненберга, русские войска потерпели жестокое поражение.

Стр. 13. *Альминское дело* — сражение на реке Альме 8 сентября 1854 г., первое столкновение русских войск с союзниками.

Стр. 16. *...про бомбардированье пятого числа* — 5 октября 1854 г. первая бомбардировка Севастополя союзными войсками.

ДВА ГУСАРА

Рассказ, первоначально названный «Отец и сын», был написан за один месяц: с 12 марта по 11 апреля 1856 г., и «по совету Некрасова» назван «Два гусара» (т. 47, с. 68).

Прототипом главного героя, Турбина-отца, послужил двоюродный дядя Л. Н. Толстого Федор Иванович Толстой (1782–1846), которого писатель видел лишь однажды в детстве, но прекрасно знал по рассказам. Жизнь Ф. И. Толстого была причудлива и необычна. Человек бесшабашного нрава, с авантюристическими наклонностями, картежник и дуэлянт, он участвовал в 1803–1806 гг. в первом русском кругосветном плавании, возглавляемом Крузенштерном; за недостойное поведение был высажен на берег в районе Алеутских островов (за что получил прозвище «Американец») и через Сибирь вернулся в Петербург. «Ночной разбойник, дуэлист, в Камчатку сослан был, вернулся алеутом, и крепко на руку не чист», — писал о нем Грибоедов в «Горе от ума». Одно время Толстой-«Американец» был в дружеских отношениях с Пушкиным; после того как он распространил о поэте сплетню, Пушкин высмеял его в эпиграмме и в стихотворении «Чаадаеву», назвав «картежным вором». Л. Н. Толстой относился к своему двоюродному дядюшке более снисходительно. «Помню его прекрасное лицо, бронзовое, бритое, с густыми бакенбардами до углов рта, а также белые курчавые волосы, — вспоминал он. — Много хотелось бы рассказать про этого необыкновенного, преступного и привлекательного человека» (т. 3, с. 329).

Стр. 21. *Толстая* Мария Николаевна (1830–1912) — сестра Л. Н. Толстого.

Стр. 21. *Эпиграф* — из «Песни старого гусара» Д. В. Давыдова, партизана и поэта (1784–1839). *Жомини* Генрих (1779–1869) — швейцарский стратег и военный писатель, участвовал в войнах Наполеона.

Стр. 21. *Мартинисты* — от имени французского философа-мистика Сен-Мартена (1743–1803); разновидность масонства.

Стр. 21. *Тугендбунд* (нем. Tugendbund) — «союз доблести» — патриотическое общество, созданное в Германии в 1803 г. для поддержания духа немцев во время наполеоновской оккупации Германии.

Стр. 21. *Милорадович* М. А. (1771–1825) — генерал, участник войны 1812 г.

Стр. 22. *...Блюхера, огромную... собаку.* — Кличка дана собаке по имени знаменитого прусского фельдмаршала Блюхера (1742–1819), ненавидевшего Наполеона и прозванного за свою решительность Маршал-«Вперед».

Стр. 45. *«Восстание в серале»* — балет с участием знаменитой итальянской танцовщицы М. Тальони (1804–1884), поставленный в Москве в 1840 г.

УТРО ПОМЕЩИКА

Рассказ представляет собою первую часть задуманного Толстым «помещичьего» романа, который он мыслил «полезной и доброй книгой» и которому придавал большое социально-нравственное значение. Замысел этого произведения, первоначально названного «Романом русского помещика», возник в июле 1852 г., когда Толстой записал в дневнике: «Обдумываю план помещичьего романа с целью». «В романе своем я изложу зло правления русского... Основания романа русского помещика: *Герой ищет осуществления идеала счастия и справедливости в деревенском быту. Не находя его, он, разочарованный, хочет искать его в семейном. Друг его, она, наводит его на мысль, что счастие состоит не в идеале,* а в постоянном, жизненном труде, имеющем целью — счастие — других» (т. 46, с. 145,

137, 146). Толстой ставил себе четкую задачу, готовясь писать программную, «догматическую» (как он сам выразился) вещь. Он так увлекся идеей будущего романа о помещике, что записал в дневнике: «Решительно совестно мне заниматься такими глупостями, как мои рассказы, когда у меня начата такая чудная вещь, как Роман помещика. Зачем деньги, дурацкая литературная известность. Лучше с убеждением и увлечением писать хорошую и полезную вещь…» (т. 46, с. 152).

С 23 сентября по конец декабря 1852 г. был написан первый вариант «Утра помещика». В нем встречались прямолинейно-назидательные, «догматические» фразы, говорившие о заданной *цели* произведения, например: «Больно смотреть, как иностранные артисты, девки, магазинщики, художники за вещи, не имеющие никакой положительной ценности, получают через руки наших помещиков трудом и потом добытые кровные деньги русского народа и, самодовольно посмеиваясь, увозят их за море, к своим соотечественникам». Или слова, относящиеся к Давыдке Белому: «…но родись он в другой сфере, в которой беспрерывный тяжелый труд не есть существенная необходимость, кто знает, чем бы он был?.. Давыдку забили» (т. 4, с. 314, 349).

1 ноября 1853 г. Толстой сделал запись, говорившую о том, что он намеревался наделить героя автобиографическими чертами: «Бывают лица, к числу которых принадлежит и мое, и каким я хочу выставить героя романа русского помещика, которые чувствуют, что они должны казаться гордыми, и чем более стараются выказать на своем лице выражение равнодушия, тем более кажутся надменными» (т. 46, с. 190).

В декабре 1853 г. мысль романа еще более прояснилась, и 22 декабря Толстой написал «Предисловие не для читателя, а для автора», свидетельствующее о широте замысла. «Главное, основное чувство, — говорилось в «Предисловии», — которое будет руководить меня в этом романе, — любовь к деревенской помещичьей жизни. — Сцены столичные, губернские и кавказские все должны быть проникнуты этим чувством — тоской по этой жизни. Но прелесть деревенской жизни, которую я хочу описать, состоит не в спокойствии, не в идиллических красотах, но в прямой цели, которую она представляет, — посвятить жизнь свою *добру,* — и в простоте, *ясности* ее. Главная мысль сочинения: счастие есть добродетель. ... Побочная мысль: как трудно делать добро и как его нужно делать...»

Главный герой — «человек добрый, благородный и восприимчивый, увлекающийся всем и до того пылкой, что даже добрые начала приносят вред ему».

По плану, которым завершалось «Предисловие», после обхода молодым помещиком деревни должна была развернуться картина его жизни, его любовь, непонимание теткой, его ошибочные стремления «найти мудрость в советах мужиков-стариков», ибо он соприкасается с ними лишь урывками, а не «в постоянном сожитии» (т. 4, с. 363-364).

Но свой «догматический» замысел Толстой осуществлять не стал, он лишь переделал немного первые главы, затем отложил работу над произведением. Лишь 1 августа 1855 г. он заносит в дневник: «Сегодня, разговаривая со Сталыпиным[1] о рабстве в России, мне еще ясней, чем прежде, пришла мысль сделать мои *4 эпохи истории русского помещика, и сам я буду этим героем в Хабаровке.* Главная мысль романа должна быть *невозможность жизни правильной помещика образованного нашего века с рабством.* Все нищеты его должны быть выставлены и средства исправить указаны» (т. 47, с. 58) (курсив мой. — *А. С.).*

В этих словах сливаются воедино два толстовских замысла. Первый — написать цикл автобиографических произведений, которые Толстой называл «Четыре эпохи развития», из которого было уже написано «Детство» и «Отрочество», оканчивалась «Юность» и обдумывалась «Молодость». Из приведенной записи видно, что Толстой решил «Молодость» и сделать романом о молодом помещике, теперь уже не различая «догматическое» и «не догматическое» назначение его.

---

[1] А. Д. Столыпин (1821–1899) — участпик Севастопольской обороны, приятель Толстого.

В 1856 г., приехав из Севастополя, он познакомился с издателем журнала «Отечественные записки» А. А. Краевским (1810–1889) и обещал дать ему в журнал написанное начало романа о русском помещике. В связи с этим он опять начал его обдумывать и летом 1856 года занес в записную книжку наброски дальнейшего его замысла: «Как ему сначала все показалось трудно, потом немного омерзительно, потом приятно, легко, вследствие будто одоленных трудностей, а потом невозможно» (т. 47, с. 182).

С 11 по 27 ноября 1856 г. Толстой лишь исправил написанное в 1852 и переделанное в 1854 г. и назвал произведение «Утром помещика». Все это время он думал о продолжении его; 18 ноября 1856 г. записал: «К роману русского помещика. Он мечтает о счастии семейном, жена в белом капоте, потом едет трепаться по Русской жизни» (там же, с. 199). И, спустя уже несколько месяцев после опубликования «Утра помещика», Толстым было записано: «Никакая мне мысль столько не улыбалась, как роман русской помещичьей жизни» (там же, с. 215). Однако «помещичьего» романа Толстой так и не написал.

В главе V рассказа Толстой изобразил А. И. Соболева, вольноотпущенного крестьянина, управляющего Ясной Поляной, горького пьяницу; в главе XIII вывел свою кормилицу, А. Н. Зябреву (ум. 1868), жену яснополянского крестьянина О. Н. Зябрева, приказчика и управляющего усадьбой Толстого, а также и его самого.

Стр. 88. *«Maison rustique»* — Толстой имеет в виду трактат французского ученого Ж.-А. Биксио (1808–1865) «Maison rustique du XIX siecle» («Ферма XIX столетия»), вышедший в свет в 1837 г.

Стр. 93. *Герардовские избы* — избы, построенные по типу, изобретенному сельским хозяином А. И. Герардом (ум. 1830).

Стр. 101. *Столовый запас* — податная повинность крепостных доставлять помещику корм для скота.

ТРИ СМЕРТИ

Рассказ был написан за несколько дней в январе 1858 г. Идею его Толстой истолковал в письме от 1 мая 1858 г. к своей тетке, А. А. Толстой (1817–1904). Возражая на то, что она смотрит на рассказ «с христианской точки зрения», Толстой писал: «Моя мысль была: три существа умерли — барыня, мужик и дерево. — Барыня жалка и гадка, потому что лгала всю жизнь и лжет перед смертью. Христианство, как она его понимает, не решает для нее вопроса жизни и смерти. Зачем умирать, когда хочется жить? В обещания будущие христианства она верит воображением и умом, а все существо ее становится на дыбы, и другого успокоенья (кроме ложно-христианского) нету, — а место занято. Она гадка и жалка.

Мужик умирает спокойно, именно потому что он не христианин. Его религия другая, хотя он, по обычаю, и исполнял христианские обряды; его религия — природа, с которой он жил. Он сам рубил деревья, сеял рожь и косил ее, убивал баранов, и рожались у него бараны, и дети рожались, и старики умирали, и он знает твердо этот закон, от которого он никогда не отворачивался, как барыня, и прямо, просто смотрел ему в глаза. ...Дерево умирает спокойно, честно и красиво. Красиво, — потому что не лжет, не ломается, не боится, не жалеет. — Вот моя мысль...» (т. 60, с. 265–266).

ХОЛСТОМЕР

Главный «герой» этой повести имел своего реального «прототипа». Как вспоминает близкий знакомый семьи Толстых, орловский помещик и коннозаводчик А. А. Стахович, в начале пятидесятых гг. ему рассказывали о «необыкновенной резвости Холстомера, пробегавшего 200 сажен в 30 секунд, еще в начале восьмисотых годов в Москве на Шабловском бегу графа А. Г. Орлова-Чесменского» (т. 26, с. 663). Брат А. А. Стаховича, писатель М. А. Стахович, собирался написать о Холстомере повесть; смерть в 1858 г. помешала ему это сделать. В предполагавшейся повести должно было говориться о том, «как покупает Холстомера на Хреновском аукционе богач московский купец... потом переходит он к лихому гвардейцу времен императора Александра Павловича, который дарит знаменитого пегого столь же знаменитому Илье, главе цыганского хора. Возил «Холстомер» и цыганку Танюшу, восхищавшую своим пением А. С. Пушкина, потом попадает он к удалу молодцу-разбойничку, а под старость, уже разбитый жизнью — к сельскому попу, потом в борону мужика и умирает под табунщиком». Это и было рассказано Толстому. «В 1859 или в 1860 году ехал я с Львом Николаевичем на почтовых из Москвы в Ясную Поляну. Дорогой рассказал я сюжет повести «Похождения пегого мерина», которую не успел дописать покойный брат, и мне показалось, что мой рассказ заинтересовал графа» (т. 26, с. 663, 664).

За «историю лошади» Толстой принялся в 1861 г.; работа шла довольно вяло; в 1863 г. он признавался, что «мерин не пишется, фальшиво». Тем не менее первая редакция повести, под названием «Хлыстомер», была в 1863 г. написана, однако не напечатана.

Лишь в 1885 г. Софья Андреевна, жена Толстого, предпринявшая пятое издание собрания его сочинений, включила повесть в третий том. За несколько недель Толстой переработал повесть и создал вторую ее редакцию. По сюжету она совпадает с первой (за исключением смерти Серпуховского, — в редакции 1863 г. он уезжает); однако в ней усилено обличительное звучание. Так, например, размышлениям Холстомера о преступной и несправедливой собственности у людей дана характерная для позднего Толстого философская окраска. Изменился образ Серпуховского. Если в первой редакции он — обаятельный и беспечный весельчак («кто счастлив, тот и прав», — как записал Толстой в дневнике 1863 г.), то в редакции 1885 г. это уже ничтожный прожигатель жизни, нравственный урод. Его старость — грязна, а смерть — отвратительна, в противоположность жалкой, но трогательной старости и гибели Холстомера.

ОТЕЦ СЕРГИЙ

Произведение создавалось в два приема: в 1890–1891 гг. и в 1898 г.

Впервые Толстой упомянул в дневнике о своем желании написать «историю жития» и «соблазнения», о том, что «рука сжигается пустынником», в феврале 1890 г. Весной 1890 г., обдумывая этот замысел, писатель посетил Оптину пустынь, откуда вынес отрицательное впечатление. Он записал в дневнике о монахах: «Горе их, что они живут чужим трудом. Это святые, воспитанные рабством» (т. 51, с. 23).

В 1890 г. Толстой сделал первый краткий набросок повести и послал его В. Г. Черткову, который все время побуждал его писать «житие». В этой первоначальной редакции бегло рассказывалось о судьбе Касатского, о его уходе в монастырь; оканчивалась она приездом веселящейся компании к келье отца Сергия. «Надо рассказать все, что было у него в душе, — записывает он в дневнике в октябре 1890 г., — зачем и как он пошел в монахи. Большое самолюбие (Кузминский и Урусов), честолюбие и потребность безукоризненности» (т. 51, с. 98). Толстой упоминает А. М. Кузминского (1843–1917), мужа сестры С. А. Толстой, Т. А. Берс, а также своего друга, тульского вице-губернатора Л. Д. Урусова (ум. 1885), которых он хорошо знал и от которых взял некоторые черты для своего героя.

К началу 1891 г. Толстому стало ясно, что идейный упор повести должен быть сделан не на «соблазнении», как ему первоначально представлялось, а на борьбе с человеческим тщеславием. «Борьба с похотью тут эпизод, или скорее одна ступень; главная борьба с другим — с славой людской», — пишет он Черткову 16 февраля 1891 г. (т. 87, с. 71). На прояснение идеи «Отца Сергия» оказала влияние работа Толстого над книгой «Царство божие внутри вас», которую он в то время вел. 10 июня 1891 г. Толстой сделал в дневнике важнейшую запись: «К Отцу Сергию. Он узнал, что значит полагаться на бога только тогда, когда совсем безвозвратно погиб в глазах людей (во второй редакции отец Сергий, согрешив с купеческой дочерью, убивает ее. — *А. С.).* Только тогда он узнал твердость, полную жизни. Явилось полное равнодушие к людям и их действиям. Его берут, судят, допрашивают, спасают, — ему все равно. — Два состояния: первое — славы людской — тревога, второе — преданность воле божьей, полное спокойствие» (т. 52, с. 39). Эта мысль сохранилась в последней редакции «Отца Сергия».

Спустя семь лет, 17 июля 1898 г., Толстой сделал запись, в которой отражена окончательная идея произведения: «К отцу Сергию. Один хорош — с людьми падает. Какое очевидное заблуждение: жить для целей земных... Нет успокоения ни тому, который живет для мирских целей среди людей, ни тому, который живет для духовной цели один. Успокоение только тогда, когда человек живет для служения богу среди людей» (т. 53, с. 204).

В редакции 1898 г. Толстой развил повествование о невесте Касатского, убрал сцену убийства Марьи, ввел эпилог. Но все же он не отдал в печать «Отца Сергия», так как считал, что повесть доведена до той стадии, когда в ней все «связано и последовательно. Но хочется отделывать», — как он писал в письме к Черткову от 31 августа 1902 г. (т. 88, с. 274). Этого намерения Толстой не осуществил. В. Г. Чертков издал «Отца Сергия» после смерти Толстого, в 1911 г.

Стр. 204. *Проскомидия* — первая часть православной литургии.

Стр. 206. *Канонарх* — дьякон.

Стр. 224 *Преполовение* — праздник между пасхой и троицей.

ХАДЖИ-МУРАТ

Хаджи-Мурат (ок. 1812–1852) — один из самых энергичных и бесстрашных борцов национально-освободительного движения на Кавказе, возглавляемого Шамилем (1798–1871), против колониальной политики русского правительства. Судьба и характер

Хаджи-Мурата были исполнены сложнейших противоречий. Родился он в Аварии; в 1834 г. принял участие в убийстве Гамзат-бека (1789-1834), предводителя дагестанских горцев и предшественника Шамиля, мстя ему за убийство своего молочного брата. После этого Хаджи-Мурат был принят на службу в русскую армию с чином прапорщика и назначен правителем Аварии. Однако, по ошибочному подозрению в измене и в сношениях с Шамилем, он был арестован, бежал и в 1838 г. перешел к Шамилю, который сделал его своим наибом (наместником) в Аварии. В ноябре 1851 г. Хаджи-Мурат поссорился с Шамилем и перешел на сторону русских.

Обо всем этом, а также о приезде Хаджи-Мурата в Тифлис, Толстой, в то время также находившийся в Тифлисе, узнал из газет и назвал его поступок подлостью (т. 35, с. 583).

Желая спасти свою семью, оставшуюся в плену у Шамиля, Хаджи-Мурат в апреле 1852 г. бежал от русских и был убит. События последних месяцев жизни Хаджи-Мурата и легли в основу толстовской повести.

Работа над «Хаджи-Муратом» занимает совершенно особое место в творчестве Толстого. Эта «кавказская история» не оставляла воображение писателя, по его признанию, долгие годы. Создание этого небольшого произведения заняло (с перерывами) восемь лет. Не говоря о множестве устных и рукописных свидетельств и воспоминаний, о массе выписок, делавшихся по просьбе Толстого, а также материалов, которые собирались для него друзьями и близкими из архивов и библиотек, им самим было просмотрено свыше восьмидесяти печатных исторических источников и использовано из них около сорока. Уже написав повесть, но не переставая мысленно возвращаться к ней, Толстой не прекращал изучения исторических материалов. Рукопись «Хаджи-Мурата», которую он так и не считал отделанной до конца, он до последнего дня держал при себе, надеясь, по-видимому, вернуться к работе над нею.

За повесть Толстой принялся летом 1896 г. О том, что побудило его начать эту работу, говорит запись в дневнике от 19 июля 1896 г.:

«Вчера иду по передвоенному черноземному пару. Пока глаз окинет — ничего кроме черной земли — ни одной зеленой травки. И вот на краю пыльной, серой дороги куст татарина (репья), три отростка: один сломан, и белый, загряз-пенный цветок висит; другой сломан и забрызган грязью, черный стебель надломлен и загрязнен; третий отросток торчит вбок, тоже черный от пыли, но все еще жив и в серединке краснеется. — Напомнил Хаджи-Мурата. Хочется написать. Отстаивает жизнь до последнего, и один среди всего поля, хоть как-нибудь, да отстоял ее» (т. 53, с. 99—100). Эта запись легла в основу пролога к повести, который Толстой сохранял на всех этапах работы над нею. 14 августа 1896 г. Толстой окончил *первый вариант* повести, которую назвал «Репей». Это — небольшой рассказ, повествующий о пребывании Хаджи-Мурата в крепости Таш-Кичу; в нем выведены фигуры Ивана Матвеевича и Марьи Дмитриевны; появляется Каменев, товарищ Ивана Матвеевича, с отрубленной головой Хаджи-Мурата; рассказ о его гибели (общий сюжет которого совпадает с историческими фактами и с окончательной редакцией повести). Других действующих лиц в «Репье» нет; образ Хаджи-Мурата очерчен весьма бегло, так как в то время Толстой располагал довольно скудными сведениями о нем.

Написанным Толстой остался недоволен и занялся изучением материалов, для чего просил помощи у критика В. В. Стасова (1824-1906), присылавшего ему книги из Петербургской публичной библиотеки. «Главное нужно мне историю, географию, этнографию Аварского ханства в нынешнем столетии», — писал он Стасову (т. 35, с. 588). Стасов сам сделал выписки для Толстого из 20-томного «Сборника материалов для описания местностей и племен Кавказа». Много необходимого почерпнул Толстой из книг А. Л. Зиссермана «Двадцать пять лет на Кавказе».

Помимо задуманного Толстым расширения повествования, по мере знакомства его с бытом, историей, религией горцев, он продолжал размышлять над образом главного героя, над истоками контрастов его характера, уже далеко не однозначно относясь к его измене Шамилю, как в 1851 г. «Вчера думал очень хорошо о Хаджи-

Мурате, — писал он в дневнике от 4 апреля 1897 г., — о том, что в нем, главное, надо выразить обман веры» (т. 53, с. 144).

В октябре — ноябре 1897 г. Толстой написал начало (4 главы) *второй* (незаконченной) *редакции* «Репья». Здесь появился новый эпизод: выход солдат в секрет, выведен молодой Воронцов и его жена, описана ссора Воронцова с Меллер-Закомельским, обрисован Полторацкий (1828–1889), генерал-майор, участвовавший в экспедициях и сражениях в Большой и Малой Чечне в 1847–1854 гг., чьими воспоминаниями пользовался Толстой.

Спустя несколько дней после окончания этих глав Толстой записал в дневнике: «Думал в pendant к Хаджи-Мурату написать другого русского разбойника... чтоб он видел всю незаконность жизни богатых» (т. 53, с. 161) (этот замысел был осуществлен в рассказе «Фальшивый купон»).

В ноябре 1897 — январе 1898 г. были написаны незаконченный *третий* вариант повести и наброски *четвертого* и *пятого.* В четвертой редакции повесть названа «Хаджи-Мурат»; в нее введены новые действующие лица и новые эпизоды: прием Воронцовым Хаджи-Мурата, рассказ Хаджи-Мурата Лорис-Меликову о своем прошлом и др. Одновременно Толстой не переставал собирать и изучать материалы по Кавказу.

К февралю 1898 г. относится *шестой* вариант «Хаджи-Мурата», являющий собою извлечения из первой, второй и пятой редакций. Толстой предполагал напечатать более или менее готовые отрывки из повести в заграничном издании В. Г. Черткова «Свободное слово», выпускавшем запрещенные в России произведения. Этому варианту Толстой дал название «Хазават»; Хаджи-Мурат был выведен тут как фанатик-мусульманин, следующий хазавату — священной борьбе против иноверцев. Четырежды переделав «Хазават», Толстой так и не послал его Черткову.

В феврале — марте 1898 г. Толстой сделал важнейшую дневниковую запись, которая во многом предопределила дальнейшую работу над образом Хаджи-Мурата: «Одно из самых обычных заблуждений состоит в том, чтобы считать людей добрыми, злыми, глупыми, умными. Человек течет и в нем есть все возможности: был глуп, стал умен, был зол, стал добр и наоборот. В этом величие человека. И от этого нельзя судить человека. Какого? Ты осудил, а он уже другой. Нельзя и сказать: не люблю. Ты сказал, а оно другое…» (т. 53, с. 179).

После этого работа над «Хаджи-Муратом» прервалась.

Спустя три года, в феврале 1901 г., Толстой взялся за «Хаджи-Мурата» по просьбе С. А. Толстой, которая хотела прочитать на благотворительном вечере новую его художественную вещь. Вместо того чтобы дать отрывок из уже написанного, Толстой, увлекшись, стал переделывать первую редакцию — «Репей». Две переписки «Репья» с новыми добавлениями составили *седьмой* и *восьмой* варианты повести; оба были возвращением назад, ибо ни Воронцова, ни других исторических лиц здесь не было, и произведение носило более частный характер. Изменения, которые Толстой сделал в повести, он сам находил «скверными», ибо взялся за них «не по своей воле» (т. 54, с. 90).

Как это бывало не однажды, не удовлетворивший Толстого вариант завершался выводом, который писатель применял при последующих подступах к произведению. Так и вскоре после неудачи с «Хазаватом» Толстому открылись новые возможности лепки характеров. В мае 1901 г. он записал: «Я в первый раз понял ту силу, какую приобретают типы от смело накладываемых теней. Сделаю это на Хаджи-Мурате и Марье Дмитриевне» (т. 54, с. 97), — что и было осуществлено в последующих редакциях.

Более года после того Толстой не работал над «Хаджи-Муратом», хотя и не оставлял мысли о нем. Характерны такие слова писателя из письма его от 18 марта 1902 г.: «…совершенно неожиданно для меня все обдумываю самую неинтересную для меня вещь — Хаджи-Мурата» (т. 73, с. 2, 28). Не прекращал Толстой и изучения источников, в частности, книги Е. Верде-ревского «Плен у Шамиля», СПб., 1856.

Летом 1902 г. он заново приступил к работе над повестью, для чего пересмотрел все ее рукописи, и приблизительно за месяц создал *девятый* ее вариант. В повесть были введены новые подробности о главном герое, впоследствии отброшенные.

В августе — сентябре 1902 г., отобрав отрывки из предыдущих рукописей повести, Толстой создал *десятую* — основную — редакцию «Хаджи-Мурата». Заново были написаны, в частности, главы XV — о Николае и XX — о Шамиле. Много работал Толстой над речью Хаджи-Мурата, что трудно давалось ему, так как он не знал, говорил ли Хаджи-Мурат по-русски, и не имел возможности воссоздать его речь по историческим документам, в которых она записана протокольно-канцелярским языком. В это время Толстому потребовались подробная карта Чечни и Дагестана, биография Воронцова и самое главное — материалы о Николае I. Глава о нем была написана, но не завершена за недостатком материалов. В ожидании их (Толстой просил о присылке нескольких человек) он приостановил работу над «Хаджи-Муратом», решив не печатать его при своей жизни. Он предвидел, что главы о Воронцове и особенно о Николае, над которыми он еще собирался работать, цензура не пропустит.

Однако вчерне повесть была завершена, и слухи об этом, а также и о намерении автора не печатать ее, проникли в газеты.

В ноябре 1902 г. Толстой сильно правил десятую редакцию, особенно главу о Николае I, к которой ему по-прежнему недоставало источников; о присылке их он просил, в частности, В. В. Стасова. Затем работа над повестью прервалась (Толстой болел), но изучение материалов не прекратилось. 10 декабря 1902 г. Толстой сделал в дневнике запись, из которой вырос образ Николая: «Вся жизнь его, от того страшного часа, когда люди присягали ему, и до того часа, когда он лежал с отпуском грехов по голову, — была сплошным не перестающим рядом прегрешений» (т. 54, с. 336). Однако в конце декабря Толстой обдумывает не образ Николая, а сосредотачивается на личности Хаджи-Мурата. Поводом послужило письмо И. И. Корганова (сына уездного начальника города Нухи, в чьем доме жил Хаджи-Мурат перед бегством) с предложением описать все, что ему, тогда десятилетнему мальчику, запомнилось о Хаджи-Мурате. Толстой горячо откликнулся на его письмо: «Простите, что вместо того, чтобы быть просто благодарным вам за вашу любезность, я еще позволяю себе заявлять свои желания, но когда я пишу историческое, я люблю быть до малейших подробностей верным действительности. На всякий случай выпишу несколько вопросов… 1) Жил ли Хаджи-Мурат в отдельном доме или в доме вашего отца? Устройство дома. 2) Отличалась ли чем-нибудь его одежда от одежды обыкновенных горцев? 3) В тот день, как он бежал, выехал ли он и его нукеры с винтовками за плечами или без них?.. Чем больше сообщите мне подробностей, как бы незначительны они ни казались вам, тем более буду благодарен» (т. 73, с. 353). В ответ И. И. Корганов прислал свои воспоминания, в которых, в частности, писал: «…Хаджи-Мурат был большого роста, плотно сложенный, красавец, с остриженной черной бородой, конечно, крашеной, ходил в белой черкеске, щеголем… Он жил у нас в казенном двухэтажном доме, в нижнем этаже, ежедневно обедал с нами за общим столом, ел мало, ничего не пил (из вин). Жидкой пищи не ел. Когда подавали ему, как гостю, первому, он ни за что не брал с блюда первым, ждал, когда возьмет моя мать, сидевшая рядом, и он с блюда пилава (который готовился ежедневно) брал заметно из того самого места, с которого брала моя мать… мне объяснили, что это обычай на востоке из боязни быть *отравленным*… Послеобеденные прогулки совершались ежедневно… В день бегства мы отъехали более версты, у самой опушки леса Хаджи-Мурат выхватил пистолет и на месте выстрелом убил одного из казаков… Отец мой выступил с двумя ротами солдат около шести часов вечера и, благодаря тому, что он, как инженер, знал хорошо топографию уезда и все тропинки… перерезал ему дорогу и настиг в лесу, где началась огнестрельная перестрелка… Рассказывали, что Хаджи-Мурат получил четырнадцать пуль в грудную область и все еще не сдавался. После каждой пули он затыкал дыру каким-то удивительным восточным пластырем и как будто не чувствовал раны. Так живьем он не дался» (т. 74, с. 8–9). Корганов посоветовал Толстому обратиться к его матери, обладающей хорошей памятью, и 8 января 1903 г. Толстой написал А. А. Коргановой письмо с такими вопросами о Хаджи-Мурате: «1) Говорил ли он хоть немного по-русски? 2) Чьи были лошади, на которых он хотел бежать? Его собственные или данные ему? И хорошие ли это были лошади и какой масти? 3) Заметно ли он хромал? 4) Дом, в котором жили вы наверху, а он внизу, имел ли при себе сад? 5) Был ли он строг в исполнении магометанских обрядов: пятикратной молитвы и др.?.. 6) Какие были и чем отличались те мюриды, которые были и бежали с Хаджи-Муратом?.. 7) Когда они бежали, были ли на них ружья?» (там же, с. 10–11). То немногое, что вспомнила А. А. Корганова, она передала Толстому через С. Н. Шульгина (1861–1929), педагога и историка, собиравшего для Толстого в тифлисских архивах материалы к «Хаджи-Мурату».

Параллельно с этим Толстой усиленно работает над образом Николая I. «Я пишу не биографию Николая, но несколько сцен из его жизни мне нужны в моей повести «Хаджи-Мурат», — писал Толстой 26 января 1903 г. своей родственнице А. А. Толстой, лично знавшей Николая, в ответ на ее предложение помочь ему. — А так как я люблю писать только то, что я хорошо понимаю ... то мне надо совершенно, насколько могу, овладеть ключом к его характеру» (т. 74, с. 24). Интересовали Толстого также распоряжения Николая I, касающиеся Хаджи-Мурата, и «вообще о ведении Кавказской войны во время наместничества Воронцова. Сколько я знаю, Николай сначала в 45 году требовал решительных действий, а потом, противореча сам себе и не замечая этого, требовал медленного воздействия на горцев вырубкой лесов и набегами» (там же, с. 50).

В 1903–1904 гг. Толстой просмотрел огромное количество исторических материалов об эпохе Николая I и о нем самом. Им были изучены и попользованы выписки, сделанные для него В. В. Стасовым из камер-фурьерских журналов конца 1851–1852 гг. (потом Толстой потребовал журналы и просматривал их сам); тома журналов «Русская старина» и «Исторический вестник» со статьями, относящимися к царствованию Николая; «Свод законов 1852 г.», книга Н. К. Шпльдера «Император Николай, его жизнь и царствование». СПб., 1903, и другис.

Дело в том, что во время работы над XV главой «Хаджи-Мурата» (т. е. с августа — сентября 1902 г.), у Толстого возник замысел:

изобразить *психологию деспотизма.* Летом 1903 г. в письме к П. И. Бирюкову он сообщал: «...бьюсь над главою о Николае Павловиче, которая если и будет непропорциональна, но мне очень кажется важна, служа иллюстрацией моего понимания власти» (т. 74, с. 140). Более подробно Толстой поделился своими мыслями с приезжавшим к нему летом 1903 г. С. Н. Шульгиным, который так передает его слова: «Меня здесь занимает не один Хаджи-Мурат с его трагической судьбой, но и крайне любопытный параллелизм двух главных противников той эпохи — Шамиля и Николая. ... В частности же в Николае поражает одна черта — он сам себе часто противоречит, совсем того не замечая и считая себя всегда безусловно правым. Так, видно, воспитала его окружающая среда, дух разлитого вокруг него подобострастного угодничества!» («Л. Н. Толстой в воспоминаниях современников», т. II. М., 1955, с. 162-163).

Толстой изучил так много материалов о Николае I, что у него возникла мысль обрисовать его не только в поздний, но и в ранний период жизни; ему казалось, что написанное о царе (чем он, правда, не был удовлетворен) выльется в отдельное произведение. Так, 7 мая 1904 г. он делает в своем дневнике запись: «Мне всё больше и больше кажется, что нужно и есть что сказать о причинах подавления духовной жизни людей и средствах избавления. Все то же старое: причина всего — насилие, и средство избавления: религия, т. е. сознание своего отношения к Богу. То же хочется выразить в художественной форме. Николай I и декабристы. Читаю много хорошего по этому» (т. 55, с. 32). На следующий день в письме к В. В. Стасову он пишет: «...занят Николаем I и вообще деспотизмом, психологией деспотизма, которую хотелось бы художественно изобразить в связи с декабристами» (т. 75, с. 103). Замысел этот остался неосуществленным; не было создано и отдельного произведения о николаевской эпохе из того, что было написано в связи с XV главой. Глава эта была оставлена в том виде, в каком Толстой решил ее дать летом 1903 г.

С, осени 1902 г. Толстой несколько раз вносил исправления в десятую редакцию повести. Последний раз он исправлял ее (воспоминания Хаджи-Мурата о своем сыне Юсуфе) в декабре 1904 г. и больше к работе над рукописью не возвращался.

Однако интереса к судьбе Хаджи-Мурата Толстой не утратил. 28 января 1905 г. он продиктовал С. А. Толстой: «История Хаджи-Мурада такая.

Это был храбрый аварец, который одно время служил русскому правительству. Генералу Клюгенау, стоявшему с русскими войсками в Аварии, было донесено, что Хаджи-Мурад изменяет русскому правительству: Клюгеиау велел арестовать и заковать Хаджи-Мурада и привезти его к себе. Но на пути Хаджи-Мурад спрыгнул с высокой скалы, увлекши за собой ведшего его солдата, который убился насмерть; сам же он остался жив, но разбился и сломал ногу. ... Был один из самых смелых и храбрых наибов, делал блестящие набеги на русские владения...

Так как он внушал большой страх кавказским жителям, голову его возили и показывали в разных местах Кавказа» (т. 35, с. 556).

Летом 1905 г. Толстой получил от П. А. Картавова, комиссионера Публичной библиотеки в Петербурге, портрет, сделанный по рисунку Коррадини с головы мертвого Хаджи-Мурата. «Такого я его себе представлял, — сказал Толстой. — ...Хаджи-Мурат — это мое личное увлечение» (т. 75, с. 256).

Стр. 249. *Воронцов* С. М. (1823-1882) — флигель-адъютант, в 1851 г. командир Куринского егерского полка.

Стр. 273. *Меллер-Закомелъский* П. П. (1806-1869) — командир Куринского егерского полка; в 1851 г. — начальник войск в крепости Воздвиженской.

Стр. 284. *Воронцов* М. С. (1782-1856) — наместник Николая I на Кавказе, пользовавшийся неограниченной властью.

Стр. 289. *Мюрат* Иоахим (1771-1815) — маршал Наполеона.

Стр. 291. Клюки-фон-*Клюгенау* В. К. (1791–1851) — генерал, в 40-е гг. командующий войсками Северного Дагестана.

Стр. 293. *Лорис-Меликов* М. Т. (1825–1888) — в 50-х гг. адъютант М. С. Воронцова.

Стр. 296. *Кази-мулла* (1795–1832) — первый имам Чечни, проповедник хазавата.

Стр. 308. *Воронцов писал… Чернышеву.* — Толстым приводится подлинное письмо Воронцова (в переводе с французского) А. И. Чернышеву (1786–1857), военному министру.

Стр. 313. *Чернышев* Захар (1797–1862) — декабрист, член Северного тайного общества. Несмотря на то, что в событиях 14 декабря 1825 г. не участвовал, был приговорен к каторге и затем к ссылке на поселение, — как считали современники, из-за интриги его однофамильца, военного министра А. И. Чернышева, пытавшегося завладеть его наследством.

Стр. 313. *Долгорукий* В. А. (1804–1868) — в 1848–1853 гг. товарищ военного министра.

Стр. 319. *Ермолов* А. П. (1777–1861) — генерал, командир Отдельного кавказского корпуса.

Стр. 319. *Вельяминов* А. А. (1785–1838) — при Ермолове начальник штаба Отдельного кавказского корпуса.

Стр. 323. *Волконский* П. М. (1776–1852) — министр двора и уделов.

Стр. 323. *Ливен* В. К. (1800-1880) — генерал-адъютант, прибалтийский генерал-губернатор.

Стр. 326. *Бутлер* — Прототипом его послужил Ф. Ф. Кутлер (1828-1858), офицер Куринского полка.

Стр. 348. *Барятинский* А. И. (1814-1879) — генерал, в 1851-1853 гг. начальник левого фланга кавказской линии, впоследствии — главнокомандующий кавказской армией, принудивший в 1859 г. к сдаче Шамиля.

Стр. 349. *Козловский* В. М. (1796-1873) — генерал, исполнявший в 1851 г. должность командующего войсками левого фланга кавказской армии.

ЗА ЧТО?

Рассказ «За что?» был написан для издаваемого Толстым в 1905-1908 гг. сборника «Круг чтения». Туда Толстой включал не только свои произведения, но и произведения (и отрывки из них) великих мыслителей, художников и философов мира на социально-исторические, нравственные, религиозные и философские темы и таким образом подбирал их, чтобы составить чтение «на каждый день». «Что может быть драгоценнее, как ежедневно входить в общение с мудрейшими людьми мира», — говорил он (т. 42, с. 575).

О драматической истории ссыльного поляка Мигурского и его жены Альбины Толстой узнал из книги С. М. Максимова «Сибирь и каторга» и, под сильнейшим ее впечатлением, сразу же приступил к работе над рассказом на этот сюжет. Как обычно при работе над историческими произведениями, Толстому нужны были мельчайшие достоверные подробности: например, точная длина пути от Уральска до Саратова, нужно ли переезжать при этом реку Урал; о пределах местности, где происходило польское восстание 1831 г., захватило ли оно Гродненскую губернию и т. п. Помощь в подборе материалов

Толстому оказывали критик В. В. Стасов, профессор-языковед И. А. Бодуэн де Куртенэ, академик А. А. Шахматов. «Надо прочесть много книг, чтобы написать пять строк, разбросанных по всему рассказу», — говорил Толстой (там ж е, с. 627).

Первоначально Толстой назвал рассказ «Непоправимо». Он переделывал его пятнадцать раз, все более углубляя психологическую характеристику главных героев. Из книги Максимова Толстой взял основной сюжет, главных действующих лиц, описание, как прогнали сквозь строй ссыльных поляков в Сибири за попытку к восстанию. По сравнению с очерком Максимова Толстой ввел новые действующие лица: семью Альбины, ссыльного поляка Росоловского, а также подробно описал совершившего низость и раскаявшегося казака, везшего Мигурских.

Толстой работал над рассказом с января 1906 г., а в апреле уже держал корректуру.

Уже после смерти Толстого, в 1910 г., за второе издание «Круга чтения» осуществлявший его близкий друг Толстого И. И. Горбунов-Посадов (1864–1940) был предан суду, а второй том «Круга чтения» (куда вошел рассказ «За что?») был арестован Московским комитетом по делам печати за то, что в книгу входили произведения, «возбуждающие к ниспровержению существующего в России государственного и общественного строя» (т. 42, с. 579). И. И. Горбунов-Посадов был присужден к заключению в крепости на год.

Стр. 374. *Второй раздел Польши* между Пруссией и Россией произошел в 1793 г.

Стр. 374. *Костюшко* Тадеуш Андрей Бонавентура (1746–1817) — выдающийся деятель польского национально-освободительного движения; руководил восстанием в 1794 г., направленным против раздела Польши (Речи Посполитой).

Стр. 374. *Понятовский* Станислав Август (1732–1798) — польский король.

Стр. 374. *Открытие сейма... Александром /... Священный Союз... самодурство Константина.* — В ноябре 1815 г. Александр I подписал польскую конституцию, по которой Королевство Польское получило (на бумаге) самоуправление (сейм) и свое правительство во главе с польским наместником. Однако фактическим наместником стал великий князь Константин Павлович. В том же ноябре 1815 г. Александр I вместе с прусским королем и австрийским императором подписал договор об образовании «Священного Союза» — международной реакционной организации.

Стр. 377...*известие о парижской революции... нападение на бельведер... бегство Константина...* — Июльская революция 1830 г. во Франции послужила толчком к польскому восстанию 1830–1831 гг. В ноябре 1830-го восставшие напали на дворец Константина Павловича (бельведер), и он бежал из Польши.

Стр. 377. *Дверницкий* Иосиф (1779–1857) — польский генерал, участник польского восстания 1830 г.

Стр. 378. *Дибич-Забалканский* И. И. (1785–1831) — фельдмаршал, в 1830 г. подавлял польское восстание.

Стр. 378. *Паскевич* И. Ф. (1782–1856) — генерал-фельдмаршал, в 1831 г. подавлял польское восстание.

ОГЛАВЛЕНИЕ